Couverture de Gérard Deshayes d'après un dessin d'Hoffmann.

CONTES FANTASTIQUES

I

HOFFMANN

CONTES FANTASTIQUES

I

Traduction de Loève-Veimars

Chronologie, introduction, notices et notes
par José LAMBERT
Professeur à la Katholieke Universiteit Leuven

GF
FLAMMARION

CHRONOLOGIE

1776 : Naissance de Ernst Theodor Wilhelm Hoffmann à Königsberg, le 24 janvier ; les prénoms seront changés en Ernst Theodor Amadeus.

1786 : Débuts de l'amitié avec Theodor Gottlieb von Hippel.

1792 : Étudie le droit à l'Université de Königsberg.

1795 : Hoffmann commence sa carrière de juriste.

1798 : Fiançailles ; de Glogau à Berlin ; Johann Friedrich Reichardt lui enseigne la musique.

1802 : Fiançailles rompues (conflit avec le milieu bourgeois) ; mariage avec Maria Thekla Michalina Rohrer.

1803 : Premier écrit : *Schreiben eines Klostergeistlichen an seinen Freund in der Hauptstadt.*

1804 : Contacts avec Zacharias Werner et Julius Eduard (H)Itzig.

1805 : Activités musicales.

1806-1808 : Hoffmann perd sa place de juriste ; il vit à Berlin.

1808 : Maître de chapelle à Bamberg.

1809 : Enseigne la musique ; collabore à une feuille musicale ; publie *Ritter Gluck*.

1811-1813 : Activités musicales ; préparation et publication des *Fantasiestücke*.

1813-1814 : A Dresde et à Leipzig ; *Der goldne Topf* et 1er vol. des *Elixiere des Teufels ;* suite des *Fantasie-*

stücke; liens avec Lamotte-Fouqué, Chamisso, Bernhardi, Tieck.

1816 : Soirées des Frères Sérapion, avec notamment Hitzig, Contessa, David Ferdinand Koreff; suite des *Elixiere ; Nachtstücke*.

Entre **1816** et **1822,** Hoffmann complète beaucoup d'ouvrages dont la publication avait été entamée : il publie des textes importants comme *Prinzessin Brambilla* et *Kater Murr*.

1822 : Mort de E. T. A. Hoffmann (le 25 juin).

Pour la chronologie des publications françaises, on se reportera à notre introduction ; pour la chronologie de la « Fortune d'Hoffmann en France », on consultera le livre d'Elizabeth Teichmann.

INTRODUCTION

A en juger d'après le nombre des traductions et éditions que la France du XXe siècle a consacrées et ne cesse de consacrer à E. T. A. Hoffmann, le maître des « contes fantastiques » continue à fasciner le grand public. Il a pris place dans le panthéon des auteurs qui orientent le fantastique d'aujourd'hui, ce fantastique qui s'efforce de changer de visage en changeant de nom, mais qui ne manque pas d'exploiter les mêmes formules essentielles, connues depuis le « roman noir ». Que l'auteur du *Chat Murr* soit bien plus qu'un monument historique, c'est ce que montrent les versions modernes de ses œuvres publiées en France : en portant toujours les marques de la tradition de l'Hoffmann français, elles attestent la présence et la vitalité du passé. Le monde actuel n'entend pas renoncer à un des grands mythes du XIXe siècle. Les critiques, bien entendu, se sont efforcés de rendre et à Hoffmann et à la France romantique qui l'a découvert ce qui leur appartient *. Mais, d'une part, les chercheurs ont ignoré de multiples aspects du mythe, à commencer par les textes : une authentique analyse des traductions reste à entreprendre [1]. D'autre part, certains d'entre eux ont cédé eux-mêmes aux charmes du magicien : ils ont aidé à perpétuer une certaine image d'Hoffmann le « fantastiqueur ».

Quiconque désire mettre les textes d'Hoffmann à la disposition des lecteurs d'aujourd'hui se trouve ainsi placé devant un dilemme : rompre avec l'image et les éditions traditionnelles en faisant une traduction en quelque sorte vierge — qui n'échappera nullement aux pièges de toute traduction — ou remonter simplement aux racines de l'Hoffmann français en éclairant les textes anciens. La première solution devrait être réservée au traducteur, à un traducteur qui se situe dans la littérature du XXe siècle ; la seconde solution, souvent envisagée mais jamais réellement exécutée, combine l'édition scientifique des textes avec l'analyse des traductions et l'étude comparatiste. C'est cette dernière qui a été retenue ici. Nous entendons présenter les textes traduits pour ce qu'ils sont : des textes équivoques, et d'autant plus symptomatiques. La traduction est un baromètre des cultures et des littératures. En éclairant dans cet esprit les textes, devenus célèbres et en quelque sorte classiques, nous aimerions favoriser aussi la lecture de beaucoup d'autres textes, à commencer par les différentes versions modernes et anciennes d'Hoffmann. Au même titre que les œuvres de Victor Hugo, Lamartine ou Nodier, les *Contes* d'Hoffmann occupent une place dans l'histoire des lettres françaises, à tel point d'ailleurs qu'ils ont servi de modèle à un genre nouveau : le conte. Bien plus que les œuvres françaises, ils appellent des éclaircissements, en raison de leur statut équivoque.

Sans pousser trop loin le paradoxe, on a pu prétendre que les *Contes* d'Hoffmann sont le chef-d'œuvre de Loève-Veimars. Nous ne prendrons pas cette boutade à la lettre ; cependant, elle nous servira de leitmotiv. Publier les textes français d'Hoffmann, c'est choisir entre une série de traductions. La difficulté est connue, mais elle n'a pas donné lieu à des solutions convergentes, ce qui incite à la réflexion. Tout le monde a voulu retenir *les meilleures* traductions : pour les uns, c'étaient celles de Loève-Veimars, pour les autres, celles de Henry Egmont, d'Édouard Degeorges ou... d'Albert Béguin. Les spécialistes de la traduction n'ignorent pas ces impasses, qui rappellent les querelles entre les traducteurs eux-mêmes : ils rejettent l'idée d'une traduction idéale et estiment qu'il est essentiel de localiser les différentes traductions dans le développement des littératures [2]. En effet, comment ne pas être frappé par la continuelle reprise des publications et des traductions d'Hoffmann entre 1830 et 1850 ? Il serait naïf de penser que seul le souci de révéler le « vrai Hoffmann » explique ces préoccupations, ou d'accepter que le « Hoffmann travesti » de Loève-Veimars aurait été progressivement supplanté par un Hoffmann authentique [3]. Les différentes traductions ont entre elles tant de relations et de filiations — on fait des traductions sur des traductions, particulièrement à cette époque [4] — qu'elles constituent un phénomène collectif. Les plus fortes individualités sont Loève-Veimars, le premier et le plus fécond, et Henry Egmont, le plus solitaire et sans doute le mieux informé.

Quoi qu'il en soit, en adoptant des critères historiques, nous ne pouvons nier que le véritable père de tous les Hoffmann français du XIXe siècle (et de plusieurs Hoffmann récents) est Loève-Veimars. Il ne fut pas le plus scrupuleux parmi les hérauts de l'écrivain allemand, mais, telle Mme de Staël devant l'Allemagne en général, il eut le génie de l'intermédiaire : il saisit le moment propice pour lancer une entreprise ambitieuse et il pressentit chez les lecteurs les frontières entre la curiosité bienveillante, la tolérance et la résistance. D'où son succès et, par conséquent, son mérite. Les *Œuvres complètes* qu'un éditeur, Renduel, à la fois solide et dynamique, ouvert aux romantiques et à Henri Heine, lui permit de publier par « livraisons », sous des titres bien choisis, donnent une image si riche, si diverse et si complexe de l'univers d'Hoffmann que tous ses successeurs jusqu'à nos jours, ont dû se contenter d'en éclairer des aspects. Quel éditeur français pouvait s'offrir le luxe de diffuser une œuvre aussi abondante, en vingt volumes ? Les concurrents d'alors — Lefebvre, qui s'associa les services de Théodore Toussenel, frère du fouriériste Alphonse Toussenel — se contentèrent sagement d'une sélection de « contes ». Mais Renduel et son traducteur virent leur initiative couronnée de succès, ce qui les amena à lancer une réédition, sous une forme plus modeste et donc accessible à un plus large public. Dès ce moment, toute publication des textes d'Hoffmann se référait directement ou indirectement à l'édition Renduel et à la traduction de Loève-Veimars.

Rendons à Hoffmann et à Loève-Veimars ce qui leur appartient. Le lecteur moderne aurait tort de chercher à formuler la valeur des textes qui suivent en termes absolus, ou de prétendre établir en quelques mots la relation entre l'original et la traduction. Comme le note François-Victor Hugo dans son introduction aux œuvres de Shakespeare, ce qui fut possible en 1850 (ou en 1950) ne le fut point en 1830. Egmont, La Bédollière, Marmier, Champfleury ont pu reprocher à Loève-Veimars ses infidélités *parce que* celui-ci avait préparé le public à des versions plus audacieuses, bref, moins françaises. Nous montrerons que l'initiateur et ses disciples traduisent en réalité suivant les mêmes principes fondamentaux. Les *Œuvres complètes* lancées par Renduel sont un authentique chef-d'œuvre dans la mesure où elles représentent une combinaison habile et cohérente de deux poétiques du récit et du vraisemblable qui paraissaient incompatibles. La légèreté du style, qu'on a souvent vantée (et qui a ses limites), l'art du suspense, la mise en évidence des mystères de la vie quotidienne doivent plus à l'écrivain Loève-Veimars qu'à son modèle allemand. De la complexité des liens entre le monde visible et le monde imaginaire qui caractérise les créations d'Hoffmann, les textes de Loève-Veimars donnent essentiellement une image schématique, celle dont l'époque avait besoin. L'effort d'authenticité fourni par quelques autres traducteurs, légitime et digne de respect, est un hommage indirect au courage et au génie de Loève-Veimars. Chez eux aussi, Hoffmann et ses contes ont été francisés. C'est pourquoi il s'impose d'éclairer la situation de l'écrivain allemand dans sa propre culture.

Ernst Thomas Amadeus Hoffmann (1776-1822) naquit et passa sa jeunesse à Königsberg en Prusse. Sa vie familiale, amoureuse [5], professionnelle et artistique fut aussi déchirée et mouvementée que la vie politique et intellectuelle de son temps; elle ressemble, selon la *Biographie universelle*, au plus fantastique de ses contes. Ayant montré très tôt ses talents d'enfant prodige (comme compositeur et comme dessinateur), Hoffmann entama comme malgré lui une carrière de juriste. En attendant de pouvoir se consacrer librement à la vie artistique, il fit de l'enseignement de la musique et du dessin une activité marginale et en quelque sorte clandestine. Sa profession et les tracas qu'elle lui procura l'obligèrent de déménager sans cesse et de s'établir successivement à Glogau, à Berlin, en Pologne (à Posen et à Varsovie), de nouveau à Berlin, puis à Bamberg (1808-1813), où il occupa le poste de chef d'orchestre. Il fut un témoin lucide de la guerre en 1813, à Dresde, avant de s'installer à Berlin au sein d'une brillante société littéraire, où il devint un écrivain assez réputé. Au cours des années, les multiples vocations artistiques d'Hoffmann avaient eu le temps de mûrir et de s'affirmer : à sa mort, ses amis honorèrent en lui à la fois le magistrat, l'écrivain, le compositeur et le peintre-dessinateur. De nos jours, le grand public célèbre trop exclusivement l'écrivain, au détriment de l'artiste polyvalent (« der Totalkünstler »).

Génie bizarre, être inadapté — à l'image de ses personnages — Hoffmann s'est tenu à l'écart des événements politiques de son temps, sauf lorsqu'il en fut victime. L'invasion des Français à Varsovie lui fit perdre son emploi en 1806 ; en 1813, lors de la campagne d'Allemagne, il assista à Dresde à des scènes d'apocalypse dont il nous a laissé une description hallucinante [6] :

> Le tumulte de la guerre s'est éloigné, l'Empereur est resté à Dresde. Ce matin, j'ai été près du Jardin Hopf, sur le champ de bataille. Affreux spectacle ! Cadavres avec la tête et le corps déchiquetés. Un Russe qui n'était pas trop grièvement blessé, étendu par terre, fumait sa pipe. Nous lui avons donné du pain et de l'eau-de-vie. Il était enchanté... Impression inoubliable : ce que j'ai vu si souvent en rêve s'est réalisé — d'une manière effrayante. Des hommes déchiquetés, coupés en morceaux !

Le magistrat Hoffmann avait également les allures d'un être isolé et inadapté. La haine du bourgeois et de la médiocrité, bref, du « philistin », s'exprima souvent dans ses caricatures, écrites et dessinées, et lui valut bien des ennuis. L'écrivain Hoffmann, quant à lui, s'est longtemps gardé de s'associer à un groupe ou à un mouvement : le romantisme littéraire lui est resté à peu près inconnu jusqu'en 1808, date de ses débuts littéraires. Seule la musique lui offrit très tôt l'occasion d'être pleinement de son temps. Son culte de Mozart (qui l'amena à échanger un de ses prénoms, Wilhelm, contre celui d'« Amadeus ») n'avait alors rien d'extraordinaire ; mais dans ses recensions, il prit la défense de deux génies contestés, J. S. Bach et Beethoven (!). Bien avant l'écrivain, ce fut le musicien Hoffmann qui prit conscience du renouveau dans le mouvement artistique. Dans ses compositions, il s'inspira du romantisme littéraire en adaptant les textes de Werner, de Brentano, de Lamotte-Fouqué [7]. En 1838, Robert Schumann transformera les *Kreisleriana* d'Hoffmann en chef-d'œuvre musical : la musique romantique, la musique de l'avenir à l'époque d'Hoffmann, se rapproche de la littérature, et Hoffmann en personne fut un des premiers à l'orienter dans cette voie.

L'art du conteur doit beaucoup à ses expériences de musicien. Ses premiers textes parurent dans des feuilles musicales, ils portent souvent sur des matières musicales (étant souvent à mi-chemin entre la conversation musicale et le récit), et un de ses personnages les plus célèbres, Johannes Kreisler, musicien fou et génial, passe pour le double de son créateur.

Si Hoffmann apparaît de nos jours comme un écrivain *romantique,* c'est grâce à ses tendances et expériences musicales, certes, mais aussi grâce à un concours de circonstances. Le romantisme, dans l'Allemagne morcelée et déchirée de 1808,* c'est tout simplement la jeune littérature du moment ; c'est même un mouvement qui a déjà atteint son apogée et qui va favoriser la formation de plusieurs groupes isolés [8]. C'est vers 1798, à Iéna, qu'une pléiade de philosophes, d'écrivains et de savants a commencé à élaborer une doctrine à laquelle ils donnent le nom de « romantisme ». Cette doctrine entend substituer à la culture et à l'esthétique classiques et donc étrangères — aux yeux des romantiques, c'est la France qui impose à l'Europe et sa politique et ses idées et son art — des conceptions nouvelles, dites romantiques, de la vie et de l'art. En substituant à la Raison l'Être dans sa totalité, avec ses rêves les plus secrets, sa vie nocturne, sa poésie, le romantisme d'Iéna prépare systématiquement la voie aux idées modernes sur la personnalité, en particulier aux théories de Sigmund Freud [9]. Les écrivains de ce groupe (surtout les frères Schlegel) fourniront à *De l'Allemagne* de Mme de Staël et, par là, à l'Europe entière, les germes d'un renouveau que Charles Nodier appellera « la Révolution en littérature ». En Allemagne même, cette révolution est moins dirigée contre le prestige des classiques nationaux — Goethe et Schiller la suivent d'un œil sceptique — que contre le classicisme français ; elle imposera peu à peu ses théories et influencera de nombreux savants, philosophes, écrivains et musiciens. Lorsqu'en 1833 Henri Heine fera le procès du romantisme allemand dans un autre *De l'Allemagne* — c'est un nouveau bilan du phénomène germanique, vingt ans après Mme de Staël, comme le montre le titre français — une page de l'histoire culturelle de son pays est tournée : dans la plupart des autres pays européens, le mouvement romantique commence à peine à se dessiner.

Hoffmann élabore donc ses œuvres au moment où le romantisme germanique se désagrège. Contrairement aux membres du groupe d'Iéna, il est beaucoup moins un théoricien qu'un écrivain doué d'une imagination d'une extraordinaire richesse [9a]. Ses textes illustrent de manière inquiétante les ambiguïtés du réel, bref de l'existence. L'être moderne, exposé à ses hantises, croit vivre un conte féerique effrayant qui se transforme généralement en un cauchemar. Étouffant parmi les philistins, l'artiste, ce personnage privilégié, marqué par le Destin, rêve d'une existence paradisiaque (cet Age d'or des romantiques auquel Albert Béguin a consacré des pages exceptionnelles) ; il est, hélas ! sans cesse exposé aux déceptions et aux vicissitudes de la vie quotidienne. L'artiste hoffmannien, tel Kreisler ou Krespel, est un fou sublime. Son langage, ses gestes, sa mimique, ses vêtements le rendent à la fois ridicule et émouvant, grotesque et humain. (Freud a été très sensible à cette désarticulation de la personnalité.) Mais l'écrivain Hoffmann a l'art de dédramatiser ses personnages ; il les éclaire à distance, avec ironie (avec les couleurs de l'Ironie romantique [10], comme en s'observant lui-même, en se dédoublant ; ses personnages sont des sosies l'un de l'autre, et de leur créateur. Son œuvre devient ainsi l'histoire de ses personnages, mais aussi de l'imagination qui les engendre : c'est une comédie humaine traversée et enrichie par des discours étranges mais profonds sur l'expérience artistique. Chez ce maître du grotesque, il y a en outre un art très raffiné de la fiction, qui est constamment analysé à l'intérieur même de la fiction. Hoffmann recourt souvent à ce qu'on appelle de nos jours la mise en abîme : l'histoire des personnages se reflète dans des histoires racontées par ces mêmes personnages ; les héros s'expliquent eux-mêmes et se font expliquer à leur tour par d'autres héros, qui sont leur double. Toutes les subtilités de la narration fictive qu'exploiteront André Gide, Pirandello — au théâtre — et le nouveau roman font partie des recettes de l'art hoffmannien. Cet aspect de son art a d'ailleurs longtemps été ignoré en France, tout comme on a méconnu en Hoffmann *le disciple* des romantiques : *Kater Murr, Ritter Gluck, Rat Krespel* prolongent les expériences de Novalis, de Wackenroder, de Tieck.

En Allemagne, les « contes » d'Hoffmann s'appellent des « Märchen ». Le « Märchen », c'est-à-dire le conte populaire, a été réhabilité dès le XVIIIe siècle (par Herder et par Goethe) comme l'expression de l'esprit du peuple et de la nation. Les romantiques lui donneront le statut d'un genre poétique et symbolique par excellence ; ils chargeront les matières des contes populaires de significations individuelles cachées, en transformant des œuvres collectives en œuvres individuelles et hermétiques. Le « Märchen », qu'il soit populaire (les frères Grimm publieront des éditions savantes de ces récits) ou qu'il soit l'œuvre originale d'un artiste moderne — qui imite le style primitif — qu'il soit philosophique ou essentiellement narratif, est un des moments cruciaux du Paradis romantique. C'est le lieu du dépaysement, de l'Ailleurs, de l'Age d'or (les « Märchen » se déroulent dans un passé lointain, en plein Moyen Age). Mais cet univers de l'Ailleurs laisse percer des menaces qui n'ont rien d'idyllique : l'histoire des héros débouche souvent sur une catastrophe (chez Tieck, Arnim et Brentano par exemple ; le *Taugenichts* d'Eichendorff constitue la principale exception). Les derniers « Märchen » de Tieck renouvellent le genre en situant l'histoire merveilleuse dans un décor moderne, voire dans un décor citadin. L'intrusion du fantastique dans la vie quotidienne, une des originalités de l'art d'Hoffmann, est en réalité un des symptômes du romantisme finissant. Le « Märchen » n'appartient plus au seul Moyen Age ou aux enfants, il s'installe dans la vie quotidienne de l'homme moderne. Dans la poésie romantique se dessine une évolution parallèle : dans le *Buch der Lieder* de Heine, le décor faussement médiéval est sans cesse rendu incohérent par l'usage de néologismes et de termes triviaux qui n'ont rien de poétique. Chez Hoffmann comme chez Heine, l'incongru et le grotesque détruisent l'harmonie du romantisme. Les *Contes fantastiques* doivent ainsi une bonne part de leur richesse à leur place dans le développement des lettres allemandes.

On sait que la France s'est vantée, à juste titre, d'avoir révélé Hoffmann à son propre pays : ce fait est l'indice de divergences fondamentales entre la fortune de ses écrits, en France d'une part, en Allemagne d'autre part. A la suite de Mme de Staël, les lettres françaises se sont familiarisées, tant bien que mal, avec une série d'écrivains d'Outre-Rhin. Mme de Staël et ses successeurs ont procédé de manière éclectique dans leur découverte des cultures et des littératures étrangères. Pour vanter le pays de Goethe, il fallut à Mme de Staël la caution de l'Angleterre, qui paraissait déjà moins « barbare » à ce moment ; pour introduire en France Klopstock, Goethe, Schiller, la Restauration aura besoin de la caution de Mme de Staël. Les œuvres étrangères marquées par le classicisme rencontreront moins d'opposition que la « nouvelle école » d'Outre-Rhin. C'est d'abord le XVIIIe siècle qui retient l'attention, alors que l'Allemagne romantique, en plein essor depuis 1800 environ, se révèle à la fois séduisante et irritante. Au reste, ses contours sont mal discernés et définis. Mme de Staël et ses disciples s'inspirent des idées des frères Schlegel, théoriciens du romantisme, sans reconnaître ouvertement ceux-ci comme des maîtres. Ludwig Tieck, ce successeur de Goethe désigné comme le « chef de l'école romantique », est accueilli comme un grand nom, mais ses œuvres se heurtent à beaucoup d'incompréhension : on les trouve charmantes, certes, mais souvent bizarres. Bientôt, on les trouvera « fantastiques ». Cette notion aidera à rendre captivant pendant quelques années ce qui auparavant était illisible et donc blâmable. Entre-temps, une œuvre allemande était intervenue qui, elle, avait trouvé la voie du public sans lui être recommandée par Mme de Staël : celle d'Hoffmann. C'est le signe d'un mûrissement lent et difficile, qui coïncide avec de multiples changements dans d'autres secteurs littéraires. Il est toutefois assez paradoxal que *De l'Allemagne*, ce livre auquel le romantisme français doit tant, n'ait pu acclimater en France le romantisme d'Outre-Rhin. De 1850 à nos jours, l'Allemagne romantique connue en France ne cesse de changer de visage : incarnée d'abord par Klopstock, Schiller et Goethe, ensuite par Hoffmann, par Uhland, partiellement par Jean-Paul, elle le sera par Heine en personne, qui dans les années 1850-1900 passera pour le représentant par excellence du lyrisme romantique d'Outre-Rhin, en attendant que le romantisme philosophique et poétique de Novalis (et de Hölderlin) supplante les « romanticallemands » connus jusqu'alors. La « Frühromantik », le premier groupe européen à avoir élaboré des théories et des programmes présentés sous l'étiquette romantique, n'a retenu l'attention des Français qu'à la fin du XIXe siècle et surtout pendant l'Entre-Deux-Guerres. Ainsi, les romantiques allemands n'ont été représentés dans la France de l'époque romantique que par des post-romantiques, tels que Hoffmann, Uhland et Heine. C'est le signe d'un refus, qui marque du reste également la « réception » des auteurs qui ont connu un succès réel, à commencer par Hoffmann.

Le maître conteur passera en France pour un génie tout à fait individuel et original. On lui donnera des « rivaux ». Sur le plan commercial, même en tant que modèle des prosateurs français, il sera lui-même d'abord le rival de Walter Scott. Cette relation équivoque donne un prestige certain à la première publication d'envergure qui lui est consacrée. Mais ses rivaux allemands, tel Ludwig Tieck, appartiennent dans leur patrie à des univers très différents. Hoffmann lui-même voit dans l'auteur de *Phantasus* un de ses maîtres. Les principales qualités de ses textes, les lecteurs et les critiques français auraient pu les entrevoir dans les « Märchen » de Chamisso, d'Arnim, de Tieck ou de Lamotte-Fouqué. Les discussions artistiques, le culte de la musique, un certain art de la nouvelle où l'action et l'intrigue comptent moins que des constructions parallèles et des compositions en abîme, la rupture de l'illusion, l'ironie, voilà des traits qu'Hoffmann a en commun avec ses contemporains. C'est un art dont les secrets ont été discutés et divulgués par le groupe des Schlegel. A juste titre la France a discerné ces caractéristiques chez Hoffmann, mais elle a cru un peu à tort que ses qualités seules le rendaient *unique*. Isolé du mouvement qui l'a façonné, il avait juste assez d'exotisme et de traits familiers en 1830 pour apparaître comme une figure tout à fait exceptionnelle.

Le succès des *Contes fantastiques,* dès 1828-1830, est donc un fait surprenant, difficile à expliquer, dont seuls les principaux aspects seront commentés ici.

C'est d'abord un concours de circonstances qui favorise la découverte d'Hoffmann. La crise des valeurs littéraires qui marque les années vingt discrédite en partie les modèles traditionnels ; les critiques et écrivains recherchent des idoles nouvelles, qui ne doivent pas pour autant être « romantiques ». Les genres dramatiques et poétiques sont redéfinis, notamment à l'aide de conceptions anglaises et allemandes. Et un genre plutôt clandestin et marginal, mais plein de vitalité, s'impose à l'attention des littérateurs : le conte en prose.

En effet, la prose narrative s'était trouvée jusqu'alors dans une position subalterne, par rapport aux autres genres, dans la poétique classique[11]. Elle avait une tradition bien réelle, depuis Jean-Jacques Rousseau et Diderot, mais elle n'était pas soumise aux règles. C'était donc un genre non codifié, en partie étranger, au sens fort du terme, puisque plusieurs maîtres reconnus étaient des

Anglais (Richardson, Fielding) ; c'était en partie un genre répréhensible (Laclos, Sade) ; c'était un genre sentimental parce que féminin, en raison des nombreux auteurs, traducteurs et lecteurs du sexe faible ; c'était aussi un genre dont le nom (roman, histoire, voyage, en attendant le conte) changeait aussi souvent que les formes (le roman historique succède au roman épistolaire, qui avait remplacé lui-même le roman picaresque). Les grandes revues de la Restauration, tel *Le Globe,* consacraient leur attention à la poésie et au théâtre bien plus qu'à la prose. Vers 1830, celle-ci pénètre dans la presse périodique ; elle occupe une place centrale, par exemple dans les programmes de la *Revue de Paris,* dont le rôle novateur ne peut être sous-estimé. La prose narrative appelée à séduire le grand public dès 1830 porte d'ailleurs un nom nouveau : les « petits romans » si difficiles à définir et à raconter — comme on se plaît à le souligner — sont qualifiés désormais de « contes ». L'ère du conte, aux yeux des adversaires du renouveau, ce sera aussi l'ère de la littérature dite facile.

Un autre facteur essentiel du succès d'Hoffmann est le rôle joué par Loève-Veimars, le plus fécond et le plus habile parmi les traducteurs de l'écrivain allemand. On a vu en lui un charlatan ; on l'a rendu responsable de toutes les distorsions dont l'œuvre d'Hoffmann a été victime. Ce sont là des jugements d'ordre moral que nous entendons éviter. Il importe plutôt d'analyser de plus près les pièces du dossier. Indépendamment de la sélection et de la présentation des textes, Loève-Veimars a en tout cas poussé l'interprétation d'Hoffmann dans une direction toute particulière en la dramatisant et en la reliant étroitement à la vie même de l'écrivain. Grâce à son premier traducteur d'envergure, Hoffmann est devenu un personnage mythique, aussi fantastique que ses personnages. Un aperçu chronologique et analytique des premières étapes de la vogue des *Contes fantastiques* nous permettra de situer l'apport de Loève-Veimars dans son contexte historique.

Dire que la France n'a retenu parmi les textes d'Hoffmann que les contes, et, parmi ceux-ci, certains contes serait par trop simplifier. Cette assertion s'appliquerait mieux à l'image que la France s'est formée, au bout de quelques années, à partir des différentes publications de ses œuvres. *Les Élixirs du diable* ont même été publiés avant la véritable révélation de leur auteur, mais ils furent attribués à Spindler (1829). Les *Œuvres complètes* publiées chez Renduel à partir de 1830 contiennent, non l'ensemble de la production d'Hoffmann, mais un nombre impressionnant de textes, parmi lesquels *Kater Murr* et les *Kreisleriana*. Il est exact, en revanche, que les différentes traductions et en particulier la plus importante d'entre elles, celle de Loève-Veimars, nous font assister à une sorte de réorganisation des textes.

Dès 1828, plusieurs revues fournissent des textes ou des fragments de textes d'Hoffmann ; parmi elles, la *Revue de Paris* joue un rôle de premier plan, mais le nombre des revues qui s'intéressent soudain à l'auteur des *Élixirs* est réellement impressionnant. La première livraison des *Œuvres complètes,* lancée sous l'étiquette, bientôt fameuse, de « Contes fantastiques », paraît à partir de novembre 1829 [12]. C'est le début du succès de l'auteur auprès du grand public et d'une lutte serrée entre deux éditeurs qui entendent exploiter le « best seller ». Durant une dizaine d'années, le rythme des publications se ralentira à peine, et le fait que, à quelques années d'intervalle, plusieurs traducteurs entreprennent de composer *des recueils* atteste la fascination exercée par « Hoffmann le fantastiqueur » ; la même constatation s'applique, bien entendu, aux rééditions et aux polémiques entre éditeurs et traducteurs [13].

Les *Œuvres complètes* traduites par Loève-Veimars.

La première édition paraît de 1829 à 1833 ; elle compte vingt volumes in-12. En 1832, une réimpression partielle voit le jour (tomes 1 à 4 de la première édition) ; en 1836, quatre autres volumes sont réimprimés (tomes 5 à 8) ; cette fois ils sont présentés comme une « seconde édition ». En 1843, la maison Garnier reprend en deux volumes les huit tomes de la réimpression, tout en modifiant l'ordre des contes.

La composition des *Œuvres complètes* ainsi que la formule de publication choisie appellent quelques explications : en effet, elles influencent de façon nette l'image française d'Hoffmann et elles sont les signes d'une interprétation assez particulière de l'œuvre par le traducteur.

Le *nombre* des textes retenus est, rappelons-le, très élevé, sans pour autant justifier le terme d' « Œuvres complètes » (qui convient encore moins à la traduction de Toussenel [14]. Les lacunes les plus frappantes sont les suivantes : on n'y lit ni *Prinzessin Brambilla* (traduite par Toussenel), ni *Die Elixiere des Teufels* (traduit en 1829, mais attribué à Spindler), ni *Der goldne Topf* (traduit par Toussenel), ni les *Schriften zur Musik*. Aucun des recueils allemands n'est traduit dans son ensemble, mais le traducteur a puisé dans à peu près tous les secteurs des écrits de l'auteur ; les textes sur la musique et les œuvres musicales sont assez mal représentés, mais la présence des *Kreisleriana* ne manque pas d'être significative. Les textes narratifs susceptibles d'être qualifiés de « contes » l'ont emporté sur les textes semi-fictifs et sur les narrations plus longues. Ainsi s'explique déjà en partie que le récit-cadre des *Serapionsbrüder* ait été écarté, alors que les textes contenus dans ce recueil ont été préférés à beaucoup d'autres. Plusieurs morceaux empruntés aux *Serapionsbrüder* sont du reste présentés en série, l'un après l'autre, mais l'ordre des textes est incroyablement capricieux par rapport aux éditions allemandes qui les contiennent.

La sélection et l'ordre des textes sont déterminés bien moins par la volonté de fournir une vue complète ou chronologique de l'œuvre que par le souci de gagner les faveurs du public. C'est ici que nous constatons combien la réception d'Hoffmann en France se caractérise par une reconstitution orientée de l'univers hoffmannien. Par rapport à toutes les perspectives imaginables qui nous permettraient de synthétiser la carrière et les écrits de l'auteur, les *Œuvres complètes* constituent une sorte de mosaïque, dont les principes essentiels constituent les livraisons et leur titre. Loève-Veimars met principalement en évidence le caractère bizarre, magnétique, inquiétant, bref « fantastique » de l'univers hoffmannien : les contes sont « vrais », mais étranges — comme l'illustrent nos notes — et non des « œuvres *littéraires* », donc fictives, dans lesquelles un narrateur s'adresse au lecteur pour lui présenter une histoire inventée, donc imaginaire.

Les textes qui méritent le mieux la dénomination de « contes » figurent dans les tomes 1 à 8, puis dans les tomes 13 à 17. Dans les autres tomes, on trouve des textes inclassables, qui ont aussi reçu l'étiquette de « contes ». Les titres de toutes les livraisons constituent des variations sur ce mot : *Contes fantastiques, Contes nocturnes, Contes et Fantaisies*. Ces œuvres nous font accéder à un monde semi-réel. On a montré comment les auteurs français des années 1830, s'ils varient par des qualificatifs le terme « conte », ne cherchent pas pour autant à varier les schémas narratifs : l'affiche compte bien plus que le contenu. La source de « fantastique », « nocturne » et « fantaisie » est également bien connue : l'auteur allemand n'a-t-il pas écrit des *Nachtstücke,* des *Phantasiestücke ?* On a prétendu que « fantastique » est le résultat d'un contresens (« Phantasie » désignant plutôt l'imaginaire). Ce serait vrai si les titres adoptés par Loève-Veimars n'avaient leur logique interne, qui est typique d'une stratégie concertée. La découverte d'Hoffmann est ainsi un phénomène français dans la mesure où elle oriente la fortune d'un genre — le conte — et dans la mesure où elle amène écrivains, critiques et lecteurs français à réexaminer les relations entre la littérature et le réel [15] : sans l'organisation toute particulière des *Œuvres complètes* publiées chez Renduel, la prose française des années 1830 eût présenté à ses lecteurs un visage bien différent.

Nous imaginons mal de nos jours combien la lecture d'Hoffmann a été conditionnée par une série de facteurs techniques et commerciaux, bref sociologiques. Renduel comme Lefebvre publient leurs *Œuvres complètes* en petit format ; ces in-12 modestes, à la typographie aérée, imposent à Hoffmann un moule assez pittoresque. Pour de multiples raisons, notre siècle devrait lire les récits du XIXe siècle sous cette forme. Il lui faudrait lire aussi la biographie d'Hoffmann — dont le texte a été souvent réimprimé — dans son véritable contexte. Loève-Veimars lui consacre l'ensemble du tome XX : il lui donne les caractéristiques d'un conte d'Hoffmann..., grâce à la division en chapitres, grâce à son style, qui ne doit plus grand-chose aux sources utilisées (Hitzig et Hippel, les biographes allemands d'Hoffmann). Ajoutons à cela les illustrations, qui représentent en général des personnages grotesques. Bref, les éditeurs, et Renduel en premier lieu, utilisent tous les moyens pour souligner que l'auteur des « Contes fantastiques » sort du commun, qu'il est si exceptionnel que les catégories habituellement appliquées aux écrivains ne lui conviennent plus.

Les vingt volumes des *Œuvres complètes* s'ouvrent sur une préface signée Loève-Veimars et par une introduction due à Walter Scott. Celui-ci lance en fait une querelle : le maître du roman historique y déclare la guerre à un écrivain qui viole constamment le réel. Une telle introduction constitue, du point de vue commercial, une arme à double tranchant : elle aurait pu discréditer, au-delà d'Hoffmann, l'ensemble des *Œuvres complètes ;* mais elle peut également faire supposer que Walter Scott est jaloux du succès d'Hoffmann. L'intervention de Loève-Veimars favorisera cette dernière interprétation : un Hoffmann ne devrait pas être jugé avec « les principes de la raison la plus élevée, du goût le plus pur ». Chaque fois que le traducteur insère une notice entre les textes, c'est pour souligner que, malgré leur caractère extravagant, les imaginations de l'auteur méritent d'être prises au sérieux. Des termes comme « somnambulisme », « magnétisme animal » montrent qu'elles correspondent aux vues des savants. Elles sont d'autant plus inquiétantes et envoûtantes. Hoffmann lui-même en fut la première victime, ce génie mécompris auquel Loève-Veimars attribue les traits d'un poète maudit : ses « afflictions humaines », son « fatal destin », ses « maux inouïs » et son « éternelle misère » ont de quoi émouvoir le « cher lecteur » dont il est tant de fois question.

***

La présente édition adopte le texte de l'édition Garnier (1843). Il peut paraître contradictoire de prétendre remonter aux sources de l'Hoffmann français et de ne pas se fonder sur *la première* version de la traduction. On acceptera aisément qu'il est exclu de reprendre les vingt volumes des *Œuvres complètes*. Sinon, le souci de l'authenticité nous obligerait même à respecter le format et la mise en pages de la première édition. La réimpression (1832-1836) constitue une sélection à partir de la première édition ; les mêmes textes seront retenus en 1843. Il est douteux que le traducteur en personne se soit chargé de surveiller les publications de 1832-1836 et 1843 [16] ; nous pensons que les éditeurs se sont dispensés de faire appel à ses services et qu'ils se sont crus autorisés à rassembler les « principaux textes » des *Œuvres complètes*. On peut estimer que l'édition Garnier de 1843 représente l'Hoffmann de Loève-Veimars devenu « classique ». Nous voyons ainsi dans cette traduction comme un phénomène collectif et non individuel.

Si nous négligeons la question du format, les variantes entre les trois versions sont limitées. Dans la réimpression de 1832-1836, la mise en pages a été conservée, mais de menus changements dans le lexique peuvent être observés. L'édition Garnier, quant à elle, redistribue systématiquement les paragraphes, en opérant une réduction radicale. Avec la mise en pages et le format, c'est le type même de contes qui se trouve revu. Toutefois, les variantes proprement dites se limitent à des aspects de la ponctuation. Quoi qu'il en soit, quelqu'un a révisé la distribution des alinéas, en se substituant à Loève-Veimars et en imposant à l'articulation du texte un rythme qui n'est ni celui de l'original allemand ni celui des *Œuvres complètes*.

Il nous paraît légitime, en outre, de compléter le Loève-Veimars de 1843 par les *principaux* textes de la première édition écartés ultérieurement. Les « romans » méritent, en effet, d'être reproduits, car ils constituent une des richesses de la première édition. Nous risquons peut-être de commettre une incohérence en combinant deux éditions. En vérité, il est difficile d'imposer à cette traduction une cohérence que l'histoire même lui a refusée.

Le traducteur François-Adolphe Loève-Veimars (1801 ?-1854 ou 1855) serait né à Paris d'une famille juive, qui se serait exilée en Allemagne après 1814. Les renseignements sur ses origines ainsi que sur ses activités sont difficiles à trouver ; cet « élégant écrivain » (Quérard) mérite pourtant une place dans l'histoire du XIXe siècle. Il s'agit d'un authentique polygraphe, qui ne cesse de changer d'orientation : l'évolution de ses activités met autant en évidence la diversité de ses talents que son sens de l'opportunisme [18].

Dès 1822, Loève-Veimars prend une part active à la vie littéraire. Il se fait remarquer, d'une part, comme un écrivain peu scrupuleux (on l'accuse de plagiat), d'autre part, comme un traducteur et un critique de talent. Il aurait collaboré notamment à la *Revue encyclopédique* et au *Figaro*. « En 1825, il consacre une brochure de soixante-six pages à l'*Inévitabilité d'une guerre prochaine avec l'Angleterre ;* ce jeune prophète politique s'est déjà fait l'historien des « tribunaux secrets dans le nord de l'Allemagne » et de la « Chronologie universelle ». Il se révèle ensuite comme l'historien des littératures anciennes (1825), de la littérature française (1825) et de la littérature allemande (1826) (les deux derniers ouvrages constituent une adaptation des livres de Bouterwek). On le voit, l'histoire universelle n'a plus de secrets pour cet intellectuel de vingt-cinq ans. Il s'apprête en outre à traduire une très curieuse série d'auteurs de langue allemande (sans oublier les *Ballades, légendes et chants populaires de l'Angleterre et de l'Écosse...,* 1825) ; Wieland (*Obéron* et des *Mélanges,* 1824-1825), puis Van der Velde, Zschokke et Bronikowski. C'est là une étape nouvelle dans la carrière du traducteur, car il se consacre désormais à la prose allemande, très peu connue à ce moment : le futur traducteur des *Contes fantastiques* fourbit ses armes, en s'attachant à des auteurs de « contes » et en lançant des publications d'envergure [19]. Une double consécration l'attend : l'éditeur Renduel lui confie les «Œuvres complètes» d'Hoffmann et Véron, le directeur de la jeune *Revue de Paris,* l'invite à collaborer avec son équipe. Désormais, Loève-Veimars compte parmi les célébrités de la littérature nouvelle : on ne s'étonnera pas, dès lors, de le voir passer à la *Revue des Deux Mondes* et au *Temps,* où il fut responsable du feuilleton des théâtres («Sous sa plume fine et ingénieuse, le feuilleton devint une puissance», déclare la *Nouvelle Biographie générale*). Entraîné par ses fonctions du moment, le traducteur d'Hoffmann s'éloignera de plus en plus de la littérature allemande et même de la littérature, pour se vouer à l'activité politique en attendant de sacrifier les publications aux activités diplomatiques. Toutefois, Heine en personne fait appel à ses services (des morceaux des *Reisebilder,* ainsi que d'autres extraits, traduits par Loève-Veimars, sont insérés dans la *Revue des Deux Mondes*) et c'est en 1833 que paraît *Le Népenthès,* chez Ladvocat, l'autre grand éditeur des romantiques. Sous Thiers (qui lui donna le titre de baron), Loève-Veimars entame sa carrière politique : il sera consul à Bagdad, puis consul général à Caracas. Que la collaboration aux grandes revues et l'orientation politique de ses écrits expliquent la mort de l'écrivain et du traducteur, c'est ce qu'atteste la bibliographie de ce polygraphe : après 1835, il ne semble plus avoir publié que deux livres, dont l'un est une *Lettre à un ministre de 1828, sur un ministre de 1836.*

José LAMBERT.

TABLE DES MATIÈRES
DE LA TRADUCTION LOÈVE-VEIMARS

Contes fantastiques de E. T. A. Hoffmann traduits de l'allemand par M. Loève-Veimars traducteur de Van der Velde et de Zschokke, et précédés d'une notice historique sur Hoffmann par Walter Scott, Paris, Renduel, 1830 [17].

Tome I [Préface] signée A. Loève-Veimars
« Sur Hoffmann et les compositions fantastiques »
« Le Majorat » (Das Majorat)
« Le Sanctus » (Das Sanctus)

Tome II « Salvator Rosa » (Signor Formica)
« La Vie d'artiste » (Fermate)

Tome III « Le Violon de Crémone » (Rat Krespel)
« Marino Falieri » (Doge und Dogaresse)
« Le Bonheur au jeu » (Spielerglück)

Tome IV « Le Choix d'une fiancée ». Histoire invraisemblable (Brautwahl)
« Le Spectre fiancé », précédé d'un avis du traducteur et suivi d'une note sur les prénoms d'Hoffmann (Der unheimliche Gast)

Tome V « Préface »
« Mademoiselle de Scudéry ». Histoire du temps de Louis XIV
« Note » d'Hoffmann (Mademoiselle de Scudéry)
« Zacharias Werner » (Zacharias Werner)

Tome VI « Préface » d'Hoffmann
« Maître Martin le tonnelier et ses apprentis » (Meister Martin)

« L'Église des Jésuites » (Die Jesuiterkirche in G.)

Tome VII « Maître Floh » (Meister Floh)

Tome VIII « L'Homme au sable » (Der Sandmann)

« La Cour d'Artus » (Der Artushof)

« Don Juan » (Don Juan. Eine fabelhafte Begebenheit)

« Gluck » (Ritter Gluck)

« Agafia » (Erscheinungen)

Tome IX « Les Contemplations du chat Murr entremêlées accidentellement de la biographie du maître de chapelle, Jean Kreisler »

« Avant-propos » (Lebens-Ansichten des Katers Murr...)

Cinq manuscrits de Murr et cinq fragments de maculature

Tome X « Le Chat Murr », du sixième au dixième « manuscrit de Murr » et du sixième au dixième « fragment de maculature »

Tome XI « Le Chat Murr », du onzième au quinzième « manuscrit de Murr », du onzième au quatorzième « fragment de maculature »

Tome XII « Le Chat Murr », du quinzième au dix-septième « fragment de maculature », du seizième au dix-septième « manuscrit de Murr »

« Les souffrances musicales du maître de chapelle Jean Kreisler » (Kreislers musikalische Leiden)

I. « La Soirée musicale »

II. « L'Ennemi de la musique » (Musikfeind)

Œuvres complètes d'Hoffmann. — *Contes nocturnes* d'E. T. A. Hoffmann, Paris, Renduel, 1830.

Tome XIII « Les Maîtres-Chanteurs » (Kampf der Sänger)

« La Maison déserte » (Das öde Haus)
« Le Diable » (Barbara Rollofin)

Tome XIV « Ignace Denner » (Ignaz Denner)
« Le Vœu » (Das Gelübde)

Tome XV « Maître Jean Wacht le charpentier » (Meister Johannes Wacht)
« Le Cœur de pierre » (Das steinerne Herz)

Tome XVI « Le Botaniste » (Datura fastuosa)
« Les Brigands ». Aventures de deux amis dans un château de Bohême (Die Räuber)

La dernière livraison présente une énigme. Il y a deux pages de titre et incohérence de dates.

Tome XVII Faux-titre : *Œuvres complètes* de E. T. A. Hoffmann
Première page de titre : *Contes et fantaisies* de E. T. A. Hoffmann, Paris, Renduel, 1833
Deuxième page de titre : *Contes et fantaisies*... Paris, Renduel, 1833
« Les Mines de Falun » (Die Bergwerke zu Falun)
« Les Ménechmes » (Die Doppeltgänger)

Tome XVIII Faux-titre : *Œuvres complètes* de E. T. A. Hoffmann
Première page de titre : *Contes et fantaisies*... Paris, Renduel, 1833
Deuxième page de titre : *Contes et fantaisies*.... Paris, Renduel, 1832
« L'Enfant étranger » (Das Fremde Kind)
« Le Casse-Noisette » (Casse-Noisette et le roi des souris) (Nussknacker und Mausekönig)

Tome XIX Faux-titre : *Œuvres complètes* de E. T. A. Hoffmann
Première page de titre : *Contes et fantaisies*... Paris, Renduel, 1833
Deuxième page de titre : *Contes et fantaisies*... Paris, Renduel, 1832

« Kreisleriana ». Suite des souffrances musicales du maître de chapelle Jean Kreisler (Kreisleriana)
[Introduction]
« Ombra adorata »
« La Musique instrumentale de Beethoven »
« Pensées extrêmement éparses »
« Le Club musical »
« Correspondance de deux fous »
« Lettre de Milo, singe civilisé, à son amie Pipi, dans l'Amérique du Nord »
« De Sacchini et de ce qu'on nomme l'*effet* en musique »
« Le Parfait Machiniste »
« Lettres de maîtrise de Jean Kreisler »
« Sur la représentation des drames de Calderon de la Barca en Allemagne »
« Pensées »
« Singulières espèces de folie »

Tome [XX] *La Vie de E. T. A. Hoffmann*, d'après les documents originaux. Par le traducteur de ses œuvres (Paris, Renduel, 1833)

Œuvres complètes de E. T. A. Hoffmann. — *Contes fantastiques*. Réimpression. Paris, Renduel, 1832

Tome I « Avant-propos » de Loève-Veimars
« Sur Hoffmann et les compositions fantastiques »
« Le Majorat »
« Le Sanctus »

Tome II « Salvator Rosa »
« La Vie d'artiste »
« La Leçon de violon »

Tome III « Le Violon de Crémone »
« Marino Falieri »
« Le Bonheur au jeu »

Tome IV « Le Choix d'une fiancée »
« Le Spectre fiancé », précédé d'un avis du traducteur et suivi d'une note sur les prénoms d'Hoffmann

Œuvres complètes de E. T. A. Hoffmann. — *Contes fantastiques*. Deuxième édition. Paris, Renduel, 1836

Tome	V	« Préface »
		« Mademoiselle de Scudéry »
		« Note » d'Hoffmann
		« Zacharias Werner »
Tome	VI	« Préface » d'Hoffmann
		« Maître Martin le tonnelier et ses apprentis »
		« L'Église des Jésuites »
Tome	VII	« Maître Floh »
Tome	VIII	« L'Homme au sable »
		« La Cour d'Artus »
		« Don Juan »
		« Gluck »
		« Agafia »

NOTES

*. Sur la fortune d'Hoffmann en France, voir l'Introduction du tome II.

1. La présenteéit on doit beaucoup aux recherches qui sont en cours à la Katholieke Universiteit te Leuven et qui portent sur « La Traduction en France (1800-1850) ».

2. James S. Holmes, José Lambert et Raymond van den Broeck, éditeurs, *Literature and Translation. New Perspectives in Literary Studies,* Leuven, Acco, 1978.

3. Les versions de Christian et Ancelot nous permettent d'observer une évolution en sens inverse : ce sont des remaniements des traductions antérieures, entrepris sans recours au texte allemand.

4. Voir mon article dans *Literature and Translation*.

5. Julia Marc et Cora Hatt sont devenues célèbres grâce à leurs relations avec Hoffmann ; la première, qui avait treize ans au moment où Hoffmann s'éprit d'elle (il était son professeur de musique), nous rappelle la relation du poète Novalis avec Sophie von Kühn (qui avait onze ans).

6. Nous citons d'après Marcel Schneider, *Ernest Théodore* Amadeus Hoffmann, Paris, Julliard, 1979, p. 103.

7. Voir note 8. Hoffmann composa notamment des opéras (*Ondine,* d'après le conte de Lamotte-Fouqué, par exemple) et de la musique de chambre. Il a gardé une place, dans l'histoire de la musique, parmi les « compositeurs mineurs du romantisme ».

8. On distingue en général les groupes suivants : I. Le romantisme d'Iéna ou « Frühromantik » (dès 1798) : Auguste et Frédéric Schlegel, Novalis, Tieck, Wackenroder, Schelling, etc. ; II. Le romantisme de Heidelberg (dès 1807), plus poétique et populaire : Goerres, Brentano, Arnim, les frères Grimm, etc. ; III. Le romantisme de Berlin (dès 1804) : Chamisso, Hoffmann, Lamotte-Fouqué ; IV. L'école souabe : Uhland, Kerner ; IV. Le romantisme autrichien (avec notamment Lenau) ; V. Les groupes post-romantiques (notamment Heine, la gauche hégélienne, les poètes patriotiques, Mörike).

9. Albert Béguin et plusieurs écrivains de l'Entre-Deux-Guerres, en particulier des surréalistes, se sont attachés à Hoffmann comme à un Maître du rêve.

9 a. Pour des commentaires sur les œuvres isolées, on se reportera aux Notes.

10. Bien plus qu'un procédé, l'ironie des romantiques allemands est une attitude fondamentale devant l'existence et devant l'art. Les frères Schlegel, Novalis et leurs contemporains recommandent à l'artiste de rester lucide devant ses propres créations : l'œuvre particulière, la vie elle-même ne répond jamais aux aspirations, ce n'est jamais l'Idéal. L'art romantique n'est jamais achevé, il est en perpétuelle évolution, il est *perfectible*. La prise de conscience de cette distance entre l'Idéal et le réel amène les romantiques à rompre systématiquement l'illusion sur laquelle se fonde toute œuvre (d'où les jeux sur la fiction, au théâtre et dans les récits, qui séduiront Pirandello et tant d'autres). Le concept d'ironie qu'on trouve chez Kierkegaard est très proche des idées romantiques.

11. Nous devons nous contenter ici de faire allusion à une question très générale, qui n'a guère retenu l'attention des chercheurs : le changement dans la hiérarchie des genres. Au début du XIXe siècle, les spécialistes du roman s'excusent de présenter Benjamin Constant comme l'auteur d'*Adolphe* (cf. note 4). La prose trouve ses lecteurs (à preuve *Les Mille et Une Nuits*), mais c'est un genre « léger » (même selon Walter Scott !). D'où la fameuse querelle de la littérature facile, dans les années 1830-1840. On lira surtout les polémiques entre Désiré Nisard et Jules Janin dans la *Revue de Paris* (1833-1834).

12. Nous empruntons l'essentiel de notre documentation à Elizabeth Teichmann, *La Fortune d'Hoffmann en France* (voir la bibliographie). La *Bibliographie de la France* enregistre la publication à la fin de 1829 ; la page de titre mentionne 1830.

13. On consultera les tableaux qui figurent à la fin de notre introduction.

14. Voir le schéma des traductions.

15. Voir Pierre-Georges Castex, *Le Conte fantastique de Nodier à Maupassant*, Paris, Corti, 1962.

16. On trouvera des précisions sur le traducteur Loève-Veimars à la fin du dernier volume de cette édition.

17. Il existe une contrefaçon belge des *Contes et Fantaisies*, des *Contes fantastiques* et des *Contes nocturnes*.

18. Nous renvoyons le lecteur au tome III, où nous analyserons de plus près les écrits mêmes de Loève-Veimars.

19. La page de titre des *Contes fantastiques* mentionne explicitement que « M. Loève-Veimars » est le « traducteur de Van der Velde et de Zschokke ». Van der Velde et Bronikowski sont inconnus des histoires littéraires modernes ; seules les bibliographies très spécialisées leur réservent une place. Heinrich Zschokke (1771-1 48) est un auteur de « romans noirs » et de romans historiques, qui evint assez célèbre vers 1828 ; on le considérait comme un Walter cott suisse.

BIBLIOGRAPHIE

Jürgen VOERSTER, *160 Jahre E. T. A. Hoffmann-Forschung 1805-1965. Eine Bibliographie mit Inhaltserfassung und Erläuterungen,* Stuttgart, Eggert, 1967.

Édition allemande :

E. T. A. HOFFMANN, *Sämtliche Werke in fünf Einzelbänden.* Nach dem Text der Erstdrucke, unter Hinzuziehung der Ausgaben von Carl Georg von Maassen und Georg Ellinger hrsg. von W. Müller-Seidel, W. Kron, W. Segebrecht und Fr. Schnapp, Munich, Winkler, 1960-1965, 5 vol.

Excellente édition, richement annotée, qui oriente souvent nos commentaires ; elle contient en outre une bibliographie raisonnée.

Études en allemand :

Lothar KOEHN, *Vieldeutige Welt. Studien zur Struktur der Erzählungen E. T. A. Hoffmanns und zur Entwicklung seines Werks,* Tübingen, Niemeyer, 1966.

Wulf SEGEBRECHT, *Autobiographie und Dichtung. Eine Studie zum Werk E. T. A. Hoffmanns,* Stuttgart, Metzler, 1967.

Ingrid STROHSCHNEIDER-KOHRS, *Die romantische Ironie in Theorie und Gestaltung,* Tübingen, Niemeyer, 1960.

Marianne THALMANN, *Das Märchen und die Moderne. Zum Begriff der Surrealität im Märchen der Romantik,* 2e éd., Stuttgart, Kohlhammer, 1966.

Études en français :

Paul SUCHER, *Les Sources du merveilleux chez E. T. A. Hoffmann,* Paris, Alcan, 1912.

Jean MISTLER, *La Vie d'Hoffmann,* Paris, Gallimard, 1927.

Jean F. A. RICCI, *E. T. A. Hoffmann, l'homme et l'œuvre,* Paris, Corti, 1948.

Un chapitre et beaucoup de remarques dans Albert BÉGUIN, *L'Ame romantique et le rêve,* Paris, Corti, 1960.

Marcel BRION, *L'Allemagne romantique,* Paris, Albin Michel, 1962.

Marcel SCHNEIDER, *Ernest Théodore Amadeus Hoffmann,* Paris, Julliard, 1979. Biographie. Contient des notes bibliographiques sur la fortune d'Hoffmann.

On lira en outre le célèbre essai de Freud sur « L'Inquiétante étrangeté » (Das Unheimliche) dans les *Essais de psychanalyse appliquée,* Paris, Gallimard, 1933.

Hoffmann en France :

Elizabeth TEICHMANN, *La Fortune d'Hoffmann en France,* Genève, Droz; Paris, Minard, 1961 : sur les années 1830-1840; travail précis, qui cerne surtout les réactions critiques et qui néglige l'action en profondeur. On le complétera par :

Pierre-Georges CASTEX, *Le Conte fantastique en France de Nodier à Maupassant,* Paris, Corti, 1962.

José LAMBERT, *Ludwig Tieck dans les lettres françaises. Aspects d'une résistance au romantisme allemand,* Paris, Didier; Louvain, Presses universitaires de Louvain, 1976 (Études de Littérature étrangère et comparée, 73).

Pour les traductions, on se reportera à notre introduction et, pour les multiples traductions du XXe siècle, au numéro spécial sur le Romantisme allemand publié dans la Collection 10/18 (réédition du célèbre numéro spécial des *Cahiers du Sud*).

La Collection « Ressource » (Slatkine) vient de rééditer, en Reprint, la traduction de Xavier Marmier.

La principale traduction moderne est la suivante :

Contes d'Hoffmann. Première édition intégrale, réalisée sous la direction d'Albert Béguin, Paris, Club des Libraires de France, 1956-1957, 4 vol. Rééd. en 1 vol. : Paris, Les Libraires associés, 1964, coll. Galaxies.

Cette traduction se maintient dans le sillage du XIXe siècle en se limitant aux contes (sans les récits-cadres des *Serapionsbrüder*) et en remaniant tantôt Loève-Veimars, tantôt Egmont, tantôt encore Degeorge.

Nous remercions le R. P. Jean Guillaume, l'un des directeurs du Centre de recherches Nerval/Baudelaire (Facultés Universitaires Notre-Dame de la Paix, Namur), de nous avoir donné accès à la riche collection de textes d'Hoffmann et de documents relatifs à cet auteur, qui sont conservés dans le Centre.

CONTES FANTASTIQUES

Le texte qui suit, avant de prendre place dans l'édition Loève-Veimars, a paru dans la *Revue de Paris* (tome I, 12 avril 1829) sous le titre : « Du merveilleux dans le roman ». C'est une version abrégée de l'article de Walter Scott, « On the Supernatural in Fictitious Composition : Works of Hoffmann », publié dans la *Foreign Quarterly Review* de juillet 1827.

La notice critique de Walter Scott sur Hoffmann, qui précède ces Contes, a déjà été placée dans les œuvres du romancier écossais. Il n'a pas dépendu de nous de la supprimer dans cet ouvrage, ni de la publier plus tôt ; il nous a semblé d'ailleurs que sa place était marquée en tête de ce livre : Hoffmann pourra ainsi répondre par lui-même à son rigoureux critique.

Ce n'était peut-être pas avec les principes de la raison la plus élevée, du goût le plus pur, qu'il fallait juger un Hoffmann. D'où vient cette manie générale de reconstruire à sa guise l'âme d'un écrivain ? et pourquoi regretter que tel homme n'ait pas eu le talent de tel autre ? Hoffmann dessinait, il composait des vers, de la musique, dans une sorte de délire ; il aimait le vin, une place obscure au fond d'une taverne ; il se réjouissait de copier des figures étranges, de peindre un caractère brut et bizarre ; il craignait le diable, il aimait les revenants, la musique, les lettres, la peinture ; ces trois passions qui dévorèrent sa vie, il les cultivait avec un emportement sauvage ; Salvator, Callot, Beethoven, Dante, Byron, étaient les génies qui réchauffaient son âme : Hoffmann a vécu dans une fièvre continuelle ; il est mort presque en démence : un tel homme était plus fait pour être un sujet d'études que de critiques ; et on devait plutôt compatir à cette originalité qui lui a coûté tant de douleurs, qu'en discuter froidement les principes. Il ne fallait pas oublier surtout que, s'il est des écrivains qui trouvent leur immense talent et leur verve dans le bonheur et dans l'opulence, il en est d'autres dont la route a été marquée à travers toutes les afflictions humaines, et dont un fatal destin a nourri l'imagination par des maux inouïs et par une éternelle misère.

A. LOÈVE-VEIMARS.

SUR HOFFMANN
ET
LES COMPOSITIONS FANTASTIQUES

Le goût des Allemands pour le *mystérieux* leur a fait inventer un genre de composition qui peut-être ne pouvait exister que dans leur pays et leur langue. C'est celui qu'on pourrait appeler le genre FANTASTIQUE, où l'imagination s'abandonne à toute l'irrégularité de ses caprices et à toutes les combinaisons des scènes les plus bizarres et les plus burlesques. Dans les autres fictions où le merveilleux est admis, on suit une règle quelconque : ici l'imagination ne s'arrête que lorsqu'elle est épuisée. Ce genre est au roman plus régulier, sérieux ou comique, ce que la farce, ou plutôt les parades et la pantomime sont à la tragédie et à la comédie. Les transformations les plus imprévues et les plus extravagantes ont lieu par les moyens les plus improbables. Rien ne tend à en modifier l'absurdité. Il faut que le lecteur se contente de regarder les tours d'escamotage de l'auteur, comme il regarderait les sauts périlleux et les métamorphoses d'Arlequin, sans y chercher aucun sens, ni d'autre but que la surprise du moment. L'auteur qui est la tête de cette branche de la littérature romantique est Ernest-Théodore-Guillaume Hoffmann.

L'originalité du génie, du caractère et des habitudes d'Ernest-Théodore-Guillaume Hoffmann le rendaient propre à se distinguer dans un genre d'ouvrages qui exige l'imagination la plus bizarre. Ce fut un homme d'un rare talent. Il était à la fois poète, dessinateur et musicien ; mais malheureusement son tempérament hypocondriaque le poussa sans cesse aux extrêmes dans tout ce qu'il entreprit : ainsi sa musique ne fut qu'un assemblage de sons étranges, ses dessins que des caricatures, ses contes, comme il le dit lui-même, que des extravagances.

Élevé pour le barreau, il remplit d'abord en Prusse des fonctions inférieures dans la magistrature ; mais bientôt réduit à vivre de son industrie, il eut recours à sa plume et à ses crayons, ou composa de la musique pour le théâtre. Ce changement continuel d'occupations incertaines, cette existence errante et précaire, produisirent sans doute leur effet sur un esprit particulièrement susceptible d'exaltation ou de découragement, et rendirent plus variable encore un caractère déjà trop inconstant. Hoffmann entretenait aussi l'ardeur de son génie par des libations fréquentes ; et sa pipe, compagne fidèle, l'enveloppait d'une atmosphère de vapeurs. Son extérieur même indiquait son irritation nerveuse. Il était petit de taille, et son regard fixe et sauvage, qui s'échappait à travers une épaisse chevelure noire, trahissait cette sorte de désordre mental dont il semble avoir eu lui-même le sentiment, quand il écrivait sur son journal ce *memorandum* qu'on ne peut lire sans un mouvement d'effroi : « Pourquoi, « dans mon sommeil comme dans mes veilles, mes pen« sées se portent-elles si souvent malgré moi sur le triste « sujet de la démence ? Il me semble, en donnant carrière « aux idées désordonnées qui s'élèvent dans mon esprit, « qu'elles s'échappent comme si le sang coulait d'une de « mes veines qui viendrait de se rompre. »

Quelques circonstances de la vie vagabonde d'Hoffmann vinrent aussi ajouter à ces craintes chimériques d'être marqué d'un sceau fatal, qui le rejetait hors du cercle commun des hommes. Ces circonstances n'avaient rien cependant d'aussi extraordinaire que se le figurait son imagination malade. Citons-en un exemple. Il était aux eaux et assistait à une partie de jeu fort animée, avec un de ses amis, qui ne put résister à l'appât de s'approprier une partie de l'or qui couvrait le tapis. Partagé entre l'espérance du gain et la crainte de la perte, et se méfiant de sa propre étoile, il glissa enfin six pièces d'or entre les mains d'Hoffmann, le priant de jouer pour lui. La fortune fut propice à notre jeune visionnaire, et il gagna pour son ami une trentaine de frédérics d'or. Le lendemain soir,

Hoffmann résolut de tenter le sort pour lui-même. Cette idée, comme il le remarque, n'était pas le fruit d'une détermination antérieure, mais lui fut soudainement suggérée par la prière que lui fit son ami de jouer pour lui une seconde fois. Il s'approcha donc de la table pour son propre compte, et plaça sur une carte les deux seuls frédérics d'or qu'il possédât. Si le bonheur d'Hoffmann avait été remarquable la veille, on aurait pu croire maintenant qu'un pouvoir surnaturel avait fait un pacte avec lui pour le seconder : chaque carte lui était favorable. Mais laissons-le parler lui-même :

« Je perdis tout pouvoir sur mes sens, et à mesure que « l'or s'entassait devant moi, je croyais faire un rêve, « dont je ne m'éveillai que pour emporter ce gain aussi « considérable qu'inattendu. Le jeu cessa, suivant « l'usage, à deux heures du matin. Comme j'allais quitter « la salle, un vieil officier me mit la main sur l'épaule, et « m'adressant un regard sévère : — Jeune homme, me « dit-il, si vous y allez de ce train, vous ferez sauter la « banque ; mais quand cela serait, vous n'en êtes pas « moins, comptez-y bien, une proie aussi sûre pour le « diable que le reste des joueurs. — Il sortit aussitôt sans « attendre une réponse. Le jour commençait à poindre, « quand je rentrai chez moi, et couvris ma table de mes « monceaux d'or. Qu'on s'imagine ce que dut éprouver « un jeune homme qui, dans un état de dépendance ab- « solue, et la bourse ordinairement bien légère, se trou- « vait tout à coup en possession d'une somme suffisante « pour constituer une véritable richesse, au moins pour le « moment ! Mais, tandis que je contemplais mon trésor, « une angoisse singulière vint changer le cours de mes « idées ; une sueur froide ruisselait de mon front. Les « paroles du vieil officier retentirent à mon oreille dans « leur acception la plus étendue et la plus terrible. Il me « sembla que l'or qui brillait sur ma table était les arrhes « d'un marché par lequel le prince des ténèbres avait pris « possession de mon âme pour sa destruction éternelle : il « me sembla qu'un reptile vénéneux suçait le sang de « mon cœur ; et je me sentis plongé dans un abîme de « désespoir. »

L'aube naissante commençait alors à briller à travers la fenêtre d'Hoffmann, et à éclairer de ses rayons la campagne voisine. Il en éprouva la douce influence, et, retrouvant des forces pour combattre la tentation, il fit le serment de ne plus toucher une carte de sa vie, et le tint.

« La leçon de l'officier fut bonne, dit-il; et son effet « excellent. » Mais avec une imagination comme celle d'Hoffmann, cette impression fut le remède d'un empirique plutôt que d'un médecin habile. Il renonça au jeu, moins par sa conviction des funestes conséquences morales de cette passion, que par la crainte positive que lui inspirait l'esprit du mal en personne.

Il n'est pas rare de voir à cette exaltation, comme à celle de la folie, succéder des accès d'une timidité excessive. Les poètes eux-mêmes ne passent pas pour être tous les jours braves, depuis qu'Horace a fait l'aveu d'avoir abandonné son bouclier; mais il n'en était pas ainsi d'Hoffmann.

Il était à Dresde à l'époque critique où cette ville, sur le point d'être prise par les Alliés, fut sauvée par le retour soudain de Bonaparte et de sa garde. Il vit alors la guerre de près, et s'aventura plusieurs fois à cinquante pas des tirailleurs français, qui échangeaient leurs balles, en vue de Dresde, avec celles des Alliés. Lors du bombardement de cette ville, une bombe éclata devant la maison où Hoffmann était avec le comédien Keller, le verre à la main, et regardant d'une fenêtre élevée les progrès de l'attaque. L'explosion tua trois personnes, Keller laissa tomber son verre; mais Hoffmann, après avoir vidé le sien: « Qu'est-ce que la vie? s'écria-t-il philosophique« ment; et combien est fragile la machine humaine, qui « ne peut résister à un éclat de fer brûlant! »

Au moment où l'on entassait les cadavres dans ces fosses immenses qui sont le tombeau du soldat, il visita le champ de bataille, couvert de morts et de blessés, d'armes brisées, de shakos, de sabres, de gibernes, et de tous les débris d'une bataille sanglante. Il vit aussi Napoléon au milieu de son triomphe, et l'entendit adresser à un adjudant, avec le regard et la voix retentissante du lion, ce seul mot: « Voyons. »

Il est bien à regretter qu'Hoffmann n'ait laissé que des notes peu nombreuses sur les événements dont il fut témoin à Dresde, et dont il aurait pu, avec son esprit observateur et son talent pour la description, tracer un tableau si fidèle. On peut dire en général, des relations de sièges et de combats, qu'elles ressemblent plutôt à des plans qu'à des tableaux ; et que, si elles peuvent instruire le tacticien, elles sont peu faites pour intéresser le commun des lecteurs. Un militaire surtout, en parlant des affaires où il s'est trouvé, est beaucoup trop disposé à les raconter dans le style sec et technique d'une gazette : comme s'il craignait d'être accusé de vouloir exagérer ses propres périls en rendant son récit dramatique.

La relation de la bataille de Leipsick, telle que l'a publiée un témoin oculaire, M. Schoberl, est un exemple de ce qu'on aurait pu attendre des talents de M. Hoffmann, si sa plume nous avait rendu compte des grandes circonstances qui venaient de se passer sous ses yeux. Nous lui aurions volontiers fait grâce de quelques-uns de ses ouvrages de diablerie, s'il nous eût donné à la place une description fidèle de l'attaque de Dresde, et de la retraite de l'armée alliée dans le mois d'août 1813. Hoffmann était d'ailleurs un honnête et véritable Allemand, dans toute la force du terme ; et il eût trouvé une muse dans son ardent patriotisme.

Il ne lui fut pas donné, toutefois, d'essayer aucun ouvrage, si léger qu'il fût, dans le genre historique. La retraite de l'armée française le rendit bientôt à ses habitudes de travaux littéraires et de jouissances sociales. On peut supposer cependant que l'imagination toujours active d'Hoffmann reçut une nouvelle impulsion de tant de scènes de péril et de terreur. Une calamité domestique vint aussi contribuer à augmenter sa sensibilité nerveuse. Une voiture publique dans laquelle il voyageait, versa en route, et sa femme reçut à la tête une blessure fort grave qui la fit souffrir pendant longtemps.

Toutes ces circonstances, jointes à l'irritabilité naturelle de son propre caractère, jetèrent Hoffmann dans une situation d'esprit plus favorable peut-être pour obtenir des succès dans son genre particulier de composition, que compatible avec ce calme heureux de la vie, dans lequel les philosophes s'accordent à placer le bonheur ici-bas. C'est à une organisation comme celle d'Hoffmann, que s'applique ce passage de l'ode admirable *à l'indifférence* * :

« Le cœur ne peut plus connaître la paix ni la joie, « quand, semblable à la boussole, il tourne, mais tremble « en tournant, selon le vent de la fortune ou de l'adver- « sité. » Bientôt Hoffmann fut soumis à la plus cruelle épreuve qu'on puisse imaginer.

En 1807, un violent accès de fièvre nerveuse avait beaucoup augmenté la funeste sensibilité à laquelle il devait tant de souffrances. Il s'était fait lui-même, pour constater l'état de son imagination, une échelle graduée, une espèce de thermomètre, qui indiquait l'exaltation de ses sentiments, et s'élevait quelquefois jusqu'à un degré peu éloigné d'une véritable aliénation mentale. Il n'est pas facile peut-être de traduire par des expressions équivalentes les termes dont se sert Hoffmann pour classer ses sensations; nous essaierons cependant de dire que ses notes sur son humeur journalière décrivent tour à tour une disposition aux idées mystiques ou religieuses; le sentiment d'une gaieté exagérée; celui d'une gaieté ironique; le goût d'une musique bruyante et folle; une humeur romanesque tournée vers les idées sombres et terribles; un penchant excessif pour la satire amère, visant à ce qu'il y a de plus bizarre, de plus capricieux, de plus extraordinaire; une sorte de quiétisme favorable aux expressions les plus chastes et les plus douces d'une imagination poétique; enfin, une exaltation susceptible uniquement des idées les plus noires, les plus horribles, les plus désordonnées et les plus accablantes.

Dans certains temps, au contraire, les sentiments que retrace le jounal de cet homme malheureux n'accusent plus qu'un abattement profond, un dégoût qui lui faisait repousser les émotions qu'il accueillait la veille avec le plus d'empressement. Cette espèce de paralysie morale est, à notre avis, une maladie qui affecte plus ou moins

* Du poète Collins.

toutes les classes, depuis l'ouvrier qui s'aperçoit, pour nous servir de son expression, qu'il *a perdu sa main,* et ne peut plus remplir sa tâche journalière avec sa promptitude habituelle, jusqu'au poète, que sa muse abandonne quand il a le plus besoin de ses inspirations. Dans des cas pareils, l'homme sage a recours à l'exercice ou à un changement d'étude : les ignorants et les imprudents cherchent des moyens plus grossiers pour chasser le paroxysme. Mais ce qui, pour une personne d'un esprit sain, n'est que la sensation désagréable d'un jour ou d'une heure, devient une véritable maladie pour des esprits comme celui d'Hoffmann, toujours disposés à tirer du présent de funestes présages pour l'avenir.

Hoffmann avait le malheur d'être particulièrement soumis à cette singulière peur du lendemain, et d'opposer presque immédiatement à toute sensation agréable qui s'élevait dans son cœur l'idée d'une conséquence triste ou dangereuse. Son biographe nous a donné un singulier exemple de cette fâcheuse disposition qui le portait non seulement à redouter le pire, quand il en avait quelque motif réel, mais même à troubler, par cette appréhension ridicule et déraisonnable, les circonstances les plus naturelles de la vie. « Le diable, avait-il l'habitude de dire, se « glisse dans toutes les affaires, même quand elles pré- « sentent, en commençant, la tournure la plus favorable. » Un exemple sans importance, mais bizarre, fera mieux connaître ce penchant fatale au pessimisme.

Hoffmann, observateur minutieux, vit un jour une petite fille s'adresser à une femme dans le marché pour lui acheter quelques fruits qui avaient frappé ses yeux et excité ses désirs. La prudente fruitière voulut d'abord savoir ce qu'elle avait à dépenser pour son achat ; et quand la pauvre fille, qui était d'une beauté remarquable, lui eut montré avec une joie mêlée d'orgueil, une toute petite pièce de monnaie, la marchande lui fit entendre qu'elle n'avait rien dans sa boutique qui fût d'un prix assez modique pour sa bourse. La pauvre enfant, mortifiée, se retirait les larmes aux yeux, quand Hoffmann la rappela, et, ayant fait son marché lui-même, remplit son tablier des plus beaux fruits ; mais il avait à peine eu le temps de jouir de l'expression du bonheur qui avait ranimé tout à coup cette jolie figure d'enfant, qu'il devint tourmenté de l'idée qu'il pourrait être la cause de sa mort, puisque le fruit qu'il lui avait donné pourrait lui occasionner une indigestion ou toute autre maladie. Ce pressentiment le poursuivit jusqu'à ce qu'il fût arrivé à la maison d'un ami. C'est ainsi que la crainte vague d'un mal imaginaire venait sans cesse empoisonner tout ce qui aurait dû charmer pour lui le présent, ou embellir l'avenir. Nous ne pouvons nous empêcher ici d'opposer au caractère d'Hoffmann celui de notre poète Wordsworth, si remarquable par sa riche imagination. La plupart des petits poèmes de Wordsworth sont l'expression d'une sensibilité extrême, excitée par les moindres incidents, tels que celui qui vient d'être raconté ; mais avec cette différence qu'une disposition plus heureuse et plus noble fait puiser à Wordsworth des réflexions agréables, douces et consolantes dans ces mêmes circonstances qui n'inspiraient à Hoffmann que des idées d'une tout autre nature. Ces incidents passent sans arrêter l'attention des esprits ordinaires ; mais des observateurs doués d'une imagination poétique, comme Wordsworth et Hoffmann, sont, pour ainsi dire, des chimistes habiles, qui, de ces matières en apparence insignifiantes, savent distiller des cordiaux ou des poisons.

Nous ne voulons pas dire que l'imagination d'Hoffmann fût vicieuse ou corrompue ; mais seulement qu'elle était déréglée et avait un malheureux penchant vers les images horribles et déchirantes. Ainsi il était poursuivi, surtout dans ses heures de solitude et de travail, par l'appréhension de quelque danger indéfini dont il se croyait menacé ; et son repos était troublé par les spectres et les apparitions de toute espèce, dont la description avait rempli ses livres, et que son imagination seule avait enfantés : comme s'ils eussent eu une existence réelle et un pouvoir véritable sur lui. L'effet de ces visions était souvent tel, que, pendant les nuits, qu'il consacrait quelquefois à l'étude, il avait coutume de faire lever sa femme et de la faire asseoir auprès de lui, pour le protéger par sa présence contre les fantômes qu'il avait conjurés lui-même dans son exaltation.

Ainsi l'inventeur, ou au moins le premier auteur célèbre qui ait introduit dans sa composition le FANTASTIQUE ou le grotesque surnaturel, était si près d'un véritable état de folie, qu'il tremblait devant les fantômes de ses ouvrages. Il n'est pas étonnant qu'un esprit qui accordait si peu à la raison et tant à l'imagination, ait publié de si nombreux écrits où la seconde domine à l'exclusion de la première. Et, en effet, le grotesque, dans les ouvrages d'Hoffmann, ressemble en partie à ces peintures arabesques qui offrent à nos yeux les monstres les plus étranges et les plus compliqués : des centaures, des griffons, des sphinx, des chimères ; enfin, toutes les créations d'une imagination romanesque. De telles compositions peuvent éblouir par une fécondité prodigieuse d'idées, par le brillant contraste des formes et des couleurs ; mais elles ne présentent rien qui puisse éclairer l'esprit ou satisfaire le jugement. Hoffmann passa sa vie (et certes ce ne pouvait être une vie heureuse) à tracer, sans règle et sans mesure, des images bizarres et extravagantes, qui, après tout, ne lui valurent qu'une réputation bien au-dessous de celle qu'il aurait pu acquérir par son talent, s'il l'eût soumis à la direction d'un goût plus sûr ou d'un jugement plus solide. Il y a bien lieu de croire que sa vie fut abrégée, non seulement par sa maladie mentale, mais encore par les excès auxquels il eut recours pour se garantir de la mélancolie, et qui agirent directement sur sa tournure d'esprit. Nous devons d'autant plus le regretter que, malgré tant de divagation, Hoffmann n'était pas un homme ordinaire ; et si le désordre de ses idées ne lui avait fait confondre le surnaturel avec l'absurde, il se serait distingué comme un excellent peintre de la nature humaine, qu'il savait observer et admirer dans ses réalités.

Hoffmann réussissait surtout à tracer les caractères propres à son pays. L'Allemagne, parmi ses auteurs nombreux, n'en peut citer aucun qui ait su plus fidèlement personnifier cette droiture et cette intégrité qu'on rencontre dans toutes les classes parmi les descendants des anciens Teutons. Il y a surtout dans le conte intitulé *Le Majorat* un caractère qui est peut-être particulier à l'Allemagne, et qui forme un contraste frappant avec les individus de la même classe, tels qu'on nous les représente dans les romans, et tels que, peut-être, ils existent en réalité dans les autres pays, Le *justicier* B… remplit, dans la famille du baron Roderic de R…, noble propriétaire de vastes domaines en Courlande, à peu près le même office que le fameux bailli Macwhecble exerçait sur les terres du baron de Bradwardine (s'il m'était permis de citer *Waverley*). Le justicier, par exemple, était le représentant du seigneur dans ses cours de justice féodale; il avait la surveillance de ses revenus, dirigeait et contrôlait sa maison, et, par sa connaissance des affaires de la famille, il avait acquis le droit d'offrir et son avis et son assistance dans les cas de difficultés pécuniaires. L'auteur écossais a pris la liberté de mêler à ce caractère une teinte de cette friponnerie dont on fait presque l'attribut obligé de la classe inférieure des gens de loi. Le bailli est bas, avare, rusé et lâche; il n'échappe à notre dégoût ou à notre mépris que par le côté plaisant de son caractère; on lui pardonne une partie de ses vices en faveur de cet attachement pour son maître et sa famille, qui est chez lui une sorte d'instinct et qui semble l'emporter même sur son égoïsme naturel. Le justicier de R… est précisément l'opposé de ce caractère; c'est bien aussi un original: il a les manies de la vieillesse et un peu de sa mauvaise humeur satirique; mais ses qualités morales en font, comme le dit justement La Motte-Fouqué, un héros des anciens temps, qui a pris la robe de chambre et les pantoufles d'un vieux procureur de nos jours. Son mérite naturel, son indépendance, son courage, sont plutôt rehaussés que ternis par son éducation, et sa profession, qui suppose une connaissance exacte du genre humain, et qui, si elle n'est pas subordonnée à l'honneur et à la probité, est le masque le plus vil et le plus dangereux dont un homme puisse se couvrir pour tromper les autres. Mais le justicier d'Hoffmann, par sa situation dans la famille de ses maîtres, dont il a connu deux générations, par la possession de tous leurs secrets, et plus encore par la loyauté et la noblesse de son caractère, exerce sur son seigneur lui-même, tout fier qu'il est parfois, un véritable ascendant.

Le conte que nous venons de citer montre l'imagination déréglée d'Hoffmann, mais prouve aussi qu'il possédait un talent qui aurait dû la contenir et la modifier. Malheureusement son goût et son tempérament l'entraînaient trop fortement au grotesque et au fantastique, pour lui permettre de revenir souvent dans ses compositions au genre plus raisonnable dans lequel il aurait facilement réussi. Le roman populaire a sans doute un vaste cercle à parcourir, et loin de nous la pensée d'appeler les rigueurs de la critique contre ceux dont le seul objet est de faire passer au lecteur une heure agréable. On peut répéter avec vérité que, dans cette littérature légère,

Tous les genres sont bons, hors le genre ennuyeux.

Sans doute, il ne faut pas condamner une faute de goût avec la même sévérité que si c'était une fausse maxime de morale, une hypothèse erronée de la science, ou une hérésie en religion. Le génie aussi, nous le savons, est capricieux, et veut avoir son libre essor, même hors des régions ordinaires, ne fût-ce que pour hasarder une tentative nouvelle. Quelquefois enfin, on peut arrêter ses regards avec plaisir sur une peinture arabesque, exécutée par un artiste doué d'une riche imagination; mais il est pénible de voir le génie s'épuiser sur des sujets que le goût réprouve. Nous ne voudrions lui permettre une excursion dans ces régions fantastiques, qu'à condition qu'il en rapporterait des idées douces et agréables. Nous ne saurions avoir la même tolérance pour ces caprices qui non seulement nous étonnent par leur extravagance, mais nous révoltent par leur horreur. Hoffmann doit avoir eu dans sa vie des moments d'exaltation douce aussi bien que d'exaltation pénible; et le champagne qui pétillait dans son verre aurait perdu pour lui sa bienveillante influence, s'il n'avait quelquefois éveillé dans son esprit des idées agréables aussi bien que des pensées bizarres. Mais c'est le propre de tous les sentiments exagérés, de tendre toujours vers les émotions pénibles; comme les accès de la folie ont bien plus fréquemment un caractère triste qu'agréable. De même le grotesque a une alliance intime avec l'horrible; car ce qui est hors de la nature peut difficilement avoir aucun rapport avec ce qui est beau. Rien, par exemple, ne peut être plus déplaisant pour l'œil que le palais de ce prince italien au cerveau malade, qui était décoré de toutes les sculptures monstrueuses qu'une imagination dépravée pouvait suggérer au ciseau de l'artiste.

Les ouvrages de Callot, qui a fait preuve d'une fécondité d'esprit merveilleuse, causent pareillement plus de surprise que de plaisir. Si nous comparons la fécondité de Callot à celle d'Hogarth, nous les trouverons égaux l'un à l'autre ; mais comparons le degré de satisfaction que procure un examen attentif de leurs compositions respectives, et l'artiste anglais aura un immense avantage. Chaque nouveau coup de pinceau que l'observateur découvre parmi les détails riches et presque superflus d'Hogarth, vaut un chapitre dans l'histoire des mœurs humaines, sinon du cœur humain ; en examinant de près, au contraire, les productions de Callot, on découvre seulement dans chacune de ses *diableries* un nouvel exemple d'un esprit employé en pure perte, ou d'une imagination qui s'égare dans les régions de l'absurde. Les ouvrages de l'un ressemblent à un jardin soigneusement cultivé, qui nous offre à chaque pas quelque chose d'agréable ou d'utile ; ceux de l'autre rappellent un jardin négligé, dont le sol, également fertile, ne produit que des plantes sauvages et parasites.

Hoffmann s'est en quelque sorte identifié avec l'ingénieux artiste que nous venons de critiquer, par son titre de *Tableaux de nuit à la manière de Callot ;* et pour écrire par exemple, un conte comme *Le Sablier* *, il faut qu'il ait été initié dans les secrets de ce peintre original, avec qui il peut certes réclamer une véritable analogie de talent. Nous avons cité un conte, *Le Majorat,* où le merveilleux nous paraît heureusement employé parce qu'il se mêle à des intérêts et des sentiments réels, et qu'il montre avec beaucoup de force à quel degré les circonstances peuvent élever l'énergie et la dignité de l'âme ; mais celui-ci est d'un genre bien différent :

« Moitié horrible, moitié bizarre, semblable à un démon qui exprime sa joie par mille grimaces. »

* *Contes fantastiques.*

Nathaniel, le héros de ce conte, est un jeune homme d'un tempérament fantasque et hypocondriaque, d'une tournure d'esprit poétique et métaphysique à l'excès, avec cette organisation nerveuse plus particulièrement soumise à l'influence de l'imagination. Il nous raconte les événements de son enfance dans une lettre adressée à Lothaire, son ami, frère de Clara, sa fiancée.

Son père, honnête horloger, avait l'habitude d'envoyer coucher ses enfants, à certains jours, plus tôt qu'à l'ordinaire, et la mère ajoutait chaque fois à cet ordre : Allez au lit, voici le Sablier qui vient. Nathaniel, en effet, observa qu'alors, après leur retraite, on entendait frapper à la porte ; des pas lourds et traînants retentissaient sur l'escalier ; quelqu'un entrait chez son père, et quelquefois une vapeur désagréable et suffocante se répandait dans la maison. C'était donc le Sablier : mais que voulait-il, et que venait-il faire ? Aux questions de Nathaniel, la bonne répondit, par un conte de nourrice, que le Sablier était un méchant homme qui jetait du sable dans les yeux des petits enfants qui ne voulaient pas aller se coucher. Cette réponse redoubla sa frayeur, mais éveilla en même temps sa curiosité. Il résolut enfin de se cacher dans la chambre de son père, et d'y attendre l'arrivée du visiteur nocturne : il exécuta ce projet, et reconnut dans le Sablier l'homme de loi Copelius qu'il avait vu souvent avec son père. Sa masse informe s'appuyait sur des jambes torses ; il était gaucher, avait le nez gros, les oreilles énormes, tous les traits démesurés, et son aspect farouche, qui le faisait ressembler à un ogre, avait souvent épouvanté les enfants, quand ils ignoraient encore que ce légiste, odieux par sa laideur repoussante, n'était autre que le redoutable Sablier. Hoffmann a tracé de cette figure monstrueuse une esquisse qu'il a voulu sans doute rendre aussi révoltante pour ses lecteurs qu'elle pouvait être terrible pour les enfants. Copelius fut reçu par le père de Nathaniel avec les démonstrations d'un humble respect : ils découvrirent un fourneau secret, l'allumèrent, et commencèrent bientôt des opérations chimiques d'une nature étrange et mystérieuse, qui expliquaient cette vapeur dont la maison avait été plusieurs fois remplie. Les gestes des opérateurs devinrent frénétiques ; leurs traits prirent une expression d'égarement et de fureur à mesure qu'ils avançaient dans leurs travaux ; Nathaniel, cédant à la terreur, jeta un cri et sortit de sa retraite. L'alchimiste, car Copelius en était un, eut à peine découvert le petit espion, qu'il menaça de lui arracher les yeux, et ce ne fut pas sans difficulté que le père, en s'interposant, parvint à l'empêcher de jeter des cendres ardentes dans les yeux de l'enfant. L'imagination de Nathaniel fut tellement troublée de cette scène, qu'il fut attaqué d'une fièvre nerveuse pendant laquelle l'horrible figure du disciple de Paracelse était sans cesse devant ses yeux comme un spectre menaçant.

Après un long intervalle, et quand Nathaniel fut rétabli, les visites nocturnes de Copelius à son élève recommencèrent ; celui-ci promit un jour à sa femme que ce serait pour la dernière fois. Sa promesse fut réalisée, mais non pas sans doute comme l'entendait le vieux horloger. Il périt le jour même par l'explosion de son laboratoire chimique, sans qu'on pût retrouver aucune trace de son maître dans l'art fatal qui lui avait coûté la vie. Un pareil événement était bien fait pour produire une impression profonde sur une imagination ardente : Nathaniel fut poursuivi, tant qu'il vécut, par le souvenir de cet affreux personnage ; et Copelius s'identifia dans son esprit avec le principe du mal. L'auteur continue ensuite le récit lui-même, et nous présente son héros étudiant à l'université, où il est surpris par l'apparition soudaine de son infatigable persécuteur. Celui-ci joue maintenant le rôle d'un colporteur italien ou du Tyrol, qui vend des instruments d'optique ; mais, sous le déguisement de sa nouvelle profession et sous le nom italianisé de Giuseppe Coppola, c'est toujours l'ennemi acharné de Nathaniel ; celui-ci est vivement tourmenté de ne pouvoir faire partager à son ami et à sa maîtresse les craintes que lui inspire le faux marchand de baromètres, qu'il croit reconnaître pour le terrible jurisconsulte. Il est aussi mécontent de Clara, qui, guidée par son bon sens et par un jugement sain, rejette non seulement ses frayeurs métaphysiques, mais blâme aussi son style poétique, plein d'enflure et d'affectation. Son cœur s'éloigne par degrés de la compagne de son enfance, qui ne sait être que franche, sensible et affectionnée; et il transporte, par la même gradation, son amour sur la fille d'un professeur appelé Spalanzani, dont la maison fait face aux fenêtres de son logement. Ce voisinage lui donne l'occasion fréquente de contempler Olympia assise dans sa chambre : elle y reste des heures entières sans lire, sans travailler, ou même sans se mouvoir; mais, en dépit de cette insipidité et de cette inaction, il ne peut résister au charme de son extrême beauté. Cette passion funeste prend un accroissement bien plus rapide encore, quand il s'est laissé persuader d'acheter une lorgnette d'approche au perfide Italien, malgré sa ressemblance frappante avec l'ancien objet de sa haine et de son horreur. La secrète influence de ce verre trompeur cache aux yeux de Nathaniel ce qui frappait tous ceux qui approchaient Olympia. Il ne voit pas en elle une certaine roideur de manières qui rend sa démarche semblable aux mouvements d'une machine, une stérilité d'idées qui réduit sa conversation à un petit nombre de phrases sèches et brèves, qu'elle répète tour à tour; il ne voit rien enfin de tout ce qui trahissait son origine mécanique. Ce n'était en effet qu'une belle poupée, ou automate, créée par la main habile de Spalanzani, et douée d'une apparence de vie par les artifices diaboliques de l'alchimiste, avocat et colporteur, Copelius ou Coppola.

L'amoureux Nathaniel vient à connaître cette fatale vérité en se trouvant le témoin d'une querelle terrible qui s'élève entre les deux imitateurs de Prométhée, au sujet de leurs intérêts respectifs dans ce produit de leur pouvoir créateur. Ils profèrent les plus infâmes imprécations, mettent en pièces leur belle machine, et saisissent ses membres épars, dont ils se frappent à coups redoublés. Nathaniel, déjà à moitié fou, tombe dans une frénésie complète à la vue de cet horrible spectacle.

Mais nous serions fous nous-mêmes de continuer à analyser ces rêves d'un cerveau en délire. Au dénouement, notre étudiant, dans un accès de fureur, veut tuer Clara en la précipitant du sommet d'une tour : son frère la sauve de ce péril, et le frénétique, resté seul sur la plate-forme, gesticule avec violence et débite le jargon magique qu'il a appris de Copelius et de Spalanzani. Les spectateurs, que cette scène avait rassemblés en foule au pied de la tour, cherchaient les moyens de s'emparer de ce furieux, lorsque Copelius apparaît soudain parmi eux, et leur donne l'assurance que Nathaniel va descendre de son propre mouvement. Il réalise sa prophétie en fixant sur le malheureux jeune homme un regard de fascination, qui le fait aussitôt se précipiter lui-même, la tête la première. L'horrible absurdité de ce conte est faiblement rachetée par quelques traits dans le caractère de Clara, dont la fermeté, le simple bon sens et la franche affection forment un contraste agréable avec l'imagination en désordre, les appréhensions, les frayeurs chimériques et la passion déréglée de son extravagant admirateur.

Il est impossible de soumettre de pareils contes à la critique. Ce ne sont pas les visions d'un esprit poétique; elles n'ont pas même cette liaison apparente que les égarements de la démence laissent quelquefois aux idées d'un fou : ce sont les rêves d'une tête faible, en proie à la fièvre, qui peuvent un moment exciter notre curiosité par leur bizarrerie, ou notre surprise par leur originalité, mais jamais au-delà d'une attention très passagère, et, en vérité, les inspirations d'Hoffmann ressemblent si souvent aux idées produites par l'usage immodéré de l'opium, que nous croyons qu'il avait plus besoin du secours de la médecine que des avis de la critique.

La mort de cet homme extraordinaire arriva en 1822. Il devint affecté de cette cruelle maladie appelée *tabes dorsalis,* qui le priva peu à peu de l'usage de ses membres. Même dans cette triste extrémité, il dicta plusieurs ouvrages qui indiquent encore la force de son imagination, parmi lesquels nous citerons un fragment intitulé *La Convalescence,* plein d'allusions touchantes à ses propres sentiments à cette époque, et une nouvelle appelée *L'Adversaire,* à laquelle il consacra presque ses derniers moments. Rien ne put ébranler la force de son courage; il sut endurer avec constance les angoisses de son corps, quoiqu'il fût incapable de supporter les terreurs imaginaires de son esprit. Les médecins crurent devoir en venir à la cruelle épreuve du cautère actuel, par l'application d'un fer brûlant sur le trajet de la moelle épinière, pour essayer de ranimer l'activité du système nerveux. Il fut si loin de se laisser abattre par les tortures de ce martyre médical, qu'il demanda à un de ses amis, qui entra dans sa chambre au moment où l'on venait de terminer cette terrible opération, s'il ne sentait pas *la chair rôtie*. « Je consenti-« rais volontiers, disait-il avec le même courage héroï-« que, à perdre l'usage de mes membres, si je pouvais « seulement conserver la force de travailler avec l'aide « d'un secrétaire. » Hoffmann mourut à Berlin, le 25 juin 1822, laissant la réputation d'un homme remarquable, que son tempérament et sa santé avaient seuls empêché d'arriver à la plus haute renommée, et dont les ouvrages, tels qu'ils existent aujourd'hui, doivent être considérés moins comme un modèle à imiter, que comme un avertissement salutaire du danger que court un auteur qui s'abandonne aux écarts d'une folle imagination.

WALTER SCOTT.

LE MAJORAT

I

Non loin du rivage de la mer Baltique, se trouve le château héréditaire de la famille de R..., nommé R... bourg[1]. La contrée est sauvage et déserte. Çà et là, quelques brins de gazon percent avec peine le sol formé de sable mouvant. Au lieu du parc qui embellit d'ordinaire les alentours d'une habitation seigneuriale, s'élève, au-dessous des murailles nues, un misérable bois de pins dont l'éternelle couleur sombre semble mépriser la parure du printemps, et dans lequel les joyeux gazouillements des oiseaux sont remplacés par l'affreux croassement des corbeaux et les sifflements des mouettes dont le vol annonce l'orage.

A un demi-mille de ce lieu, la nature change tout à coup d'aspect. On se trouve transporté, comme par un coup de baguette magique, au milieu de plaines fleuries, de champs et de prairies émaillés. A l'extrémité d'un gracieux bouquet d'aulnes, on aperçoit les fondations d'un grand château qu'un des anciens propriétaires de R...bourg avait dessein d'élever. Ses successeurs, retirés dans leurs domaines de Courlande, le laissèrent inachevé; et le baron Roderich de R..., qui revint établir sa résidence dans le château de ses pères, préféra, dans son humeur triste et sombre, cette demeure gothique et isolée[2] à une habitation plus élégante.

Il fit réparer le vieux château ruiné aussi bien qu'on le put, et s'y renferma avec un intendant grondeur et un petit nombre de domestiques. On le voyait rarement dans le village ; en revanche, il allait souvent se promener à pied ou à cheval sur le rivage de la mer, et l'on prétendait avoir remarqué de loin qu'il parlait aux vagues et qu'il écoutait le mugissement des flots comme s'il eût entendu la voix de l'esprit des mers.

Il avait fait arranger un cabinet au haut de la tour la plus élevée, et l'avait pourvu de lunettes et de l'appareil astronomique le plus complet. Là, il observait tous les jours, les yeux tournés vers la mer, les navires qui glissaient à l'horizon comme des oiseaux aquatiques aux ailes blanches éployées. Les nuits étoilées, il les passait dans ce lieu, occupé de travaux astronomiques ou astrologiques, comme on le disait, en quoi le vieil intendant lui prêtait son assistance. Généralement, on pensait alors qu'il s'était adonné aux sciences occultes, à ce qu'on nommait la magie noire, et qu'une opération manquée, dont la non-réussite avait irrité contre lui une maison souveraine, l'avait forcé de quitter la Courlande. Le plus léger ressouvenir de son ancien séjour le remplissait d'horreur, et il attribuait tous les malheurs qui avaient troublé sa vie à la faute de ses aïeux qui avaient quitté R...bourg.

Pour attacher dans l'avenir le chef de sa maison à ce domaine, il résolut d'en faire un majorat. Le souverain y consentit d'autant plus volontiers, qu'il retenait par là dans le royaume une noble et riche famille, dont les membres s'étaient déjà répandus dans les pays étrangers.

Cependant, ni le fils du baron, nommé Hubert, ni le seigneur du majorat, qui portait le nom de Roderich comme son père et son grand-père, ne demeurèrent habituellement au château. Ils passaient leur vie en Courlande. Il semblait qu'ils redoutassent plus que leur ancêtre, la solitude effrayante de R...bourg. Le baron Roderich avait deux tantes, deux vieilles filles, sœurs de son père, à qui, dans leur pauvreté, il avait accordé un asile. Elles habitaient, avec une servante âgée, un petit appartement bien chaud, dans une aile latérale ; et outre ces personnes et un cuisinier qui vivait dans les caves où se préparaient les mets, on ne rencontrait dans les vastes salles et dans les longs corridors du bâtiment principal, qu'un vieux garde-chasse exténué, qui remplissait l'office d'intendant ; les autres domestiques demeuraient dans le village, chez l'inspecteur du domaine.

Mais dans l'arrière-saison, lorsque les premières neiges commençaient à tomber, et que le temps de la chasse aux loups et aux sangliers était arrivé, le vieux château, mort et abandonné, prenait une vie nouvelle. Alors arrivait de Courlande le baron Roderich avec sa femme, accompagné de parents, d'amis, et de nombreux équipages de chasse. La noblesse voisine et tous les chasseurs de la ville prochaine arrivaient à leur tour, et le château pouvait à peine contenir tous les hôtes qui y affluaient. Dans tous les foyers brillaient les feux pétillants, et dès que le ciel commençait à grisonner, jusqu'à la nuit noire, les cuisines étaient animées, les degrés étaient couverts de seigneurs, de dames, de laquais qui descendaient et montaient avec fracas ; d'un côté retentissaient le bruit des verres que l'on choquait, et les joyeux refrains de chasse, de l'autre, les sons de l'orchestre qui animaient les danseurs ; partout des rires bruyants et des cris de plaisirs. C'est ainsi que, durant plus de six semaines, le château ressemblait plus à une magnifique auberge bien achalandée, qu'à l'habitation d'un noble seigneur.

Le baron Roderich employait ce temps, autant qu'il le pouvait, à des affaires sérieuses, et retiré loin du tumulte de ses hôtes, il remplissait les devoirs du seigneur d'un majorat. Il ne se faisait pas seulement rendre un compte détaillé de tous les revenus, il écoutait encore chaque projet d'amélioration, et jusqu'aux moindres plaintes de ses vassaux, cherchant à rétablir partout l'ordre et à rendre justice à chacun. Le vieil avocat V... [3], chargé de père en fils des affaires de la maison des barons de Roderich, et justicier des biens qu'ils possédaient à P..., l'assistait activement dans ce travail ; il avait coutume de partir régulièrement pour le château huit jours avant l'époque où le baron venait annuellement dans son majorat.

II

En 179..., le temps était arrivé où le vieil avocat V... devait partir pour le château. Quelque énergie que se sentît encore le vieillard à soixante-dix ans, il pensait toutefois qu'une main auxiliaire lui serait d'un grand secours. Un jour il me dit en riant : Neveu (j'étais son petit-neveu, et je porte encore son nom), neveu ! — Je pense que tu ferais bien de te faire un peu souffler le vent de la mer aux oreilles, et de venir avec moi à R...bourg. Outre que tu peux m'assister vaillamment dans plus d'une méchante affaire, tu te trouveras bien de tâter un peu de la rude vie des chasseurs, et quand tu auras passé une matinée à écrire un protocole, de t'essayer le lendemain à regarder en face un terrible animal courroucé, comme l'est un loup affamé, aux longs poils gris, ou même à lui tirer un bon coup de fusil.

J'avais entendu trop de récits des joyeuses chasses de R...bourg, et j'étais trop attaché à mon digne et vieux grand-oncle, pour ne pas me trouver fort satisfait qu'il voulût bien cette fois m'emmener avec lui. Déjà passablement initié au genre d'affaires qu'il avait à conduire, je lui promis de lui épargner une grande partie de ses travaux.

Le jour suivant, nous étions assis dans une bonne voiture, bien enveloppés dans une immense pelisse, et nous roulions vers R...bourg à travers d'épais flocons de neige, avant-coureurs d'un hiver rigoureux.

En chemin, mon vieil oncle me raconta mille choses bizarres du défunt baron Roderich qui avait fondé le majorat, et qui l'avait nommé, malgré sa jeunesse, son justicier et son exécuteur testamentaire. Il me parla des façons rudes et sauvages du seigneur, dont toute sa famille semblait avoir hérité, et que le baron actuel, qu'il avait connu dans sa jeunesse doux et presque faible, semblait prendre chaque jour davantage. Il me prescrivit de me conduire sans façon et avec hardiesse, pour avoir quelque valeur aux yeux du baron, et finit par m'entretenir du logement qu'il avait choisi une fois pour toutes, au château, parce qu'il était chaud, commode et assez éloigné des autres, pour qu'on pût s'y soustraire au bruit des chasseurs et des convives. Dans deux petites chambres garnies de bonnes tapisseries, tout auprès de la grande salle d'audience, et vis-à-vis de l'appartement des deux vieilles demoiselles, c'est là que mon oncle établissait chaque fois sa résidence.

Enfin, après un voyage aussi rapide que pénible, nous arrivâmes par une nuit obscure à R...bourg. Nous passâmes à travers le village. C'était un dimanche ; la maison de l'inspecteur du domaine était éclairée du haut en bas ; on voyait sauter les danseurs, et on entendait le son des violons. Le château où nous nous rendîmes, ne nous parut que plus sombre et plus désert. Le vent de la mer arrivait jusqu'à nous comme de longs gémissements, et les pins courbés rendaient des sons lugubres. Les hautes murailles noircies s'élevaient devant nous du fond d'un abîme de neige. Nous nous arrêtâmes devant la porte principale qui était fermée. Mais les cris, les claquements du fouet, les coups de marteau redoublés, tout fut inutile ; un silence profond régnait dans l'édifice, et on n'y apercevait aucune lumière. Mon vieil oncle fit entendre sa voix forte et retentissante : François ! François ! — Où restez-vous donc ? — Au diable, remuez-vous ! — Nous gelons à cette porte ! La neige nous coupe le visage. — Que diable, remuez-vous !

Un chien se mit à gronder, une lumière vacillante parut dans une salle basse, elle traversa plusieurs fenêtres ; un bruit de clefs se fit entendre, et les lourdes portes crièrent sur leurs gonds. — Eh ! soyez le bienvenu, mille fois le bienvenu, M. le justicier. Voilà un bien triste temps !

Ainsi parla le vieux François, en élevant sa lanterne de manière à ce que toute la lumière tombât sur son visage éraillé, auquel il s'efforçait de donner une expression joviale. La voiture entra dans la cour, nous descendîmes, et j'aperçus alors distinctement l'ensemble du vieux domestique, enseveli dans une large livrée à la vieille mode, singulièrement garnie de galons. Deux boucles grises descendaient sur un front blanc et large ; le bas de son visage avait la couleur robuste du chasseur, et en dépit de ses muscles saillants et de la dureté de ses traits, une expression de bonhomie un peu niaise paraissait dans ses yeux et surtout dans sa bouche.

— Allons, mon vieux François, dit mon oncle en secouant sur le pavé de la grande salle la neige qui couvrait sa pelisse, allons, tout est-il prêt? Les tapisseries de ma chambre ont-elles été battues, les lits sont-ils dressés; a-t-on bien balayé, bien nettoyé hier et aujourd'hui? — Non, répondit François fort tranquillement, non, M. le justicier, tout cela n'a pas été fait[4]. — Mon Dieu! s'écria mon oncle. J'ai cependant écrit à temps, j'arrive juste à la date que j'ai indiquée, et je suis sûr que ces chambres sont glacées. — Oui, M. le justicier, reprit François en retranchant soigneusement, à l'aide de ciseaux, un énorme lumignon qui s'était formé à l'extrémité de la mèche de la chandelle, et en l'écrasant sous son pied. Voyez-vous, nous aurions eu beau chauffer, à quoi cela nous eût-il servi, puisque le vent et la neige entrent très bien par les vitres cassées que...

— Quoi! s'écria mon grand-oncle en l'interrompant et en entrouvrant sa pelisse pour mieux croiser les bras, quoi! les fenêtres sont brisées, et vous, l'intendant de la maison, vous ne les avez pas fait réparer!

— Non, M. le justicier, continua le vieillard avec le même calme, parce qu'on ne peut pas bien entrer à cause des décombres et des pierres qui sont dans les chambres.

— Eh comment! mille millions de diables, comment se trouve-t-il des pierres et des décombres dans ma chambre! s'écria mon oncle.

— A l'accomplissement de tous vos souhaits, mon jeune maître! s'écria François en s'inclinant poliment au moment où j'éternuais; et il ajouta aussitôt: Ce sont les pierres et le plâtre du gros mur qui sont tombés pendant le grand ébranlement.

— Vous avez donc eu un tremblement de terre! s'écria mon oncle hors de lui.

— Non, M. le justicier, répondit le vieux domestique avec une espèce de sourire; mais il y a trois jours, la voûte de la salle d'audience est tombée avec un bruit épouvantable.

— Que le diable emporte… Le grand-oncle, violent et irritable qu'il était, se disposait à lâcher un gros juron; mais levant le bras droit et relevant son bonnet de renard, il se retint et se retourna vers moi en éclatant de rire. — Vraiment, me dit-il, il ne faut plus que nous fassions de questions, car nous ne tarderions pas à apprendre que le château tout entier s'est écroulé. — Mais, continua-t-il en se tournant vers le vieux domestique, mais François, ne pouviez-vous pas être assez avisé pour me faire préparer et chauffer un autre appartement? Ne pouviez-vous pas arranger promptement une salle pour les audiences? — Tout cela a été fait, dit le vieux François en montrant l'escalier d'un air satisfait, et en commençant à monter les degrés. — Mais voyez donc cet original! s'écria mon oncle en le suivant. Il se mit à marcher le long de quelques grands corridors voûtés, sa lumière vacillante jetait une singulière clarté dans les épaisses ténèbres qui y régnaient. Des colonnes, des chapiteaux, de sombres arcades se montraient dans les airs sous des formes fugitives, nos ombres gigantesques marchaient auprès de nous, et ces merveilleuses figures qui se glissaient sur les murailles, semblaient fuir en tremblant, et leurs voix retentir sous les voûtes avec le bruit de nos pas. Enfin, après nous avoir fait traverser une suite de chambres froides et démeublées, François ouvrit une salle où la flamme qui s'élevait dans la cheminée nous salua d'un pétillement hospitalier. Je me trouvai à mon aise dès que j'entrai dans cette chambre; pour mon oncle, il s'arrêta au milieu de la salle, regarda tout autour de lui, et dit d'un ton grave et presque solennel: — C'est donc ici qu'on rendra la justice?

François, élevant son flambeau de manière à éclairer un blanc carré de mur où s'était sans doute trouvée une porte, dit d'une voix sombre et douloureuse: — On a déjà rendu justice ici! — Quelle idée vous revient là, mon vieux camarade! s'écria mon oncle en se débarrassant de sa pelisse et en s'approchant du feu. — Cela m'est venu sans y penser, dit François. Il alluma des bougies, ouvrit la chambre voisine qui avait été préparée pour nous recevoir. En peu d'instants une table servie se trouva devant la cheminée ; le vieux domestique apporta des mets bien apprêtés, auxquels nous fîmes honneur, et une écuelle de punch brûlé à la véritable manière du Nord.

Mon oncle, fatigué du voyage, gagna son lit dès qu'il eut soupé ; la nouveauté, la singularité de ce lieu, le punch même, avaient trop animé mes esprits pour que je pusse songer à dormir. François débarrassa la table, ranima le feu, et me laissa en me saluant amicalement.

III

Je me trouvai donc seul dans la haute et vaste salle. La neige avait cessé de tomber, la tempête de mugir, et le disque de la lune brillait à travers les larges fenêtres cintrées, et éclairait d'une manière magique tous les sombres recoins de cette singulière construction, où ne pouvait pas pénétrer la clarté de ma bougie et celle du foyer. Comme on le voit souvent dans les vieux châteaux, les murailles et le plafond de la salle étaient décorés, à l'ancienne manière, de peintures fantastiques et d'arabesques dorés. Au milieu de grands tableaux, représentant des chasses aux loups et aux ours, s'avançaient en relief des figures d'hommes et d'animaux, découpées en bois, et peintes de diverses couleurs, auxquelles le reflet du feu et celui de la lune donnaient une singulière vérité. Entre les tableaux, on avait placé les portraits de grandeur naturelle des anciens barons en costume de chasse. Tous ces ornements portaient la teinte sombre que donne le temps, et faisaient mieux ressortir la place blanche et nue qui se trouvait entre les deux portes. C'était évidemment aussi la place d'une porte qui avait été murée, et qu'on avait négligé de recouvrir de peintures et d'ornements.

Qui ne sait combien le séjour d'un lieu pittoresque éveille d'émotions, et saisit même l'âme la plus froide ? Qui n'a éprouvé un sentiment inconnu au milieu d'une vallée entourée de rochers, dans les sombres murs d'une église ? Qu'on songe maintenant que j'avais vingt ans, que les fumées du punch animaient ma pensée, et l'on comprendra facilement la disposition d'esprit où je me trouvais dans cette salle. Qu'on se peigne aussi le silence de la nuit, au milieu duquel le sourd murmure de la mer et les singuliers sifflements des vents retentissaient comme les sons d'un orgue immense, touché par des esprits ; les nuages qui passaient rapidement et qui souvent, dans leur blancheur et leur éclat, semblaient des géants qui venaient me contempler par les immenses fenêtres : tout cela était bien fait pour me causer le léger frisson que j'éprouvais. Mais ce malaise était comme le saisissement qu'on éprouve au récit d'une histoire de revenants vivement contée, et qu'on ressent avec plaisir. Je pensais alors que je ne pouvais me trouver en meilleure disposition pour lire le livre que j'avais apporté dans ma poche. C'était le *Visionnaire* de Schiller. Je lus et je relus, et j'échauffai de plus en plus mon imagination. J'en vins à l'histoire de la noce chez le comte de V..., racontée avec un charme si puissant. Juste au moment où le spectre de Jéronimo entre dans la salle, la porte qui conduisait à l'antichambre s'ouvrit avec un grand bruit. Je me levai épouvanté ; le livre tomba de mes mains. Mais, au même instant, tout redevint tranquille, et j'eus honte de ma frayeur enfantine. Il se pouvait que le vent eût poussé cette porte ; ce n'était rien, moins que rien : je repris mon livre.

Tout à coup on s'avança doucement, lentement, et à pas comptés, à travers la salle ; on soupirait, on gémissait, et dans ces soupirs, dans ces gémissements, se trouvait l'expression d'une douleur profonde. — Mais j'étais en garde contre moi-même. C'était sans doute quelque bête malade, laissée dans l'étage inférieur, et dont un effet d'acoustique me renvoyait la voix. — Je me rassurai ainsi, mais on se mit à gratter, et des soupirs plus distincts, plus profonds, exhalés comme dans les angoisses de la mort, se firent entendre du côté de la porte murée. — La pauvre bête était enfermée, j'allais frapper du pied, l'appeler, et sans doute elle allait garder le silence ou se faire entendre d'une façon plus distincte. — Je pensais ainsi, mais mon sang se figea dans mes veines, je restai pâle et tremblant sur mon siège, ne pouvant me lever, encore moins appeler à mon aide. Le sinistre grattement avait cessé, les pas s'étaient de nouveau fait entendre; tout à coup la vie se réveilla en moi, je me levai et j'avançai deux pas. La lune jeta subitement une vive clarté, et me montra un homme pâle et grave, presque horrible à voir, et sa voix, qui semblait sortir du fond de la mer avec le bruit des vagues, fit entendre ces mots: — N'avance pas, n'avance pas ou tu tombes dans l'enfer!

La porte se referma avec le même bruit qu'auparavant; j'entendis distinctement des pas dans l'antichambre. On descendait les degrés; la grande porte du château roula sur ses gonds et se referma bientôt; puis il se fit un bruit comme si on tirait un cheval de l'écurie, et qu'on l'y fit aussitôt rentrer, puis tout redevint calme. J'entendis alors mon oncle s'agiter et se plaindre dans la chambre voisine. Cette circonstance me rendit toute ma raison, je pris le flambeau, et j'accourus auprès de lui. Le vieillard semblait se débattre avec un rêve funeste. — Réveillez-vous! Réveillez-vous! m'écriai-je en le tirant doucement et en laissant tomber sur son visage la clarté du flambeau. Mon oncle poussa un cri sourd, ouvrit les yeux, et me regarda d'un air amical. — Tu as bien fait de m'éveiller, neveu, dit-il: j'avais un mauvais rêve; c'est la salle voisine et cette chambre qui en sont causes, car elles m'ont rappelé des choses singulières qui s'y sont passées; mais, maintenant nous allons dormir bien tranquillement.

A ces mots, le vieillard se renfonça sous sa couverture, et parut se rendormir. Lorsque j'eus éteint les bougies, et que je fus dans mon lit, je l'entendis qui priait à voix basse.

IV

Le lendemain, le travail commença. L'inspecteur du domaine vint avec ses comptes, et tous les gens qui avaient des démêlés à faire vider, ou des affaires à régler, arrivèrent au château. Dans l'après-midi, le grand-oncle m'emmena chez les deux vieilles baronnes, pour leur présenter nos hommages dans toutes les règles. François nous annonça : nous attendîmes quelque temps, et une petite maman courbée et vêtue de soie, qui se donnait le titre de femme de chambre de leurs Grâces, nous introduisit dans le sanctuaire. Nous y fûmes reçus avec un cérémonial comique par deux vieilles dames, costumées à la mode la plus gothique. J'excitai tout particulièrement leur surprise, lorsque mon oncle m'eut présenté comme un avocat qui venait l'assister ; et je lus fort distinctement dans leurs traits qu'elles regardaient les affaires des vassaux de R...bourg comme fort hasardées en mes jeunes mains.

En général, toute cette visite chez les deux vieilles dames eut quelque chose de ridicule, mais l'effroi de la nuit passée régnait encore dans mon âme, et je ne sais comment il advint que les deux vieilles baronnesses, avec leurs hautes et bizarres frisures, les rubans et les fleurs dont elles étaient attifées, me parurent effrayantes et presque surnaturelles [5]. Je m'efforçai de lire sur leurs visages jaunes et flétris, dans leurs yeux creux et étincelants, sur leurs lèvres bleues et pincées, qu'elles vivaient en bonne intelligence avec les spectres du château, et qu'elles se livraient peut-être aussi à des pratiques mystérieuses. Le grand-oncle toujours jovial, engagea ironiquement les deux dames dans une conversation si embrouillée, que, dans une tout autre disposition que celle où je me trouvais, j'eusse été fort embarrassé de réprimer un sourire.

Quand nous nous retrouvâmes seuls dans notre appartement, mon oncle me dit : — Mais, neveu, au nom du ciel, qu'as-tu donc ? Tu ne parles pas, tu ne manges pas, tu ne bois pas. Es-tu malade, ou te manque-t-il quelque chose ?

Je n'hésitai pas à lui raconter alors fort au long tout ce que j'avais ouï d'horrible dans la nuit. Je n'omis rien, pas même que j'avais bu beaucoup de punch, et que j'avais lu le *Visionnaire* de Schiller [6]. — Je pense donc, ajoutai-je, que mon esprit échauffé a créé toutes ces apparitions qui n'existent qu'entre les parois de mon cerveau.

Je croyais que mon grand-oncle allait se livrer à quelques folles plaisanteries sur mes apparitions, mais nullement; il devint fort grave, regarda longtemps le parquet, leva les yeux au plafond, et me dit, l'œil animé d'un regard étincelant : — Je ne connais pas ton livre, neveu : mais ce n'est ni à lui ni au punch que tu dois cette aventure. Sache donc que j'ai rêvé moi-même tout ce que tu as vu. J'étais assis comme toi (dans mon rêve s'entend) sur le fauteuil, devant la cheminée où j'avais la même vision. J'ai vu entrer cet être étrange, je l'ai vu se glisser vers la porte murée, gratter la muraille avec tant de désespoir, que le sang jaillissait de ses ongles ; puis descendre, tirer un cheval de l'écurie et l'y ramener. As-tu entendu un coq qui chantait à quelque distance dans le village ? C'est en ce moment que tu vins me réveiller.

Le vieillard se tut, et je n'eus pas la force de l'interroger davantage.

Après un moment de silence, durant lequel il réfléchit profondément, mon oncle me dit : — As-tu assez de courage pour affronter encore cette apparition, et avec moi ?

Je lui répondis que j'étais prêt à tout. — La nuit prochaine, dit-il, nous veillerons donc ensemble.

La journée s'était passée en maintes occupations, et le soir était venu. François avait, comme la veille, préparé le souper et apporté le punch. La lune brillait au milieu des nuages argentés, la mer mugissait avec violence, et le vent faisait résonner les vitraux. Nous nous efforçâmes de parler de matières indifférentes. Le grand-oncle avait placé sur la table sa montre à répétition. Elle sonna minuit. En même temps, la porte s'ouvrit avec le même bruit que la veille, des pas mesurés retentirent dans la première salle ; les soupirs et les grattements se firent entendre.

Mon oncle pâlit, mais ses yeux brillaient d'un feu inaccoutumé ; il se leva de son fauteuil, et se redressa de toute sa haute stature, le bras droit étendu devant lui. Cependant les soupirs et les gémissements augmentaient, et on se mit à gratter le mur avec plus de violence que la veille. Le vieillard se dirigea droit vers la porte murée, et d'un pas si assuré que le parquet en trembla. Arrivé à la place où le grattement se faisait entendre, il s'arrêta et s'écria d'une voix forte et solennelle : — Daniel ! Daniel ! Que fais-tu ici à cette heure ?

Un cri terrible lui répondit, et fut suivi d'un bruit sourd, semblable à celui que produit la chute d'un corps pesant.

— Cherche grâce et miséricorde devant le trône de l'Éternel ! Sors de ce monde auquel tu ne peux plus appartenir ! s'écria le vieillard d'une voix plus forte encore.

On entendit un léger murmure. Mon oncle s'approcha de la porte de la salle, et la ferma si violemment, que toute l'aile du château en retentit. Lorsqu'il se remit sur son fauteuil, son regard était éclairci. Il joignit les mains et pria intérieurement. J'étais resté pétrifié, saisi d'une sainte horreur, et je le regardais fixement. Il se releva après quelques instants, me serra dans ses bras, et me dit doucement : — Allons, mon neveu, allons dormir.

V

Enfin, après quelques jours, le baron arriva, avec sa femme et une suite nombreuse ; les convives affluèrent, et la joyeuse vie que mon oncle m'avait dépeinte commença dans le château.

Lorsque le baron vint, dès son arrivée, nous visiter dans notre salle, il parut fort surpris de notre changement de résidence, jeta un sombre regard sur la porte murée, et passa sa main sur son front, comme pour écarter un fâcheux souvenir. Le grand-oncle parla de l'écroulement de la salle d'audience. Le baron blâma François de ne nous avoir pas mieux logés, et invita avec bonté le vieil avocat à se faire donner tout ce qui pouvait contribuer à sa commodité. En général, la manière d'être du baron avec mon grand-oncle n'était pas seulement cordiale ; il s'y mêlait une sorte de respect, que je m'expliquai par la différence des âges : mais ce fut là tout ce qui me plut dans les façons du baron, qui étaient rudes et hautaines. Il ne fit aucune attention à moi, et me traita comme un simple écrivain. La première fois que je rédigeai un acte, il le trouva mal conçu, et s'exprima sans détour. Mon sang bouillonna, et je fus sur le point de répondre avec aigreur, lorsque mon oncle, prenant la parole, assura que tout ce que je faisais était parfaitement en règle.

Lorsque nous fûmes seuls, je me plaignis vivement du baron, dont les manières me repoussaient de plus en plus. — Crois-moi, neveu, me répondit-il : en dépit de ses manières, le baron est le meilleur des hommes ; ces façons ne lui sont venues, comme je te l'ai déjà dit, que depuis qu'il est seigneur du majorat ; autrefois c'était un jeune homme doux, modeste. Au reste, il n'est pas aussi rude que tu le fais, et je voudrais bien savoir pourquoi il te déplait autant.

En disant ces mots, mon oncle sourit ironiquement, et le sang me monta au visage. En m'examinant bien, je ne pouvais me cacher que cette haine venait de l'amour ou plutôt de l'admiration que je portais à une créature qui me semblait la plus ravissante de celles que j'eusse jamais rencontrées sur la terre. Cette personne n'était autre que la baronne elle-même. Dès son arrivée, dès qu'elle avait traversé les appartements, enveloppée dans une pelisse de martre russe, qui serrait étroitement sa taille, la tête couvert d'un riche voile, elle avait produit sur mon âme l'impression la plus profonde. La présence même des deux vieilles tantes, vêtues plus bizarrement que jamais, avec de grandes fontanges, la saluant cérémonieusement à force de compliments en mauvais français, auxquels la baronne répondait par quelques mots allemands, tandis qu'elle s'adressait à ses gens en pur dialecte courlandais, tout donnait à son apparition un aspect encore plus piquant. Elle me semblait un ange de lumière, dont la venue devait chasser les esprits de la nuit.

L'image de cette femme charmante était sans cesse devant mes yeux [7]. Elle avait à peine dix-neuf ans. Son visage, aussi délicat que sa taille, portait l'empreinte de la bonté, mais c'était surtout dans le regard de ses yeux noirs que régnait un charme indéfinissable : un rayon humide s'y balançait, comme l'expression d'un douloureux désir. Souvent elle était perdue en elle-même, et de sombres nuages rembrunissaient ses traits. Elle semblait prévoir un avenir sinistre, et sa mélancolie la rendait encore plus belle.

Le lendemain de l'arrivée du baron, la société se rassembla pour déjeuner. Mon oncle me présenta à la baronne, et, dans mon trouble, je me comportai d'une manière si gauche, que les vieilles tantes attribuèrent mon embarras au profond respect que je portais à la châtelaine, et me firent mille caresses. Mais je ne voyais, je n'entendais que la baronne, et cependant je savais qu'il était aussi impossible de songer à mener une intrigue d'amour, que d'aimer, comme un écolier ou un berger transi, une femme à la possession de laquelle je devais à jamais renoncer. Puiser l'amour dans ses regards, écouter sa voix séduisante, et puis, loin d'elle, porter toujours son image dans mon cœur, c'est ce que je ne voulais et que je ne pouvais pas faire [8]. J'y songeai tout le jour, la nuit entière, et dans mes extases, je m'écriais en soupirant : — Séraphine ! Séraphine ! Mes transports furent si vifs que mon oncle s'éveilla.

— Neveu ! me cria-t-il, je crois que tu rêves à haute voix. Dans le jour, tant qu'il te plaira ; mais la nuit, laisse-moi dormir.

Je ne fus pas peu embarrassé d'avoir laissé échapper ce nom devant mon grand-oncle, qui avait bien remarqué mon trouble à l'arrivée de la baronne. Je craignais qu'il ne me poursuivît de ses sarcasmes ; mais le lendemain, en entrant dans la salle d'audience, il ne me dit que ces mots : — Que Dieu donne à chacun le bon sens de se conserver à sa place !

Puis il s'assit à la grande table, et ajouta : — Neveu, écris bien distinctement pour que je ne sois pas arrêté court en lisant tes actes.

VI

L'estime et le respect que le baron portait à mon vieux grand-oncle se montraient en toutes choses. C'est ainsi qu'il le forçait toujours de prendre la place d'honneur auprès de la baronne. Pour moi, j'occupais tantôt une place, tantôt une autre, et d'ordinaire quelques officiers de la ville voisine s'attachaient à moi pour boire et jaser ensemble.

Durant quelques jours je me trouvai de la sorte fort éloigné de la baronne, jusqu'à ce qu'enfin le hasard me rapprocha d'elle. Au moment où les portes de la salle à manger s'étaient ouvertes, la demoiselle de compagnie de la baronne, qui ne manquait ni de beauté ni d'esprit, se trouvait engagée avec moi dans une conversation qui semblait lui plaire. Conformément à l'usage, je lui donnai le bras, et je n'éprouvai pas peu de joie en la voyant prendre place auprès de la baronne qui lui lança un coup d'œil amical. On peut imaginer que tout ce que je dis pendant le repas s'adressa moins à ma voisine qu'à sa maîtresse ; et soit que mon exaltation donnât un élan tout particulier à mes discours, soit que la demoiselle fût disposée à m'entendre, elle se plut sans cesse davantage aux récits merveilleux que je lui faisais. Bientôt notre entretien devint entièrement séparé de la conversation générale. Je remarquais avec plaisir que ma voisine jetait de temps en temps des regards d'intelligence à la baronne, qui s'efforçait de nous entendre. Son attention semblait surtout redoubler lorsque je parlais de musique avec l'enthousiasme que m'inspire cet art sacré ; et elle fit un mouvement, lorsqu'il m'échappa de dire qu'au milieu des tristes occupations du barreau, je trouvais encore quelques moments pour jouer de la flûte [9].

On s'était levé de table, et le café avait été servi dans le salon. Je me trouvai, sans y prendre garde, debout auprès de la baronne qui causait avec sa demoiselle de compagnie. Elle s'adressa aussitôt à moi, et me demanda, d'un ton plus familier que celui qu'on prend avec une simple connaissance, si je me plaisais dans le vieux château. Je lui répondis que la solitude où nous nous étions trouvés pendant les premiers instants de notre séjour avait produit sur moi une profonde impression, que depuis son arrivée je me trouvais fort heureux, mais que je désirais vivement être dispensé d'assister aux grandes chasses qui se préparaient et auxquelles je n'étais pas habitué.

La baronne se mit à sourire et me dit : — Je pense bien que ces grandes courses dans nos forêts de pins ne vous séduisent guère. Vous êtes musicien, et si tout ne me trompe pas, vous êtes poète aussi. J'aime ces deux arts avec passion : je joue moi-même un peu de la harpe ; mais à R...bourg, il faut que je me prive de ce délassement, car mon mari ne veut pas que j'apporte cet instrument dont les sons délicats s'accorderaient peu avec le bruit des cors de chasse et les cris des chiens. Oh ! mon Dieu, que la musique me rendrait heureuse ici !

Je lui dis que je ferais tous mes efforts pour contenter son envie, ne doutant pas qu'on trouverait quelque instrument au château, ne fût-ce qu'un mauvais piano.

Mademoiselle Adelaïde, la demoiselle de compagnie de la baronne, se mit à rire, et me demanda si je ne savais pas que, de mémoire d'homme, on n'avait entendu dans le château, excepté les trompettes et les cors des chasseurs, que les violons enrhumés, les basses discordantes, et les hautbois criards de quelques musiciens ambulants. La baronne exprima de nouveau le vif désir de m'entendre faire de la musique ; et, toutes deux, elle et Adelaïde, proposèrent mille expédients pour se procurer un forte-piano.

En ce moment le vieux François traversa la salle.

— Voilà celui qui sait conseil à tout, qui procure tout, même ce qui est inouï et impossible ! A ces mots, mademoiselle Adelaïde l'appela ; et tandis qu'elle cherchait à lui faire comprendre de quoi il était question, la baronne écoutait, les mains jointes, la tête penchée en avant, regardant le vieux domestique avec un doux sourire. Elle ressemblait à un enfant qui voudrait déjà avoir dans ses mains le jouet qu'il désire.

François, après avoir exposé, à sa manière, plusieurs causes qui semblaient s'opposer invinciblement à ce qu'on se procurât, dans un bref délai, un instrument aussi rare, finit par se gratter le front, en disant : — Mais il y a dans le village la femme de l'inspecteur, qui tape, avec diablement d'adresse, sur une petite orgue, tantôt à vous faire pleurer, et tantôt à vous donner envie de danser une courante... — Elle a un piano ! s'écria Adelaïde en l'interrompant. — Ah ! sans doute, c'est cela, dit François ; il lui est venu de Dresde un... — Oh ! c'est merveilleux, s'écria la baronne. — Un bel instrument ! s'écria le vieux François ; mais un peu faible, car lorsque l'organiste a voulu jouer dessus le cantique : *Toutes mes volontés sont dans ta main, Seigneur,* il l'a mis tout en pièces ; de manière... — Oh ! mon Dieu ! s'écrièrent à la fois la baronne et Adelaïde. — De manière, continua François, qu'il en a coûté beaucoup d'argent pour l'envoyer réparer à R... — Mais il est revenu ? demanda Adelaïde avec impatience. — Eh ! sans doute, mademoiselle ; et l'inspectrice se fera un honneur de...

Le baron vint à passer en cet instant ; il regarda notre groupe d'un air surpris, et dit en souriant avec ironie à la baronne : — François vient-il de nouveau de donner quelque bon conseil ?

La baronne baissa les yeux en rougissant, et le vieux domestique se recula avec effroi, la tête levée, et les bras pendants, dans une attitude militaire.

Les vieilles tantes se soulevèrent dans leurs jupes lourdes et étoffées, et enlevèrent la baronne. Mademoiselle Adelaïde la suivit. J'étais resté comme frappé par un enchantement ; éperdu de délices de pouvoir approcher de celle qui ravissait tout mon être, et irrité contre le baron, qui me semblait un despote devant qui tout le monde tremblait.

— M'entends-tu, enfin ? dit mon oncle en me frappant sur l'épaule. N'est-il pas temps de remonter dans notre appartement ? Ne t'empresse pas ainsi auprès de la baronne, me dit-il, lorsque nous fûmes seuls ensemble : laisse cela aux jeunes fats ; il n'en manque pas. Je lui racontai comme tout s'était passé, et je lui demandai si je méritais ses reproches. Il ne me répondit que : hem, hem ! ôta sa robe de chambre, alluma sa pipe, se plaça dans son fauteuil, et se mit à me parler de la chasse de la veille, en se moquant de mon inhabileté à manier un fusil. Tout était devenu tranquille dans le château, et chacun retiré dans sa chambre s'occupait de sa toilette pour le soir ; car les musiciens aux violons enrhumés, aux basses discordantes et aux hautbois criards, étaient arrivés, et il ne s'agissait de rien moins que d'un bal pour la nuit.

Mon grand-oncle préférait le sommeil à ces distractions bruyantes, et avait résolu de rester dans sa chambre. Pour moi, j'étais occupé à m'habiller, lorsqu'on vint frapper doucement à ma porte. François parut, et m'annonça d'un air mystérieux que le clavecin de l'inspectrice était arrivé dans un traîneau, et qu'il avait été porté chez la baronne.

Mademoiselle Adelaïde me faisait prier de me rendre auprès de sa maîtresse.

VII

Avec quels battement de cœur [10], avec quels tressaillements j'ouvris la chambre où je devais la trouver !

Mademoiselle Adelaïde vint joyeusement à ma rencontre. La baronne, déjà complètement habillée pour le bal, était assise d'un air rêveur devant la caisse mystérieuse où dormaient les sons que je devais éveiller. Elle se leva dans un tel éclat de beauté que je pus à peine respirer.

— Eh bien ! Théodore... (Selon la bienveillante coutume du Nord qu'on retrouve au fond du Midi, elle nommait chacun par son prénom.) Eh bien ! Théodore, me dit-elle, l'instrument est arrivé. Fasse le ciel qu'il ne soit pas tout à fait indigne de votre talent !

Dès que j'en ouvris la boîte, une multitude de cordes s'échappèrent, et au premier accord, toutes celles qui étaient restées tendues rendirent des sons d'une discordance effroyable.

— L'organiste a encore passé par là avec sa main délicate, dit mademoiselle Adelaïde en riant ; mais la baronne, toute découragée, s'écria : — C'est cependant un grand malheur ! Ah ! ne dois-je donc avoir aucun plaisir ici ?

Je cherchai dans la case de l'instrument, et je trouvai heureusement quelques rouleaux de cordes, mais pas une clef d'accordeur.

Nouvelles lamentations.

— Toute clef dont le tuyau pressera la cheville pourra servir, leur dis-je, et aussitôt la baronne et Adelaïde se mirent à courir de tous côtés. En un instant un magasin complet de clefs se trouva devant moi sur la table d'harmonie.

Je me mis alors activement à l'ouvrage. Mademoiselle Adelaïde et la baronne elle-même s'efforçaient de m'aider en essayant chaque clef tour à tour. — En voici une qui s'ajuste ! elle va, elle va bien ! s'écrièrent-elles avec transport. Et la corde tendue jusqu'à l'accord pur se brisa avec bruit et les fit reculer avec effroi. La baronne reprit de ses doigts délicats le fil d'archal, le renoua, et me tendit complaisamment les rouleaux de cordes à mesure que je les développais. Tout à coup l'une d'elles s'échappa et se perdit à l'extrémité de la chambre ; la baronne poussa un soupir d'impatience, Adelaïde courut en riant la chercher ; et à nous trois, nous la rattachâmes pour la voir se briser encore. Mais enfin tous les numéros se trouvèrent, les cordes furent attachées, et les sons maigres et confus commencèrent à se régler et à se changer en accords pleins et harmonieux. — Nous avons réussi ! l'instrument est d'accord ! me dit la baronne avec un doux sourire.

Que cette peine prise en commun effaça promptement entre nous la timidité et la gêne des convenances ! une confiance familière s'établit aussitôt, et dissipa l'embarras qui m'accablait comme un fardeau pesant. Le pathos qui accompagne d'ordinaire l'amour timide était déjà loin de moi, et lorsque enfin le piano-forte se trouva d'accord, au lieu, comme je me l'étais promis, d'exprimer ce que j'éprouvais par des improvisations, je me mis à exécuter des canzonnettes italiennes. Tandis que je répétais mille fois *senza di te, sentimi idol mio* et *morir mi sento,* les regards de Séraphine s'animaient de plus en plus. Elle s'était assise tout près de moi, et je sentais son haleine se jouer sur ma joue. Elle se tenait le bras appuyé sur le dossier de mon fauteuil, et un ruban blanc, qui se détacha de sa coiffure de bal, tomba sur mon épaule, et flotta quelque temps balancé par ses doux soupirs.

Je m'étonne encore d'avoir pu conserver ma raison !

Lorsque je m'arrêtai en essayant quelques accords pour chercher un nouveau motif, Adelaïde, qui était assise dans un coin de la chambre, vint s'agenouiller devant la baronne; et prenant ses deux mains, elle les pressa dans les siennes, en disant: — O ma chère baronne! Séraphine, chantez aussi, de grâce.

La baronne répondit: — A quoi penses-tu donc, Adelaïde? Comment, tu veux que je me fasse entendre après notre virtuose!

C'était un tableau ravissant que de la voir semblable à un enfant honteux, les yeux baissés, rougissant, et combattue tout à la fois par l'embarras et le désir.

Je la suppliai à mon tour; et lorsqu'elle eut parlé des chansons courlandaises, les seules qu'elle sût, dit-elle, je ne lui laissai de repos que lorsqu'elle eut promené sa main gauche sur le clavier, comme par manière d'introduction. Je voulus lui céder ma place; elle s'y refusa absolument, en disant qu'elle n'était pas en état de produire un seul accord. Je restai. Elle commença d'une voix pure et argentine, qui retentissait comme les accents du cœur. C'était une mélodie simple, portant tout à fait le caractère de ces chants populaires qui pénètrent si profondément dans l'âme, qu'en les entendant on ne peut méconnaître la haute nature poétique de l'homme. Il se trouve un charme plein de mystère dans les paroles insignifiantes de ces textes, qui sont en quelque sorte l'hiéroglyphe des sentiments qu'on ne peut exprimer. Qui ne pense avec bonheur à ces canzonnettes espagnoles, dont les paroles n'ont guère plus d'art que celle-ci:

« Je m'embarquai sur la mer avec celle que j'aime;
« l'orage nous surprit, et celle que j'aime se balançait
« avec effroi. Non! jamais plus je ne m'embarquerai sur
« la mer avec celle que j'aime. »

La chansonnette de la baronne ne disait rien de plus que: « Quand j'étais jeune, je dansai à la noce avec mon « trésor, » et une fleur tomba de ses cheveux. Je la relevai et la lui rendis en disant: « Eh bien, mon trésor, quand « reviendrons-nous à la noce? » Lorsque j'accompagnai, par des harpèges, la seconde strophe de cette chanson, et que dans mon ravissement j'en devinai la mélodie sur les lèvres de Séraphine, je passai à ses yeux et à ceux d'Adelaïde pour un grand maître, et elles m'accablèrent d'éloges.

L'éclat des lumières de la salle du bal se répandait jusque sur les fenêtres de la chambre de la baronne, et un affreux bruit de trompettes et de hautbois nous annonça qu'il était temps de nous séparer [11].

— Hélas ! il faut que je m'éloigne, dit Séraphine. Je me levai aussitôt. — Vous m'avez procuré les plus heureux moments que j'aie jamais passés à R...bourg, me dit-elle. A ces mots elle me tendit la main. Dans mon ivresse, je la portai à mes lèvres, et je sentis tous les nerfs de ses doigts trembler sous mes baisers !

Je ne sais pas comment je pus arriver jusqu'à la salle du bal. Un Gascon disait qu'il craignait les batailles, parce que chaque blessure lui serait mortelle, lui qui n'était que cœur de la tête aux pieds. J'étais exactement comme disait ce Gascon ; un attouchement me tuait. La main de Séraphine, ses doigts tremblants avaient pénétré en moi comme des flèches empoisonnées. Mon sang brûlait dans mes artères.

VIII

Sans précisément m'interroger, le grand-oncle fit si bien le lendemain, que je lui racontai l'histoire de la veille. Alors quittant l'air riant qu'il avait pris d'abord, il me dit du ton le plus grave : — Je t'en prie, mon neveu, résiste à la folie qui s'est emparée si puissamment de toi. Sais-tu bien que tes galanteries peuvent avoir des suites épouvantables ! Tu marches comme un insensé sur une glace fragile qui se brisera sous tes pas. Tu t'engloutiras ; et je me garderai de te prêter la main pour te secourir, je t'en préviens. Que le diable emporte ta musique, si tu ne sais pas l'employer à autre chose qu'à troubler le repos d'une femme paisible ! — Mais, répondis-je, pensez-vous donc que je songe à me faire aimer de la baronne ? — Singe que tu es ! Si je le pensais, je te jetterais par cette fenêtre !

Le baron interrompit ce pénible colloque, et les affaires m'arrachèrent à mes rêveries. Dans le salon, la baronne m'adressait seulement quelques mots, mais il ne se passait pas de soirée sans que je reçusse un message de mademoiselle Adelaïde, qui m'appelait auprès de Séraphine. Nous passions souvent le temps à nous entretenir de différents sujets entre les intervalles de la musique, et Adelaïde avait soin de débiter mille folies lorsqu'elle nous voyait plonger dans des rêveries sentimentales. Je me convainquis dans ces entrevues, que la baronne avait dans l'âme quelque chose d'extraordinaire, un sentiment funeste qu'elle ne pouvait surmonter, ni dissimuler [12].

Un jour, la baronne ne parut pas à table ; on disait qu'elle était indisposée, et qu'elle gardait la chambre. On demanda avec intérêt au baron si l'indisposition de sa femme était grave. Il se mit à rire d'une manière singulière, et répondit : — C'est un léger rhume que lui a causé l'air de la mer, qui n'épargne guère les douces voix, et qui ne souffre d'autres concerts que les fanfares de chasse. A ces mots, le baron me jeta un regard irrité. C'était évidemment à moi que s'adressaient ses paroles. Adelaïde, qui était assise auprès de moi, rougit extrêmement, et me dit à voix basse, sans lever la tête : — Vous verrez encore aujourd'hui Séraphine, et vos chants adouciront ses maux.

Les paroles d'Adelaïde me frappèrent en ce moment ; il me sembla que j'avais une secrète intrigue d'amour qui ne pourrait se terminer que par un crime. Les avertissements de mon grand-oncle revinrent à ma pensée. Que devais-je faire ? Cesser de la voir ; cela ne se pouvait pas tant que je resterais au château, et je ne pouvais le quitter tout à coup. Hélas ! je ne sentais que trop que je n'étais pas assez fort pour m'arracher au rêve qui me berçait des joies ineffables. Adelaïde me semblait presque une vulgaire entremetteuse, je voulais la mépriser, et cependant je ne le pouvais pas. Qu'y avait-il donc de coupable entre Séraphine et moi ? Le repas s'acheva promptement, parce qu'on voulait chasser des loups qui s'étaient montrés dans les bois voisins. La chasse convenait parfaitement à la disposition d'esprit où je me trouvais, et je déclarai à mon oncle que j'allais me mettre de la partie. — C'est bien, me dit-il en riant ; j'aime à te voir ainsi. Je reste, moi ; tu peux prendre mon fusil et mon couteau de chasse; c'est une arme sûre dont on a quelquefois besoin.

La partie du bois où les loups devaient se trouver, fut cernée par les chasseurs. Le froid était excessif, le vent sifflait à travers les pins, et me poussait la neige au visage; je voyais à peine à six pas. Je quittai presque glacé la place que j'avais choisie, et je cherchai un abri dans le bois. Là, je m'appuyai contre un arbre, mon fusil sous le bras. Bientôt j'oubliai la chasse; mes pensées me transportaient dans la chambre de Séraphine. Des coups de feu se firent entendre, et un loup d'une taille énorme parut devant moi; je tirai. J'avais manqué l'animal, qui se précipita sur moi, les yeux étincelants. J'étais perdu; j'eus heureusement assez de sang-froid pour tirer mon couteau et le présenter au gosier de mon féroce ennemi. En un clin d'œil, je fus couvert de sang.

Un des gardes du baron accourut vers moi en criant, et bientôt tous les autres chasseurs se rassemblèrent autour de nous. Le baron accourut aussi. — Au nom du ciel, vous saignez! me dit-il, vous êtes blessé.

J'assurai que je ne l'étais pas. Le baron s'adressa alors au chasseur qui était arrivé le premier, et l'accabla de reproches pour n'avoir pas tiré dès que j'avais manqué; et, bien que celui-ci s'excusât sur la rapidité de la course du loup qu'il n'avait pu suivre, le baron ne laissa pas que de s'emporter contre lui. Cependant, les chasseurs avaient relevé le loup mort. C'était un des plus grands animaux de son espèce, et l'on admira généralement mon courage et ma fermeté, bien que ma conduite me parût fort naturelle, et que je n'eusse nullement songé au danger que je courais. Le baron surtout me témoigna un intérêt extrême, il ne pouvait se lasser de me demander les détails de cet événement. On revint au château, le baron me tenait amicalement sous le bras. Il avait donné mon fusil à porter à un de ses gardes. Il parlait sans cesse de mon action héroïque, si bien que je finis par croire moi-même à mon héroïsme; et, perdant toute modestie, je pris sans façon l'attitude d'un homme de courage et de résolution.

Dans le château, au coin du feu, près d'un bowl de

punch fumant [13], je fus encore le héros du jour ; car le baron seul avait tué un loup, et tous les autres chasseurs se virent forcés d'attribuer leurs mésaventures à l'obscurité et à la neige.

Je m'attendais aussi à recevoir des louanges de mon grand-oncle, et dans cette attente, je lui racontai mon aventure d'une façon passablement prolixe, n'oubliant pas de peindre avec de vives couleurs l'air féroce et sanguinaire du loup affamé ; mais mon grand-oncle se mit à me rire au nez, et me dit : — Dieu est fort dans les faibles !

IX

Lorsque, fatigué de boire et de parler, je me dirigeai vers mon appartement, je vis comme une figure légère qui s'avançait de ce côté, une lumière à la main ; en approchant je reconnus mademoiselle Adelaïde. — Ne faut-il pas errer comme un revenant pour vous rencontrer, mon brave chasseur de loups ? me dit-elle à voix basse, en saisissant ma main.

Ce mot de revenant, prononcé en ce lieu (nous nous trouvions dans la salle d'audience), me fit tressaillir. Il me rappela la terrible nuit que j'y avais passée, et ce soir encore, le vent de la mer gémissait comme les tuyaux d'un orgue, les vitraux tremblaient avec bruit, et la lune jetait sur les dalles une clarté blafarde. Mademoiselle Adelaïde, qui tenait ma main, sentit le froid glacial qui se glissait en moi [14]. — Qu'avez-vous donc, me dit-elle, vous tremblez ? — Allons, je vais vous rappeler à la vie. Savez-vous bien que la baronne ne peut pas attendre le moment de vous voir ? Elle ne veut pas croire que le loup ne vous a pas croqué, et elle se tourmente d'une manière incroyable. — Eh ! mon jeune ami, qu'avez-vous donc fait à Séraphine ? jamais je ne l'avais vue ainsi. — Ah ! comme votre pouls bat maintenant ; comme ce beau jeune homme, qui semblait mort, se réveille tout à coup ! — Allons, venez bien doucement, nous allons chez la baronne.

Je me laissai entraîner en silence. La manière dont Adelaïde parlait de la baronne me semblait indigne d'elle, et j'étais furieux contre notre prétendue confidente. Lorsque j'entrai avec Adelaïde, la baronne fit trois au quatre pas au-devant de moi, en poussant un cri de satisfaction, puis elle s'arrêta tout à coup au milieu de la chambre. J'osai prendre sa main et la baiser. La baronne la laissa reposer dans les miennes, et me dit : — Mais, mon Dieu, est-ce donc votre affaire d'aller combattre les loups ? Ne savez-vous pas que les temps fabuleux d'Orphée et d'Amphion sont dès longtemps passés, et que les bêtes féroces ont perdu tout respect pour les bons musiciens ?

Cette tournure plaisante que la baronne donna au vif intérêt qu'elle m'avait témoigné, me rappela aussitôt au ton convenable, que je pris avec tact. Je ne sais toutefois comment il se fit qu'au lieu d'aller m'asseoir devant le piano, comme d'ordinaire, je pris place sur le canapé, auprès de la baronne.

Ces paroles qu'elle me dit : Et comment vous êtes-vous tiré de ce danger ? éloignèrent toute idée de musique. Lorsque je lui eus raconté mon aventure dans le bois, et parlé de l'intérêt que le baron m'avait témoigné, elle s'écria, avec un accent presque douloureux : — Oh ! que le baron doit vous paraître rude et emporté ! Mais croyez-moi, ce n'est que dans ce château inhospitalier, au milieu de ces forêts, qu'il se montre si fougueux et si sombre. Une pensée l'occupe sans cesse, il est persuadé qu'il doit arriver ici un événement funeste ; aussi votre aventure l'a-t-elle fortement frappé. Il ne voudrait pas voir le dernier des ses domestiques exposé au danger, encore moins un ami, et je sais que Gottlieb, qui n'est pas venu à votre secours, subira tout au moins la punition la plus humiliante pour un chasseur, et qu'on le verra, à la prochaine chasse, à pied derrière les autres, avec un bâton à la main au lieu de fusil. Cette idée des dangers que court sans cesse le baron à la chasse, trouble tous mes instants. C'est défier le démon. On raconte déjà tant de choses sinistres sur ce château, et sur notre aïeul qui a fondé le majorat ! — Et moi, que n'ai-je pas à souffrir dans ma solitude ! toujours abandonnée dans ce château où le peuple croit voir des apparitions ! Vous seul, mon ami, dans ce séjour, vous m'avez procuré, par votre art, quelques instants de bonheur !

Je parlai alors à la baronne de l'impression singulière que j'avais ressentie à mon arrivée au château, et soit que ma physionomie en dit plus que mes paroles, elle insista pour apprendre tout ce que j'avais éprouvé. Durant mon récit, elle joignit plusieurs fois les mains avec horreur. Elle m'écoutait avec un effroi toujours croissant ; lorsque enfin je lui parlai du singulier grattement qui s'était fait entendre, et de la manière dont mon oncle l'avait fait cesser la nuit suivante, elle poussa un cri de terreur, se rejeta en arrière, et se cacha le visage de ses deux mains. Je remarquai alors qu'Adélaïde nous avait quittés. Mon récit était déjà terminé depuis quelque temps. Séraphine gardait toujours le silence, le visage caché dans ses mains. Je me levai doucement ; et, m'approchant du piano, je m'efforçai de calmer, par mes accords, son esprit que j'avais fait passer dans l'empire des ombres. Je préludai faiblement par une cantate sacrée de l'abbé Steffani. Les notes plaintives du : *Occhi perchè piangete ?* tirèrent Séraphine de ses sombres rêveries, elle m'écouta en souriant, les yeux remplis de larmes brillantes. — Comment se fit-il que je m'agenouillai devant elle, qu'elle se pencha vers moi, que je la ceignis dans mes bras, et qu'un long baiser ardent brûla sur mes lèvres ? — Comment ne perdis-je pas mes sens en la sentant se presser doucement contre moi ? — Comment eus-je le courage de la laisser sortir de mes bras, de m'éloigner et de me remettre au piano ? La baronne fit quelques pas vers la fenêtre, se retourna et s'approcha de moi avec un maintien presque orgueilleux, que je ne lui connaissais pas.

Elle me regarda fixement et me dit : — Votre oncle est le plus vulnérable vieillard que je connaisse. C'est le génie protecteur de notre famille !

Je ne répondis rien. Son baiser circulait dans toutes mes veines. Adelaïde entra, — la lutte que je soutenais avec moi-même se termina par un déluge de larmes que je ne pus retenir. Adélaïde me regarda d'un air étonné et en riant d'un air équivoque; — j'aurais pu l'assassiner!

Séraphine me tendit la main et me dit avec une douceur inexprimable : — Adieu, mon ami ! adieu. N'oubliez pas que personne n'a jamais mieux compris que moi votre musique.

Ces paroles retentiront longtemps dans mon âme ! Je murmurai quelques mots confus, et je courus à ma chambre.

X

Mon oncle était déjà plongé dans le sommeil. Je restai dans la grande salle, je tombai sur mes genoux, je pleurai hautement, j'appelai Séraphine, — bref, je m'abandonnai à toutes les extravagances d'un délire amoureux, et je ne revins à moi qu'en entendant mon oncle qui me criait : — Neveu, je crois que tu es fou, ou bien te bas-tu encore avec un loup ?

Je rentrai dans la chambre, et je me couchai avec la ferme résolution de ne rêver que de Séraphine. Il était minuit à peu près, et j'étais à peine dans le premier sommeil, lorsqu'un bruit de portes et de voix éloignées me réveilla brusquement. J'écoutai, les pas se rapprochaient, la porte de la salle s'ouvrit, et bientôt on frappa à celle de notre chambre. — Qui est là ? m'écriai-je.

Une voix du dehors répondit : — Monsieur le justicier, monsieur le justicier, levez-vous, levez-vous !

Je reconnus la voix de François, et je lui demandai : — Le feu est-il au château ?

Mon grand-oncle se réveilla à ces mots, et s'écria : — Où est le feu ? ou bien est-ce encore une de ces maudites apparitions ? — Ah ! monsieur le justicier, levez-vous, dit François ; levez-vous, M. le baron demande à vous voir ! — Que me veut le baron à cette heure ? répondit mon oncle. Ne sait-il pas que la justice se couche avec le justicier, et qu'elle dort aussi bien que lui ? — Ah ! monsieur le justicier, s'écria François avec inquiétude, levez-vous toujours, madame la baronne est bien malade.

Je poussai un cri de terreur.

— Ouvre la porte à François ! me cria mon oncle. Je me levai en chancelant, et j'errai dans la chambre sans trouver la porte. Il fallut que mon oncle m'assistât. François entra pâle et défait, et alluma les bougies. A peine étions-nous habillés que nous entendîmes la voix du baron qui criait dans la salle : — Puis-je vous parler, mon cher V... ? — Pourquoi t'es-tu habillé, neveu ? le baron ne demande que moi, dit le vieillard au moment de sortir. — Il faut que je descende, — que je la voie, et puis que je meure, dis-je d'une voix sourde. — Ah ! ah ! tu as raison, mon neveu ! En disant ces mots, le vieillard me repoussa si violemment la porte au visage, que les gonds en retentirent, et il la ferma extérieurement. Dans le premier instant de ma colère, j'essayai de la briser ; mais réfléchissant aussitôt que ma fureur pourrait avoir les suites les plus funestes pour la baronne elle-même, je résolus d'attendre le retour de mon vieux parent. Je l'entendis parler avec chaleur au baron, j'entendis plusieurs fois prononcer mon nom, mais je ne pus rien comprendre. Ma situation me paraissait mortelle. Enfin j'entendis appeler le baron, qui s'éloigna aussitôt.

Mon oncle entra dans sa chambre.

— Elle est morte ! m'écriai-je en me précipitant audevant de lui. — Et toi, tu es fou ! me répondit-il en me tenant par le bras et me faisant asseoir dans un fauteuil. — Il faut que je la voie ! m'écriai-je, dût-il m'en coûter la vie ! — Vas-y donc, mon cher neveu, dit-il, en fermant sa porte et en mettant la clef dans sa poche. Ma fureur ne connut plus de bornes. Je pris un fusil chargé, et je m'écriai : Je me chasse à vos yeux une balle à travers le crâne, si vous ne m'ouvrez cette porte !

Le vieillard s'approcha tout près de moi, et me mesurant d'un regard étincelant, me dit : — Crois-tu, pauvre garçon, que tes misérables menaces puissent m'effrayer ? Crois-tu que ta vie ait quelque valeur à mes yeux, si tu la sacrifies pour une pitoyable folie ? Qu'as-tu de commun avec la femme du baron ? Qui t'a donné le droit d'aller t'emporter comme un fat importun là où l'on ne t'appelle pas, et où on ne souffrirait pas ta présence ? Veux-tu jouer le berger amoureux, à l'heure solennelle de la mort ?

Je retombai anéanti.

Le vieillard continua d'une voix radoucie : — Et afin que tu le saches, le prétendu danger que court la baronne n'est rien. Mademoiselle Adelaïde est hors d'elle-même, dès qu'une goutte d'eau lui tombe sur le nez, et elle crie alors : — Quel effroyable orage ! Elle a mis l'alarme dans le château pour un évanouissement ordinaire. Heureusement les tantes sont arrivées avec un arsenal d'essences et d'élixirs, et tout est rentré dans l'ordre.

Mon oncle se tut ; il vit combien je combattais avec moi-même. Il se promena quelques moments dans sa chambre, s'arrêta devant moi, et me dit en riant : — Neveu ! neveu quelle folie fais-tu ici ? — Allons, c'est une fois ainsi [15]. Le diable fait ici des siennes de toutes les façons, et c'est toi qui es tombé dans ses griffes.

Il fit encore quelques pas en long et en large, et reprit : — Il n'y a plus moyen de dormir maintenant, il faut fumer ma pipe pour passer le reste de la nuit.

A ces mots, mon grand-oncle prit une longue pipe de gypse, la remplit lentement en fredonnant une ariette, chercha au milieu de ses papiers une feuille qu'il plia soigneusement en forme d'allumette, et huma la flamme par de fortes aspirations. Chassant autour de lui d'épais nuages, il reprit entre ses dents : — Eh bien ! neveu, conte-moi encore un peu l'histoire du loup.

La tranquillité du vieillard produisit un singulier effet pour moi. Il me sembla que j'étais loin de R...bourg, bien loin de la baronne, et que mes pensées seules arrivaient jusqu'à elle. La dernière demande de mon oncle me chagrina. — Mais, lui dis-je, trouvez-vous mon aventure si comique qu'elle prête à la raillerie ? — Nullement, répliqua-t-il, nullement, monsieur mon neveu ; mais tu n'imagines pas la singulière figure que fait dans le monde un blanc-bec comme toi, quand le bon Dieu daigne lui laisser jouer un rôle qui ne soit pas ordinaire. — J'avais un camarade d'université qui était un homme tranquille et réfléchi. Le hasard le nicha dans une affaire d'honneur, et lui, que tous ses camarades regardaient comme un homme faible, et même comme un poltron, se conduisit en cette circonstance avec tant de courage, qu'il fut généralement admiré. Mais depuis ce temps il ne fut plus le même : du jeune homme simple et studieux, il advint un fanfaron et un fier-à-bras insupportable ; et il fit si bien que le senior d'une landsmanschaft *, qu'il avait insulté de la manière la plus vulgaire, le tua en duel, au premier coup. — Je te raconte cela tout bonnement, neveu ; c'est une historiette, tu en penseras ce que tu voudras.

On entendit marcher dans cette salle. Une voix perçante retentissait à mon oreille, et me criait : Elle est morte ! Cette pensée me frappa comme un éclair. Mon oncle se leva, et appela : François ! François ! — Oui, M. le justicier ! répondit-on en dehors. — François, ranime un peu le feu dans la cheminée de la salle ; et, si c'est possible, fais-nous préparer deux tasses de thé. — Il fait diablement froid, ajouta mon oncle en se tournant vers moi ; si nous allions causer auprès de l'autre cheminée ?

Il ouvrit la porte : je le suivis machinalement.

— Comment cela va-t-il en bas ? dit-il au vieux domestique. — Ah ! ce n'est rien, répondit François ; madame se trouve bien maintenant, et elle attribue son évanouissement à un mauvais rêve.

Je fus sur le point de bondir de joie. Un regard sévère de mon oncle me rappela à moi-même.

— Au fond, dit-il, il vaudrait mieux nous remettre une couple d'heures sur l'oreiller. — Laisse-là le thé, François ! — Comme vous l'ordonnerez, M. le justicier, répondit François ; et il quitta la salle en nous souhaitant une bonne nuit, bien qu'on entendît déjà le chant des coqs. — Écoute, neveu, dit le grand-oncle en secouant sa pipe contre la cheminée, écoute : il est cependant heureux qu'il ne te soit pas arrivé de malheur avec les loups et les fusils chargés !

Je le compris ; et j'eus honte de lui avoir donné lieu de me traiter comme un enfant.

* Des associations se forment sous ce nom dans toutes les universités ; le doyen, ou *senior*, est chargé par ses camarades de les diriger. *(Trad.)*

XI

— Aie la bonté de descendre et de t'informer de la santé de la baronne, me dit le lendemain mon oncle. Tu peux toujours aller trouver mademoiselle Adelaïde ; elle ne manquera pas de te donner un ample bulletin.

On pense bien que je ne me fis pas prier. Mais au moment où je me disposais à frapper doucement à la porte de l'appartement de Séraphine, le baron se présenta tout à coup devant moi. Il parut surpris, et m'examina d'un regard perçant. — Que voulez-vous ici ? Ce furent les premières paroles qu'il me fit entendre. Bien que le cœur me battît violemment, je me remis un peu, et lui répondis d'un ton ferme : Je remplis un message de mon oncle, en m'informant de la santé de madame la baronne. — Oh ! ce n'est rien. — Rien, que son attaque de nerfs ordinaire. Elle repose doucement, et elle paraîtra à table aujourd'hui ! — Dites cela à votre oncle ! — Dites-lui cela !

Le baron prononça ces mots avec une certaine violence qui me fit croire qu'il était plus inquiet de la baronne qu'il ne voulait le paraître. Je me tournais pour m'éloigner, lorsque le baron m'arrêta tout à coup par le bras, et s'écria d'un air irrité : — J'ai à vous parler, jeune homme !

Je voyais devant moi l'époux offensé qui me préparait un châtiment terrible, et j'étais sans armes. Mais en ce moment, je m'avisai que j'avais dans ma poche un couteau de chasseur, dont mon grand-oncle m'avait fait présent au moment de partir pour R...bourg. Je suivis alors le baron, qui marchait rapidement devant moi, et je résolus de n'épargner la vie de personne, si je devais essuyer quelque outrage.

Nous étions arrivés dans la chambre du baron. Il en ferma soigneusement la porte, puis se promena quelque temps les bras croisés, et revint devant moi, en répétant : — J'ai à vous parler, jeune homme !

Le courage m'était revenu, et je lui répondis d'un ton élevé : — J'espère que ce seront des paroles qu'il me sera permis d'entendre !

Le baron me regarda d'un air étonné, comme s'il ne pouvait pas me comprendre. Puis il croisa ses mains sur son dos, et se mit à marcher, les regards fixés sur le plancher. Tout à coup, il prit un fusil à la muraille, et fit entrer la baguette dans le canon pour s'assurer s'il était chargé. — Mon sang bouillonna dans mes veines, je portai la main à mon couteau en l'ouvrant dans ma poche, et je m'approchai fort près du baron pour le mettre dans l'impossibilité de m'ajuster.

— Une belle arme ! dit le baron ; et il remit le fusil à sa place. Je reculai de quelques pas ; le baron se rapprocha. Me frappant assez rudement sur l'épaule, il me dit : — Je dois vous paraître contraint et troublé, Théodore ! Je le suis aussi, les alarmes de cette nuit en sont cause. L'attaque de nerfs de ma femme n'était pas dangereuse, je le vois maintenant ; mais ici, — ici dans ce château, je crains toujours les plus grands malheurs ; et puis c'est la première fois qu'elle est malade ici. — Vous, — vous seul, vous êtes l'auteur de son mal ! — Comment cela est-il possible ? répondis-je avec calme. — Que le diable n'a-t-il brisé en mille pièces le maudit clavecin de l'inspectrice ! Que n'êtes-vous !... Mais, non ! non ! Il en devait être ainsi. Et je suis seul cause de tout ceci. Dès le premier moment où vous vîntes faire de la musique dans la chambre de ma femme, j'aurais dû vous faire connaître la disposition de son esprit et de sa santé.

Je fis mine de parler.

— Laissez-moi achever, s'écria le baron ; il faut que je vous évite tout jugement précipité. Vous me tenez pour un homme rude et sauvage, ennemi des beaux-arts. Je ne le suis nullement, mais une conviction profonde m'oblige à interdire ici tout délassement qui amollit et qui ébranle l'âme. Apprenez que ma femme souffre d'une affection nerveuse, qui finira par la priver de toutes les jouissances de la vie. Dans ces murs surtout, elle ne sort pas d'un état d'exaltation qui est toujours le symptôme d'une maladie grave. Vous me demanderez avec raison pourquoi je n'épargne pas à une femme délicate ce séjour terrible, cette rigoureuse vie de chasseur ? Nommez-le faiblesse ou tout ce que vous voudrez, je ne puis me résoudre à la laisser loin de moi. Je pense d'ailleurs que cette vie que nous menons ici doit au contraire fortifier cette âme affaiblie ; et vraiment le bruit du cor, les aboiements des chiens, le mugissement de la brise doivent l'emporter sur les tendres accords et sur les romances plaintives ; mais vous avez juré de tourmenter méthodiquement ma femme, jusqu'à la faire mourir !

Le baron prononça ces dernières paroles en grossissant sa voix et les yeux étincelants. Je fis un mouvement violent ; je voulus parler, le baron ne me laissa pas prendre la parole.

— Je sais ce que vous voulez dire, reprit-il, je le sais et je vous répète que vous êtes en bon chemin de tuer ma femme ; et vous sentez qu'il faut que je mette bon ordre à cela. — Bref ! — Vous exaltez ma femme par votre chant et votre jeu, et lorsqu'elle flotte sans gouvernail et sans guide, au milieu des visions que votre musique a conjurées, vous enfoncez plus profondément le trait en lui racontant une misérable histoire d'apparition qui vous est arrivée, dites-vous, dans la salle d'audience. Votre grand-oncle m'a tout raconté, mais je vous prie de me dire à votre tour ce que vous avez vu, ou pas vu, entendu, éprouvé ou même soupçonné.

Je réfléchis un instant, et je contai de point en point toute mon aventure. Le baron laissait échapper de temps en temps un mot qui décelait sa surprise. Lorsque je redis la manière dont mon oncle s'était conduit, il leva les mains au ciel, et s'écria : — Oui, c'est l'ange protecteur de notre famille [16] !

Mon récit était terminé.

— Daniel ! Daniel ! que fais-tu ici à cette heure ? murmura le baron en marchant à grands pas. — Mon ami, me dit-il, ma femme, à qui vous avez fait tant de mal sans le vouloir, doit être rétablie par vos soins. Vous seul, vous le pouvez.

Je me sentis rougir, et je faisais certainement une sotte figure. Le baron parut se complaire à voir mon embarras ; il me regarda en souriant et avec une ironie fatale.

— Allons, allons, dit-il ; vous n'avez pas affaire à une patiente dangereuse. La baronne est sous le charme de votre musique, et il serait cruel de l'en arracher tout à coup. Continuez donc. Vous serez bien reçu chez elle chaque soir; mais que vos concerts deviennent peu à peu plus énergiques; mettez-y des morceaux pleins de gaieté, et surtout répétez souvent l'histoire des apparitions. La baronne s'y accoutumera, et l'histoire ne fera pas plus d'impression sur elle que toutes celles qu'on lit dans les romans.

A ces mots le baron me quitta. Je restai confondu; j'étais réduit au rôle d'un enfant mutin. Moi qui croyais avoir excité la jalousie dans son cœur, il m'envoyait lui-même à Séraphine, il ne voyait en moi qu'un instrument sans volonté qu'on prend ou qu'on rejette à son gré! Quelques minutes auparavant, je craignais le baron; au fond de mon âme gisait le sentiment de ma faute, mais cette faute même me faisait sentir plus vivement la vie, une vie magnifique, élevée, pleine d'émotions dignes d'envie, et tout était retombé dans les ténèbres, et je ne voyais plus en moi qu'un bambin étourdi qui, dans sa folie enfantine, a pris pour un diadème la couronne de papier dont il a coiffé sa tête.

— Eh bien! neveu, me dit mon grand-oncle qui m'attendait, où restes-tu donc? — J'ai parlé au baron, répondis-je vivement et à voix basse, sans pouvoir le regarder. — Sapperlote! je le pensais, s'écria-t-il; le baron t'a sans doute appelé en duel, neveu?

L'éclat de rire qui suivit ces mots me prouva que cette fois, comme toujours, le vieil oncle perçait à travers mon âme. Je me mordis les lèvres, et je ne répondis rien, car je savais qu'un mot de ma part eût suffi pour provoquer une explosion de sarcasmes que je voyais déjà voltiger sur les lèvres du vieillard.

XII

La baronne vint à table en frais déshabillé d'une blancheur éclatante. Elle paraissait accablée, et lorsqu'elle levait doucement les yeux en parlant, le désir brillait en longs traits de feu dans ses regards, et une rougeur fugitive couvrait ses joues. Elle était plus belle que jamais !

A quelles folies ne se livre pas un jeune homme dont le sang abondant afflue à la tête et au cœur ! je reportai sur Séraphine la colère que le baron avait excitée en moi. Toute sa conduite me parut une triste mystification. Je tins à prouver que j'avais conservé toute ma raison, et que je ne manquais pas de perspicacité. J'évitai les regards de la baronne, comme un enfant boudeur, et j'échappai à Adelaïde qui me poursuivait, en me plaçant à l'extrémité de la table entre deux officiers, avec lesquels je me mis à boire vigoureusement. Au dessert, nous fêtâmes si bien la bouteille, que je devins d'une gaieté extraordinaire. Un laquais vint me présenter une assiette où se trouvaient des dragées, en disant : — De la part de mademoiselle Adelaïde. — Je la pris, et je remarquai bientôt ces mots tracés au crayon sur une des dragées : *Et Séraphine !* — La tête me tourna. Je regardai Adelaïde qui éleva doucement son verre en me faisant signe. Presque sans le vouloir je prononçai le nom de Séraphine, et prenant à mon tour un verre, je le vidai d'un trait. — Les yeux d'Adélaïde et les miens se rencontrèrent encore. Un malin démon semblait sourire sur ses lèvres.

Un des convives se leva et porta, selon l'usage du Nord, la santé de la maîtresse de la maison. Les verres furent choqués avec des exclamations de joie.

Le ravissement et le désespoir remplissaient mon cœur. Je me sentis près de défaillir, je restai quelques moments anéanti. Quand je revins à moi, Séraphine avait disparu. On s'était levé de table. Je voulus m'éloigner. Adélaïde se trouva près de moi, me retint et me parla longtemps. Je n'entendis, je ne compris rien de ce qu'elle me dit. Elle me prit les mains, et me glissa en riant quelques mots à l'oreille. J'ignore ce qui se passa depuis. Je sais seulement que je me précipitai hors de la salle, et que je courus dans le bois de pins [17]. La neige tombait à gros flocons, le vent sifflait, et moi je courais çà et là comme un forcené, poussant des cris de désespoir.

Je ne sais comment mon délire se serait terminé, si je n'avais entendu appeler mon nom à travers les arbres. C'était le vieux garde-chasse.

— Eh ! mon cher M. Théodore, venez donc ; nous vous avons cherché partout. Monsieur le justicier vous attend avec impatience.

Je trouvai mon oncle qui travaillait dans la grande salle. Je pris place auprès de lui sans prononcer un seul mot.

— Mais dis-moi donc un peu ce que le baron voulait de toi ? s'écria mon oncle, après que nous eûmes longtemps travaillé en silence. Je lui racontai notre entrevue avec le baron, et je terminai en disant que je ne voulais pas me charger de la tâche dangereuse qu'il m'avait confiée.

— Quant à cela, dit mon grand-oncle, soit tranquille, nous partirons demain.

Nous partîmes en effet ; je ne revis jamais Séraphine !

XIII

A peine de retour à K..., mon vieux grand-oncle se plaignit plus que jamais des souffrances que lui avait causées ce pénible voyage. Son silence grondeur, qui n'était interrompu que par de violentes explosions de mauvaise humeur, annonçait le retour de ses accès de goutte. Un jour on m'appela en toute hâte ; je trouvai le vieillard, frappé d'un coup de sang, étendu sans mouvement sur son lit, tenant une lettre froissée que serraient ses mains convulsivement contractées. Je reconnus l'écriture de l'inspecteur du domaine de R...bourg ; mais, pénétré d'une douleur profonde, je n'osai pas arracher la lettre au vieillard dont je voyais la mort si prochaine. Cependant, avant le retour du médecin, les pulsations des artères reprirent leur cours, et les forces vitales du vieillard de soixante-dix ans triomphèrent de cette attaque mortelle. Toutefois la rigueur de l'hiver et l'affaiblissement que lui causa cette maladie, le retinrent longtemps sur sa couche. Il résolut alors de se retirer entièrement des affaires ; il céda son office à un autre, et je perdis ainsi tout espoir de retourner jamais à R...bourg.

Mon grand-oncle ne souffrait que mes soins. C'était

avec moi seul qu'il voulait s'entretenir; et, quand sa douleur lui laissait quelque trêve, sa gaieté revenait aussitôt, et les joyeux contes ne lui manquaient pas; mais jamais en aucune circonstance, même lorsqu'il racontait des histoires de chasse, il ne lui arrivait jamais de faire mention de notre séjour à R...bourg, et un sentiment de terreur indéfinissable m'empêchait toujours d'amener la conversation sur ce sujet. — Mes inquiétudes pour le vieillard, les soins que je lui prodiguais, avaient un peu éloigné de ma pensée l'image de Séraphine. Mais quand la santé de mon oncle se rétablit, je me surpris à rêver plus souvent à la baronne, dont l'apparition avait été pour moi comme celle d'un astre qui brille un instant pour s'éteindre aussitôt, et une circonstance singulière vint tout à coup ranimer en moi tous les sentiments que je croyais étouffés en mon cœur.

Un soir, j'ouvris par hasard les portefeuilles que j'avais portés à R...bourg; un papier s'échappa du milieu des autres; je l'ouvris et j'y trouvai une boucle de cheveux que je reconnus aussitôt pour ceux de Séraphine! Elle était attachée avec un ruban blanc sur lequel, en l'examinant de près, je vis distinctement une goutte de sang! — Peut-être dans ces instants de délire qui précédèrent notre séparation, Adelaïde m'avait-elle laissé ce souvenir de sa maîtresse; mais pourquoi cette goutte de sang qui me frappait d'horreur? — C'était bien ce ruban blanc qui avait flotté sur mon épaule la première fois que j'avais approché de Séraphine; mais ce sang!...

XIV

Enfin les orages de mars avaient cessé de gronder, l'été avait repris tous ses droits; le soleil de juillet dardait ses rayons brûlants. Le vieillard reprenait ses forces à vue d'œil, et il alla habiter, comme de coutume, une maison de plaisance qu'il possédait aux environs de la ville.

Par une douce et paisible soirée, nous étions assis ensemble sous un bosquet de jasmin. Mon grand-oncle était d'une gaieté charmante, et loin de montrer, comme autrefois, une ironie sarcastique, il éprouvait une disposition singulière à l'attendrissement. — Je ne sais pas comment il se fait, neveu, que je sente un bien-être tel que je n'en ai éprouvé de semblable depuis bien des années, me dit-il; je crois que cela m'annonce une mort prochaine.

Je m'efforçai de le détourner de cette idée. — Laissons cela, neveu, reprit-il, je n'ai pas longtemps à rester ici-bas, et je veux, avant que de partir, te payer une dette. Penses-tu encore à l'automne que nous avons passée à R...bourg?

Cette question me fit tressaillir. Il ne me laissa pas répondre, et ajouta: — Le ciel voulut alors que tu te trouvasses, sans le savoir, initié à tous les secrets de cette maison; maintenant je puis tout te dire. Souvent, neveu, nous avons parlé de choses que tu as plutôt conjecturées que comprises. La nature, dit-on, a tracé symboliquement la marche des âges de la vie humaine comme celle des saisons: les nuages du printemps se dissipent devant les feux de l'été, qui éblouissent les regards, et à l'automne, l'air plus pur laisse apercevoir le paysage que la nudité de l'hiver met enfin à découvert: l'hiver, c'est la vieillesse, dont les glaces dissipent les illusions des autres âges. La vue s'étend alors sur l'autre vie comme sur une terre promise; la mienne découvre en ce moment un espace que je ne saurais mesurer, dont ma voix d'homme ne saurait décrire l'immensité. Souviens-toi, mon enfant, que la mission mystérieuse qui te fut attribuée, peut-être non sans dessein, aurait pu te perdre! mais tout est passé; je te dirai seulement ce que tu n'as pu savoir. Pour toi, ce récit ne sera peut-être qu'une simple histoire, bonne à passer quelques moments. N'importe, écoute-moi donc.

L'histoire du majorat de R...bourg, que le vieillard me raconta, est restée si fidèlement gravée dans ma mémoire, que je la redirai sans doute dans les mêmes termes que lui. — Dans ce récit, il parlait de lui à la troisième personne [18].

XV

Dans une nuit orageuse de l'automne de 1760, un fracas violent réveilla tous les domestiques de R...bourg de leur profond sommeil. Il semblait que tout l'immense château s'abîmait dans ses fondements. En un clin d'œil tout le monde fut sur pied, et chacun accourut, une lumière à la main. L'intendant pâle, effrayé, arriva aussi ses clefs à la main. Mais la surprise fut grande lorsque, s'acheminant dans un profond silence, on traversa tous les appartements sans y trouver la moindre apparence de désordre.

Un sombre pressentiment s'empara du vieil intendant. Il monta dans la grande salle, auprès de laquelle se trouvait un cabinet où le baron Roderich de R... avait coutume de se coucher lorsqu'il se livrait à ses observations astronomiques. Mais, au moment où Daniel (ainsi se nommait l'intendant) ouvrit cette porte, le vent, s'engouffrant avec bruit, chassa vers son visage des décombres et des pierres brisées. Il recula avec horreur, et laissant tomber son flambeau, qu'une bouffée de vent avait éteint, il s'écria : — Dieu du ciel ! le baron vient de périr !

En ce moment, des cris plaintifs se firent entendre de la chambre du baron. Daniel trouva les autres domestiques rassemblés autour du cadavre de leur maître. Il était assis sur un fauteuil doré, richement vêtu, et avec autant de sérénité que s'il se fût simplement reposé de son travail. Mais c'était la mort que son repos. Lorsque le jour fut venu, on s'aperçut que le dôme de la tour s'était écroulé. Les lourdes pierres qui le composaient avaient brisé le plafond et le plancher de l'observatoire, renversé par leur double chute le large balcon en saillie, et entraîné une partie de la muraille extérieure. On ne pouvait faire un seul pas hors de la porte de la grande salle, sans courir le danger de faire une chute de quatre-vingts pieds au moins.

Le vieux baron avait prévu sa mort prochaine, et il en avait donné avis à ses fils. Le lendemain, son fils aîné, Wolfgang, devenu seigneur du majorat, par la mort du baron arriva au château. Obéissant à la volonté de son père, il avait quitté Vienne immédiatement après en avoir reçu une lettre, et avait fait la plus grande diligence pour revenir à R...bourg.

L'intendant avait fait tendre de noir la grande salle, et fait exposer le vieux baron sur un magnifique lit de parade, entouré de cierges allumés dans des chandeliers d'argent; Wolfgang monta l'escalier en silence, entra dans la salle, et s'approcha tout près du corps de son père. Là, il s'arrêta, les bras croisés sur la poitrine, contempla, d'un air sombre et les sourcils froncés, le visage pâle du défunt. Le jeune seigneur semblait une statue; pas une larme ne coulait de ses yeux. Enfin il étendit le bras vers le cadavre par un mouvement presque nerveux, et murmura ces mots : — Le ciel te forçait-il donc à rendre ton fils malheureux ? Puis, il leva les yeux au ciel, et s'écria : — Pauvre vieillard insensé ! le temps des folies est donc passé. Tu reconnais maintenant que les étoiles n'ont pas d'influence sur les choses de ce monde ! Quelle volonté, quelle puissance s'étend au-delà du tombeau ?

Le baron se tut de nouveau pendant quelques secondes, puis il reprit avec plus de violence : — Non, ton entêtement ne me ravira pas une parcelle du bien qui m'attend ! A ces mots, il tira de sa poche un papier plié, et le tint de ses deux doigts au-dessus de l'un des cierges qui brûlaient autour du mort. Le papier, atteint par la flamme, noircit et prit feu. Lorsque la lueur qu'il répandit se projeta sur le visage du défunt, il sembla que ses muscles se contractaient, et que des accents étouffés s'échappaient de sa poitrine. Tous les gens du château en frémirent. Le baron continua sa tâche avec calme, et écrasa soigneusement jusqu'au plus petit morceau de papier consumé qui tombait sur le plancher. Puis il jeta encore un regard sombre sur son père, et sortit de la salle à grands pas.

XVI

Le lendemain, Daniel fit connaître au nouveau baron tout le désastre de la tour; lui raconta longuement comme tout s'était passé dans la nuit de la mort de son maître, et termina en disant qu'il serait prudent de faire réparer la tour qui s'écroulait davantage, et mettait tout le château en danger, sinon de tomber, du moins d'être fortement endommagé.

— Rétablir la tour? reprit le baron en regardant le vieux serviteur d'un air irrité. Rétablir la tour! jamais! — N'avez-vous pas remarqué, ajouta-t-il plus tranquillement, que la tour n'est pas tombée naturellement? N'avez-vous pas deviné que mon père, qui voulait anéantir le lieu où il se livrait aux sciences secrètes, avait fait toutes ces dispositions pour que le faîte de la tour pût s'écrouler dès qu'il le voudrait? Au reste, que le château s'écroule tout entier! que m'importe? Croyez-vous donc que je veuille habiter ce vieux nid de hiboux. — Non! mon sage aïeul qui a jeté dans la vallée les fondations d'un nouveau château, m'a montré l'exemple: je veux l'imiter. — Et de la sorte, dit Daniel à mi-voix, les vieux et fidèles serviteurs n'auront qu'à prendre le bâton blanc, et aller errer sur les routes? — Il va sans dire, répondit le baron, que je ne m'embarrasserai pas de vieux serviteurs impotents; mais je ne chasserai personne: le pain que je vous donnerai vous semblera meilleur quand vous le gagnerez sans travail. — Me mettre hors d'activité, moi l'intendant du château! s'écria le vieillard plein de douleur.

Le baron, qui lui avait tourné le dos, et qui se disposait à sortir de la salle, se retourna tout à coup, le visage animé de colère. Il s'approcha du vieil intendant, le poing fermé, et lui dit d'une voix terrible: — Toi, vieux coquin, qui as criminellement abusé de la folie de mon père, pour l'entraîner dans des pratiques infernales qui ont failli m'exterminer, je devrais te repousser comme un chien galeux.

A ces paroles impitoyables, le vieillard terrifié tomba sur ses genoux: et, soit involontairement, soit que le corps eût obéi machinalement à sa pensée, le baron leva le pied en parlant, et en frappa si rudement à la poitrine le vieux serviteur, que celui-ci se renversa en poussant un cri sourd[19]. Il se releva avec peine, et poussa un hurlement profond en lançant à son maître un regard où se peignaient la rage et le désespoir. Puis il s'éloigna sans toucher une bourse remplie d'argent que le baron venait de lui jeter.

Cependant les parents de la famille, qui se trouvaient dans le pays, s'étaient rassemblés. Le défunt baron fut porté avec beaucoup de pompe dans les caveaux de l'église de R...bourg ; et, lorsque la cérémonie fut achevée, le nouveau possesseur du majorat, reprenant sa bonne humeur, parut se réjouir de son héritage. Il tint un compte exact des revenus du majorat, avec V..., l'ancien justicier à qui il avait accordé sa confiance après s'être entretenu avec lui, et calcula les sommes qu'il pourrait employer à bâtir un nouveau château. V..., pensait qu'il était impossible que le vieux baron eût dépensé tous ses revenus, et comme il ne s'était trouvé à sa mort, dans son coffre, que quelques milliers d'écus, il devait nécessairement se trouver de l'argent caché dans le château.

Quel autre pouvait le savoir que Daniel, qui, dans son opiniâtreté, attendait sans doute qu'on l'interrogeât ? Le baron craignait fort que Daniel, qu'il avait grièvement offensé, ne voulût rien découvrir, plutôt par esprit de vengeance que par cupidité : car le vieil intendant, sans enfants, n'avait d'autre désir que de finir ses jours dans le château. Il raconta tout au long à V... sa conduite avec Daniel, et la justifia en disant que, d'après plusieurs renseignements qui lui étaient parvenus, il savait que l'intendant avait nourri dans le défunt baron l'éloignement qu'il avait conservé jusqu'à sa mort pour ses enfants. Le justicier répondit que personne au monde n'eût été capable d'influencer l'esprit du vieux seigneur, et entreprit d'arracher à Daniel son secret, s'il en avait un.

La chose ne fut pas difficile ; car dès que le justicier lui eut dit : — Daniel, comment se fait-il donc que le vieux seigneur ait laissé si peu d'argent comptant ?

Daniel répondit en s'efforçant de rire. — Vous voulez dire les écus qui se sont trouvés dans la petite cassette, monsieur le justicier ? — Le reste est caché sous la voûte, auprès du cabinet de feu monsieur le baron. — Mais, ajouta-t-il, le meilleur est enterré dans les décombres : il y a là plus de cent mille pièces d'or.

Le justicier appela aussitôt le baron. On se rendit dans le cabinet. Daniel toucha un panneau de la muraille, et découvrit une serrure. Tandis que le baron regardait la serrure avec des regards avides, et se baissait pour y essayer un grand nombre de clefs qui se trouvaient sur une table, Daniel se redressait et jetait sur le baron des regards de mépris. Il pâlit tout à coup, et dit d'une voix tremblante : — Si je suis un chien, monseigneur le baron, je garde ce qu'on me confie avec la fidélité d'un chien.

A ces mots, il tendit au baron une clef d'acier que celui-ci arracha avec vivacité, et avec laquelle il ouvrit sans peine la serrure. On pénétra sous une petite voûte qui couvrait un vaste coffre ouvert. Sur des sacs sans nombre se trouvait cet écrit que le baron reconnut pour avoir été tracé par la main de son père :

« 150,000 écus de l'empire en vieux frédérics d'or,
« épargnés sur les revenus du majorat de R...bourg, pour
« être employés à la construction du château.

« Celui qui me succédera fera construire, à la place de
« la tour qui se trouvera écroulée, un haut fanal, pour
« guider les navigateurs, et il le fera entretenir chaque
« nuit.

« R...bourg, dans la nuit de saint Michel, de l'année 1760.

« RODERICH, baron de R. »

Ce ne fut qu'après avoir soulevé les sacs l'un après l'autre, et les avoir laissés retomber dans le coffre, que le baron se retourna vers le vieil intendant, le remercia de la fidélité qu'il lui avait montrée, et lui dit que des propos médisants avaient été seuls la cause du traitement qu'il lui avait fait endurer. Il lui annonça en même temps qu'il conserverait sa charge d'intendant, avec un double traitement.

— Je te dois un dédommagement, lui dit-il. Prends un de ces sacs !

Le baron prononça ces mots, debout devant le vieux serviteur, les yeux baissés, et désignant du doigt le coffre. Une rougeur subite se répandit sur le visage de l'intendant, il proféra un long murmure, et répondit au baron : — Ah ! monseigneur, que voulez-vous que fasse de votre or un vieillard sans enfants ? Mais pour le traitement que vous m'offrez je l'accepte, et je continuerai de remplir mon emploi avec la même fidélité.

Le baron, qui n'avait pas trop écouté la réponse de l'intendant, laissa retomber le couvercle du coffre avec un bruit retentissant, et dit, en remettant la clef dans sa poche : — Bien, très bien, mon vieux camarade ! mais, ajouta-t-il, lorsqu'ils furent revenus dans la grande salle, tu m'as aussi parlé de sommes considérables qui se trouvaient dans la tour écroulée ?

Le vieillard s'approcha en silence de la porte, et l'ouvrit avec peine, mais au moment où les gonds tournèrent, un violent coup de vent chassa dans la salle une épaisse nuée de neige ; un corbeau vint voltiger autour du plafond en croassant, alla frapper les vitraux de ses ailes noires, repartit à travers la porte, et retourna s'abattre vers le précipice. Le baron s'avança près de l'ouverture ; mais à peine eut-il jeté un regard dans le gouffre, qu'il recula avec effroi. — Horrible vue ! s'écria-t-il, la tête me tourne, et il tomba presque sans connaissance dans les bras du justicier. Il se releva aussitôt, et s'adressa à l'intendant en le regardant fixement : — Là-bas, dis-tu ?

Le vieux domestique avait déjà fermé la porte ; il la repoussa avec effort de son genou, pour en retirer la clef, qui avait peine à sortir de la serrure rouillée. Lorsque cette tâche fut achevée, il se tourna vers le baron, en balançant les grosses clefs dans ses doigts, et en riant d'un air simple : — Eh ! sans doute, là-bas, dit-il, il y a des milliers d'écu répandus. Tous les beaux instruments du défunt, les télescopes, les globes, les quarts de cercle, les miroirs ardents, tout cela est en pièces sous les pierres et les poutres. — Mais l'argent ! l'argent ! Tu as parlé de sommes considérables ! s'écria le baron. — Je voulais dire, répondit l'intendant, qu'il s'y trouvait des choses qui avaient coûté des sommes considérables !

On ne put en savoir davantage.

XVII

Le baron se montra fort joyeux de pouvoir mettre enfin à exécution son projet favori, celui d'élever un nouveau château plus beau que l'ancien. Le justicier pensait, il est vrai, que le défunt n'avait entendu parler que d'une réparation totale du vieux château, et qu'un édifice moderne n'aurait pas le caractère de grandeur et de simplicité qu'offrait le berceau de la race des R... ; mais le baron ne persista pas moins dans sa volonté, et déclara qu'il voulait faire de sa nouvelle habitation un séjour digne de l'épouse qu'il se préparait à y amener. Le baron ne laissait pas que d'aller chaque jour visiter le vieux coffre, uniquement pour contempler les belles pièces d'or qu'il renfermait ; et à chaque visite il ne pouvait s'empêcher de s'écrier : — Je suis sûr que ce vieux renard nous a caché le meilleur de son trésor : mais vienne le printemps, je ferai fouiller, sous mes yeux, les décombres de la tour.

Bientôt on vit arriver les architectes avec lesquels le baron eut de longues conférences. Il rejeta vingt plans. Nulle architecture ne lui semblait assez riche, assez belle. Il se mit alors à dessiner lui-même, et l'avenir que lui offraient ces agréables occupations lui rendit bientôt toute sa gaieté, qui se communiqua à tous ses alentours. Daniel lui-même semblait avoir oublié la manière un peu rude dont son maître l'avait traité ; et il se comportait avec lui de la façon la plus respectueuse, bien que le baron lui lançât souvent des regards méfiants. Mais ce qui frappait tout le monde, c'est que le vieil intendant semblait rajeunir chaque jour. Il se pouvait que la douleur de la perte de son maître l'eût profondément courbé, et que le temps eût adouci cette douleur, ou que, n'ayant plus de froides nuits à passer sans sommeil au haut de la tour, mieux nourri, moins occupé des affaires du château, le repos eût rétabli sa santé ; enfin, le faible et frêle vieillard se changea en un homme aux joues animées, aux formes rebondies, qui posait le talon avec vigueur, et poussait un gros rire bien sonore lorsqu'il entendait quelque propos joyeux.

La vie paisible qu'on menait à R...bourg fut troublée

par l'arrivée d'un personnage qu'on n'attendait pas. C'était Hubert, le jeune frère du baron Wolfgang. A sa vue, le baron pâlit et s'écria : — Malheureux, que viens-tu faire ici ?

Hubert se jeta dans les bras de son frère ; mais celui-ci l'emmena aussitôt dans une chambre éloignée, où il s'enferma avec lui. Ils restèrent plusieurs heures ensemble. Enfin, Hubert descendit, l'air troublé, et demanda ses chevaux. Le justicier alla au-devant de lui ; le jeune seigneur continua de marcher ; mais V... le supplia de rester encore quelques instants au château, et en ce moment le baron arriva en s'écriant : — Hubert, reste ici. Tu réfléchiras.

Ces paroles semblèrent calmer un peu Hubert ; il ôta la riche pelisse dont il s'était enveloppé, la jeta à un domestique, prit la main de V..., et lui dit d'un air moqueur : — Le seigneur du majorat veut donc bien me recevoir ici ?

Il revint dans la salle avec le justicier. Hubert s'assit auprès de la cheminée, prit la pincette, et se mit à arranger l'énorme foyer, en disposant le feu d'une meilleure manière : — Vous voyez, M. le justicier, dit-il, que je suis un bon garçon, fort habile dans les petites affaires de ménage. Mais Wolfgang a les plus fâcheux préjugés, et, par-dessus tout, c'est un avare.

Le justicier se rendit le soir chez le baron. Il le trouva toisant sa chambre à grands pas, et dans une agitation extrême. Il prit l'avocat par les deux mains, et lui dit en le regardant dans les yeux : — Mon frère est venu ! — Je sais, dit le justicier, je sais ce que vous voulez dire. — Mais vous ne savez pas, vous ne savez pas que mon malheureux frère est sans cesse sur mes pas comme un mauvais génie, pour venir troubler mon repos. Il n'a pas dépendu de lui que je ne fusse le plus misérable des hommes. Il a tout fait pour cela, mais le ciel ne l'a pas voulu. Depuis qu'il a appris la fondation du majorat, il me poursuit d'une haine mortelle. Il m'envie cette propriété qui, dans ses mains, s'envolerait comme un brin de paille. C'est le prodigue le plus insensé qui ait jamais existé. Ses dettes excèdent de plus de moitié le patrimoine libre de Courlande qui lui revient, et maintenant il vient mendier ici, poursuivi par ses créanciers. — Et vous, son frère vous le refusez ! — Oui, s'écria le baron avec violence, je le refuse ! Il n'aura pas un écu des revenus du majorat ; je ne dois pas les aliéner. Mais écoutez la proposition que j'ai faite, il y a quelques heures à cet insensé, et puis jugez-moi. Le patrimoine de Courlande est considérable, comme vous le savez ; je consens à renoncer à la part qui m'appartient, mais en faveur de sa famille. Hubert est marié en Courlande à une femme charmante, mais pauvre. Elle lui a donné des enfants. Les revenus serviront à les entretenir, et à apaiser les créanciers. Mais que lui importe une vie tranquille et libre de soucis ? Que lui importent sa femme et ses enfants ? C'est de l'argent qu'il lui faut, beaucoup d'argent, afin de pouvoir se livrer à toutes ses folies ! Quel mauvais démon lui a dévoilé le secret des cent cinquante mille écus ? Il en veut la moitié, car il prétend que ce trésor est indépendant du majorat. Je veux, je dois le refuser ; mais je vois bien qu'il médite en lui-même ma ruine et ma mort !

Quelques efforts que fit le justicier pour détourner les soupçons qu'il nourrissait contre son frère, il ne put y parvenir. Le baron lui confia la mission de négocier avec Hubert. Il la remplit avec zèle, et se réjouit fort lorsque le jeune seigneur lui dit ces paroles : — J'accepte les offres du baron, mais sous la condition qu'il m'avancera à l'instant mille frédérics d'or pour satisfaire mes créanciers, et que cet excellent frère me permettra de me soustraire pendant quelque temps à leurs recherches.

— Jamais ! s'écria le baron, lorsque le justicier lui rapporta ces paroles, jamais je ne consentirai que Hubert reste un instant dans mon château, quand ma femme y sera ! — Voyez-vous, mon cher ami, dites à ce perturbateur de mon repos qu'il aura deux mille frédérics d'or, non pas à titre de prêt, mais en cadeau, pourvu qu'il parte, qu'il parte !

Le justicier apprit alors que le baron s'était marié à l'insu de son père et que cette union avait mis la désunion entre les deux frères. Hubert écouta avec hauteur la proposition qui lui fut faite au nom du baron, et répondit d'une voix sombre : — Je verrai ; en attendant, je veux rester quelques jours ici.

V... s'efforça de lui faire entendre que le baron faisait tout ce qui était en son pouvoir pour le dédommager du partage inégal de leur père, et qu'il ne devait pas lui en vouloir, mais bien à l'institution des majorats, qui avait réglé cet ordre de succession. Hubert déboutonna vivement son frac, comme pour respirer plus librement, et s'écria, en pirouettant : — Bah ! la haine vient de la haine. Puis il éclata de rire, et ajouta : — Monseigneur est vraiment bien bon d'accorder quelques pièces d'or à un pauvre mendiant !

V... ne vit que trop que toute réconciliation entre les deux frères était impossible.

XVIII

Hubert s'établit dans son appartement comme pour un long séjour, au grand regret du baron. On remarqua qu'il s'entretenait souvent avec l'intendant, et qu'ils allaient quelquefois ensemble à la chasse. Du reste, il se montrait peu, et évitait tout à fait de se trouver seul avec son frère, ce qui convenait fort au baron. V... ne pouvait s'expliquer la terreur de ce dernier, chaque fois que Hubert entrait dans son appartement.

V... était un jour seul dans la grande salle, parcourant ses actes, lorsque Hubert y entra, plus grave et plus posé que d'ordinaire ; il lui dit, avec un accent presque douloureux : — J'accepte les dernières propositions de mon frère ; faites que je reçoive aujourd'hui même les deux mille frédérics d'or ; je veux partir cette nuit, à cheval, tout seul. — Avec l'argent ? demanda la justicier. — Vous avez raison, dit Hubert, je vous comprends. Faites-moi donc donner la somme en lettre de change sur Isaac Lazarus, à K..., je veux partir cette nuit. Il faut que je m'éloigne ; les mauvais esprits rôdent ici autour de moi ! Ainsi, aujourd'hui même, M. le justicier !

A ces mots il s'éloigna. Le baron éprouva un vif

sentiment de bien-être en apprenant le départ de son frère ; il rédigea la lettre de change, et la remit à V... Jamais il ne se montra plus joyeux que le soir à table. Hubert avait annoncé qu'il n'y paraîtrait pas.

Le justicier habitait une chambre écartée, dont les fenêtres donnaient sur la cour du château. Dans la nuit, il se réveilla tout à coup, et crut avoir entendu des gémissements éloignés, mais il eut beau écouter, le plus grand silence continuait de régner, et il pensa qu'il avait été abusé par un rêve. Cependant un sentiment singulier d'inquiétude et de terreur s'empara de lui, et il ne put rester dans son lit. Il se leva et s'approcha de la fenêtre ; il s'y trouvait à peine depuis quelques instants, lorsque la porte du vestibule s'ouvrit ; un homme, un flambeau à la main, en sortit et traversa la cour. V... reconnut le vieux Daniel, et l'aperçut distinctement entrer dans l'écurie, d'où il ne tarda pas à faire sortir un cheval sellé. Une seconde figure, enveloppée dans une pelisse, la tête couverte d'un bonnet de renard, sortit alors des ténèbres, et s'approcha de lui. C'était Hubert qui parla quelques moments à Daniel avec chaleur, et se retira vers le lieu d'où il était venu.

Il était évident qu'Hubert avait des relations secrètes avec le vieil intendant. Il avait voulu partir, et sans doute celui-ci l'avait retenu. V... eut à peine la patience d'attendre le jour pour faire part au baron des événements de la nuit, et l'avertir de se défier de Daniel qui le trahissait évidemment.

XIX

Le lendemain, à l'heure où le baron avait coutume de se lever, V... entendit un violent bruit de portes et un grand tumulte. Il sortit de sa chambre, et rencontra partout des domestiques qui passèrent auprès de lui sans le regarder, et qui parcouraient toutes les salles. Enfin, il apprit que le baron ne se trouvait pas, et qu'on le cherchait depuis plusieurs heures. Il s'était mis au lit en présence de son chasseur ; mais il s'était éloigné en robe de chambre et en pantoufles, un flambeau à la main; car tous ces objets manquaient dans sa chambre.

V..., frappé d'un sombre pressentiment, courut à la grande salle, auprès de laquelle se trouvait l'ancien cabinet du défunt baron. La porte qui menait à la tour écroulée était ouverte, et V... s'écria plein d'horreur: — Il est au fond du gouffre, brisé en morceaux!

Ce n'était que trop vrai. La neige avait tombé toute la nuit, et on ne pouvait apercevoir qu'un bras raidi qui s'avançait entre les pierres. Plusieurs heures s'écoulèrent avant que des ouvriers pussent descendre, au risque de leur vie, le long de plusieurs échelles liées ensemble, et ramener le cadavre à l'aide de longues cordes. Dans les convulsions de la frayeur, le baron avait serré fortement le flambeau d'argent, et la main qui le tenait encore était la seule partie de son corps qui n'eût pas été affreusement mutilée par les pierres aiguës sur lesquelles il avait roulé. Hubert arriva dans le plus profond désespoir. Il trouva le cadavre de son frère étendu sur la table où on avait posé, quelques semaines auparavant, celui du vieux baron Roderich.

— Mon frère! mon frère! s'écria-t-il en gémissant. Non, je n'ai pas demandé sa mort au démon qui planait sur moi!

Hubert tomba sans mouvement sur le sol. On l'emporta dans son appartement, et il ne revint à lui que quelques temps après. Il vint dans la chambre du justicier; il était pâle, tremblant, les yeux à demi éteints, et se jeta dans un fauteuil, car il ne pouvait se soutenir. — J'ai désiré la mort de mon frère, parce que mon père lui a laissé la meilleure partie de son héritage. Il a péri, et je suis seigneur du majorat; mais mon cœur est brisé, et je ne serai jamais heureux. Je vous confirme dans votre emploi, et vous recevrez les pouvoirs les plus étendus pour régir le majorat où je ne pourrais pas demeurer!

Hubert quitta le justicier, et partit pour K... un instant après.

On répandit le bruit que le malheureux Wolfgang s'était levé dans la nuit pour se rendre dans un cabinet où se trouvait une bibliothèque. A demi endormi, il s'était trompé de porte et s'était précipité sous les débris de la tour.

— Ah! dit François, le chasseur du baron, en entendant raconter ce récit invraisemblable, monseigneur n'aurait pu se tromper de chemin en allant chercher un livre ; car la porte de la tour ne s'ouvre qu'avec de grands efforts, et d'ailleurs je sais que la chose ne s'est pas passée ainsi !

François ne voulut pas s'expliquer davantage devant ses camarades ; mais, seul avec lui, le justicier apprit que le baron parlait souvent des trésors qui devaient se trouver cachés dans les ruines, et que souvent dans la nuit, poussé par un mauvais génie, il prenait la clef que Daniel avait été forcé de lui remettre, et allait contempler avec avidité ce gouffre au fond duquel il croyait voir luire des monceaux d'or. C'était sans doute dans une de ces excursions qu'un étourdissement l'avait atteint et précipité dans l'abîme.

Le baron Hubert partit pour la Courlande sans reparaître au château.

XX

Plusieurs années s'étaient écoulées lorsque le baron Hubert revint pour la première fois à R...bourg. Il passa plusieurs jours à conférer avec le justicier, et repartit pour la Courlande. La construction du nouveau château fut abandonnée, et l'on se borna à faire quelques réparations à l'ancien. En passant à K..., le baron Hubert avait déposé son testament dans les mains des autorités du pays.

Le baron parla souvent, pendant son séjour, de sa mort prochaine dont il éprouvait le pressentiment. Il se réalisa en effet, car il mourut avant l'expiration de l'année. Son fils, nommé Hubert comme lui, arriva promptement de la Courlande, pour prendre possession du majorat. Sa mère et sa sœur l'accompagnaient ; le jeune seigneur semblait posséder toutes les mauvaises qualités de ses aïeux, et il se montra fier, dur, emporté et avare, dès les premiers instants de son séjour à R...bourg. Il voulut aussitôt opérer mille changements; il chassa le cuisinier, battit le cocher; bref, il commençait à jouer dans toute sa plénitude le rôle du seigneur du majorat, lorsque V... s'opposa avec fermeté à ses projets, en assurant que rien ne serait dérangé au château avant l'ouverture du testament.

— Vous osez vous attaquer à votre seigneur! s'écria le jeune Hubert. — Point de précipitation, monsieur le baron! répondit tranquillement le justicier. Vous n'êtes rien avant l'ouverture du testament; moi seul je suis le maître, et je ferai respecter mon autorité. Souvenez-vous qu'en vertu de mon titre d'exécuteur testamentaire, je puis vous défendre d'habiter R...bourg, et je vous engage dès ce moment à vous retirer à K...

Le ton sévère et solennel dont le justicier prononça ces paroles imposa tellement au jeune baron, qu'il n'essaya pas de résister. Il se retira en faisant quelques menaces.

Trois mois s'étaient écoulés, et le jour était arrivé où, selon la volonté du défunt, on devait ouvrir le testament. Outre les gens de justice, le baron et V..., on vit arriver un jeune homme d'une figure intéressante; il portait un rouleau d'actes, et chacun le prit pour un écrivain. Le baron daigna à peine le regarder, et exigea impérieusement qu'on supprimât tout préambule inutile. — Il ne concevait pas, disait-il, comment il pouvait exister un testament pour la transmission d'un majorat dont la nature était inaliénable. On lui exhiba le sceau et l'écriture de son père, qu'il reconnut en haussant les épaules; et, tandis que le greffier lisait le préambule du testament, le baron regardait d'un air d'indifférence à travers la fenêtre, pendant que sa main gauche étendue par-dessus son fauteuil, il tambourinait une marche sur le tapis vert de la table.

La lecture se continua[20].

Après un court exorde, le défunt baron Hubert déclarait qu'il n'avait jamais possédé le majorat, mais qu'il l'avait seulement régi au nom du fils mineur de son frère Wolfgang, nommé Roderich comme leur père. C'était à lui que devait revenir le château, selon l'ordre de la succession. Wolfgang de K..., disait Hubert dans son testament, avait connu, dans ses voyages, Julie de Saint-

Val, qui habitait Genève. Elle était pauvre et sa famille, bien que noble, était fort obscure. Il ne pouvait espérer que le vieux Roderich consentirait à ce mariage. Il osa toutefois lui écrire de Paris et lui faire connaître sa situation. La réponse fut telle que Wolfgang l'attendait ; son père le menaçait de sa malédiction s'il contractait cette union. Mais le jeune baron était trop épris pour résister ; il retourna à Genève sous le nom de Born, et épousa Julie qui lui donna, un an après, le fils auquel devait revenir le majorat. Hubert était instruit de tout ; de là la haine qu'il portait à son frère et le motif de leur désunion.

Après cette lecture, V... prit le jeune étranger par la main, et dit aux assistants : — Messieurs, j'ai l'honneur de vous présenter le baron Roderich de R..., seigneur de ce majorat !

Hubert regarda d'un œil étincelant le jeune homme qui semblait tombé du ciel pour lui enlever son riche domaine, ferma le poing avec rage, et s'échappa sans prononcer une parole.

Le baron Roderich produisit alors les documents qui devaient le légitimer. Il présenta l'extrait des registres de l'église où son père s'était marié sous le nom de Wolfgang-Born, son acte de naissance, et plusieurs lettres de son père à sa mère, signées seulement d'un W.

Le lendemain, le baron Hubert mit opposition à l'exécution du testament ; et, après de longs débats, les tribunaux suspendirent toute décision jusqu'à ce que le jeune Roderich eût fourni des titres plus authentiques ; car ceux qu'il avait apportés ne suffisaient pas pour lui faire donner gain de cause.

XXI

Le justicier avait en vain compulsé toute la correspondance du vieux Roderich sans trouver une seule lettre, un seul papier qui eût trait aux rapports de Wolfgang avec mademoiselle de Saint-Val. Un soir, il était resté plein de soucis dans la chambre à coucher du défunt baron de Roderich, où il venait de faire de nouvelles perquisitions, et il travaillait à composer un mémoire en faveur du jeune baron. La nuit était avancée, et la lune répandait sa clarté dans la grande salle, dont la porte était restée ouverte. Il entendit quelqu'un monter les escaliers lentement et à pas lourds, avec un retentissement de clefs. V... devint attentif; il se leva, se rendit dans la grande salle, et s'aperçut que quelqu'un approchait. Bientôt la porte s'ouvrit, et un homme en chemise, tenant d'une main un flambeau allumé, et de l'autre un trousseau de clefs s'avança lentement. V... reconnut aussitôt l'intendant, et il se disposait à lui demander ce qu'il venait chercher ainsi au milieu de la nuit, lorsqu'il vit dans toutes les manies du vieillard l'expression d'un état surnaturel; il ne put méconnaître les symptômes du somnambulisme. L'intendant s'avança droit devant la porte murée qui conduisait à la tour. Là, il s'arrêta en poussant un gémissement profond qui retentit dans la salle, et fit frémir le justicier; puis, posant son flambeau et ses clefs sur le parquet, il se mit à gratter le mur avec ses mains, et employa tant de force, que le sang jaillit de ses ongles; ensuite, il appuya son oreille pour mieux écouter, fit signe de la main comme pour empêcher quelqu'un d'avancer, releva le flambeau et s'éloigna à pas comptés. V... le suivit doucement, tenant également un flambeau à la main. Il descendit les marches avec lui. L'intendant ouvrit la porte du château, entra dans la cour, se rendit à l'écurie, disposa son flambeau de manière à ce que la clarté se répandît régulièrement autour de lui, apporta une bride et une selle, et se mit à harnacher un cheval avec un soin extrême, attachant la sangle avec force, bouclant les étriers à une longueur égale, et visitant le mors à plusieurs reprises. Cela fait, il retira le toupet de crins engagé dans la têtière, détortilla la gourmette, fit sortir le cheval de l'écurie en l'animant par le claquement de langue habituel aux palefreniers, et l'amena dans la cour, Là, il resta quelques instants dans l'attitude d'un homme qui attend des ordres, et promit de les suivre en baissant plusieurs fois la tête. V... le vit alors reconduire le cheval à l'écurie, le desseller, le rattacher au râtelier, reprendre son flambeau, et regagner sa chambre, où il s'enferma au verrou.

Le justicier se sentit saisi d'une horreur secrète; il s'était commis sans doute quelque horrible action en ce lieu: et, tout occupé de la fâcheuse situation de son protégé, il s'efforçait de tirer sur ce qui venait de se passer quelques indices à son avantage. Le lendemain, dès le matin, Daniel se présenta dans sa chambre pour une affaire domestique. V... le saisit aussitôt par le bras, et lui dit: — Écoute-moi, Daniel! il y a longtemps que je veux te consulter. Que penses-tu des embarras que nous cause le singulier testament du baron Hubert? Crois-tu que ce jeune homme soit véritablement le fils légitime du baron Wolfgang?

Le vieil intendant, évitant les regards du justicier, répondit: — Bah! il se peut que cela soit, comme il se peut que cela ne soit pas; que m'importe! Soit maître qui voudra; ce sera toujours un maître. — Mais, reprit V... en s'appuyant sur son épaule; toi, qui étais le confident du vieux baron Roderich, tu as dû connaître toute l'histoire de ses fils? Ne t'a-t-il jamais parlé du mariage que Wolfgang avait contracté contre sa volonté.

— Je ne puis pas m'en souvenir, dit l'intendant en bâillant. — Tu as envie de dormir, mon vieux, dit V...; as-tu passé une mauvaise nuit? — Pas que je sache, répondit Daniel en se secouant; mais je vais aller commander le déjeuner.

A ces mots, il se leva du siège où il s'était assis, et bâilla encore plusieurs fois.

— Reste donc encore un peu, mon vieux camarade, lui dit V... en voulant le forcer de se rasseoir. Mais Daniel resta debout, et répondit d'un air de mauvaise humeur: — Ah! çà, que m'importe le testament et leur querelle pour le majorat? — Ainsi, n'en parlons plus! Causons d'autre chose, mon cher Daniel: tu es mal disposé, tu bâilles; tout cela montre un homme affecté, et je crois vraiment que l'as été cette nuit. — Qu'ai-je été cette nuit? demanda l'intendant en restant dans la même position. — Cette nuit, dit V..., comme je travaillais dans la chambre du défunt baron Roderich, tu es venu dans la salle, pâle et défait, et tu as passé un grand quart d'heure à gratter la porte murée. Es-tu donc somnambule, Daniel?

L'intendant se laissa tomber dans le fauteuil qui était derrière lui. Il ne prononça pas une parole; ses yeux se fermèrent à demi, et ses dents se choquèrent avec violence.

— Oui, continua V... après un moment de silence; il se passe de singulières choses dans l'état de somnambulisme; et le lendemain, on ignore tout ce qu'on a fait.

J'avais un ami qui se promenait régulièrement la nuit, au temps de la pleine lune. Il répondait alors à toutes les questions, et comme malgré lui. Je crois vraiment qu'un somnambule qui aurait commis une mauvaise action l'avouerait lui-même dans ces moments-là! Heureux ceux qui ont bonne conscience comme nous deux, Daniel! Nous pouvons être somnambules sans avoir rien à craindre. Mais dis-moi donc un peu ce que tu as à gratter comme cela à la porte de l'observatoire? Tu veux sans doute aller faire de l'astronomie avec le vieux Roderich, n'est-ce pas? Je te demanderai cela la nuit prochaine.

Daniel n'avait cessé de trembler pendant tout ce discours; tout son corps semblait en ce moment un roseau balancé par l'orage. Il ne proférait que des paroles inintelligibles, et sa bouche se chargeait d'écume. V... sonna. Les domestiques vinrent prendre le vieil intendant qui ne faisait plus aucun mouvement, et le transportèrent dans son lit, où il ne tarda pas à tomber dans un assoupissement profond. Lorsqu'il se réveilla quelques instants après, il demanda du vin, et s'enferma seul dans sa chambre, où il resta tout le jour.

V... avait réellement résolu d'interroger Daniel pendant ses accès de somnambulisme. Il se rendit à minuit dans la grande salle, espérant que l'intendant s'y rendrait; mais il ne tarda pas à entendre des cris effroyables. On vint lui annoncer que le feu était dans la chambre de Daniel. On y courut; mais on essaya vainement d'ouvrir la porte. Quelques domestiques brisèrent alors la fenêtre basse, arrachèrent les rideaux qui brûlaient, et répandirent dans la cheminée quelques seaux d'eau qui éteignirent l'incendie. L'intendant était au milieu de la chambre dans un évanouissement profond. Il tenait encore à la main le flambeau dont la flamme avait consumé les rideaux. Ses sourcils et une partie de ses cheveux avaient été brûlés; et on remarqua, non sans étonnement, que la porte se trouvait fermée intérieurement par deux énormes verrous qui ne s'y trouvaient pas la veille.

V… comprit que l'intendant avait voulu se contraindre à ne pas quitter sa chambre, mais qu'il n'avait pu résister à la volonté supérieure qui résidait en lui. Daniel tomba sérieusement malade; il cessa de parler, et resta des journées entières plongé dans ses réflexions. V… n'ayant pu trouver les documents qu'il cherchait, se disposa enfin à quitter le château. Le soir qui devait précéder son départ, il était occupé à rassembler tous ses papiers, lorsqu'il trouva un petit paquet cacheté, qui lui avait échappé. Il portait pour suscription, de la main du baron Hubert : *Pour être lu après l'ouverture de mon testament.* V… se disposait à faire l'ouverture de ce paquet, lorsque la porte s'ouvrit. Daniel s'avança lentement, il mit sur la table un carton noir, qu'il portait sous son bras, et tombant à genoux devant le justicier, il lui dit, d'une voix sourde : — Je ne voudrais pas mourir sur l'échafaud!

Puis, il s'en alla comme il était venu.

XXII

V… passa toute la nuit à lire ce que renfermait le carton noir et le paquet du défunt baron Hubert. Tous ces documents s'accordaient parfaitement et lui dictèrent sa conduite. Il partit.

Dès qu'il fut arrivé à K…, il se rendit chez le baron, qui le reçut avec arrogance. Mais la conférence qu'il eut avec lui fut suivie d'un résultat merveilleux; car, le lendemain, le baron se rendit devant le tribunal, et déclara qu'il reconnaissait la légitimité de l'union du fils aîné du baron Roderich de R…, avec mademoiselle Julie de Saint-Val. Après avoir fait sa déclaration, il demanda des chevaux de poste, et partit seul, laissant sa mère et sa sœur à R… Il leur écrivit le lendemain, qu'elles ne le reverraient peut-être jamais.

L'étonnement du jeune Roderich fut extrême, et il

pressa V... de lui expliquer par quel mystérieux pouvoir ce changement s'était déjà opéré ; mais celui-ci remit cette confidence au temps où il serait en possession du majorat. Un obstacle s'y opposait encore ; car les tribunaux refusaient de se contenter de la déclaration du baron Hubert, et exigeaient la légitimation de Roderich. V... proposa, en attendant, au jeune Roderich de demeurer au château de R..., où il avait déjà offert un asile à la mère et à la sœur du baron Hubert. Le ravissement avec lequel Roderich accepta cette proposition, montra quelle impression profonde avait produite sur son cœur la jeune Séraphine ; et, en effet, il sut si bien mettre le temps à profit, que la baronne consentit bientôt à son union avec sa fille. V... trouvait cette décision un peu prompte, car jusque-là rien n'annonçait encore que le majorat dût échoir à Roderich.

Des lettres de Courlande interrompirent la vie d'idylle qu'on menait au château. Hubert était parti pour la Russie, où il avait pris du service dans l'armée d'expédition qui se préparait contre la Perse. Ce départ rendait celui de la baronne et de sa fille indispensable ; elles partirent pour leurs terres de Courlande, où leur présence devenait nécessaire. Roderich, qu'on regardait déjà comme un époux et comme un fils, les accompagna, et le château resta désert. La santé du vieil intendant s'affaiblissait chaque jour. On le remplaça, dans ses fonctions, par un garde-chasse nommé François.

Enfin, après une longue attente, V... reçut de la Suisse des nouvelles favorables. Le pasteur qui avait marié le défunt baron Roderich était mort depuis longtemps ; mais il se trouvait, sur le registre de l'église, une note de sa main où il était dit que le fiancé de Julie de Saint-Val s'était fait reconnaître au pasteur, sous le sceau du secret, comme le baron Wolfgang, fils aîné du baron Roderich de R... Deux témoins s'étaient en outre retrouvés, un négociant de Genève et un capitaine français retiré à Lyon. Rien ne s'opposa plus à la remise du majorat ; et une lettre de Russie en accéléra le moment. On apprit que le baron Hubert avait eu le sort de son jeune frère, mort jadis sur le champ de bataille ; et ses biens de Courlande devinrent la dot de Séraphine de R... qui épousa l'heureux Roderich.

XXIII

Ce fut au mois de novembre que Roderich revint, avec sa fiancée, à R...bourg. On y célébra à la fois son installation et son mariage avec Séraphine. Plusieurs semaines s'écoulèrent dans les fêtes; puis, peu à peu, les hôtes s'éloignèrent à la grande satisfaction des nouveaux époux, et de V... qui ne voulait pas quitter le château sans faire connaître au jeune baron tous les détails de son nouveau domaine. Depuis le temps où Daniel était venu lui apparaître, le justicier avait fait élection de domicile, comme il le disait, dans la chambre du vieux Roderich, afin de se trouver en situation d'arracher à l'intendant une confession, s'il renouvelait ses promenades. Ce fut donc là et dans la salle voisine qu'il se réunit avec le baron pour traiter des affaires du majorat. Ils se trouvaient un soir ensemble auprès d'un feu pétillant, V... notant, la plume à la main, les recettes et les dépenses du domaine, et le baron les yeux fixés sur les registres et les documents que son avocat lui présentait. Ils n'entendaient ni le murmure des flots de la mer, ni les cris des mouettes qui annonçaient l'orage, ni le bruit du vent qui s'engouffrait dans les corridors du château et rendait des sons plaintifs. Lorsque enfin un horrible coup de vent eut ébranlé la toiture du château, V... s'écria: — Un mauvais temps! — Le baron, plongé dans le calcul de sa richesse, répondit, en tournant un feuillet de ses récoltes. — Oui, un fort mauvais temps!

Mais il poussa tout à coup un grand cri. La porte s'était ouverte, et Daniel, que chacun croyait retenu sur son lit par sa maladie, parut, les cheveux en désordre, presque nu, et dans un état de maigreur effrayant.

— Daniel! — Daniel! — Que fais-tu ici à cette heure? lui cria le baron effrayé.

Le vieillard poussa un long gémissement et tomba sur le parquet. V... appela les domestiques, on le releva mais tous les efforts qu'on fit pour rappeler ses sens furent inutiles.

— Mon Dieu ! n'ai-je donc pas entendu dire qu'en prononçant le nom d'un somnambule, on peut causer sa mort ? s'écria le baron. Ah ! malheureux que je suis, j'ai tué ce pauvre vieillard ! C'en est fait de mon repos !

Lorsque Daniel eut été emporté par les domestiques, V... prit le baron par le bras, le conduisit auprès de la porte murée et lui dit : — Celui qui vient de tomber sans mouvement à vos pieds, baron Roderich, est l'assassin de votre père !

Le baron resta pétrifié. V... continua : — Il est temps enfin de vous dévoiler cet horrible secret. Le ciel a permis que le fils prît vengeance de la mort de son père. Les paroles que vous avez fait retentir aux oreilles de ce misérable sont les dernières que votre malheureux père a prononcées !

Tremblant, hors d'état de prononcer un mot, le baron prit place auprès du justicier, et celui-ci lui fit d'abord connaître le contenu du paquet laissé par Hubert pour être lu après l'ouverture de son testament.

Hubert y témoignait un vif repentir de la haine qu'il avait conçue contre son frère aîné, après la fondation du majorat. Il avouait qu'il avait toujours cherché, mais en vain, à nuire à Wolfgang dans l'esprit de son père. Ce ne fut que lorsqu'il connut le mariage de son frère à Genève, qu'il conçut l'espoir de réaliser ses projets. Cette union parut un crime horrible aux yeux du vieillard, qui avait dessein de consolider la fondation de son majorat par une riche alliance. Il écrivit à son fils de revenir aussitôt à R...bourg, et de faire casser son mariage, le menaçant de sa malédiction s'il n'obéissait à ses ordres. Ce fut cette lettre que Wolfgang brûla près du corps de son père.

Wolfgang périt, et le majorat revint à Hubert avant que son frère eût pu divulguer son mariage. Hubert se garda de le faire connaître, et s'appropria le domaine qui revenait à son neveu ; mais le ciel ne permit pas qu'il en jouît paisiblement, et la haine que se portaient ses deux fils lui fut un terrible châtiment de celle qu'il avait portée à son frère.

— Tu es un pauvre hère, dit un jour l'aîné des deux, âgé de douze ans, à son plus jeune frère ; lorsque mon père mourra, je deviendrai seigneur de R... ; et toi, il faudra que tu viennes humblement me baiser la main quand je te donnerai de l'argent pour avoir un habit neuf. L'enfant, irrité de l'orgueil de son frère, lui lança aussitôt un couteau qu'il tenait à la main, et le blessa cruellement. Hubert, craignant de plus grands malheurs, envoya le cadet en Russie, où il prit plus tard du service, et fut tué en combattant sous les ordres de Suwarow contre les Français.

Quant à la mort de son frère, le baron s'exprimait en termes singuliers et équivoques, qui laissent toutefois soupçonner qu'il avait eu part à cet horrible attentat. Les papiers que renfermait le carton noir expliquèrent tout.

Il contenait une déclaration écrite et signée par Daniel. C'était d'après l'invitation de Daniel que le baron Hubert était venu à R... ; c'était Daniel qui lui avait fait savoir qu'on avait trouvé une somme immense dans la chambre du baron Roderich. Daniel brûlait du désir d'assouvir sa vengeance sur le jeune homme qui l'avait si outrageusement traité. Il entretenait sans cesse la colère du malheureux Hubert, et l'excitait à se débarrasser de son frère. Ce fut dans une chasse qu'ils firent ensemble, qu'ils tombèrent enfin d'accord.

— Il faut le tuer ! murmura Hubert en jetant un coup d'œil sur son fusil. — Le tuer, oui ; mais pas ainsi, dit Daniel. Et il ajouta qu'il promettait de tuer le baron sans qu'on entendît seulement un coq chanter.

Après avoir reçu l'argent de son frère, Hubert voulut fuir pour échapper à la tentation. Daniel lui sella lui-même un cheval dans la nuit, et le conduisit hors de l'écurie ; mais lorsque le baron voulut se mettre en selle, Daniel lui dit d'un air sombre : — Je pense, baron Hubert, que vous feriez bien de rester dans le majorat, qui vous appartient maintenant ; car l'orgueilleux seigneur est tombé dans les fossés de la tour !

Daniel avait observé que Wolfgang, dévoré de la soif de l'or, se levait souvent dans la nuit, ouvrait la porte qui conduisait autrefois à la tour, et regardait avec attention dans le gouffre qui devait, selon lui, cacher des trésors. Daniel l'avait suivi. Au moment où il avait entendu le baron ouvrir la porte de la tour, il s'était approché de lui sur le bord du gouffre; et celui-ci, qui lisait déjà dans les yeux du traître des projets de vengeance, s'était écrié: Daniel! Daniel! que fais-tu ici à cette heure? — Meurs, chien galeux! s'était écrié Daniel à son tour; et d'un vigoureux coup de pied il l'avait précipité dans les profondeurs de l'abîme.

Ici mon grand-oncle cessa de parler, ses yeux se remplirent de larmes; il ajouta d'une voix presque éteinte: — Ce n'est pas tout, Théodore; écoute avec courage ce qui me reste à te dire.

Je frissonnai.

— Oui, reprit mon oncle, le mauvais génie qui plane sur cette famille a aussi étendu son bras sur *elle!* — Tu pâlis! Sois homme enfin; et rends grâce au ciel dc n'avoir pas été la cause de sa mort. — Elle n'est donc plus? m'écriai-je en gémissant. — Elle n'est plus! Deux jours après notre départ, le baron arrangea une partie de traîneaux. Tout à coup les chevaux de celui où il se trouvait avec la baronne s'emportèrent, et partirent à travers le bois avec une rage incroyable. — Le vieillard! le vieillard est derrière nous! Il nous poursuit! s'écriait la baronne d'une voix perçante. En ce moment, le traîneau fut renversé et se brisa. On la trouva sans vie! Le baron en mourra de douleur. Jamais nous ne verrons R...bourg, mon neveu!

Je ne sais comment la douleur que me causa ce récit ne me tua pas moi-même.

CONCLUSION

Des années avaient passé. Mon grand-oncle reposait dans sa tombe. J'avais dès longtemps quitté ma patrie, et mes voyages m'avaient entraîné jusqu'au fond de la Russie. A mon retour, passant, par une nuit d'automne bien sombre, sur une chaussée le long de la Baltique, j'aperçus un feu qui brillait à quelque distance; c'était comme une constellation immense, et je ne pouvais concevoir d'où venait cette flamme à une si prodigieuse élévation. — Postillon, criai-je, quel est ce feu que nous voyons devant nous ? — Eh ! ce n'est pas du feu, me répondit-il. C'est le fanal de la tour de Rembourg.

— Rembourg !

En entendant prononcer ce nom, l'image des jours heureux que j'avais passés en ce lieu s'offrit à moi dans toute sa fraîcheur. Je vis le baron, je vis Séraphine, et aussi les deux vieilles tantes ; et moi-même je me revis avec mon visage imberbe, ma chevelure bien frisée, bien poudrée, avec mon frac de taffetas bleu de ciel ; je me revis jeune, aimé, plein d'amour !... Et, au milieu de la profonde mélancolie que m'inspirait ce douloureux souvenir, je croyais encore entendre les malicieuses plaisanteries de mon vieux grand-oncle !

Vers le matin, ma voiture s'arrêta devant la maison de l'inspecteur du domaine. Je la reconnus aussitôt. Je m'informai de lui. — Avec votre permission, me dit le maître de poste, il n'y a pas d'inspecteur de domaine ici. C'est un baillage royal.

Je m'informai encore. Le baron de Roderich de R... était mort depuis seize ans, sans descendants ; et le majorat, conformément à son institution, était échu à l'Etat.

J'eus la force d'aller au château. Il tombait en ruine. On avait employé une partie des matériaux pour construire la tour du fanal ; c'est du moins ce que me dit un paysan que je rencontrai dans le bois de pins. Il me parla aussi des anciennes apparitions, et il me jura qu'au temps de la pleine lune on entendait encore d'affreux gémissements s'élever du milieu de ces décombres.

Pauvre baron Roderich ! Quelle puissance ténébreuse[21] a coupé dès ses premiers rejetons le tronc dont tu avais cru consolider les racines pour l'éternité ?

LE SANCTUS

Le docteur secoua la tête d'un air mécontent. — Quoi ! s'écria le maître de chapelle en s'élançant de sa chaire, quoi ! le catarrhe de Bettina [1] aurait-il quelque chose d'inquiétant ?

Le docteur cogna deux ou trois fois de son jonc d'Espagne sur le parquet, prit sa tabatière, la remit dans sa poche sans prendre de tabac, leva les yeux au plafond comme pour en compter les solives, et toussa sans prononcer une parole. Cela mit le maître de chapelle hors de lui, car il savait déjà que la pantomime du docteur disait clairement : — Le cas est fâcheux ; je ne sais qu'y faire, et je tâte en aveugle comme le docteur de Gil-Blas de Santillane [2].

— Mais voyons, parlez clairement, et dites-nous, sans tous ces airs d'importance, ce qu'il en est du rhume que Bettina a gagné en négligeant de se couvrir de son châle au sortir de l'église. Il ne lui en coûtera pas la vie, à cette pauvre petite, j'imagine. — Oh ! nullement, dit le docteur en reprenant sa tabatière et y puisant cette fois, nullement ; mais il est plus que probable qu'elle ne pourra plus chanter une note dans toute sa vie.

A ces mots, le maître de chapelle enfonça ses dix doigts dans ses cheveux avec un tel désespoir qu'un nuage de poudre se répandit autour de lui ; il parcourut la chambre dans une agitation extrême, et s'écria : — Ne plus chanter ! ne plus chanter ! Bettina ne plus chanter ! Toutes ces charmantes canzonnettes, ces merveilleux boleros, ces ravissantes seguidillas, qui coulaient de ses lèvres comme des ruisseaux de miel ; tout cela serait mort? Elle ne nous ferait plus entendre ces doux *agnus,* ces tendres *benedictus?* Oh! oh! — Plus de *miserere* qui vous purgeaient de toutes les idées terrestres, et qui m'inspiraient un monde entier de thèmes chromatiques? — Tu mens, docteur, tu mens! l'organiste de la cathédrale, qui me poursuit de sa haine depuis que j'ai composé un *qui tollis* à huit voix, au ravissement de l'univers entier, t'a séduit pour me nuire! Il veut me pousser au désespoir, pour que je n'achève pas ma nouvelle messe; mais il ne réussira pas! Je les porte là, les *solo* de Bettina (il frappa sur sa poche); et demain, tout à l'heure, la petite les chantera d'une voix plus argentine que la clochette de l'église.

Le maître de chapelle prit son chapeau et voulut s'éloigner; le docteur le retint en lui disant avec douceur: — J'honore votre enthousiasme, mon digne ami, mais je n'exagère en rien, et je ne connais aucunement l'organiste de la cathédrale, quel qu'il soit. Depuis le jour où Bettina a chanté les *solo* dans les *Gloria* et les *Credo,* elle a été atteinte d'une extinction de voix qui défie tout mon art, et me fait craindre, comme je l'ai dit, qu'elle ne chante plus. — Très bien! s'écria le maître de chapelle, comme résigné dans son désespoir, très bien! Alors, donnez-lui de l'opium, — de l'opium, et si longtemps de l'opium qu'elle finisse par une douce mort; car si Bettina ne chante plus, elle ne doit plus vivre: elle ne vit plus que pour chanter; elle n'existe que dans son chant! Céleste docteur, faites-moi ce plaisir; empoisonnez-la plutôt. J'ai des connexions dans le collège criminel; j'ai étudié avec le président à Halle; c'était un excellent cor, et nous concertions toutes les nuits avec accompagnement obligé de chats et de chiens! Vous ne serez pas inquiété à cause de cela, je vous le jure; mais empoisonnez-la, je vous en prie, mon bon docteur. — Quand on a déjà atteint à un certain âge, dit le docteur; quand on en est venu à porter de la poudre depuis maintes années, on ne crie pas ainsi; on ne parle pas d'empoisonnement et de meurtre: on s'assied tranquillement dans son fauteuil et on écoute son docteur avec patience.

Le maître de chapelle s'écria d'un ton lamentable:

— Que vais-je entendre? et fit ce que le docteur lui ordonnait. — Il y a, dit le docteur, il y a en effet, dans la situation de Bettina, quelque chose de bizarre, je dirais même de merveilleux. Elle parle librement, avec toute la puissance de son organe; elle n'a pas seulement l'apparence d'un mal de gorge ordinaire, elle est même en état de donner un ton musical: mais dès qu'elle veut élever sa voix jusqu'au chant, un je ne sais quoi inconcevable étouffe le son, ou l'arrête de manière à lui donner un accent mat et catarrhal, et à ne lui laisser en quelque sorte que l'ombre de lui-même. Bettina, monsieur, compare très judicieusement son état à un rêve dans lequel on s'efforce en vain de planer dans les airs. Cet état négatif de maladie se rit de ma science et de tous les moyens que j'emploie. L'ennemi que je combats m'échappe comme un spectre. Et vous avez eu raison de dire que Bettina n'existe que dans son chant, car elle meurt déjà d'effroi en songeant qu'elle pourra perdre sa voix; et cette affection redoublant son mal, je suis fondé à croire que toute la maladie de la jeune fille est plutôt psychique que physique. — Très bien, docteur! s'écria un troisième interlocuteur qui était resté dans un coin, les bras croisés, et que nous désignerons sous le nom du voyageur enthousiaste; très bien, mon excellent docteur! vous avez touché du premier coup le point délicat! la maladie de Bettina est la répercussion physique d'une impression morale; et, en cela, elle n'est que plus dangereuse. Moi seul, je puis tout vous expliquer, messieurs! — Que vais-je entendre! dit le maître de chapelle d'un ton encore plus lamentable. Le docteur approcha sa chaise du voyageur enthousiaste, et le regarda en souriant; mais le voyageur, levant les yeux au ciel, commença sans regarder le docteur ni le maître de chapelle. — Maître de chapelle! dit-il, je vis une fois un petit papillon bariolé qui s'était pris dans les fils de votre double clavicorde. La petite créature voltigeait gaiement de côté et d'autre, et ses ailerons brillants battaient tantôt les cordes supérieures, tantôt les cordes inférieures, qui rendaient alors tout doucement des sons et des accords d'une délicatesse infinie, et perceptibles seulement pour le tympan le plus exercé. Le léger insecte semblait voluptueusement porté par les ondulations de l'harmonie ; il arrivait quelquefois cependant qu'une corde, touchée plus brusquement, frappait comme irritée les ailes du joyeux papillon dont les couleurs étincelantes s'éparpillaient aussitôt en poussière ; mais il continua de voltiger gaiement, jusqu'à ce que, froissé, blessé de plus en plus par les cordes, il allât tomber sans vie dans l'ouverture de la table d'harmonie, au milieu des doux accords qui l'avaient enivré. — Que voulez-vous dire par ces paroles ? demanda le maître de chapelle. — Faites-en l'application, mon cher ami. J'ai réellement entendu le papillon en question jouer sur votre clavicorde, mais je n'ai voulu qu'exprimer une idée qui m'est revenue en entendant le docteur parler du mal de Bettina. Il m'a toujours semblé que la nature nous avait placés sur un immense clavier dont nous touchons sans cesse les cordes ; les sons et les accords que nous en tirons involontairement nous charment comme notre propre ouvrage ; et souvent nous mettons les cordes si rudement en jeu, d'une façon si peu harmonique, que nous tombons mortellement blessés par leur répulsion. — C'est fort obscur ! dit le maître de chapelle. — Oh ! patience ! s'écria le docteur en riant. Il va se remettre en selle sur son *dada,* et partir en plein galop pour le pays des pressentiments, des sympathies, et des rêves, où il ne s'arrêtera qu'à la station du magnétisme. — Doucement, doucement, mon sage docteur, dit le voyageur enthousiaste ; ne vous moquez pas de choses dont vous avez reconnu vous-même la puissance. N'avez-vous pas dit tout à l'heure que la maladie de Bettina est un mal tout psychique ? — Mais, dit le docteur, quel rapport trouvez-vous entre Bettina et le malheureux papillon ? — Si on voulait tout examiner en détail, et passer en revue jusqu'au moindre grain de poussière, ce serait un travail fort ennuyeux ! dit le voyageur enthousiaste. Laissons les cendres du papillon reposer au fond du clavicorde.

Lorsque je vins ici l'année dernière, la pauvre Bettina était fort à la mode ; elle était recherchée, comme on dit, et on ne pouvait boire du thé sans entendre Bettina chanter une romance espagnole, une canzonnette italienne ou une romance française dans le goût de *Souvent l'amour*, etc. Je craignais vraiment que la pauvre enfant ne pérît dans l'Océan de thé qu'on lui versait. Cela n'arriva pas, heureusement; mais il arriva une autre catastrophe.

— Quelle catastrophe? s'écrièrent le docteur et le maître de chapelle. — Voyez-vous, messieurs, continua l'enthousiaste, la pauvre Bettina est ensorcelée, comme on dit; et, quoi qu'il m'en coûte de l'avouer, je suis, moi, l'enchanteur qui ai accompli l'œuvre; et, semblable à l'élève du sorcier, je n'ai pas assez de science pour détruire ce que j'ai fait. Folies! folies! s'écria le docteur en se levant. Et nous sommes là à l'écouter tranquillement, tandis qu'il nous mystifie! — Mais, au nom du diable, la catastrophe! la catastrophe! reprit le maître de chapelle. — Silence, messieurs! dit l'enthousiaste; je vous dirai tout. Prenez, au reste, ma sorcellerie pour une plaisanterie, si vous voulez; je n'éprouverai pas moins le chagrin d'avoir été, sans le vouloir et sans le savoir, le moteur du mal de Bettina; d'avoir servi aveuglément de conducteur au fluide électrique qui... — Hop! hop! hop! dit le docteur en galopant sur sa canne; le voilà parti, et sa monture caracole déjà. — Mais l'histoire! l'histoire! s'écria le maître de chapelle. — Vous vous souvenez avant tout, maître de chapelle, du jour où Bettina chanta pour la dernière fois avant qu'elle perdît sa voix dans l'église; vous vous rappelez que cela eut lieu le dimanche de Pâques de l'année dernière : vous aviez votre habit noir à la française, et vous dirigiez la belle messe de Haydn en bémol. Les soprano furent confiés à un chœur de jeunes filles dont les unes chantaient, et les autres croyaient chanter. Parmi elles se trouvait Bettina, qui exécuta les petits *solo* d'une voix pleine et brillante. Vous savez que je m'étais placé parmi les ténors. Au moment de commencer le *Sanctus*, j'entendis un léger bruit derrière moi; je me retournai involontairement, et j'aperçus, à mon grand étonnement, Bettina qui avait quitté les chanteurs et qui s'efforçait de passer entre les chanteurs et les exécutants. — Vous voulez vous en aller? lui dis-je. — Il est temps, me répondit-elle, que je me rende à l'autre église où je dois chanter une cantate; il faut aussi que j'aille essayer ce soir une couple de *duo;* puis, il y a un souper au palais : vous y viendrez ; nous aurons des chœurs du *Messie* de Haendel, et le premier final des *Nozze di Figaro* [3].

Pendant ce dialogue, les accords majestueux du *Sanctus* retentissaient sous la voûte de l'église, et l'encens s'élevait en nuages bleus jusqu'à la coupole. — Ne savez-vous pas, lui dis-je, que quitter l'église pendant le *Sanctus* est un péché qui ne reste pas impuni ?

Je voulais plaisanter ; et je ne sais comment il se fit que mes paroles prirent un accent solennel. Bettina pâlit, et quitta l'église en silence. Depuis ce moment elle a perdu sa voix.

Le docteur resta le menton appuyé sur sa canne, et garda le silence.

— C'est excellent [4] ! s'écria le maître de chapelle.
— D'abord, reprit l'enthousiaste, je ne songeai plus à ce que j'avais dit à Bettina ; mais bientôt, lorsque j'appris de vous, docteur, que Bettina souffrait de sa maladie, je me ressouvins d'une histoire que j'ai lue, il y a quelques années, dans un vieux livre [5], et qui m'a semblé si agréable que je vais vous la raconter. — Racontez ! s'écria le maître de chapelle ; peut-être me donnera-t-elle de l'étoffe pour quelque bon opéra-comique. — Mon cher maître de chapelle, dit le docteur, si vous pouvez mettre en musique des rêves, des pressentiments et des extases magnétiques, vous aurez votre fait, car l'histoire roulera sans doute sur ce sujet-là.

Sans répondre au docteur, le voyageur enthousiaste s'enfonça dans son fauteuil, et commença en ces termes, d'une voix grave : « Les tentes d'Isabelle et de Ferdinand d'Aragon s'étendaient à l'infini devant les murs de Grenade... »

— Seigneur du ciel et de la terre ! s'écria le docteur, cela commence comme une histoire qui doit durer neuf jours et neuf nuits ; et moi, je reste là, tandis que mes patients se lamentent ! Je m'embarrasse bien de vos histoires maures à la Gonzalve de Cordova [6] : j'ai entendu les seguidillas de Bettina, et j'en ai assez comme cela. Serviteur !

A ces mots, le docteur sortit.

Le maître de chapelle resta paisiblement sur sa chaise, et dit : — C'est, comme je le remarque, quelque histoire des guerres des Maures avec les Espagnols. Il y a longtemps que j'ai voulu composer quelque chose dans cette couleur-là : combats, tumulte, romances, marches, cymbales, chœurs, tambours et trombones. Ah ! les trombones ! Puisque nous voilà seuls, racontez-moi cela, mon cher ami. Qui sait ? cela va peut-être faire germer dans mon cerveau quelques idées.

— Sans nul doute, maître de chapelle ! Tout se tourne en opéra avec vous, et c'est pour cela que les gens raisonnables, qui prétendent qu'on ne doit prendre la musique que par petites doses, vous regardent comme un fou. Ainsi je veux vous raconter mon histoire, dussiez-vous m'interrompre de temps en temps par quelques petits accords. Et le voyageur enthousiaste commença :

« Les tentes d'Isabelle et de Ferdinand d'Aragon s'étendaient à l'infini devant les murs de Grenade. Espérant en vain des secours, resserré toujours plus étroitement, le lâche Boabdil, que son peuple nommait par dérision le petit roi, ne trouvait de consolation à ses maux que dans les cruautés auxquelles il se livrait. Mais plus le découragement et le désespoir s'emparaient du peuple et des guerriers de Grenade, plus l'espoir du triomphe et l'ardeur des combats animaient les troupes espagnoles. Un assaut n'était pas nécessaire : Ferdinand se contentait de faire tirer sur les remparts et de faire reculer les ouvrages des assiégés. Ces petites escarmouches ressemblaient plutôt à de joyeux tournois qu'à des combats sanglants, et la mort qu'on y trouvait relevait même le courage des autres combattants, car les victimes étaient honorées avec toute la pompe chrétienne, comme des martyrs de la foi.

Dès son arrivée, Isabelle fit construire au milieu du camp un immense édifice en bois, surmonté de tours au haut desquelles flottait l'étendard de la croix. L'intérieur fut disposé pour servir de cloître et d'église, et des nonnes bénédictines y chantèrent chaque jour les offices. Chaque matin, la reine, accompagnée de sa suite et des chevaliers, venait entendre la messe que disait son confesseur, et que desservait un chœur de nonnes.

Il arriva qu'un matin Isabelle distingua une voix dont le timbre harmonieux la faisait entendre par-dessus toutes les autres ; et la manière dont elle prononçait les versets était si singulière qu'on ne pouvait douter que cette nonne devait chanter pour la première fois dans l'enceinte sacrée. Isabelle regarda autour d'elle, et remarqua que sa suite partageait son étonnement. Elle commençait à soupçonner qu'il s'était passé quelque singulière aventure, lorsque ses yeux tombèrent sur le brave général Aguilar, placé non loin d'elle. Agenouillé sur sa chaise, les mains jointes, les yeux brillants de désir, il regardait avec attention vers la grille du chœur. Lorsque la messe fut achevée, Isabelle se rendit dans l'appartement de dona Maria, la supérieure, lui demander qui était cette chanteuse étrangère.

— Daignez vous souvenir, ô reine ! dit dona Maria, qu'il y a un mois, don Aguilar avait formé le projet d'attaquer l'ouvrage extérieur, surmonté d'une magnifique terrasse qui sert de promenade aux Maures. Cette nuit-là les chants voluptueux des païens retentissaient dans notre camp comme des voix de sirènes ; et le brave Aguilar la choisit à dessein pour détruire le repaire des infidèles. Déjà l'ouvrage était emporté, déjà les femmes, faites prisonnières, avaient été emmenées pendant le combat, lorsqu'un renfort inattendu força le vainqueur à se retirer dans le camp. L'ennemi n'osa pas l'y poursuivre, et il se trouva que les prisonnières restèrent aux Espagnols. Parmi ces femmes, il s'en trouvait une dont le désespoir excita l'attention de don Aguilar. Il s'approcha d'elle ; elle était voilée, et, comme si sa douleur n'eût pas trouvé d'autre expression que le chant, elle prit le cistre qui était suspendu à son cou par un ruban d'or ; et, après avoir touché quelques accords, elle commença une romance où se peignait la peine de deux amants qu'on sépare. Aguilar, singulièrement ému de ces plaintes, résolut de la faire reconduire à Grenade ; elle se jeta alors à ses genoux, et releva son voile. — N'es-tu pas Zuléma, la perle des chanteuses de Grenade ? s'écria Aguilar.

C'était en effet Zuléma, qu'il avait eu l'occasion d'observer tandis qu'il s'acquittait d'une mission auprès du roi Boabdil. — Je te donne la liberté! dit Aguilar. Mais le révérend père Agostino Sanchez, qui s'était rendu au camp espagnol, le crucifix à la main, lui dit alors: — Souviens-toi que tu nuis à cette captive en la renvoyant parmi les infidèles. Peut-être, parmi nous, la grâce du Seigneur l'eût-elle éclairée et ramenée dans le sein de l'Eglise. Aguilar répondit: — Qu'elle reste donc un mois parmi nous; et après ce temps, si elle ne se sent pas pénétrée de l'esprit du Seigneur, elle retournera à Grenade. — C'est ainsi, ô reine! que Zuléma a été recueillie parmi nous dans ce cloître. D'abord, elle s'abandonna à une douleur sans bornes, et elle remplissait le cloître tantôt de chants terribles et sauvages, tantôt lugubres et plaintifs; car partout on entendait sa voix retentissante. Une nuit, nous nous trouvions rassemblés dans le chœur de l'église, où nous chantions les heures selon la manière belle et sainte que le grand-maître Ferreras nous a enseignée; je remarquai, à la lueur des cierges, Zuléma debout près de la porte du chœur, qui était restée ouverte; elle nous contemplait d'un air grave et méditatif; et, lorsque nous nous éloignâmes deux à deux, Zuléma s'agenouilla dans la travée, non loin de l'image de Marie. Le jour suivant, elle ne chanta pas de romance; elle le passa dans le silence et dans la réflexion. Bientôt elle essaya sur son cistre les accords du chœur que nous avions chanté dans l'église; puis, elle commença à chanter tout doucement, cherchant même à imiter les paroles de chant qui résonnaient singulièrement dans sa bouche.

Je remarquai bien que l'esprit du Seigneur se manifestait dans ce chant et qu'il ouvrait son âme à la grâce; aussi j'envoyai sœur Emmanuela, notre maîtresse de chœur, auprès de la jeune Maure, pour qu'elle entretînt l'étincelle sacrée qui s'était montrée en elle; et il arriva qu'au milieu des chants religieux qu'elles entonnèrent ensemble, la foi se produisit enfin. Zuléma n'a pas encore été reçue dans le sein de l'Eglise par le sacrement du baptême; mais il lui a été permis de se joindre à moi pour louer le Seigneur, et de faire servir sa voix merveilleuse à la gloire de notre sainte religion.

La reine comprit alors pourquoi don Aguilar avait si facilement cédé aux remontrances du père Agostino, et elle se réjouit de la conversion de Zuléma. Quelques jours après, Zuléma fut baptisée et reçut le nom de Julia. La reine elle-même et le marquis de Cadix, Henri de Guzman, furent parrains de la belle Maure. On devait croire que les chants de Julia deviendraient encore plus fervents après son baptême, mais il en arriva autrement; on observa qu'elle troublait souvent le chœur en y mêlant des accents singuliers. Quelquefois le bruit sourd de son cistre frappait sourdement les voûtes du temple, et semblait comme le murmure d'un orage. Julia devenait de plus en plus agitée, et souvent aussi elle interrompait les hymnes latines par des paroles mauresques. Emmanuela avertit la nouvelle convertie de résister courageusement à l'ennemi secret de son âme; mais Julia, loin de suivre ses avis, chantait, souvent au grand scandale des sœurs, de gracieuses chansons maures au moment même où les chœurs du vieux Ferreras s'élevaient jusqu'aux nues. Elle accompagnait ces ballades d'un léger accompagnement qui contrastait singulièrement avec la variété de la musique religieuse, et rappelait le bruit des petites flûtes maures.

— *Flauti piccoli* [7], des flûtes d'octave, dit le maître de chapelle. Mais, mon bon ami, jusqu'ici il n'y a rien, absolument rien pour un opéra, dans votre histoire; pas même une exposition, et c'est là le principal. Cependant l'épisode du cistre m'a frappé. — Dites-moi, mon cher ami: ne pensez-vous pas, comme moi, que le diable est un ténor, et qu'il chante faux comme… le diable? — Dieu du ciel! vous devenez de jour en jour plus caustique, mon cher maître de chapelle. Mais laissez-moi continuer mon histoire qui devient fort difficile à conter, car nous approchons d'un moment critique.

La reine, accompagnée des principaux capitaines de l'armée, se rendit au cloître des nonnes bénédictines pour y entendre la messe, comme de coutume. Un mendiant couvert de haillons se tenait à la porte principale; lorsque les gardes voulurent l'entraîner, il courut de côté et d'autre comme un furieux, et heurta même la reine. Aguilar irrité voulut le frapper de son épée; mais le mendiant, tirant un cistre de dessous son manteau, en fit sortir des accents si bizarres que tout le monde en fut frappé d'effroi. Les gardes le tinrent enfin éloigné, et on dit à Isabelle que c'était un prisonnier maure qui avait perdu l'esprit, et qu'on laissait courir dans le camp pour amuser les soldats par ses chants. La reine pénétra dans la nef, et l'office commença. Les sœurs du chœur entonnèrent le *Sanctus,* mais au moment où Julia commençait d'une voix sonore, *Pleni sunt cœli gloria tua,* le bruit d'un cistre retentit dans l'église, et la nouvelle convertie, fermant le livre, se disposa à quitter le pupitre. La supérieure voulut en vain la retenir. — N'entends-tu pas les splendides accords du maître ? dit Julia. Il faut que j'aille le trouver, il faut que je chante avec lui. Mais dona Emmanuela, l'arrêtant par le bras, lui dit d'un ton solennel : — Pécheresse qui désertes le service du Seigneur, et dont le cœur renferme des pensées mondaines, fuis de ces lieux ; ta voix se brisera, et les accents que le Seigneur t'a prêtés pour le louer s'éteindront à jamais !

Julia baissa la tête en silence, et disparut.

A l'heure des matines, au moment où les nonnes se rassemblaient de nouveau dans l'église, une épaisse fumée se répandit sous les voûtes. Bientôt les flammes pénétrèrent en sifflant à travers les murailles de bois, et embrasèrent le cloître. Ce fut à grand-peine que les religieuses sauvèrent leur vie. Les trompettes retentirent dans tout le camp et tirèrent les soldats de leur sommeil, et on vit accourir Aguilar en désordre et à demi brûlé. Il avait en vain cherché à sauver Julia du milieu des flammes; elle avait disparu. En peu de temps le vaste camp d'Isabelle ne fut plus qu'un monceau de cendres. Les Maures, profitant du tumulte, vinrent attaquer l'armée chrétienne; mais les Espagnols déployèrent une valeur plus brillante que jamais; et, lorsque l'ennemi eut été repoussé dans ses retranchements, la reine Isabelle, assemblant les chefs, donna l'ordre de bâtir une ville au lieu même où naguère s'élevait son camp. C'était annoncer aux Maures que le siège ne serait jamais levé.

— Si l'on pouvait traiter les matières religieuses sur la scène, dit le maître de chapelle, le rôle de Julia ne laisserait pas que de fournir quelques morceaux brillants en deux genres bien distincts, les romances ou les chants d'église. La marche des Espagnols ne ferait pas mal au milieu d'une scène, et la scène du mendiant la couperait fort bien. Mais continuez, et revenons à Julia qui n'a pas été brûlée, je l'espère. — Remarquez d'abord, mon cher maître de chapelle, que la ville qui fut bâtie alors par les Espagnols, dans l'espace de vingt et un jours, est Santa-Fé, qui existe encore aujourd'hui. Ceci soit dit en passant ; mais vos remarques m'ont éloigné du ton de mon histoire. Je suis involontairement retombé dans le style familier. Pour me remettre, jouez-moi donc, je vous prie, un des répons de Palestrina, que je vois là ouverts sur votre piano.

Le maître de chapelle se conforma au désir du voyageur enthousiaste ; et celui-ci continua. — Les Maures ne cessèrent pas d'inquiéter les Espagnols pendant la construction de leur ville ; et il s'ensuivit plusieurs combats sanglants, où Aguilar déploya une brillante valeur. Revenant un jour d'une de ces escarmouches, il quitta son escadron près d'un bois de myrtes, et continua seul sa route, en se livrant à ses pensées. L'image de Julia était sans cesse devant ses yeux. Dans le combat même, il avait cru souvent entendre sa voix, et jusqu'en ce moment il lui semblait distinguer au loin des accents singuliers, comme un mélange de modulations mauresques et de chants d'église ; tout à coup le choc d'une armure se fit entendre auprès de lui ; un cavalier maure, monté sur un léger cheval arabe, passa rapidement auprès d'Aguilar, et le sifflement d'un javelot glissa près de son oreille. Aguilar voulut s'élancer sur son agresseur, mais un second javelot vint s'enfoncer dans le poitrail de son cheval, qui bondit de rage et de douleur, et renversa son cavalier sur la poussière. Le général espagnol se releva promptement, mais le Maure était déjà près de lui, debout sur ses étriers et le cimeterre levé. Aguilar se jeta sur lui en un clin d'œil, l'embrassa vigoureusement de ses deux bras nerveux, le jeta sur la terre avant qu'il eût pu lui porter un seul coup, et, le genou sur sa poitrine, lui présenta son poignard à la gorge. Il se disposait déjà à le percer, lorsque le Maure prononça en soupirant le nom de Zuléma ! — Malheureux ! s'écria Aguilar, quel nom as-tu prononcé là ? — Frappe, frappe ! dit le Maure. Frappe celui qui a juré ta mort. Apprends, chrétien, que Hichem est le dernier de la race d'Alhamar, et que c'est lui qui t'enleva Zuléma ! Je suis ce mendiant qui ai brûlé ton infâme église pour sauver l'âme de mes pensées ! Frappe-moi donc, et finis ma vie, puisque je n'ai pu t'arracher la tienne. — Zuléma existe ! Julia vit encore ! s'écria Aguilar.

Hichem laissa échapper un ricanement funeste. — Elle vit, mais votre idole sanglante et couronnée d'épines l'a frappée d'une malédiction magique, et la fleur épanouie s'est flétrie dans vos mains ; sa voix mélodieuse s'est éteinte dans son sein, et la vie de Zuléma est près de l'abandonner avec ses chants. Frappe-moi donc, chrétien, car tu m'as arraché déjà plus que la vie.

Aguilar se releva lentement. — Hichem, dit-il, Zuléma était ma prisonnière par les lois de la guerre ; éclairée par la grâce divine, elle a renoncé à la croyance de Mahomet : ne nomme donc pas l'âme de tes pensées celle qui est devenue ma dame, ou apprête-toi à me la disputer dans un combat loyal. Reprends tes armes !

Hichem reprit vivement son bouclier et son cimeterre, mais, au lieu de courir sur Aguilar, il piqua son coursier et partit avec la rapidité de l'éclair.

Ici le maître de chapelle imita sur son piano le bruit d'un cavalier qui s'éloigne ; le voyageur lui fit signe de ne pas l'interrompre, et continua son récit. — Sans cesse battus dans leurs sorties, pressés par la famine, les Maures se virent forcés de capituler, et d'ouvrir leurs portes à Ferdinand et à Isabelle, qui firent leur entrée triomphante dans Grenade. Les prêtres avaient déjà béni la grande mosquée pour en faire une cathédrale ; on s'y rendit pour chanter un *Te Deum* solennel et rendre grâce au Dieu des armées. On connaissait la fureur et l'acharnement des Maures ; et des divisions de troupes, échelonnées dans toutes les rues adjacentes, protégeaient la procession.

Aguilar, qui commandait une de ces divisions, se dirigeait vers la cathédrale lorsqu'il se sentit blessé à l'épaule gauche par un coup de flèche. Au même moment, une troupe de Maures sortit d'une rue étroite, et attaqua les chrétiens avec une rage incroyable. Hichem était à leur tête, et Aguilar, qui le reconnut aussitôt, s'attacha à lui et ne le quitta qu'après lui avoir plongé son épée dans le sein. Les Espagnols poursuivirent alors les Maures jusqu'à une grande maison de pierres dont la porte s'ouvrit et se referma sur eux. Quelques instants après, une nuée de flèches partit des fenêtres de cette maison, et blessa un grand nombre des gens d'Aguilar, qui commanda d'apporter des torches et des fascines. Cet ordre fut exécuté, et déjà les flammes s'élevaient jusqu'aux toits lorsqu'une voix merveilleuse se fit entendre dans le bâtiment incendié. Elle chantait avec force : *Sanctus, sanctus Dominus Deus sabaoth!* — Julia ! Julia ! s'écria Aguilar dans son désespoir. Les portes s'ouvrirent, et Julia, vêtue en nonne bénédictine, s'avança en répétant : *Sanctus, sanctus Dominus sabaoth!* Derrière elle marchait une longue file de Maures, la tête baissée et les bras croisés sur la poitrine. Les Espagnols reculèrent involontairement, et Julia, suivie des Maures, s'avança à travers leurs rangs jusqu'à la cathédrale, où elle entonna en entrant le *Benedictus qui venit in nomine Domini*. Le peuple tomba involontairement à genoux ; et Julia, les yeux tournés vers le ciel, s'avança d'un pas ferme vers le maître-autel, où se trouvaient Ferdinand et Isabelle qui chantaient dévotement l'office. A la dernière strophe, *Dona nobis pacem,* Julia tomba inanimée dans les bras de la reine. Tous les Maures qui l'avaient suivie reçurent le même jour le saint sacrement du baptême.

L'enthousiaste venait de terminer son histoire, lorsque le docteur entra à grand bruit en s'écriant : — Vous restez là à vous raconter des histoires de l'autre monde, sans penser au voisinage de ma malade, et vous aggravez son état ! — Qu'est-il donc arrivé, mon cher docteur ? dit le maître de chapelle effrayé. — Je le sais bien, moi, dit l'enthousiaste d'un air fort tranquille. — Rien de plus, rien de moins, sinon que Bettina est entrée dans le cabinet à côté, et qu'elle a tout entendu. Voilà le résultat de vos histoires menteuses et de vos sottes idées ; mais je vous rends responsable de tout ce qui en arrivera... — Mais, docteur, reprit l'enthousiaste, songez donc que la maladie de Bettina est toute morale, qu'il lui faut un remède moral, et que peut-être mon histoire... — Silence ! dit le docteur. Je sais ce que vous allez dire. — Elle ne vaut rien pour un opéra, mais il y avait là-dedans quelques petits airs assez jolis, dit le maître de chapelle en s'en allant.

Huit jours après, Bettina chantait d'une voix harmonieuse le *Stabat mater* de Pergolèse [8].

SALVATOR ROSA

I [1]

Ordinairement on dit beaucoup de mal des hommes célèbres ; que ce soit par des raisons valables ou non, qu'importe ? C'est ce qui arriva au grand peintre Salvator Rosa, dont les tableaux pleins de vie n'ont certainement jamais été contemplés par mon lecteur sans une jouissance intérieur et toute particulière.

Lorsque la réputation de Salvator se fut répandue à Naples, à Rome, dans la Toscane et même par toute l'Italie, lorsque les peintres qui voulaient plaire devaient tâcher d'imiter le style étrange de son pinceau, à cette époque même de méchants envieux faisaient naître des bruits fâcheux qui devaient obscurcir la gloire divine de l'artiste. On prétendait qu'à une époque antérieure de sa vie Salvator avait fait partie d'une bande de brigands, et que c'était dans cette société maudite qu'il avait pris les originaux de toutes ces figures féroces, fières, si fantastiquement costumées, qu'il plaça plus tard dans ses tableaux. On disait que les déserts sombres et affreux, les *selve selvagge,* comme les nomme le Dante, où il s'était tenu caché, étaient fidèlement reproduits dans ses paysages. Mais ce qu'il y avait de pire, c'est qu'on soutenait qu'il avait été entraîné dans la terrible et sanguinaire conspiration tramée à Naples par le fameux Mas'Aniello, et l'on en racontait les particularités avec les plus petits détails.

Aniello Falcone [2], le peintre de batailles — c'était ainsi qu'on racontait la chose, — s'enflamma de fureur et de vengeance, lorsque les soldats espagnols eurent tué, dans une mêlée, un de ses parents. Il rassembla aussitôt une bande de jeunes gens audacieux, artistes pour la plupart, leur donna des armes, et les appela la Compagnie de la Mort. En effet, cette troupe répondit parfaitement à sa fatale dénomination. Ces jeunes gens parcouraient par bandes la ville de Naples, et poignardaient sans pitié tout Espagnol qu'ils rencontraient. — Ils pénétraient dans les asiles sacrés, et là ils tuaient sans miséricorde le malheureux qui s'était réfugié dans ces lieux. La nuit ils se rendaient auprès de leur chef, le sanguinaire et frénétique Mas'Aniello, qu'ils peignaient à la lueur de flambeaux allumés, de sorte que bientôt ces portraits se répandirent par milliers dans Naples et dans les environs.

On disait donc que Salvator faisait partie de cette bande meurtrière; le jour il égorgeait, et la nuit il peignait assidûment. Un critique célèbre, Taillasson [3], je crois, a remarqué avec justesse que ses tableaux portent le caractère d'une fierté féroce, d'une énergie bizarre et d'une exécution sauvage. La nature [4] ne se révèle pas à lui dans les charmes riants des vertes prairies, des champs fleuris, des bois odorants, des sources murmurantes, mais dans la terreur des rochers gigantesquement entassés, des arides rivages de la mer, des forêts désertes et inhospitalières. Ce n'est point l'haleine des vents du soir, ni le doux frémissement des feuilles; c'est le mugissement de l'ouragan, le fracas de la cataracte, qui seuls se sont fait entendre à son oreille. En contemplant dans ses tableaux ces déserts, et les hommes d'un extérieur étrange et sauvage qui se glissent çà et là, tantôt seuls, tantôt en troupe, les pensées sinistres se présentent d'elles-mêmes. On se dit: Ici se commit un meurtre; là le cadavre sanglant fut jeté dans le précipice.

Qu'il en soit ainsi; que Taillasson ait raison de dire que le Platon de Salvator, que son saint Jean même annonçant dans le désert la naissance du Sauveur, ont quelque peu des mines de brigands; supposons, dis-je, que tout cela soit véritable: encore serait-il injuste de conclure des œuvres à l'artiste [5], et de croire que lui, qui a représenté en pleine vie les objets sauvages et terribles, doive avoir été par là même un homme sauvage et terrible. Celui qui parle beaucoup de l'épée la manie souvent très mal; et celui qui au fond de son âme comprend les plus sanglantes horreurs de manière à pouvoir leur donner la vie au moyen de la palette, du pinceau ou de la plume, est d'ordinaire le moins capable de les commettre.

N'ajoutons donc pas foi à ces bruits, qui firent du brave Salvator un brigand et un assassin ; ne croyons point qu'il ait pris part aux sanglantes actions de Mas'Aniello, et pensons plutôt que les terreurs de ces temps de désolation le chassèrent de Naples vers Rome, où il arriva en fugitif, pauvre et indigent, vers l'époque où Mas'Aniello venait de tomber.

Mal vêtu, une mince bourse avec quelques pâles sequins dans sa poche, Salvator Rosa se glissa dans la ville par une nuit sombre. Il arriva, sans savoir lui-même comment, sur la place Navona. Là, à une époque plus heureuse, il avait autrefois habité une belle maison, près du palais Panfili. Il regarda d'un air chagrin ces croisées, grandes comme des glaces, qui brillaient à la lueur des rayons de la lune. — Ah ! s'écria-t-il avec humeur, il en coûtera de la toile et des couleurs avant que je puisse derechef établir mon atelier là-haut.

Mais, en parlant ainsi, il se sentit tout à coup abattu, sans force et sans courage. — Pourrai-je, grommela-t-il entre ses dents, en s'asseyant sur les marches en pierre du seuil de la maison, pourrai-je faire assez de tableaux tels que les sots les désirent ? Je crois presque que je suis au bout de mes efforts.

Un vent glacial s'engouffrait dans les rues. Salvator sentit la nécessité de chercher un gîte. Il se leva avec peine, s'avança en chancelant, arriva sur le Corso et entra dans la rue Bergognona. Là il s'arrêta devant une petite maison, large seulement de deux fenêtres, habitée par une pauvre veuve et par ses deux filles. Cette femme l'avait reçu pour peu d'argent, lorsqu'il était venu à Rome pour la première fois, et il pensait pouvoir retrouver chez elle un logement convenable à sa position actuelle.

Il frappa à la porte avec confiance, et proclama à plusieurs fois son nom. Enfin il entendit la vieille se lever péniblement, et venir à la fenêtre en pestant contre le mauvais sujet qui la troublait au milieu de son sommeil et en jurant que sa maison n'était point une hôtellerie. Il fallut beaucoup de paroles de part et d'autre jusqu'à ce qu'elle reconnût son ancien locataire ; et lorsque Salvator se plaignit de ce que, après s'être enfui de Naples, il ne pouvait trouver un gîte à Rome, la vieille s'écria : — Eh ! par Christ et tous les saints ! est-ce vous, signor Salvator ? Votre petite chambre en haut, sur la cour, est encore vacante, et le vieux figuier étend à présent ses branches et ses feuilles à travers les fenêtres, de manière que vous pourrez vous asseoir et travailler au frais comme dans un berceau verdissant. — Ah ! que mes filles seront contentes de vous voir de retour, signor Salvator ! — Mais savez-vous bien que la Marguerita est devenue bien grande et bien belle ? Vous ne la balancerez plus sur vos genoux ! — Votre petite chatte est morte, il y a trois mois, en avalant une arête de poisson. Que voulez-vous ? la tombe est notre héritage à tous ! — Mais vous savez bien, la grosse voisine, que vous avez dessinée si souvent, elle a épousé ce jeune homme ; le signor Luigi ! Eh, eh ! *Nozze e magistrati sono da Dio destinati !* Les mariages se concluent au ciel, vous dis-je. — Mais, dit Salvator en interrompant la vieille, mais, signora Caterina, par tous les saints ! laissez-moi d'abord entrer, et puis vous me parlerez de votre figuier, de vos filles, de la chatte et de la grosse voisine. — Je meurs de fatigue et de froid. — Mais voyez donc cette impatience ! dit la vieille. *Chi va piano, va sano ; chi va presto, muore lesto.* — Doucement, doucement, dis-je. Mais vous êtes fatigué, vous vous gelez ; vite donc les clefs, vite les clefs !

Mais la vieille dut d'abord réveiller ses filles, et lentement, lentement faire du feu. — Enfin elle ouvrit la porte au pauvre Salvator ; mais à peine fut-il entré dans le vestibule qu'accablé de fatigue et de maladie, il tomba par terre comme mort. Heureusement que le fils de la veuve, qui d'ordinaire habitait Tivoli, était venu rendre visite à sa mère. On le fit aussi sortir de son lit, qu'il céda très volontiers à l'ancien ami de la maison.

La vieille aimait extrêmement Salvator ; et quant à ce qui regardait son art, elle le mettait au-dessus de tous les peintres du monde. Son pitoyable état la mit hors d'elle ;

elle voulut courir au couvent voisin, et chercher son confesseur, afin qu'il vînt combattre le mal par des cierges bénits ou des amulettes toutes-puissantes. Le fils, au contraire, était d'opinion qu'il vaudrait mieux aller trouver tout de suite un bon médecin, et il courut sur-le-champ à la place d'Espagne, où demeurait le célèbre docteur Splendiano Accoramboni. Dès que celui-ci apprit que le peintre Salvator Rosa se trouvait malade dans la rue Bergognona, il se prépara à l'aller trouver sur-le-champ.

Salvator était sans connaissance, dans le plus fort paroxysme de la fièvre. La vieille avait suspendu au-dessus du lit une couple d'images de saints, et priait avec ferveur. Ses filles, baignées de larmes, s'efforçaient de temps à autre de faire avaler au malade quelques gouttes de la limonade qu'elles avaient préparée, pendant que le fils, assis au chevet du lit, essuyait la sueur froide de son front. Le jour venait de paraître lorsque la porte s'ouvrit avec fracas, et que le célèbre docteur signor Splendiano Accoramboni entra.

Si Salvator n'eût pas été malade à mourir, les deux jeunes filles, gaies et folâtres comme elles l'étaient, eussent éclaté de rire à la vue de merveilleux docteur; en cet instant, elles se bornèrent à se retirer timidement dans un coin de la chambre d'un air épouvanté. Il n'est pas mal de dépeindre la figure du petit homme qui parut, à l'aube du jour, chez la dame Caterina, dans la rue Bergognona. En dépit d'une tendance assez prononcée à la croissance la plus élevée, le docteur Splendiano Accoramboni n'avait pu atteindre tout à fait la stature de quatre pieds. Dans ses jeunes années, ses membres étaient des plus délicats; et, avant que sa tête, un peu difforme dès sa naissance par ses joues enflées et par son double menton, eût pris trop d'accroissance; avant que son nez, trop abondamment nourri de tabac d'Espagne, se fût prononcé en saillie informe; avant que l'excès des macaroni eût donné à son ventre trop de protubérance, l'habit d'*abbate* qu'il portait lui seyait à ravir: on pouvait alors l'appeler un charmant bout d'homme, et les dames romaines le nommaient leur *caro puppazetto*. Mais ce temps était passé, et M. le docteur Splendiano, quand on le voyait passer dans la rue, donnait à croire que la tête d'un homme de six pieds était tombée sur les épaules d'un petit polichinelle de marionnettes, à qui force était de la porter. Cette petite et singulière figure s'était enveloppée d'une quantité disproportionnée de damas de Venise, dont on avait taillé une robe de chambre; elle s'était ceinte d'une large ceinture en cuir, à laquelle était suspendue une rapière longue de trois aunes; et sur sa perruque blanche comme la neige, elle avait érigé un bonnet haut et pointu, qui ne ressemblait pas mal à l'obélisque de la place Saint-Pierre.

Le digne Splendiano Accoramboni regarda d'abord, à travers ses grands verres de lunettes, le malade, puis la dame Caterina, et prit celle-ci à part. — Voilà, lui dit-il à voix basse, voilà Salvator Rosa, le grand artiste, étendu presque sans vie, Caterina; et c'en est fait de lui, si mon art ne le sauve! Mais, dites-moi, depuis quand est-il chez vous? A-t-il apporté avec lui beaucoup de beaux tableaux? — Hélas! mon cher docteur, répliqua Caterina, ce n'est que cette nuit que mon pauvre fils est arrivé chez moi; et quant à ce qui concerne ses tableaux, je n'en sais encore mot; mais en bas il y a une grande caisse que, avant de perdre connaissance, Salvator me pria de garder soigneusement. Il se peut bien que quelque beau tableau qu'il aura peint à Naples s'y trouve emballé.

C'était un mensonge; mais nous saurons bientôt les raisons qu'eut dame Catherine pour en imposer ainsi au docteur. — Bien, bien, dit le docteur; et se frottant la barbe en souriant, il s'approcha du lit avec autant de gravité que le permettait sa longue rapière qui s'accrochait aux chaises et aux tables, tâta le pouls du malade en haletant, nomma en grec et en latin cent maladies que Salvator n'avait pas, puis un aussi grand nombre qu'il aurait pu avoir, et finit par dire qu'à la vérité il ne saurait nommer pour le moment la maladie du peintre, mais que d'ici à quelque temps il trouverait bien un nom qui lui serait applicable et aussi un remède pour la guérir; et il sortit avec gravité, les laissant tous accablés de craintes et de soucis [6].

Au bas des marches, le docteur demanda à voir la

caisse de Salvator, et dame Caterina lui en montra une en effet, dans laquelle se trouvaient quelques manteaux usés de défunt son mari. Le docteur frappa doucement sur la caisse, et dit avec satisfaction : — Nous verrons, nous verrons !

Après quelques heures d'absence, le docteur revint avec un très beau nom pour la maladie de Salvator, et plusieurs grandes bouteilles d'une potion nauséabonde, recommandant de la faire prendre au malade sans discontinuer. Ce ne fut pas sans peine ; car Salvator manifesta le plus grand dégoût pour cette médecine, qui semblait puisée au fond de l'Achéron. Mais soit que la maladie de Salvator, qui avait enfin un nom et qui représentait alors quelque chose de réel, commençât seulement à se manifester ; soit que la potion de Splendiano se déchaînât trop violemment dans ses entrailles ; toutefois est-il que le pauvre Salvator s'affaiblissait à vue d'œil. Le docteur Splendiano Accoramboni avait beau assurer qu'après la cessation totale du mouvement de la machine vitale il lui donnerait une nouvelle impulsion, comme au balancier d'une pendule ; on ne commençait pas moins à douter de la guérison du pauvre peintre, et à croire que le docteur avait donné au balancier une impulsion si forte que tous les ressorts s'étaient brisés.

Un jour, il arriva que Salvator, qui paraissait à peine capable de se mouvoir, tomba dans le paroxysme d'une fièvre brûlante [7]. Il saisit les fioles qui contenaient la potion et les jeta en fureur par la fenêtre, au moment où le docteur entrait dans la maison. Il arriva que quelques fioles l'atteignirent, se brisèrent sur sa tête, et que la noire liqueur se répandit en longs flots sur son visage et sur sa perruque. — Le signor Salvator est devenu enragé, s'écria le docteur en s'élançant dans la maison ; il est tombé en frénésie, et l'art ne peut le sauver. Dans dix minutes il est mort ; donnez-moi le tableau, madame Caterina, il est à moi ; c'est le prix de mes peines ! donnez le tableau, vous dis-je !

Mais lorsque dame Caterina ouvrit la caisse et que le docteur Splendiano aperçut les vieux manteaux déchirés, il roula ses yeux dans leurs orbites, comme deux comètes enflammées, et trépignant des pieds, il voua le pauvre Salvator, la veuve et la maison entière à tous les démons de l'enfer; puis il partit avec la rapidité d'un trait.

Le délire de la fièvre avait cessé. Salvator retomba dans son état léthargique; et dame Caterina, persuadée que le malade touchait à son dernier moment, vola au couvent voisin et chercha le père Bonifazio pour lui administrer le saint-sacrement. En voyant le moribond, le père Bonifazio déclara qu'il connaissait parfaitement les symptômes que la mort trace sur le visage d'un homme dont elle va se saisir, mais qu'il n'apercevait rien de semblable dans les traits de Salvator. Il ajouta qu'il y avait encore possibilité de le guérir, si le docteur Splendiano Accoramboni avec ses dénominations et ses fioles, ne passait plus le seuil de la porte. Le bon père se mit aussitôt en route et alla s'occuper de tenir parole.

Salvator, revenu de son évanouissement, se crut dans un beau bosquet odoriférant, dont les rameaux et les feuilles vertes s'enlaçaient au-dessus de lui. Il sentit une chaleur vivifiante pénétrer tout son corps; seulement son bras gauche lui semblait attaché. — Où suis-je? dit-il d'une voix faible.

Un beau jeune homme de bonne mine, qui se tenait debout auprès de son lit, et qu'il aperçut alors pour la première fois, se jeta à genoux, saisit sa main droite, l'arrosa de larmes brûlantes, et s'écria à plusieurs reprises: — O mon excellent maître! mon digne maître maintenant tout est bien; vous êtes sauvé: vous serez rétabli! — Mais, dites-moi seulement..., reprit Salvator.

Le jeune homme le supplia de ne pas se fatiguer en parlant, et promit de lui raconter ce qui lui était arrivé. Voyez-vous, mon cher et digne maître? vous étiez certainement bien malade en arrivant ici de Naples, mais votre état n'était pas désespéré. L'usage des remèdes insignifiants vous eût remis en peu de temps; mais la maladresse de Carlo, qui est allé chercher le médecin le plus proche, vous a fait tomber entre les mains du fatal docteur Pyramide, le plus fatal docteur qui ait jamais travaillé à remplir les entrailles de la terre! — Quoi! dit Salvator en riant, quelque faible qu'il fût, c'est donc ce docteur

Pyramidal que j'ai aperçu ? Un petit bout d'homme, vêtu de damas, qui m'a condamné à avaler une boisson détestable, dégoûtante, infernale, et qui portait sur sa tête l'obélisque de la place de Saint-Pierre. — Oh, par Dieu ! dit le jeune homme en riant aussi aux éclats, le docteur Splendiano Accoramboni vous a apparu sous son bonnet de nuit pointu, dans lequel il se montre chaque matin à sa fenêtre comme un météore de funeste présage. Mais ce n'est point à cause de ce bonnet qu'on le nomme le docteur Pyramide ; la raison de cette dénomination est tout autre. Le docteur Splendiano est un grand amateur de tableaux, et il possède une galerie très bien choisie, qu'il s'est acquise par une manière d'agir toute particulière. Il poursuit avec ardeur les peintres et leurs maladies, surtout les maîtres étrangers. Ont-ils une seule fois mangé trop de maccaroni, ou avalé un verre de vin de Syracuse plus que la juste mesure ? il sait les attirer dans ses filets. Alors il les gratifie tantôt d'une maladie, tantôt d'une autre, qu'il baptise toujours d'un nom immense et dont il se met à opérer la guérison. Il se fait promettre un tableau pour salaire, et comme les constitutions obstinées peuvent seules résister à ses remèdes, il a part à la succession de tous les artistes étrangers, qu'on ensevelit auprès de la pyramide de Cestius. Le cimetière placé auprès de la pyramide de Cestius est le champ où recueille abondamment le docteur Splendiano Accoramboni, il le cultive avec beaucoup de soin, et c'est de là que lui vient son surnom. Dame Caterina, par des vues bienveillantes sans doute, avait fait croire au docteur que vous aviez apporté un tableau magnifique, et vous pouvez penser avec quel zèle il vous préparait ses potions. — C'est votre bonne étoile qui vous a fait jeter les fioles sur la tête du docteur, et qui a inspiré à dame Caterina l'idée d'appeler le père Bonifazio pour vous administrer le saint-sacrement : le père s'entend un peu en médecine ; il a jugé sainement votre état, et il est venu me chercher. — Vous êtes donc aussi un docteur ? dit Salvator avec une voix faible et lamentable. — Non, répondit le jeune homme en rougissant ; non, mon cher et digne maître, je ne suis pas un médecin comme signor Splendiano, mais simplement un chirurgien. Je faillis mourir de terreur et de joie lorsque le père Bonifazio me dit que Salvator Rosa se trouvait mortellement malade dans la rue Bergognona et qu'il avait besoin de mon art. J'accourus, je vous ouvris une veine au bras gauche, et je vous sauvai. — Nous vous transportâmes ici dans cette chambre fraîche et aérée que vous occupiez jadis. Regardez autour de vous : là est encore le chevalet que vous laissâtes ici ; là sont quelques dessins au crayon, que dame Caterina a conservés comme des reliques. — Votre maladie a cédé ; des remèdes simples, que le père Bonifazio prépare, et les soins de l'amitié, vous rendront bientôt toutes vos forces. — Et maintenant, permettez que je baise encore une fois cette main, cette main créatrice, qui sait donner une vie enchanteresse aux merveilles les plus secrètes de la nature ! — Permettez que le pauvre Antonio Scacciati épanche son âme en enthousiasme et en reconnaissance, de ce que le ciel lui a permis de sauver la vie du grand et divin maître Salvator Rosa ! — A ces mots, le jeune homme se précipita de nouveau à genoux, saisit la main de Salvator, la baisa et l'arrosa de larmes brûlantes. — Je ne sais, dit Salvator en se soulevant avec peine, je ne sais, cher Antonio, pourquoi vous m'adressez des hommages si respectueux. Vous êtes, dites-vous, un chirurgien ; cette profession ne s'allie guère aux beaux-arts ? — Mon cher maître, répondit le jeune homme les yeux baissés, lorsque vous aurez repris plus de forces, je vous ouvrirai mon âme. — Faites-le, dit Salvator ; ayez en moi pleine confiance. Vous le pouvez ; car je ne connais personne qui m'ait plus intéressé que vous, au premier aspect. Plus je vous regarde, plus je m'aperçois que votre figure offre des traits de ressemblance avec le divin jeune homme : — je parle de Sanzio [8]. — Les yeux d'Antonio s'animèrent d'un feu étincelant ; il essaya en vain de répondre.

En ce moment, dame Caterina entra avec le père Bonifazio, qui apportait à Salvator une potion artistement préparée, qui fit plus de plaisir et plus de bien au malade que l'eau achérontique du docteur pyramidal Splendiano Accoramboni.

II

Antonio Scacciati [9]

Il arriva comme Antonio l'avait prédit ; les simples et bienfaisants médicaments du père Bonifazio, les tendres soins de la bonne dame Caterina et de ses filles, la belle saison qui commençait justement, tout cela produisit sur la constitution naturellement robuste de Salvator des effets si propices qu'il se sentit bientôt assez remis pour penser à l'exercice de son art, et qu'il s'occupa d'abord de tracer au crayon quelques belles esquisses pour les transporter plus tard sur la toile.

Antonio ne quittait presque point la chambre de Salvator ; il était tout yeux lorsque Salvator esquissait ses desseins ; et le jugement qu'il portait sur quelques parties faisait voir qu'il devait être initié dans les secrets de l'art. — Écoutez, Antonio ! lui dit un jour Salvator ; vous entendez si bien l'art de la peinture, que je crois non seulement que vous avez médité sur cette partie avec intelligence, mais que vous avez peut-être manié le pinceau vous-même. — Souvenez-vous, mon cher maître, reprit Antonio, que, quand vous revîntes à la guérison après votre long évanouissement, je vous dis que je vous dévoilerais mon âme. Il est temps, je crois, de vous ouvrir entièrement mon cœur [10]. Car, voyez-vous ? bien que je sois le chirurgien Antonio Scacciati, qui vous fit une saignée, j'appartiens néanmoins tout entier à l'art de la peinture, à laquelle je vais m'adonner à présent sans réserve, en abandonnant un métier odieux. — Oh, oh ! s'écria Salvator, Antonio, pensez à ce que vous allez faire. Vous êtes un habile chirurgien, peut-être deviendrez-vous un méchant artiste, car bien que vous soyez encore jeune, cependant vous êtes déjà trop vieux pour prendre le crayon. Une vie d'homme suffit à peine pour parvenir à l'intelligence du vrai, et pour réussir à la représenter avec facilité sur la toile. — Eh ! mon cher maître, reprit Antonio en souriant modestement, comment pourrais-je entrevoir la folle idée de m'adonner actuellement à l'art difficile de la peinture, si je ne l'avais point exercé dès ma tendre enfance ; si le ciel n'eût pas permis que, bien que contrarié dans mes goûts par l'obstination de mon père, j'eusse vécu avec des maîtres célèbres ? Sachez que le grand Annibal * s'est intéressé au pauvre enfant délaissé, et que je puis me nommer l'élève de Guido Reni [11]. — Eh bien ! dit Salvator avec la rudesse qu'il montrait quelquefois, eh bien ! brave Antonio, vous avez eu de très grands maîtres, et il n'est pas douteux que, nonobstant votre chirurgie, vous soyez aussi un grand élève. Seulement je ne conçois pas que vous, fidèle disciple du doux et élégant Guido — que peut-être... c'est ce que font les disciples emportés volontiers par leur enthousiasme... vous surpassez encore en élégance — puissiez trouver quelque plaisir à mes tableaux, et me croire un maître en peinture !

Une vive rougeur couvrit la figure du jeune homme, en entendant ces paroles de Salvator, qui ressemblaient un peu à des railleries. — Permettez, dit-il, que je mette de côté la timidité qui d'ordinaire me ferme la bouche ; permettez que je vous avoue sans détour tout ce que je pense. — Salvator, jamais je n'ai autant révéré mon maître que je vous révère. C'est la grandeur souvent humaine des pensées que j'admire dans vos ouvrages. Vous saisissez les secrets les plus cachés de la nature ; vous entendez les merveilles de ses richesses, de ses arbres, de ses cataractes ; vous comprenez sa voix sacrée, vous lisez sa langue, et vous savez écrire les paroles qu'elle vous adresse. Oui, on dirait qu'en maniant le pinceau d'une manière si hardie, si audacieuse, vous consignez sur la toile les pensées du Créateur. — L'homme seul avec toute son activité ne vous suffit point ; vous ne contemplez l'homme que dans le cercle de la nature et comme un de ses innombrables phénomènes. Aussi, Salvator, vous n'êtes vraiment grand que dans vos paysages, si merveilleusement conçus ; quand vous abordez l'histoire, vous mettez vous-même des bornes à votre génie. — Vous répétez là les jugements des envieux

* Carrache. *(Trad.)*

peintres d'histoire qui m'abandonnent le paysage pour que je ne leur enlève pas le morceau qu'ils se sont réservé, s'écria Salvator; comme si je n'entendais pas les figures et tout ce qui s'ensuit. Mais ce sont de sottes redites! — Ne vous fâchez point, mon cher maître, continua Antonio; je ne redis inconsidérément les propos de personne, et c'est au jugement des maîtres qui sont à Rome que je voudrais le moins m'en fier! — Qui n'admirerait le dessin hardi, la merveilleuse expression, et surtout le vif mouvement de vos figures? — On sent que vous ne travaillez point sur un modèle raide et gauche, et bien encore moins d'après un mannequin inerte: on voit que vous êtes vous-même votre modèle, et qu'en peignant, la figure que vous vous proposez de reproduire vient d'abord se réfléchir dans votre pensée comme sur la surface brillante d'un miroir. — Diantre! Antonio, s'écria Salvator en riant, je crois que vous avez déjà souvent regardé dans mon atelier, sans que je m'en doutasse, puisque vous savez si bien ce qui s'y passe. — Le pouvais-je? reprit Antonio. Mais laissez-moi poursuivre. Je ne voudrais pas critiquer, comme s'efforcent de le faire ces maîtres pédantesques, les tableaux que votre puissant génie vous inspire. En vérité, ce que l'on nomme vulgairement paysages n'est point une dénomination applicable à vos compositions, que je voudrais plutôt nommer des tableaux historiques dans un sens profond. Un rocher, un arbre, semblent s'animer sous vos touches lumineuses. La nature entière, se mouvant en accords harmonieux, exprime la pensée sublime qui a brillé en vous. C'est ainsi que j'ai contemplé vos tableaux, et c'est ainsi, mon digne et excellent maître, que je leur dois, à eux seuls, une intelligence plus profonde de l'art. Ne croyez point, pour cela, que je sois tombé dans une imitation puérile et ridicule. Si j'envie la liberté et l'audace de votre pinceau, je dois avouer que le coloris de la nature me paraît tout autre que celui que je vois sur vos pages. Je pense que, s'il est salutaire à l'élève d'imiter le style de tel ou tel maître, il doit cependant s'efforcer à représenter la nature telle qu'il la voit. Ce n'est que cette intuition véritable, ce n'est que cette harmonie avec lui-même, qui peuvent donner du caractère et de la vérité à ses productions. — Guido était de cet avis; et l'inquiet Préti, que l'on nomme, comme vous le savez, le Calabrois, et qui est un peintre qui certainement a médité sur son art, m'avertissait toujours de me défier des dangers de l'imitation puérile. — Maintenant, Salvator, vous savez pourquoi je vous révère sans être votre imitateur.

Salvator avait regardé fixement le jeune homme pendant qu'il parlait; il se jeta avec véhémence à son cou.

— Antonio, dit-il, vous venez de dire des paroles bien sensées, bien profondes, tout jeune que vous soyez. Quant à la véritable intelligence de l'art, vous surpassez beaucoup de nos anciens maîtres si vantés. Vraiment! lorsque vous me parliez de mes tableaux, il me semblait que je me comprenais mieux moi-même. Si je vous estime, c'est précisément parce que vous ne voulez pas imiter mon style; parce que vous ne prenez point des couleurs noires comme tant d'autres; que vous ne mettez point de clairs trop crus, ou que vous ne faites point sortir d'une terre boueuse une couple de figures estropiées, à visages hideux, croyant alors avoir fait du Salvator. Tel que vous voilà, vous avez trouvé en moi un fidèle ami. Je me donne à vous de toute la puissance de mon âme!

Antonio était hors de lui-même de joie de la bienveillance que le maître lui témoignait. Salvator manifesta un vif désir de voir les tableaux de son jeune ami, et Antonio le conduisit aussitôt dans son atelier.

Salvator ne s'était point attendu à voir des productions mesquines de celui qui avait parlé avec tant d'intelligence sur la peinture, et dans lequel un génie tout particulier semblait se manifester; mais cependant le maître fut extrêmement surpris en voyant les riches tableaux d'Antonio. Partout il trouva des idées hardies, un dessin correct et le coloris le plus vif; le bon goût régnait dans le jet des larges draperies; l'extrême netteté des extrémités, la grâce charmante des têtes annonçait le digne élève de Guido Reni, bien que chez Antonio, différent en cela de son grand maître, la tendance à sacrifier l'expression à la beauté ne se manifestât pas partout. On voyait qu'Antonio tendait à l'énergie d'Annibal, sans avoir encore toutefois pu y atteindre.

Salvator avait longtemps contemplé en silence chaque tableau d'Antonio. Il lui dit : — Écoutez, Antonio, vous êtes né pour le noble talent de la peinture. Car la nature, non contente de vous avoir donné cet esprit créateur qui produit les idées sublimes, vous a encore accordé le rare talent de parvenir à vaincre en peu de temps les difficultés de la pratique. Je ferais un mensonge si je vous disais que vous avez atteint à la grâce merveilleuse de Guido et à la vigueur d'Annibal ; mais il est certain que vous surpassez déjà de beaucoup tous les maîtres qui se pavanent ici dans l'Académie San-Luca, le Tiarini, le Gessi, le Sémenta et tous, quels que soient leurs noms, sans excepter le Lanfranc, qui ne sait peindre qu'à fresque. Et cependant, Antonio, si j'étais à votre place, j'hésiterais à jeter tout à fait la lancette et à prendre uniquement le pinceau. Cela vous paraît singulier ; mais écoutez-moi : nous sommes actuellement à une triste époque de la peinture, ou plutôt le démon semble se démener parmi nos artistes et les exciter de tout son pouvoir ! Si vous n'êtes pas prêt à endurer des mortifications de toute espèce, à mesure que vous vous lèverez en talent, à souffrir d'autant plus de dédain et de mépris que votre renommée se répandra, à voir de malveillants coquins s'approcher de vous avec un air de bonté et de bienveillance, pour vous perdre d'autant plus sûrement ; si, dis-je, vous n'êtes point préparé à tout cela, ne touchez pas un pinceau. Souvenez-vous de la triste destinée de votre maître, du grand Annibal, qui, poursuivi malignement à Naples par une foule de méchants confrères, ne put parvenir à exécuter aucun ouvrage d'importance, et qui, repoussé partout avec dédain, succomba à une mort prématurée. Souvenez-vous de ce qui arriva à notre grand Dominichino, lorsqu'il peignit la coupole de la chapelle de Saint-Janvier. Est-ce que ces coquins de peintres — je n'en nommerai aucun, pas même ce faquin de Belisario et ce Ribera ; — est-ce qu'ils ne corrompirent pas le valet de Dominichino, pour qu'il jetât de la cendre dans sa chaux afin que le crépi du mur ne pût tenir et que la peinture tombât ? Remettez-vous tout cela en mémoire, et examinez bien si votre âme est assez forte pour endurer de pareilles avanies ; car autrement votre volonté sera brisée, et, avec le courage de produire un ouvrage de l'art, la faculté de le faire se perd aussi.

— Hélas ! Salvator, répondit Antonio, il est impossible qu'en me livrant tout entier à la peinture, je sois plus en butte au mépris et à la jalousie que je le suis aujourd'hui. Vous avez trouvé quelque plaisir à contempler mes tableaux, et vous m'avez dit que j'étais en état de produire quelque chose de mieux que les œuvres de plus d'un académicien de San-Luca ; et cependant ce sont ceux qui parlent avec le plus de mépris de mes compositions. — Voyez donc, disent-ils, le chirurgien veut peindre ! — Ainsi je suis bien décidé à quitter une profession qui me semble chaque jour plus odieuse. C'est en vous seul, mon digne maître, que j'ai mis toute mon espérance. Vos paroles sont d'un grand poids ; d'un mot vous pouvez terrasser mes adversaires et me mettre à la place qui m'appartient. — Vous avez beaucoup de confiance en moi, dit Salvator ; mais, en vérité, après avoir vu vos tableaux et vous avoir écouté, je me sens porté à vous aider de toutes mes forces !

Salvator regarda encore une fois les tableaux d'Antonio, et s'arrêta surtout devant une Magdelaine aux pieds du Sauveur. — Vous vous êtes écarté de la manière dont on représente d'ordinaire la Magdelaine, dit-il. La vôtre n'est pas une femme mûre, mais un enfant aimable, comme ceux que Guido seul savait faire. Il y a un charme merveilleux dans cette figure ; vous avez peint cette tête avec enthousiasme, et si je ne m'abuse, l'original de cette Magdelaine doit être vivant et se trouver ici, à Rome. — Convenez-en, Antonio ! vous aimez [12] !

Antonio baissa les yeux, et dit timidement : — Rien n'échappe à vos regards perçants, mon cher maître. Il se peut qu'il en soit comme vous le dites : mais, de grâce, ne me blâmez pas. Ce tableau est celui que j'estime le plus, et je l'ai tenu jusqu'ici caché à tous les yeux. — Que dites-vous ! s'écria Salvator. Aucun peintre n'a encore vu votre tableau ? — Aucun, répondit Antonio. — Eh bien ! reprit Salvator, dont les yeux étincelaient de joie, soyez sûr, Antonio, que j'humilierai vos orgueilleux persécu-

--> 154

Guido Reni, jamais on n'avait créé de composition pareille, et l'enthousiasme alla même si loin qu'on en vint à placer la ravissante Magdelaine de Scacciati au-dessus même des compositions du Guide. Parmi la foule de gens qui s'assemblaient sans cesse devant le tableau de Scacciati, Salvator remarqua un jour un homme dont l'aspect était fort singulier. C'était un homme âgé, de haute taille, sec comme un fuseau ; le visage d'une pâleur extrême, le nez fort long, le menton pointu et allongé encore par une barbe en pointe ; les yeux gris et étincelants. Sur son épaisse perruque blonde, il portait un chapeau à haute forme surmonté d'un large panache ; son manteau rouge foncé était orné d'une multitude de boutons d'argent ; son justaucorps bleu de ciel était coupé à l'espagnole ; ses longs gants de daim étaient ornés de franges d'argent, ses souliers de rosettes jaunes ; et une longue épée d'estoc pendait à son côté.

Cette singulière figure était debout devant le tableau, et semblait plongée dans un ravissement profond ; elle se levait sur la pointe des pieds, se baissait ensuite jusqu'à terre, s'élançait de nouveau de toute la raideur de ses jambes, s'écartait, revenait, se pinçait les paupières à en faire jaillir les larmes, les ouvrait grandement, soupirait, grimaçait devant la charmante Magdelaine, et murmurait d'une douce voix de *castrato :* Ah ! carissima, — benedettissima, — ah ! Marianna, — Marianna, — bellissima, etc.

Salvator, attiré par ce bizarre personnage, perça la foule et s'efforça de lier conversation avec lui, au sujet du tableau qu'il semblait tant admirer. Mais celui-ci, sans trop faire attention à Salvator, maudissait sa misère qui ne lui permettait pas d'offrir un million pour ce tableau, afin de pouvoir l'enfermer sous vingt clefs et le dérober à tous les regards. Puis il recommençait tous ses mouvements, et remerciait la sainte Vierge et tous les saints de la mort du maudit peintre qui avait fait cet ouvrage dont la vue lui causait tant de tourments.

Salvator en conclut que cet homme était fou, ou que c'était quelque académicien de San-Luca qu'il ne connaissait pas. —> 156

teurs, et que je vous ferai recueillir la gloire que vous méritez. Confiez-moi votre tableau, apportez-le cette nuit secrètement dans ma demeure, et abandonnez-moi le soin de ce qui vous regarde. — Y consentez-vous? — Avec joie! répondit Antonio. Ah! que je voudrais aussi vous parler de mon amour! mais ce jour est consacré à l'art; plus tard, je viendrai aussi vous consulter sur l'état de mon cœur. — Et moi, je vous assisterai en tout ce que je pourrai! — En s'en allant, Salvator dit en souriant: — Écoutez, Antonio: lorsque vous me découvrîtes que vous étiez un peintre, je me reprochai de vous avoir parlé de votre ressemblance avec Sanzio. J'imaginai que vous alliez aussitôt faire comme quelques-uns de nos jeunes gens, qui, dès qu'on leur trouve quelque ressemblance de visage avec un grand maître, portent la barbe et les cheveux de la même façon que lui, et se croient alors appelés à imiter son faire. — Mais maintenant, je vous le dis, et vous pouvez me croire, j'ai honoré dans vos tableaux la trace du génie divin qui ouvrait les champs célestes à Raphaël. Vous comprenez ce grand maître, et vous ne me répondez pas comme Vélasquez à qui je demandais dernièrement ce qu'il pensait de Sanzio. « Titien, me répondit-il, est le plus grand maître, et Raphaël n'entend rien à la carnation. » Dans cet Espagnol, il y a la chair et non pas la parole; et cependant les académiciens de San-Luca le portent aux nues, parce qu'il a peint une fois des cerises que les passereaux sont venus becqueter.

Il arriva que, quelques jours après, les académiciens de San-Luca se rassemblèrent dans leur église pour juger les ouvrages des candidats qui se présentaient. Salvator avait fait exposer dans l'église le beau tableau de Scacciati. Tous les peintres furent involontairement frappés de la vigueur et de la grâce qui régnait dans cette composition, et des cris d'admiration s'élevèrent de toutes parts, lorsque Salvator assura qu'il avait apporté de Naples cette toile, qui était un héritage laissé par un jeune peintre mort récemment.

En peu de jours tout Rome accourut pour venir contempler l'ouvrage du jeune peintre napolitain; on s'accordait unanimement à dire que, depuis le temps de

Les académiciens avalèrent la pilule amère de Salvator, et se montrèrent, en apparence, fort joyeux de pouvoir rendre justice au mérite d'Antonio : ils l'admirent dans leur sein avec beaucoup d'éclat.

A peine sut-on, dans Rome, que le tableau de la Magdelaine était d'Antonio, que de tous côtés lui vinrent des commandes.

C'est ainsi que Salvator le tira, par pieuse ruse, de l'obscurité dans laquelle il végétait, et l'amena, dès son début, à une brillante réputation.

Antonio nageait dans la joie et le bonheur. L'étonnement de Salvator ne fut que plus grand, lorsque, quelques jours plus tard, Antonio vient le trouver, pâle, défait et le désespoir peint dans ses traits. — Ah ! Salvator ! s'écria-t-il, que me sert que vous m'ayez élevé plus haut que je ne pouvais l'attendre, que vous m'ayez fait combler de louanges et d'honneurs, puisque me voici misérable à jamais, et puisque le tableau à qui je dois après vous ma gloire cause toute mon infortune ! — Ne blasphème pas notre art sacré ! répondit Salvator. Je ne crois pas au malheur qui t'atteint. Tu es comme moi, et tu n'as pu venir au but de tes désirs. Voilà tout, sans doute. Les amoureux sont comme les enfants ; ils pleurent et ils crient dès qu'on touche le moindrement leurs poupées. Laisse, je t'en prie, le genre lamentable ; je ne puis le souffrir. Assieds-toi là ; raconte-moi tranquillement comment ta belle Magdelaine a influé sur tes amours, et dis-moi où sont les pierres qui te gênent sur ta route, afin que je les écarte ; car je te promets d'avance mon secours. Plus les choses sont aventureuses, plus elles me plaisent à moi. — Vois-tu ? le sang recommence à bouillonner dans mes veines, et ma diète veut que je fasse quelque folie. Ainsi, conte-moi cela, Antonio ; mais, comme je te l'ai dit, point de soupirs, de *oh !* de *ah !* de *ciel !* et de *mon Dieu !* je t'écoute.

Antonio prit place sur l'escabeau que Salvator lui indiqua auprès du tableau auquel il travaillait, et commença ainsi : — Dans la rue Ripetta, dans une haute maison dont on aperçoit de loin le balcon saillant quand on arrive par la porte del Popolo, demeure le plus singulier personnage

On ne parlait dans Rome que du tableau merveilleux : il n'était presque question de rien autre chose, et cette vogue générale suffisait pour prouver l'excellence de l'ouvrage. Lorsque les académiciens se rassemblèrent de nouveau dans l'église de San-Luca pour s'adjoindre quelques confrères, Salvator Rosa demanda tout à coup si le peintre qui avait fait la Magdelaine aux pieds du Sauveur n'eût pas été digne d'être admis dans l'académie ? Tous les peintres, sans en excepter le critique Josépin, assurèrent qu'un si grand maître eût été l'ornement de l'académie, et déplorèrent sa mort hautement et dans les termes les plus fleuris, bien qu'au fond du cœur ils en rendissent grâce au ciel, comme l'avait fait l'homme à la perruque blonde. — Ils allèrent même si loin dans leur exaltation, qu'ils résolurent de rendre un honneur solennel au jeune artiste enlevé si prématurément à son art, en le nommant académicien sur son tombeau et en faisant dire, dans l'église de San-Luca, des messes pour le repos de son âme. Ils prièrent donc Salvator de leur dire le nom du défunt, ainsi que le lieu de sa naissance.

Salvator se leva et leur dit d'une voix solennelle : — L'honneur que vous voulez rendre à un mort dans son tombeau, Messieurs, vous pouvez le rendre à un vivant qui marche parmi vous. Sachez que la Magdelaine aux pieds du Sauveur, ce tableau que vous placez avec raison au-dessus de tous les autres tableaux modernes, n'est pas l'ouvrage d'un peintre napolitain ; ce chef-d'œuvre que tout Rome admire a été peint par la main d'Antonio Scacciati, le chirurgien !

Les peintres stupéfaits regardèrent longtemps en silence Salvator, qui souriait. Il s'amusa quelque temps de leur embarras, et ajouta : — Eh bien ! Messieurs, vous n'avez pas voulu admettre parmi vous le brave Antonio, parce qu'il est chirurgien ; mais moi je pense qu'un homme de cette profession ne serait pas déplacé dans la noble académie de Saint-Luc, pour remettre les membres disloqués qui sortent de l'atelier de plus d'un de vos membres ! Maintenant, je l'espère, vous n'hésiterez plus à faire ce que vous auriez dû faire depuis longtemps, à recevoir parmi vous le brave Antonio Scacciati.

qui soit peut-être dans Rome. Un vieux courtisan, portant en lui tous les vices de sa caste, avare, vaniteux, jouant le jeune homme, fat, amoureux. Il est haut et sec comme une gaule, paré comme un hildago, et chargé d'une perruque blonde, de gants à franges, de rubans, d'une épée immense et d'un chapeau pointu. — Arrête, arrête un moment, Antonio ! dit Salvator. Et, retournant la toile qu'il peignait, il prit du blanc et dessina en peu de traits hardis le personnage qu'il avait trouvé gesticulant devant la Magdelaine. — Par tous les saints ! s'écria Antonio en bondissant sur son siège et en riant aux éclats au milieu de son désespoir, c'est lui, c'est le signor Pasquale dont je parle ; le voilà tout vivant ! — Tu vois bien, dit tranquillement Salvator, que je connais le patron. C'est sans doute ton rival ; mais continue. — Le signore Pasquale Capuzzi, reprit Antonio, est immensément riche ; en même temps, comme je vous l'ai dit, c'est un fat et un avare. Ce qu'il y a de mieux en lui, c'est qu'il aime les arts, et par-dessus tout la musique et la peinture ; mais il y a tant de bizarrerie dans ses goûts que même en cela on ne peut s'entendre avec lui. Il se regarde comme le premier compositeur du monde, et se tient pour un chanteur comme il n'y en a pas dans la chapelle du pape. Aussi il ne regarde notre vieux Frescobaldi que par-dessus l'épaule, et il prétend que Ceccarelli chante comme une botte dans un étrier ; mais comme le premier chanteur du pape se fait nommer Odoardo Ceccarelli di Merania, notre gentilhomme se fait nommer signor Pasquale Capuzzi di Sinigaglia ; car c'est à Sinigaglia qu'il est né, et, à ce qu'on dit, dans la barque d'un pêcheur, où sa mère, effrayée par un chien de mer, le mit au monde avant terme. Dans sa jeunesse, il fit exécuter sur le théâtre un opéra qui fut impitoyablement sifflé, ce qui ne l'a pas guéri de la manie qu'il a de faire de la musique abominable. Il jurait même, en entendant l'opéra de Francesco Cavelli *Le Nozze di Teti e di Peleo,* que le maître lui avait pris ses idées les plus sublimes. Il est encore possédé de la maladie de chanter et de martyriser une pauvre guitare hydropique qui n'en peut mais. Son fidèle Pylade est une espèce de nain, demi-castrat, que les

Romains nomment Pitichinaccio. A ce couple se joint d'ordinaire... Devinez qui?... nul autre que le docteur Pyramide, qui file des sons comme un âne mélancolique, et qui se figure avoir une voix de basse qui fait envie à Martinelli, de la chapelle papale. Ces trois vénérables personnages se rassemblent le soir, se placent sur le balcon, et chantent des motets de Carissimi de manière à exciter les gémissements de tous les chats et de tous les chiens du voisinage, et à se faire maudire de toutes les créatures humaines que leur mauvais destin amène à cette heure dans la Ripetta.

Mon père allait souvent chez ce signor Pasquale Capuzzi, dont il soignait la barbe et la perruque en sa qualité de barbier-chirurgien. Lorsque mon père mourut, j'héritai de ce soin; et Capuzzi fut très content de moi, parce que, disait-il, je savais mieux que personne donner un tour audacieux à sa moustache, et surtout, ce qu'il n'avouait pas, parce que je me contentais d'un misérable quattrino qu'il me donnait pour salaire. Mais il croyait me récompenser richement, parce que, chaque fois que je lui taillais sa barbe, il me coassait aux oreilles, les yeux fermés, une ariette de sa composition.

Un jour, j'arrivais paisiblement, comme d'ordinaire; j'ouvris la porte, et j'aperçus une jeune fille, — un ange de lumière! — Vous connaissez ma Magdelaine? — C'était elle! Je restai immobile; il semblait que mes pieds eussent pris racine dans le parquet. — Vous ne voulez pas d'exclamations? rassurez-vous, je vous les épargnerai. Bref, je fus enflammé de l'amour le plus ardent. Le vieux gentilhomme me dit, en fronçant le sourcil, que c'était la fille de son frère Pietro, qui était mort à Sinigaglia; qu'elle se nommait Marianna, qu'elle était sans parents, et que lui, en sa qualité d'oncle et de tuteur, l'avait recueillie dans sa maison. Vous pouvez penser que dès lors la maison de Capuzzi devint mon paradis. Jamais je ne pouvais parvenir à me trouver un instant seul avec Marianna; mais ses regards, maint soupir étouffé, plus d'un serrement de main ne me laissaient pas douter de mon bonheur. — Le vieillard me devina; il se plaignit de ma conduite, et me demanda quelles étaient mes prétentions. Je lui confessai ingénument que j'aimais Marianna de toute mon âme, et que je ne connaissais de plus grand bonheur sur la terre que celui de m'unir à elle. A ces mots, Capuzzi me toisa de la tête aux pieds, et prétendit qu'il n'eût jamais soupçonné que des pensées aussi ambitieuses pussent germer dans la tête d'un misérable ratisseur de barbes. La colère me donna de l'orgueil; je lui répondis qu'il savait bien que je n'étais par un barbier, mais un habile chirurgien, et en outre, pour la peinture, un élève du grand Annibal Carrache et de l'incomparable Guido. Capuzzi se mit à rire aux éclats : — Eh ! mon doux seigneur barbier, mon excellent seigneur chirurgien, mon sublime Annibal Carracci, mon bien-aimé Guido Reni, allez à tous les diables, et ne vous remontrez pas ici, si vous voulez conserver vos membres intacts !

A ces mots, le vieux Capuzzi me chassa rudement, et me poussa vers la porte. La patience m'échappa. Je pris le vieillard à la gorge, et je le secouai si terriblement que tous ses vieux os en craquèrent. La porte me fut fermée à jamais.

C'est là qu'en étaient les choses lorsque vous arrivâtes à Rome, et lorsque le ciel inspira au bon père Bonifazio de m'amener auprès de vous. Quand, par votre adresse, l'académie m'eut reçu dans son sein, quand tout Rome me combla de louanges, j'allai me présenter au vieux Capuzzi comme un spectre menaçant. Je lui parus tel, sans doute; car il pâlit, et se retira, tremblant de tous ses membres, derrière une grande table. Je lui dis alors, d'un ton ferme et grave, qu'il n'y avait plus d'Antonio Scacciati, chirurgien et ratisseur de barbes, mais que celui qui portait ce nom était un peintre renommé et un académicien de Saint-Luc, à qui il ne refuserait pas la main de sa nièce. Sa colère fut excessive. Il hurla d'une manière effrayante, se tordit les mains, et s'écria que j'étais un misérable, que je lui avais dérobé sa Marianne, sa nièce chérie, pour la mettre sur la toile et la produire à tous les yeux; mais que je prisse garde à moi, parce qu'il me brûlerait, moi et tous mes tableaux. Et à ces mots, il se mit à crier d'une voix si effroyable, — au feu ! et au voleur ! que je pris le parti de m'échapper.

Le vieux fou de Capuzzi est éperdument amoureux de sa nièce. Il la renferme étroitement; et, s'il parvient à obtenir une dispense, il la forcera à cet abominable hymen. Toutes mes espérances sont perdues! — Pourquoi donc? dit Salvator en riant. Je pense, au contraire, que tout est au mieux. Marianna t'aime, et il ne s'agit que de l'enlever au vieux Capuzzi. En vérité, je ne vois pas pourquoi deux hommes résolus comme nous le sommes ne le tenteraient pas! Du courage, Antonio; au lieu de gémir, de soupirer et d'être malade d'amour, il faut agir et sauver Marianna. Retourne à ton logis, et reviens demain de bonne heure.

A ces paroles, Salvator jeta son pinceau, s'enveloppa dans son manteau, et se rendit au Corso, tandis que le pauvre Antonio retournait lentement dans sa demeure.

III

Pascale Capuzzi [13]

Antonio ne fut pas peu étonné lorsque, le jour suivant, Salvator lui décrivit dans ses moindres détails l'intérieur de Capuzzi. — La pauvre Marianna, dit Salvator, est indignement tourmentée par ce vieil insensé. Il soupire et roucoule tout le jour; et, ce qu'il y a de pis, il chante pour toucher son cœur, et il chante des airs qu'il a composés lui-même. Outre cela, il est jaloux à en mourir, et il éloigne de cette pauvre fille tous les serviteurs qui, dit-il, pourraient se prêter à une intrigue. Chaque soir et chaque matin, un petit monstre, qui fait l'office de femme de chambre, se présente devant la pauvre Marianna. Ce spectre n'est autre que le petit Poucet, le Pitichinaccio, que Capuzzi force à s'habiller en femme. Quand Capuzzi s'absente, il ferme soigneusement toutes les portes, et un coquin, qui a fait autrefois le métier de bravo, et qui est sbire aujourd'hui, monte la garde devant la maison. Il semble donc impossible d'y pénétrer; et cependant je te promets, Antonio, que la nuit prochaine tu verras ta Marianna, et en présence de Capuzzi lui-même. — Que dites-vous? s'écria Antonio hors de lui; la nuit prochaine ! Cela est impossible ! — Silence ! dit Salvator. Concertons un peu notre plan. D'abord, je dois te dire que j'étais déjà en relation avec le signor Capuzzi, sans le savoir. Cette misérable épinette qui est dans le coin de la chambre, lui appartient, et je dois lui en donner l'énorme prix de dix ducats. Lorsque je revins à la santé, le goût de la musique me reprit ; ç'a toujours été ma joie et ma consolation. Je priai mon hôtesse de me procurer une épinette ; et dame Catherine se souvint aussitôt que dans la rue Ripetta demeurait un vieux gentilhomme qui voulait vendre un de ces instruments. On l'apporta ici. Je ne m'occupai ni du prix ni du possesseur. Hier soir, j'appris seulement que c'était à l'honnête seigneur Capuzzi que j'avais à faire. Dame Catherine s'était adressée à une de ses connaissances qui demeure dans la maison de Pasquale, et ne peut imaginer maintenant d'où me viennent tous mes renseignements. — Ah ! s'écria Antonio, voilà le chemin trouvé !… — Je sais ce que tu veux dire, reprit Salvator ; tu penses que nous pourrons arriver à ta Marianna par dame Catherine. Mais il n'en sera rien : dame Catherine est trop bavarde et ne peut nous être utile. Écoute-moi. — Chaque soir, dans l'ombre, le signor Pasquale, quelque peine qu'il lui en coûte, emporte dans ses bras son petit castrat au logis ; car, pour tout l'or du monde, le craintif Pitichinaccio ne mettrait le pied sur le pavé à cette heure. Ainsi donc, quand…

En ce moment on frappa à la porte de l'atelier, et, au grand étonnement des deux peintres, le signor Pasquale Capuzzi entra dans toute sa magnificence. Dès qu'il aperçut Scacciati, il s'arrêta, se frotta les yeux et aspira l'air autour de lui, comme si le souffle allait lui manquer. Salvator s'avança au-devant de lui avec empressement, le prit par les deux mains, et s'écria : — Mon digne signor Pasquale, que je me sens honoré de votre présence dans ma pauvre demeure ! C'est sans doute l'amour de l'art qui vous amène vers moi. Vous voulez voir ce que j'ai fait de nouveau, peut-être me demander un ouvrage. Parlez, mon digne seigneur : en quoi puis-je vous être agréable ? — J'ai, dit Capuzzi en balbutiant, j'ai à vous parler, signor Salvator ; mais… seul… quand vous serez seul…

Permettez que je m'éloigne, et que je revienne en temps plus opportun. — Nullement, dit Salvator en le retenant fermement. Vous ne bougerez pas d'ici. Vous ne sauriez venir dans un meilleur moment; car puisque vous êtes un grand amateur du noble art de la peinture, un ami des peintres habiles, vous n'éprouverez pas peu de joie lorsque je vous présenterai celui que voici, le signor Antonio Scacciati, le premier peintre de notre temps, dont le magnifique tableau de la Magdelaine pénitente a excité dans Rome le plus vif enthousiasme. Certainement, vous êtes encore plein de cette composition, et vous avez sans doute désiré plus d'une fois de connaître le maître qui l'a créée.

Un tremblement violent s'empara du vieillard; il secoua la tête comme par un mouvement nerveux, et jeta sur Antonio des regards irrités. Celui-ci s'approcha de Pasquale, le salua avec aisance, et se félicita de rencontrer si inopinément le signor Capuzzi, dont les profondes connaissances en musique et en peinture faisaient l'admiration, non pas seulement de Rome, mais de toute l'Italie.

Cette démarche rendit quelque calme à Capuzzi. Il s'efforça de sourire, releva sa moustache, murmura quelques paroles inintelligibles, et se tourna vers Salvator pour lui parler des dix ducats qu'il avait à recevoir de lui en paiement de l'épinette. — Nous arrangerons plus tard cette misérable affaire, mon digne seigneur! dit Salvator. Seulement ayez la bonté de jeter un regard sur cette esquisse que je viens de terminer, et d'accepter un verre de noble vin de Syracuse.

Salvator disposa son esquisse sur un chevalet, avança un siège au vieux gentilhomme, et lui versa dans une belle coupe de cristal le jus doré des grappes de Sicile.

Le vieux Capuzzi buvait avec plaisir un verre de bon vin, quand il ne lui coûtait rien; il porta la coupe à sa bouche, contempla l'esquisse en fermant les yeux à demi, et resta quelque temps en disant de temps à autre: — Parfait! — accompli! Il eût été difficile de savoir s'il parlait du vin ou du tableau.

Dès que le vieux gentilhomme fut rendu à sa bonne

humeur, Salvator s'écria tout à coup : — Dites-moi donc, signor : on prétend que vous avez une charmante nièce, nommée Marianna ? Tous nos jeunes seigneurs, poussés par une folie amoureuse, courent sans cesse à la rue Ripetta, et se tordent presque le cou à force de lever la tête vers votre balcon, pour apercevoir la belle Marianna et dérober un seul de ses regards.

Toute la satisfaction, toute la joie que le bon vin avait répandues sur les traits de Capuzzi disparurent aussitôt, ses regards devinrent louches, et il répondit avec dureté : — On reconnaît bien en vous la profonde corruption de notre jeunesse. Vos regards sataniques se portent sur une enfant pour la perdre ! car je vous le dis, signor, ma nièce est une véritable enfant, à peine sortie des bras de sa nourrice.

Salvator parla d'autre chose, et le vieillard se remit ; mais au moment où remplissant encore une fois son verre, son visage s'anima d'une clarté nouvelle, Salvator reprit : — Dites-moi donc, mon bon seigneur : votre nièce de seize ans a-t-elle vraiment de beaux cheveux châtains et des yeux pleins de volupté comme la Magdelaine d'Antonio ? on le dit généralement. — Je n'en sais rien, répondit Capuzzi d'un ton grondeur : mais laissons là ma nièce, et parlons plutôt de votre art !

Mais Salvator, revenant sans cesse à la belle Marianna, le vieillard se leva enfin en fureur, renversa violemment son verre, et s'écria avec rage : — Par le noir et infernal Pluton, par toutes les furies, vous faites de ce vin un poison ! Mais je le vois bien : vous et le digne seigneur Antonio, vous voulez vous moquer de moi ; cela ne vous réussira pas. Payez-moi sur-le-champ les dix ducats que vous me devez, et puis, je vous laisserai aller à tous les diables, vous et votre honnête compagnon !

Salvator répliqua, comme s'il eût été transporté de fureur : — Quoi ! vous osez vous attaquer à moi dans ma demeure ! vous voulez dix ducats pour cet instrument vermoulu, dont les vers ont déjà dévoré toute la moelle ? Dix ducats ! vous n'en aurez pas cinq, pas trois, pas un seul, car il ne vaut pas un quatrino. Emportez cette gothique machine !

A ces mots, Salvator jeta aux pieds de Capuzzi l'épinette qui rendit un son plaintif et prolongé. — Ah ! ah ! s'écria Capuzzi, il y a des lois à Rome ! je vous ferai plonger dans un cachot ! A ces mots il voulut gagner la porte, mais Salvator le retint avec force, le fit rasseoir sur le siège qu'il venait de quitter, et lui dit d'une voix douce : — Mon brave signor Pasquale, vous ne voyez pas que j'ai voulu faire une plaisanterie ? ce n'est pas dix ducats, c'est trente ducats que vous recevrez pour votre épinette. Et il répéta si longtemps : trente ducats ! que Capuzzi dit enfin d'une voix éteinte : — Que parlez-vous donc de trente ducats, signor ? Salvator lui répondit, sans se déconcerter, qu'il soutenait son dire, et jura sur son honneur qu'avant une heure l'épinette vaudrait trente et même quarante ducats, que le signor Pasquale pourrait recevoir aussitôt.

Le vieillard reprit haleine et murmura : — Trente ducats, quarante ducats ! Puis il ajouta : — Mais vous m'avez terriblement offensé, signor Salvator. — Trente ducats ! répéta Salvator. — Mais vous avez blessé mon cœur, signor Salvator ! — Trente ducats, répéta encore Salvator ; et il répéta toujours : trente ducats, trente ducats, jusqu'à ce que le vieillard lui eût dit : — Si je reçois trente ou quarante ducats pour mon épinette, tout sera oublié, et nous serons bons amis, signor Salvator. — Mais, dit Salvator, avant que de remplir ma promesse, j'ai encore une petite condition à vous faire, mon vénérable signor Pasquale Capuzzi di Sinigaglia, vous, le premier compositeur de l'Italie et le meilleur chanteur qui se puisse trouver. J'ai entendu avec ravissement la grande scène des *Nozze di Teti e Peleo* que ce coquin de Francisco vous a volée, voulez-vous me la chanter, tandis que je mettrai cette épinette en état ? C'est un bonheur que je vous prie de m'accorder.

Le vieillard se mit à sourire le plus agréablement qu'il put. — On voit, dit-il, que vous êtes vous-même un excellent musicien, signor ; car vous savez mieux apprécier les gens de mérite, que ne le font les ingrats Romains. Écoutez donc l'ariette des ariettes.

A ces mots, le signor Capuzzi se leva sur la pointe de

ses pieds, ferma les deux yeux à peu près comme un coq qui s'apprête à chanter, et commença son ariette d'une voix si effroyable que dame Catherine et ses filles accoururent, imaginant que ces cris sinistres annonçaient quelque malheur. Elles s'arrêtèrent à la porte, frappées d'étonnement, et composèrent ainsi un public au sublime virtuose.

Pendant ce temps Salvator avait ouvert l'épinette, pris sa palette à la main, et il s'était mis à tracer sur le couvercle la peinture la plus bizarre qu'on pût imaginer. L'idée principale était tirée d'une scène de l'opéra de Cavalli, *Le Nozze di Teti;* mais le peintre y mêla une foule d'autres personnages, parmi lesquels se trouvaient Capuzzi, Antonio, Marianna d'après le tableau de la Magdelaine, Salvator lui-même, dame Catherine et ses deux filles, ainsi que le docteur Pyramide; tous si ressemblants, si animés, groupés avec tant d'art, qu'Antonio ne put retenir un cri d'admiration à la vue du travail du maître [14].

Le vieux Capuzzi ne se laissa pas distraire de sa musique, et continua de croasser un interminable récital qui dura environ deux heures, après lesquelles il retomba épuisé sur son siège. Salvator venait de terminer son esquisse, qui avait toute la perfection d'un tableau achevé. — J'ai tenu ma parole au sujet de l'épinette, signor Pasquale, dit Salvator; et, le prenant par le bras, il le conduisit près de l'instrument. A cette vue le vieux gentilhomme se frotta les yeux comme s'il eût vu un miracle. Prenant en toute hâte son bâton sous son bras, et mettant son chapeau sur sa perruque, il s'élança d'un bond sur l'épinette, arracha le couvercle de ses charnières, le plaça sur sa tête, et s'enfuit en le tenant des deux mains, à la grande stupéfaction de dame Catherine et de ses filles. — Le vieux ladre sait qu'il n'a qu'à porter le couvercle au comte Colonna ou à mon ami Rossi pour en avoir quarante ducats et même davantage! dit Salvator.

Il se mit alors à concerter avec Antonio le plan d'attaque qu'ils devaient mettre à exécution dans la nuit. Nous verrons comment il leur réussit.

Lorsque la nuit fut venue, le signor Pasquale, après

avoir bien fermé sa maison, rapporta, comme de coutume, le petit castrat à son logis. Durant la route, le petit homme se plaignait vivement de la vie que lui faisait mener Pasquale Capuzzi, qui, non content de le faire enrouer à force d'ariettes et de lui faire brûler les mains à cuire le macaroni, jugeait à propos de l'employer en qualité de femme de chambre auprès de Marianna, profession où il n'y avait à gagner pour lui que des soufflets et des rebuffades. Capuzzi le consola en lui promettant de lui donner une vieille veste de peluche noire pour lui faire un habit d'abbé ; mais le nain, malcontent, voulut avoir en outre une perruque et une épée. Ils arrivèrent ainsi en capitulant dans la rue Bergognona, où demeurait Pitichinaccio, à quatre portes de distance de la maison de Salvator.

Capuzzi déposa le nain à terre avec soin, ouvrit la porte, et ils montèrent ensemble, le petit homme devant le grand. L'escalier était fort étroit et assez semblable à l'échelle d'un poulailler ; mais à peine avaient-ils gravi la moitié des marches, qu'un effroyable vacarme se fit entendre au haut de l'escalier ; c'était comme la voix d'un homme ivre qui conjurait tous les diables de l'enfer de lui indiquer le chemin de cette maudite maison. Pitichinaccio se serra contre la muraille, et conjura Capuzzi, au nom de tous les saints, de marcher en avant ; mais à peine Pasquale eut-il fait deux pas que l'ivrogne tomba du haut des marches, saisit Capuzzi dans ses bras en le faisant tourner comme un tourbillon, et s'élança en l'entraînant avec lui jusqu'au milieu de la rue, à travers la porte ouverte. Là ils tombèrent à la fois, Capuzzi sur le pavé, et son camarade ivre étendu sur lui comme une outre pesante.

— Jésus ! que vous est-il arrivé, signor Pasquale ? Comment vous trouvez-vous ici au milieu de la nuit ? Quelle mauvaise affaire avez-vous eue dans cette maison ?

Ainsi parlèrent Antonio et Salvator.

— C'est mon dernier jour, dit Capuzzi en gémissant. Ce coquin m'a brisé tous les os ; je ne puis plus bouger.

— Voyons un peu, dit Antonio ; et il se mit à tâter le corps de Capuzzi, et le pinça si rudement à la jambe droite que celui-ci poussa un grand cri.

— Par tous les saints ! s'écria Antonio plein d'effroi, vous vous êtes cassé la jambe gauche, et à un endroit des plus dangereux. Si l'on ne vous secourt promptement, vous êtes un homme mort, ou tout au moins vous boiterez le reste de votre vie.

Capuzzi poussa un cri lamentable. — Tranquillisez-vous, mon bon signor, dit Antonio; bien que je sois peintre maintenant, je n'ai pas oublié mon ancien état de chirurgien. Nous allons vous porter à la demeure de Salvator, et je vous panserai sur-le-champ. — Mon bon signor Antonio, murmura Capuzzi, vous nourrissez de l'inimitié contre moi, je le sais. — Ah ! s'écria Salvator, il n'est pas question d'inimitié ici; vous êtes en danger, et c'est assez pour que l'honnête Antonio vous offre son secours. Allons, ami Antonio, aide-moi à le soulever.

Ils soulevèrent tous deux le vieux gentilhomme qui se plaignait vivement de la douleur que lui causait sa jambe, et l'emportèrent au logis de Salvator.

Dame Catherine assura qu'elle avait eu le pressentiment d'un malheur, et qu'elle ne s'était pas couchée, à dessein. A la vue du vieux gentilhomme, elle éclata en reproches. — Je sais bien, signor Pasquale, dit-elle, qui vous rapportiez dans cette maison. Vous pensez que votre nièce Marianna peut se passer du service des femmes, et vous abusez terriblement de la patience du pauvre Pitichinaccio, dont vous avez fait une camariste. Mais, voyez-vous ? *ogni carne ha il suo osso,* chaque chair a ses os. Quand on a une fille chez soi, il lui faut donner des femmes. *Fato il passo seconda la gamba*. N'exigez pas de Marianna ce que vous ne devez pas exiger; ne faites pas de votre maison une geôle; *Asino punto convien che trotti ;* quand on est en voyage, il faut marcher. Vous avez une jolie nièce, il faut vivre en conséquence : c'est-à-dire faire ce qu'elle veut. Mais vous êtes un homme dur, qui n'entend rien à la galanterie; et par-dessus cela, amoureux et jaloux à votre âge. Pardonnez-moi si je vous dis tout cela, mais *chi ha nel petto fiele, non pun sputar miele,* quand le cœur est plein de fiel, la bouche ne peut pas être mielleuse. Eh bien ! si, comme votre âge le fait présumer, vous mourez de votre chute, ce sera un avertissement pour vous, et votre nièce épousera un beau jeune homme qui lui laissera sa liberté.

Ces paroles coulèrent tout d'une source, tandis que Salvator et Antonio déshabillaient Capuzzi avec précaution et le mettaient au lit. Les reproches de dame Catherine étaient pour lui autant de coups de poignard; mais dès qu'il voulait répondre, Antonio l'arrêtait en lui disant qu'il augmentait la gravité de son mal, et force lui fut donc d'étouffer sa colère. Salvator renvoya enfin dame Catherine pour préparer de l'eau glacée que demandait Antonio.

Salvator et Antonio se convainquirent que le drôle qu'ils avaient envoyé dans la maison de Pitichinaccio avait merveilleusement accompli sa mission. Excepté quelques contusions dont témoignaient de légères taches bleues, le signor Capuzzi n'avait pas éprouvé le moindre dommage de cette chute, terrible en apparence. Antonio bassina et banda le pied droit du vieux gentilhomme de manière à l'empêcher de bouger. Puis il l'enveloppa dans des draps imbibés d'eau glacée, afin, disait-il, de prévenir l'inflammation. — Mon bon signor Antonio, dit Capuzzi en frissonnant de froid, dites-moi si c'en est fait de moi, si je mourrai ? — Tranquillisez-vous, signor Pasquale, dit Antonio; puisque vous avez supporté le premier pansement sans perdre connaissance, le danger n'est plus aussi grand. Mais il ne faut pas que vous restiez un seul moment sans chirurgien. — Ah ! mon cher Antonio, vous savez combien je vous aime ! combien j'estime vos talents ! N'est-ce pas, mon cher fils ? vous ne m'abandonnerez pas ? — Bien que je ne sois plus chirurgien, et que j'aie quitté la lancette, je consens à avoir soin de vous, signor Pasquale, à condition que vous me rendrez votre confiance et votre amitié. Vous avez été un peu rude avec moi. — Ne parlons plus de cela, mon cher Antonio, je vous en prie. — Votre nièce, reprit Antonio, doit être mortellement inquiète de ne pas vous voir revenir. Vous êtes encore assez fort pour être transporté, et nous vous rapporterons à votre demeure dès le point du jour. Là je vous panserai encore une fois, je préparerai un nouvel appareil, et je dirai à votre nièce ce qu'il faudra faire pour que vous guérissiez bientôt.

Le vieillard soupira profondément, ferma les yeux, et resta quelques moments en silence. Puis il étendit la main vers Antonio, et lui dit : — N'est-ce pas, ami, que vous n'avez jamais songé sérieusement à Marianna [15] ? Cela vous a passé comme à tous les jeunes gens ? — Que voulez-vous, signor Pasquale ! je croyais être amoureux de Marianna, et je ne voyais au fond en elle qu'un bon modèle pour ma Magdelaine. C'est peut-être pour cela que mon tableau... encore une fois Marianna m'est devenue indifférente. — Antonio, s'écria Capuzzi, tu es mon sauveur, ma consolation ! je n'ai d'espoir qu'en toi !

Quand le matin vint à paraître à travers les croisées, Antonio dit à Capuzzi qu'il était temps de le rapporter à sa demeure. Le signor Pasquale ne répondit que par un profond soupir. Salvator et Antonio l'enveloppèrent dans un grand manteau qui avait appartenu au défunt mari de dame Catherine. Deux porteurs le placèrent sur une civière, et le transportèrent à la rue Ripetta, suivi des deux amis.

En apercevant son oncle dans ce pitoyable état, Marianna poussa des cris affreux et se livra au désespoir, tant la pauvre enfant avait bon cœur ; mais au même moment la nature féminine se décela, car un seul regard de Salvator suffit pour lui faire comprendre ce qui se passait, et un fin sourire apparut au milieu de ses larmes.

Antonio prépara artistement un lit, resserra encore les ligatures qui empêchaient Capuzzi de se mouvoir, et, grâce à ses soins, lui donna l'immobilité d'une marionnette dont on a noué les fils. Puis, il l'enterra sous un monceau de coussins, la tête enveloppée d'une multitude de linges mouillés qui l'empêchaient d'entendre les propos des amants, dont l'âme s'épanchait pour la première fois sans contrainte en douces larmes et en tendres baisers.

Antonio ne tarda pas à s'éloigner, pour aller, comme il l'annonça, préparer quelques potions salutaires, mais en effet pour aviser avec Salvator aux moyens d'ajouter encore à l'impotence du vieux gentilhomme.

IV

Signor Formica [16]

Le jour suivant, Antonio se présenta de nouveau triste et mécontent devant Salvator. — Eh bien, qu'as-tu donc ? lui dit Salvator. Tu te trouves donc bien malheureux de pouvoir, chaque jour, regarder, caresser et embrasser ta jolie Marianna ! — Ah ! Salvator, s'écria Antonio, le diable s'est encore remis à mes trousses ! notre ruse est éventée, et nous voici en guerre ouverte avec ce maudit Capuzzi ! — Tant mieux, dit Salvator. Mais dis-moi un peu comment la chose s'est passée ? — Figurez-vous qu'au moment où, après une absence de deux heures au plus, je revenais dans la rue Ripetta, avec toutes sortes d'essences, j'aperçus le vieux Capuzzi entièrement habillé et debout sur sa porte. Derrière lui se tenait le docteur Pyramide avec l'infâme sbire, et entre leurs jambes je voyais une créature, qui était, je crois, le Pitichinaccio. Dès que le vieux me reconnut, il me menaça du poing, proféra les plus affreux jurements, et me cria qu'il me romprait tous les membres si je passais le seuil de sa porte. — Attends, maudit coquin ! s'écria-t-il, j'emploierai mon dernier ducat à te faire pendre ; et ton honnête ami le signor Salvator, ce brigand échappé de la potence, il ira rejoindre en enfer son capitaine Mas' Aniello, et en attendant je n'aurai pas de peine à le faire bannir de Rome !

Ainsi parla le vieux Capuzzi, et comme le peuple commençait à s'assembler, je vis qu'il ne me restait pas d'autre parti que de fuir. Dans mon désespoir je ne voulais pas venir à vous ; car je savais que vous ne feriez qu'en rire. Et n'en riez-vous pas déjà ?

En effet, Salvator se mit à rire aux éclats. — Maintenant, s'écria-t-il, la chose devient divertissante ! Je veux aussi te dire, mon cher Antonio, ce qui se passa dans la maison de Capuzzi après ton départ. A peine avais-tu quitté la maison, que le signor Splendiano Accoramboni, qui, Dieu sait comment, avait appris que son ami Pasquale s'était rompu la jambe dans la nuit, arriva solennellement avec un chirurgien. Son appareil, la manière dont le signor Pasquale avait été traité, éveillèrent les soupçons. Le chirurgien enleva les bandages, et trouva, ce que nous savions bien, que le pied droit du digne Capuzzi n'avait pas éprouvé le moindre dérangement; tu t'expliques facilement le reste. — Mais, mon digne maître, reprit Antonio, dites-moi donc comment vous savez tout ce qui se passe dans la demeure de Capuzzi. — Je t'ai dit qu'une amie de dame Catherine demeure dans la maison de Capuzzi. Cette femme, veuve d'un marchand de vins, a une fille que ma petite Marguerite va souvent visiter. Les jeunes filles ont un instinct tout particulier pour se rechercher entre elles, et c'est ainsi que Rosa et Marguerite ont découvert une petite crevasse qui donne dans la chambre de Marianna. Bientôt elles se sont trouvées toutes trois d'accord; et dès que Capuzzi fait sa méridienne, les jeunes filles jasent à loisir. C'est ainsi que je suis toujours au courant de ce qui se passe chez le viel avare. — Bénie soit la crevasse de la chambre de Marianna! Je vais écrire une lettre à ma bien-aimée! Marguerite la lui portera. — Non, non, s'écria Salvator, Marguerite nous servira, sans devenir ta messagère d'amour. D'ailleurs ton bavardage pourrait tomber dans les mains de Pasquale et causer mille embarras à Marianna qui est sur le point de jouer ce vieux Pantalon. La manière dont elle l'a reçu, lorsque nous l'avons rapporté à sa maison, l'a entièrement converti. Il pense fermement que Marianna lui a donné au moins la moitié de son cœur et qu'il ne lui reste plus qu'à conquérir l'autre. Pour Marianna, depuis qu'elle a sucé le venin de tes baisers, elle est devenue de trois ans plus prudente, plus expérimentée et plus fine. Non seulement elle a persuadé à son oncle qu'elle n'a pris aucune part au tour que nous lui avons joué, mais elle l'a convaincu qu'elle nous détestait et qu'elle ferait tous ses efforts pour nous éloigner; et Pasquale, pour la récompenser, lui a promis de condescendre à tous ses désirs. La modeste Marianna n'a rien exigé de plus de *Zio Carissimo,* que d'aller avec lui au théâtre de la porta del Popolo, voir il signor Formica. Là-dessus, le vieux jaloux a tenu conseil avec le docteur Pyramide et Pitichinaccio, et ils ont enfin résolu que Marianna irait demain au théâtre; Pitichinaccio doit l'accompagner. Le docteur Pyramide et Pasquale iront chercher cette nuit le petit nain à sa demeure, pour l'avoir sous la main, et demain ce noble trio se rendra avec la belle Marianna au théâtre del signor Formica devant la porta del Popolo.

Il est nécessaire de dire ce qu'étaient le signor Formica et le théâtre de la porta del Popolo.

Rien n'était plus affligeant pour les Romains que les désappointements qu'ils éprouvaient au temps du carnaval, lorsque les impresarii ou entrepreneurs de théâtre étaient malheureux dans le choix de leurs compositeurs et de leurs sujets; lorsque le primo tenor du théâtre de l'Argentina avait perdu sa voix en route, lorsque le *primo huomo* du *teatro Valle* souffrait d'un rhume; bref, lorsque les divertissements auxquels on s'attendait se trouvaient perdus, et que le *Giovedi Grasso* * venait couper court à toutes les espérances qu'on nourrissait encore.

Presque immédiatement après un triste carnaval de ce genre, un certain Nicolo Musso ouvrit, devant la porta del Popolo, un théâtre sur lequel il ne devait représenter que de petites bouffonneries improvisées. L'annonce fut faite dans un style spirituel et piquant; et les Romains qui étaient affamés de quelques divertissements dramatiques, conçurent une idée favorable de l'entreprise de Musso. L'arrangement du théâtre ou plutôt des tréteaux, n'annonçait pas que l'entrepreneur fût dans une situation brillante. Il ne s'y trouvait ni orchestre ni loges. Au lieu de ces divisions, on avait établi au fond de la salle une galerie, au centre de laquelle brillait l'écusson du comte Colonna, qui avait pris Musso et son théâtre sous sa protection. Une petite élévation autour de laquelle pendaient quelques tapisseries qui, selon la nécessité, représentaient tantôt un bois, tantôt un salon ou une rue, servait de scène. De rudes banquettes de bois, offertes aux spectateurs, complétaient l'ameublement de la salle,

* Jeudi gras.

et ces sièges incommodes n'étaient pas de nature à faire cesser le mécontentement qui éclatait de toutes parts, à la vue d'un théâtre aussi chétif, qu'on avait annoncé avec tant de pompe. Mais à peine les deux premiers acteurs qui parurent eurent-ils prononcé quelques paroles, que le public devint attentif; et à mesure que la pièce avançait, l'attention s'accrut; bientôt on passa à l'assentiment, puis à l'admiration, et enfin au plus haut degré d'enthousiasme, qui éclata par des éclats de rire, des applaudissements, et des bravos prolongés.

En effet, on ne pouvait rien voir de plus accompli que ces représentations improvisées de Nicolo Musso, qui étincelaient de verve, d'esprit et d'abandon, et qui fustigeaient d'une façon sanglante les folies du jour. Chacun des comédiens donnait à son rôle un caractère inimitable, mais le Pasquarello [17] entraînait surtout les spectateurs par le talent qu'il avait d'imiter jusqu'à s'y méprendre, la voix, la figure et les attitudes des personnages connus dans Rome. Un esprit peu ordinaire semblait animer l'homme qui remplissait l'emploi de Pasquarello, et que l'on nommait signor Formica, et souvent il survenait dans son ton et dans ses mouvements quelque chose de si inattendu que les spectateurs se sentaient glacés du frisson de la peur au milieu du rire le plus fou. Auprès de lui parut le docteur Graziano dont la pantomime et l'organe étaient d'une bouffonnerie sans égale, et qui disait les choses du monde les plus réjouissantes, sans déplacer un des muscles de son visage. C'était un vieux Bolonais nommé Maria Agli qui jouait le rôle de docteur Graziano. En peu de temps toute la bonne compagnie de Rome dut affluer au petit théâtre de Nicolo Musso; il n'était partout question que du signor Formica, et dans les rues comme au théâtre, on n'entendait que ces mots: *Oh! Formica! Formica benedetto. Oh Formicissimo!* On regardait Formica comme une apparition surnaturelle, et plus d'une vieille femme qui avait failli mourir de rire au théâtre disait avec gravité quand on blâmait le moindrement le jeu de Formica: *Scherza coi Fanti e lascia Star santi!* Cela venait de ce que, hors du théâtre, le signor Formica était entouré d'un profond mystère. On ne l'apercevait nulle part, et tous les efforts qu'on fit pour le rencontrer furent inutiles. Nicolo Musso gardait un silence impitoyable sur la demeure de Formica.

Tel était le théâtre que Marianna aspirait avec tant d'ardeur à voir.

— Allons attaquer l'ennemi en face, dit Salvator; le retour du théâtre à la ville nous offre la meilleure occasion.

Il fit part à Antonio d'un nouveau projet auquel celui-ci consentit avec joie, parce qu'il espérait arracher sa bien-aimée des mains de l'indigne Capuzzi. Il se réjouissait surtout d'avance du plaisir de châtier le docteur Pyramide.

Lorsque la nuit fut venue, Salvator et Antonio prirent tous deux leurs guitares, et se rendirent à la rue Ripetta pour aigrir le vieux Capuzzi, en donnant à Marianna la plus charmante sérénade qu'on pût entendre. Salvator jouait et chantait admirablement, et Antonio remplit son emploi de ténor presque aussi bien qu'eût pu le faire Odoardo Cecarelli. Le signor Pasquale parut sur son balcon et voulut forcer les chanteurs à se taire, en leur adressant des injures; mais les voisins que la musique avait attirés à leurs fenêtres, lui crièrent qu'il fatiguait assez souvent leurs oreilles par sa musique infernale, et qu'il les laissât une fois entendre une belle voix. Pasquale se vit ainsi forcé d'écouter, à son grand martyre, presque toute la nuit, les chants d'amour que Salvator et Antonio adressaient à Marianna. Marianna elle-même, se montra au balcon, en dépit de tous les efforts que fit Capuzzi pour l'éloigner.

Le soir du jour suivant, la plus belle compagnie qu'on eût jamais vue sortir de la rue Ripetta, se dirigea vers la porta del Popolo. Elle attira tous les yeux, et on se demanda si le carnaval avait oublié encore quelques-uns de ses masques dans la ville. Le signor Pasquale Capuzzi, avec un bel habit à l'espagnole, le chapeau surmonté d'une plume jaune toute neuve, conduisait la belle Marianna, dont on distinguait seulement la taille élancée, car son visage était couvert d'un voile épais. De l'autre côté, marchait le signor Splendiano Accoramboni, enseveli sous sa grande perruque qui lui couvrait tout le dos ; de sorte que de loin il semblait qu'on vît une tête immense marcher sur deux petites jambes. Immédiatement derrière Marianna se traînait un petit monstre ; c'était Pitichinaccio en habit de matrone, couleur de feu, la tête recouverte d'un réseau orné de rubans.

Ce soir-là, le signor Formica se surpassa, et, ce qu'on n'avait pas encore vu, il mêla à son rôle de petits airs dans lesquels il imita la manière de plusieurs chanteurs connus. Le goût du théâtre, que le vieux Capuzzi avait porté jadis presque jusqu'à la folie, se réveilla en lui avec une vivacité nouvelle. Il baisa avec ravissement les mains de Marianna, et jura qu'il ne passerait pas une soirée sans visiter le théâtre de Nicolo Musso. Il éleva signor Formica jusqu'aux nues, et se joignit de toutes ses forces aux applaudissements des spectateurs. Le signor Splendiano se montra moins satisfait, et avertit Capuzzi et la belle Marianna de ne pas rire d'une façon si immodérée, nommant d'une haleine vingt maladies qui pourraient résulter d'un trop grand ébranlement de la rate. Marianna et Capuzzi n'accordaient nulle attention à cet avis. Pour Pitichinaccio, il se sentait tout malheureux. Il avait été forcé de prendre place derrière le docteur Pyramide, qui l'ombrageait entièrement avec sa vaste perruque. Il n'apercevait pas la moindre partie de la scène ni des comédiens ; et, en outre, il était tourmenté sans relâche par deux femmes malicieuses qui étaient assises auprès de lui. Elles le nommaient une charmante signora, lui demandaient si, en dépit de sa jeunesse, il était déjà marié et s'il avait des enfants, qui, disaient-elles, devaient être de gentilles créatures. Le pauvre Pitichinaccio sentait des gouttes de sueur froide ruisseler sur son front ; il ne cessait de trépigner, de geindre et de maudire sa misérable existence.

Lorsque la représentation fut achevée, le signor Pasquale attendit que tous les spectateurs fussent écoulés. On éteignait la dernière lumière à laquelle le signor Splendiano venait d'allumer un petit falot, lorsque Capuzzi, accompagné de Marianna et de ses amis, reprit lentement le chemin de la ville.

Ils étaient encore passablement éloignés de la porta del

Popolo, lorsqu'ils se virent tout à coup entourés par plusieurs personnes enveloppées de manteaux. Au même moment, le flambeau du docteur, frappé violemment, tomba et s'éteignit. Capuzzi et le docteur demeurèrent sans voix. Alors une clarté rougeâtre tomba sur les personnages qui les entouraient, et quatre pâles têtes de mort regardèrent le docteur du fond des cavités étincelantes de leurs yeux vides. — Malheur! malheur! à Splendiano Accoramboni! s'écrièrent-elles d'une voix sourde. Puis, une de ces figures s'approcha de lui, et dit: — Me connais-tu, me connais-tu, Splendiano? Je suis Cordier, le peintre français que tu as enterré la semaine passée, et que tes médecines ont mis sous terre!

Le second s'approcha: — Me connais-tu, Splendiano? Je suis Kuffner, le peintre allemand que tu as empoisonné avec tes maudites pilules!

Le troisième vint à son tour: — Me connais-tu, Splendiano? Je suis Lliers, le Flamand que tu as tué, ainsi que mon frère, avec tes électuaires, pour nous voler nos tableaux!

Le quatrième dit enfin: — Me connais-tu? Je suis Ghigi, le peintre napolitain que tu as étouffé avec tes poudres!

Et tous les quatre répètent: — Malheur à toi, Splendiano! maudit docteur Pyramide! il faut que tu descendes avec nous dans l'enfer. On t'attend: — partons, partons! — A ces mots, ils se jetèrent sur le malheureux docteur, l'enlevèrent en l'air, et l'emportèrent avec la rapidité du vent.

Quelque horreur qu'éprouvât le signor Pasquale, en voyant ainsi emporter son ami, il montra toutefois un merveilleux courage. Pitichinaccio avait caché sa tête dans le manteau de Capuzzi, et celui-ci avait toutes les peines du monde à s'en débarrasser.

— Remets-toi, dit Capuzzi; viens avec moi, ma colombe; mon digne ami Splendiano est au diable. Que saint Bernard, qui était lui-même un grand médecin, l'assiste, si ces enragés de peintres, qu'il a trop vite menés à sa Pyramide, lui tordent le col! — Qui chantera donc maintenant mes parties de basse! et ce petit coquin de Pitichinaccio me serre tellement la gorge, en tirant mon manteau, que de six semaines je ne pourrais produire un son ! Ne sois plus inquiète, ma Marianna, ma douce espérance, tout est passé.

Marianna assura qu'elle avait surmonté sa frayeur, et à Capuzzi de ne pas s'occuper d'elle ; mais celui-ci ne la retint que plus fermement, et assura que pour rien au monde il ne lui laisserait faire seule un pas au milieu de ces ténèbres.

Au moment où le signor Capuzzi se disposait à se remettre en route, quatre figures de diable, qui semblaient sortir de dessous terre, s'arrêtèrent devant lui : — Pasquale Capuzzi, maudit fou ! Viens, diable amoureux ! nous sommes tes compagnons ; nous te cherchons pour t'emmener en enfer avec ton camarade Pitichinaccio. — Ainsi crièrent les diables. Capuzzi tomba par terre avec Pitichinaccio, et tous les deux poussèrent des cris effroyables.

Marianna s'était débarrassée de son vieux tuteur, et s'était retirée à l'écart. Un des diables la serra tout doucement dans ses bras, et lui dit : — Ah ! Marianna ! ma Marianna ! j'ai donc enfin réussi. Mes amis emmènent Pasquale. Partons ensemble ; nous trouverons bientôt un asile. — Mon Antonio ! murmura doucement Marianna.

Mais tout à coup, des flambeaux vinrent éclairer la scène, et Antonio se sentit frapper sur l'épaule ; il se détourna avec la rapidité de l'éclair, tira son épée du fourreau, et s'élança sur celui qui l'avait frappé et qui levait le stylet sur lui. Il aperçut alors ses amis, qui se battaient contre une troupe de sbires. Avec quelque vaillance qu'ils se défendissent, ils eussent infailliblement succombé, vu le nombre de leurs adversaires, si deux hommes n'étaient venus tout à coup se jeter dans leurs rangs et attaquer les sbires. Un des étrangers étendit du premier coup, à ses pieds, le sbire qui avait frappé Antonio.

Le combat fut décidé en peu d'instants, tous ceux des sbires qui n'étaient pas blessés s'enfuirent vers la porta del Popolo, en poussant de grands cris.

Salvator Rosa — ce n'était personne autre que lui qui

était accouru au secours d'Antonio — voulut courir à leur poursuite ; mais Maria Agli, qui était venu avec lui, et qui l'avait vigoureusement secondé malgré son grand âge, s'y opposait, disant que la garde placée à la porte del Popolo les arrêterait sans doute. Ils se rendirent tous alors chez Nicolo Musso, qui reçut les amis dans sa petite maison, non loin du théâtre. Les peintres déposèrent leurs masques et leurs manteaux barbouillés de phosphore, et Antonio pansa les blessures de Salvator, d'Agli et des autres jeunes gens, qui n'étaient pas dangereuses.

Le tour, quelque fort et hardi qu'il était, eût réussi, si Salvator et Antonio n'eussent perdu de vue quelqu'un qui avait tout gâté. Michele qui avait été autrefois un brava et un sbire, et qui était en quelque sorte le domestique de Capuzzi, l'avait suivi, au théâtre, à quelque éloignement, il est vrai, parce que le glorieux Capuzzi avait honte d'un valet en guenilles, comme l'était Michele. Lorsque les spectres lui apparurent, Michele, qui ne craignait ni la mort ni le diable, se douta de quelque chose, courut à la porte del Popolo, y ramassa tous les sbires qu'il trouva, et revint tomber sur les diables au moment où ils se disposaient à enlever Pasquale. Ce dernier avait profité du tumulte pour emporter Marianna, évanouie dans ses bras, et s'était sauvé avec une rapidité sans égale, suivi de son inséparable nain.

Le lendemain matin, on trouva auprès de la pyramide de Cestius, le docteur Splendiano entièrement roulé et enfoncé dans sa perruque, où il dormait profondément, comme dans un lit bien mol et bien chaud. Lorsqu'on le réveilla, il battit la campagne, et on eut peine à le convaincre qu'il se trouvait encore à la surface de la terre et dans Rome. Enfin, lorsqu'on le ramena à sa maison, il remercia de sa délivrance la sainte Vierge et tous les saints, jeta par la fenêtre toutes ses teintures, ses essences, ses électuaires et sa poudre, brûla ses recettes, et jura de ne guérir désormais ses patients que par l'imposition des mains, comme l'avait fait jadis un célèbre médecin, dont le nom ne me revient pas à la mémoire en ce moment. — Je ne sais, dit le lendemain Antonio à Salvator, quelle rage s'est allumée en moi depuis que mon sang a coulé ? Mort et ruine à ce misérable Capuzzi ! Je le tuerai, s'il fait résistance, et j'enlèverai Marianna.

— Admirable invention ! dit Salvator en riant ; parfaitement imaginé ! Je ne doute pas non plus que tu aies trouvé un moyen d'amener par les airs ta Marianna à la place d'Espagne, afin qu'on ne te saisisse pas et qu'on ne te pende pas, avant que tu arrives à ce lieu d'asile. — Non, mon cher Antonio ! la violence n'est bonne à rien, et tu penses bien que le signor Pasquale est maintenant sur ses gardes. D'ailleurs, notre escapade a fait du bruit ; et la risée générale qu'a excitée le traitement que nous avons fait subir à Pasquale et à Splendiano, a éveillé la police de son sommeil habituel. Non, Antonio, tenons-nous à la ruse : *Con arte e con inganno si vive mezzo l'anno, con inganno e con arte si vive l'altra parte* *. Ainsi parle dame Catherine, et elle a raison. Dans peu de jours, tu enlèveras réellement ta Marianna. J'ai instruit de tout Nicolo Musso et Formica, et nous arrangerons cela ensemble de façon à ne pas manquer notre coup. Console-toi, Antonio, signor Formica va venir à ton aide. — Signor Formica, dit Antonio d'un air de mépris ; à quoi peut ici aider ce baladin ? — Oh ! oh ! s'écria Salvator, ayez du respect pour signor Formica, je vous en prie, mon maître. Ne savez-vous pas que signor Formica est une espèce de sorcier initié aux sciences occultes ? Je vous le dis, signor Formica viendra à votre aide. Le vieux Maria Agli, l'admirable docteur Graziano, le Bolonais, est aussi de notre complot, et il joue un rôle important. C'est du théâtre de Musso que tu enlèveras Marianna. — Salvator, dit Antonio ; vous me bercez d'espérances trompeuses ; comment pensez-vous que Pasquale se décide jamais à retourner au théâtre de Musso ! — Il n'est pas si difficile de l'attirer que tu penses. On aura plus de peine à le décider à entrer au théâtre sans ses compagnons. Pour toi, prépare-toi à emmener Marianna à Florence où ton talent te procurera bientôt des appuis et des connaissances. Repose-toi sur moi pour le reste. Quel-

* Si l'art et la ruse vous font vivre une moitié de l'année, la ruse et l'art vous font vivre l'autre moitié.

ques jours de repos, puis à l'ouvrage. Encore une fois, Antonio, le signor Formica viendra à ton aide.

V

Les deux Capuzzi

Le signor Capuzzi ne savait que trop bien qui lui avait préparé la disgrâce de la porta del Popolo, et on peut imaginer quelle colère l'animait contre Antonio et Salvator Rosa. Il s'efforçait de consoler Marianna, qui se disait malade de frayeur, mais qui ne l'était en effet que du chagrin d'avoir vu le maudit Michele l'enlever à son Antonio. Marguerite lui apportait assidûment des nouvelles de son bien-aimé, et elle mettait toute sa confiance dans l'esprit entreprenant de Salvator. Elle attendait d'un jour à l'autre quelque nouvel événement, et, en attendant, elle se consolait en tourmentant le vieux Pasquale, qui, dans son amour, se prêtait à tous les caprices de sa pupille. Lorsqu'elle avait épuisé sur lui toute sa mauvaise humeur, et qu'elle souffrait enfin qu'il touchât de ses lèvres ses petites mains de rose, il jurait qu'il ne quitterait pas les genoux du pape avant d'avoir obtenu une dispense pour épouser sa nièce.

Quelques jours s'étaient écoulés, lorsqu'un matin, vers l'heure de midi, Michele arriva en toute hâte, et vint annoncer qu'un personnage était en bas, et demandait avec instance à parler au signor Pasquale Capuzzi. — O puissance du ciel ! s'écria le vieillard en colère. Ne sais-tu pas, misérable, que je ne reçois aucun étranger dans ma maison ? — L'étranger, dit Michele, avait fort bonne mine ; c'était un homme d'âge, il s'exprimait fort bien, et se nommait Nicolo Musso. — Nicolo Musso !... dit Capuzzi en réfléchissant ; celui qui a le théâtre de la porta del Popolo... Que peut-il me vouloir ? A ces mots, il ferma soigneusement la porte, et descendit, pour aller causer avec Nicolo, sous le péristyle. — Mon digne signor Pasquale, dit Nicolo en s'avançant vers lui et en le saluant avec aisance, que je suis heureux de pouvoir faire votre connaissance! Que de remerciements ne vous dois-je pas! depuis que les Romains vous ont vu à mon théâtre, vous le meilleur appréciateur des arts, le premier des virtuoses, ma recette et ma vogue ont doublé. Je ne suis que plus mortifié de ce que quelques mauvais sujets ont osé vous assaillir sur la route à votre retour. Par tous les saints, signor Pasquale, ne gardez pas rancune à mon théâtre à cause de cela, et que cet attentat, que je maudis, ne me prive pas de votre visite. — Mon bon signor Nicolo, répondit Pasquale en se rengorgeant, soyez assuré que je n'ai jamais éprouvé autant de plaisir qu'à votre théâtre; votre Formica, votre Agli, sont des comédiens qui n'ont pas leurs égaux : mais la frayeur, qui a presque causé la mort de mon ami le signor Splendiano Accoramboni et la mienne, a été trop grande. Elle ne m'a pas fait prendre en aversion votre théâtre, mais bien le chemin qui y conduit : mettez votre théâtre sur la place del Popolo ou dans la rue Babuina ou dans la rue Ripetta, je ne manquerai pas une seule soirée d'y venir; mais il n'y a pas de puissance sur terre qui me fasse aller à la porta del Popolo, une fois la nuit venue.

Nicolo soupira, comme obsédé par un profond souci. — Cela me touche rudement, dit-il, plus rudement que vous ne croyez peut-être, signor Pasquale. — Hélas! j'avais mis en vous toutes mes espérances! Je venais implorer votre assistance! — Mon assistance? demanda le vieillard étonné. En quoi aurais-je pu vous assister, signor Nicolo? — Mon bon signor Pasquale, répondit Nicolo en tirant son mouchoir et en essuyant ses larmes, mon excellentissime signor Pasquale, vous aurez remarqué que mes comédiens mêlent des ariettes à leurs rôles. Je pensais introduire peu à peu un orchestre, et enfin, esquivant les ordonnances, à risquer un opéra. Vous, signor Capuzzi, vous êtes le premier compositeur de toute l'Italie, et sans l'incroyable légèreté des Romains et la jalousie des maestri, on n'entendrait que vos compositions sur les théâtres. Je voulais vous prier humblement de m'accorder quelques moments pour les faire exécuter, autant que mes faibles ressources le permettent. — Mon brave signor Nicolo, dit Capuzzi, pourquoi donc nous entretenons-nous ici dans la rue ? Ayez-la complaisance de monter quelques marches ! Venez avec moi dans ma pauvre demeure !

A peine Nicolo fut-il entré dans la chambre que Capuzzi prit une grosse liasse de musique, la détacha, s'empara d'une guitare, et commença une effroyable cacophonie [18], mélange discordant de miaulements et d'aboiements, qu'il nommait un air de bravoure.

Nicolo trépignait comme un bienheureux ; il soupirait, il soufflait, et s'écriait dans les pauses : — Bravo ! bravissimo ! Benedetissimo Capuzzi ! Jusqu'à ce qu'enfin, dans un excès d'enthousiasme, il tombât aux genoux de Pasquale, et les embrassât si violemment qu'il le fit crier de douleur. — Par tous les saints ! c'en est assez, signor Nicolo : vous allez me renverser ! — Non ! s'écria Nicolo, non, signor Pasquale, je ne me relèverai pas avant que vous m'ayez promis de me donner cette divine ariette, pour que Formica puisse la chanter après-demain sur mon théâtre ! — Vous êtes un homme de goût, dit Pasquale, un homme d'un tact profond ! A quel autre mieux qu'à vous pourrais-je confier mes compositions ! Vous aurez toutes mes ariettes... Mais lâchez-moi ! — Hélas ! je ne pourrai les entendre, tous mes chefs-d'œuvre. — Laissez-moi donc, signor Nicolo. — Non, s'écria Nicolo en serrant toujours fortement les jambes sèches et frêles de Capuzzi ; signor Pasquale, je n'abandonnerai pas cette place avant que vous ne m'ayez donné parole de venir après-demain à mon théâtre. Craignez-vous une nouvelle attaque ? Ne pensez-vous pas que les Romains, lorsqu'ils auront entendu vos ariettes, ne vous ramèneront pas en triomphe avec des torches ? Mais quand cela n'arriverait pas, moi et mes camarades bien-aimés nous vous escorterons jusqu'à votre demeure. — Vous voulez m'accompagner vous-même avec vos camarades ! Combien de gens êtes-vous bien ? — Nous aurons de huit à dix personnes à vos ordres. Êtes-vous décidé à exaucer ma prière ? — Formica, murmura Pasquale, a une belle voix. — Décidez-vous, de grâce ! s'écria Nicolo en le serrant de plus près. — Vous me répondez que je reviendrai sain et sauf au logis ? dit

Pasquale. — J'y engage mon honneur et ma vie ! s'écria Nicolo. — Tope ! dit Pasquale. J'irai après-demain à votre théâtre.

Nicolo se releva, et pressa si fortement Pasquale dans ses bras qu'il lui coupa presque la respiration.

En ce moment, Marianna entra. Le signor Pasquale lui fit en vain signe de s'éloigner ; elle n'y donna aucune attention, et s'avançant vers Musso, elle lui dit comme en colère : — Vous cherchez en vain à attirer mon oncle dans votre théâtre, signor Musso. Vous oubliez l'attaque affreuse que nous avons eu à essuyer de la part d'infâmes ravisseurs, et qui m'a presque coûté la vie ! Jamais je ne souffrirai que mon oncle s'expose à un danger semblable. Renoncez à vos projets, maître Nicolo. N'est-ce pas, mon oncle ? vous ne vous risquerez plus sur cette dangereuse route de la porta del Popolo ?

En vain Pasquale chercha-t-il à la rassurer en disant que Musso avait promis de pourvoir à sa sûreté. — Je m'en tiens à ce que j'ai dit, mon oncle, reprit Marianna. Je vous conseille de ne pas vous rendre à ce théâtre. Pardonnez-moi de parler ainsi en votre présence, signor Nicolo. Vous êtes, je le sais, en rapport d'amitié avec Salvator Rosa, et aussi avec Antonio Scacciati. Comment pouvons-nous nous fier à vous, puisque vous êtes d'intelligence avec nos ennemis mortels ? — Quel soupçon ! s'écria Nicolo tout effrayé, quel effroyable soupçon ! Signora, me jugez-vous donc si méchant ? ai-je donc une si mauvaise renommée, que vous pensiez ainsi de moi ? S'il en est ainsi, faites-vous accompagner par Michele, qui vous a déjà sauvée et qui prendra avec lui une nombreuse troupe de sbires. — Que dites-vous ? répondit Marianna en le regardant fixement. Vous proposez que des sbires nous accompagnent ? Allons, signor Nicolo ! je vois que mes soupçons étaient injustes. Pardonnez-moi mes paroles inconsidérées. Et cependant je ne puis vaincre mes inquiétudes, et je prie encore mon cher oncle de ne pas se rendre à votre invitation.

Le signor Pasquale avait écouté tout ce discours avec attention ; il ne put se contenir plus longtemps, il tomba à genoux devant sa nièce, prit ses mains, les baisa, les couvrit de ses larmes, et s'écria hors de lui : — Ma céleste Marianna, que ces inquiétudes, que ces craintes me touchent ! Ah ! c'est bien là l'aveu que tu m'aimes !

Et il la supplia de se calmer, et de venir écouter avec lui au théâtre la plus divine des ariettes.

On peut se figurer la peine que dut prendre le signor Pasquale pour persuader au docteur Pyramide et à Pitichinaccio de retourner avec lui au théâtre. Splendiano ne s'y résolut qu'après avoir reçu d'un moine bernardin un *agnus Dei* qui était efficace contre les diables et les démons, et Pitichinaccio n'y consentit qu'à condition qu'il quitterait ses habits de science pour prendre un costume d'abbé.

Ce que Salvator craignait le plus allait donc arriver, car il prétendait que son plan ne pourrait réussir que si Pasquale et Mariana étaient séparés de leurs guides ordinaires ; mais le hasard le servit encore en cette circonstance.

Dans la même nuit, des cris plaintifs se firent entendre tout à coup, dans la rue Ripetta, devant la maison du signor Pasquale ; c'était un si affreux concert de plaintes, d'injures, et de gémissements que tous les voisins en furent réveillés, et que les sbires, qui venaient de poursuivre un meurtrier jusqu'à la place d'Espagne, soupçonnant un nouveau meurtre, accoururent avec leurs flambeaux. Lorsqu'ils arrivèrent au lieu d'où partaient les cris, ils trouvèrent le petit Pitichinaccio étendu sur le pavé, et Michele frappant avec un énorme gourdin sur le docteur Pyramide, qui s'enfuyait, tandis que le signor Pasquale accourait l'épée à la main sur le furieux Michele. Autour d'eux gisaient des débris de guitares brisées en éclats. On arrêta le bras de Capuzzi qui eût infailliblement transpercé Michele. Lorsque celui-ci aperçut, à la lueur des flambeaux, ce qu'il avait fait, il resta pétrifié de surprise, puis il poussa un cri effroyable, et demanda pardon en s'arrachant les cheveux. — Ni le docteur Pyramide, ni le nain, n'étaient blessés, mais ils étaient hors d'état de bouger, et on les transporta dans leur logis.

Le signor Pasquale s'était lui-même attiré ce malheur.

Depuis la sérénade d'Antonio et de Salvator, il avait

fait tous ses efforts pour empêcher qu'on ne la renouvelât, et il avait promis à Michele une bonne récompense s'il parvenait à frotter les épaules des premiers chanteurs qui se présenteraient. Malheureusement il oublia lui-même cette recommandation, et il imagina de faire à Marianna la galanterie de la régaler des ariettes qu'il avait composées et qu'on devait chanter le lendemain sur le théâtre de Musso. Il alla secrètement chercher ses fidèles amis, et les amena sous sa fenêtre. Mais à peine avaient-ils fait entendre les premiers accords que Michele, joyeux de pouvoir enfin gagner sa récompense, s'élança de la maison et les battit impitoyablement. Le signor Pasquale se vit ainsi forcé de se passer du secours du docteur et de Pitichinaccio, et de se rendre sans eux au théâtre.

S'il se fût trouvé un moine auprès du signor Pasquale lorsqu'il sortit de sa maison avec Marianna pour se rendre au théâtre de Nicolo Musso, on eût pu croire que ce couple marchait à l'échafaud. Devant eux marchait, d'un air rébarbatif, le vaillant Michele, armé jusques aux dents, et vingt sbires les suivaient à quelques pas.

Nicolo reçut solennellement Pasquale et sa nièce, à la porte de son théâtre, et les conduisit tout proche de la scène, à une place qui avait été réservée pour eux. Le signor Capuzzi se sentit très flatté de ces marques d'honneur; il regarda autour de lui avec orgueil, et sa joie fut d'autant plus grande qu'il remarqua qu'on n'avait placé que des femmes auprès de lui et de Marianna. — Derrière les tapisseries de la scène on entendait deux violons et une basse qui cherchaient à s'accorder; le cœur battit à Pasquale, et il fut frappé comme d'un coup électrique, lorsque la ritournelle de son ariette commença.

Formica s'avança sous le costume de Pasquarello, et chanta la plus misérable des ariettes, celle de Capuzzi, qu'il accompagna de gestes forcés. Le théâtre retentit des rires prolongés des spectateurs. On cria de toutes parts: *Pasquale Capuzzi, compositore virtuoso celeberrimo. Bravo! Bravissimo!* Pasquale était plongé dans une mer de délices. L'ariette achevée, on cria de tous côtés de faire silence; car le docteur Graziano, représenté par Nicolo Musso lui-même, s'avança sur la scène, se bouchant les oreilles et criant que Pasquarello cessât enfin ses maudits croassements.

Le docteur demanda à Pasquarello depuis quand il s'était habitué à brailler de la sorte, et où il avait déterré cette abominable ariette.

Pasquarello répondit à cela, qu'il ne savait pas ce que voulait dire le docteur; qu'il en était de lui comme des Romains, qui n'avaient pas de goût pour la bonne musique et qui n'accordaient pas d'attention aux plus grands talents. Cette ariette, dit-il, était du plus grand virtuose et du plus grand compositeur vivant, au service de qui il avait l'honneur d'être, et qui l'instruisait lui-même dans le chant et la musique.

Graziano se mit alors à chercher et nomma une multitude de virtuoses et de compositeurs connus; mais à chaque nom célèbre, Pasquin secouait la tête avec mépris.

Enfin Pasquarello s'écria que le docteur montrait une grossière ignorance, en ne connaissant pas même le premier compositeur de son temps, qui n'était nul autre que le signor Pasquale Capuzzi, dont lui Pasquarello était le serviteur et l'ami.

Le docteur Graziano se mit alors à partir d'un éclat de rire, et s'écria à son tour: — Comment! Pasquin, après avoir quitté mon service où vous attrapiez toujours quelque quattrino outre votre entretien et vos gages, vous êtes allé vous engager chez le plus vieux fat qui ait jamais rempli son ventre de macaroni, chez un fou de carnaval qui se pavane dans les rues comme un coq après la pluie, chez l'avare le plus fieffé, chez un pied-plat amoureux qui crie comme une chèvre affamée lorsqu'il veut chanter, et met aux abois tous les chats de la rue Ripetta!

Pasquarello, fort en colère répliqua que c'était l'envie qui faisait parler le docteur, le cœur sur la main *(col cuore in mano),* que le docteur n'était pas l'homme qu'il fallait pour juger le signor Pasquale Capuzzi di Sinigaglia; et Pasquarello se mit à faire un long panégyrique comique de son nouveau maître, dans lequel il trouvait toutes les vertus cardinales et théologales; il finit par la description de sa personne qu'il donna pour le modèle des grâces et de la perfection humaine.

— Voilà mon maître lui-même, qui vous répondra mieux que moi, s'écria enfin Pasquarello. — Le signor Pasquale Capuzzi, parfaitement semblable par ses traits, sa tournure, son costume et sa marche, au Capuzzi qui était dans la salle, s'avança sur la scène. La ressemblance était si merveilleuse que ce dernier, frappé d'effroi, abandonna la main de Marianna qu'il n'avait pas quittée un seul instant, et se tâta lui-même pour s'assurer qu'il était bien éveillé et que ce n'était pas lui qu'il voyait sur le théâtre de Nicolo Musso.

Le Capuzzi du théâtre embrassa cordialement le docteur Graziano, et lui demanda des nouvelles de sa santé. Le docteur répondit que son appétit était fort bon, son sommeil tranquille, pour le servir *per servilo;* mais que, pour ce qui concernait sa bourse, elle était d'une maigreur effrayante. Il avait donné la veille, afin de plaire à sa bonne amie, son dernier ducat pour une paire de bas couleur de romarin, et il se disposait en ce moment à aller voir un banquier pour savoir s'il voudrait lui prêter trente ducats. — Comment ne vous adressez-vous pas à votre meilleur ami ? dit Capuzzi. Tenez, mon bon signor, voilà trente ducats. — Pasquale, que fais-tu ! s'écria l'autre Capuzzi, de sa place, à demi-voix.

Le docteur Graziano parla alors d'intérêts, d'obligation écrite ; mais le signor Capuzzi déclara qu'il n'exigeait absolument rien d'un ami tel que l'était le docteur. — Pasquale, as-tu perdu l'esprit ? s'écria Capuzzi de sa place, d'une voix plus haute.

Le docteur Graziano quitta son prêteur, après beaucoup d'embrassements. Pasquarello s'approcha alors de Capuzzi, lui fit de profondes salutations, éleva son mérite jusqu'aux nues, et lui dit que sa bourse étant attaquée de la même maladie que celle du docteur, il le suppliait aussi de la guérir. Capuzzi, sur le théâtre, se mit à rire, et lui jeta quelques ducats. — Pasquale ! Pasquale ! s'écria Capuzzi, dans la salle, es-tu possédé du diable ?

On lui commanda de se taire.

Pasquarello continua de chanter les louanges de

Capuzzi, et en vint à l'ariette que Pasquale avait composée, et qui devait charmer tous les cœurs. Capuzzi, sur le théâtre, frappa amicalement l'épaule de Pasquarello, et lui dit en riant qu'on voyait bien qu'il n'entendait rien à la musique, qu'autrement il se serait aperçu que cette ariette, comme toutes celles qu'il donnait pour siennes, étaient volées à Frescobaldi et à Carissimi. — Tu mens par ta gorge, coquin ! s'écria Capuzzi de la salle en se levant de sa place. On lui ordonna de nouveau de se taire, et on le força de se rasseoir. — Il est temps, dit le Capuzzi du théâtre, de songer à des choses plus sérieuses. Je veux donner demain un grand repas, mon cher Pasquarello ; et il faut que tu me procures tout ce qui est nécessaire. — A ces mots, il tira de sa poche une longue liste des mets les plus rares et les plus dispendieux, qu'il se mit à lire ; et à chaque mets, Pasquarello disait le prix qu'il coûtait, et en recevait aussitôt l'argent. — Pasquale ! coquin ! prodigue ! maudit fou ! s'écria à chaque mets le Capuzzi de la salle, et sa fureur augmentait en proportion des frais du plus fou des repas.

Lorsque la liste fut épuisée, Pasquarello demanda enfin à Capuzzi pour quel motif il préparait une si brillante fête. — C'est demain le plus heureux jour de ma vie, répondit le Capuzzi du théâtre. Sache, mon cher Pasquarello, que je célèbre demain le mariage de ma charmante nièce Marianna. J'accorde sa main à un brave jeune homme, au premier de nos artistes, à Antonio Scacciati.

A peine le Capuzzi du théâtre eut-il prononcé ce nom, que l'autre Capuzzi s'écria, les poings levés et l'œil étincelant : — C'est ce que tu ne feras pas, misérable Pasquale ! Viens donc la jeter dans les bras d'un vaurien, ta tendre Marianna, ta vie, ton espoir, ton tout ! Ah ! maudit fou, essaie d'exécuter ton projet, et je te ferai passer tes idées de noces à grands coups de bâton.

Mais le Capuzzi de la scène, non moins animé que l'autre, lui cria d'une voix grêle : — Que tous les diables s'emparent de ta personne, maudit Pasquale ! Vieil avare, fat décrépi ! Prends garde à toi, si tu ne veux pas que je te traite comme tu le mérites, et que je ne t'enfonce un bonnet à cornes sur les oreilles !

Et, tout en jurant et en gesticulant, le comédien se mit à réciter, l'une après l'autre, vingt histoires ridicules sur celui qu'il représentait. — Essaie donc de troubler la joie de ces deux amants que le ciel a faits l'un pour l'autre ! lui cria-t-il enfin.

En cet instant, on vit apparaître au fond du théâtre Antonio Scacciati et Marianna dans les bras l'un de l'autre. La rage donna des forces au vieux Capuzzi : d'un bond il se trouva sur la scène, il tira son épée et s'élança sur le prétendu Antonio. Au même moment, il se sentit retenir avec force par un officier de la garde papale, qui lui dit d'un ton sévère : — Remettez-vous, signor Pasquale. Vous êtes au théâtre de Nicolo Musso, où vous jouez, sans le savoir, un rôle fort réjouissant. Vous ne trouverez ici ni Antonio ni Marianna.

Les deux personnes que Capuzzi poursuivait étaient des comédiens, et il ne vit autour de lui que des visages étrangers. L'épée tomba de ses mains tremblantes ; il reprit haleine comme après un rêve pénible, se frotta le front et les yeux, et s'écria d'une voix terrible : — Marianna ! Marianna !

Mais ses cris ne vinrent pas jusqu'à elle. Antonio avait profité de ce moment pour pénétrer jusqu'à sa maîtresse, et l'entraîner vers une petite porte où un vetturino les attendait avec sa voiture. Ils partirent aussitôt, et se dirigèrent rapidement vers Florence.

Pasquale voulut les poursuivre ; mais l'officier l'arrêta pour qu'il eût à répondre de l'incartade qu'il venait de commettre, en attaquant les comédiens à main armée. Le pauvre Capuzzi fut donc ramené par les mêmes sbires qui devaient le défendre ; il revint comme un prisonnier dans la nuit qui devait être témoin de son triomphe.

VI

L'Academia de' Percossi

Tout est soumis, sous le soleil, à des variations perpétuelles ; mais rien n'est plus variable que les dispositions des hommes. Le blâme le plus amer atteint le lendemain celui qui la veille recevait les éloges les plus outrés, et on foule aux pieds ce qu'on adorait naguère.

Il ne se trouvait personne à Rome qui ne rît du vieux Pasquale Capuzzi, de sa sale avarice, de sa jalousie farouche, et qui ne souhaitât la délivrance de la pauvre Marianna ; et maintenant qu'Antonio avait enlevé sa maîtresse, tous les sarcasmes se tournaient en compassion pour le vieillard, qu'on rencontrait dans les rues de Rome, marchant lentement et la tête baissée, d'un air inconsolable. Un malheur arrive rarement seul. Bientôt après le départ de Marianna, Pasquale perdit son plus fidèle ami : le petit Pitichinaccio mourut étouffé par une amande qu'il avala trop gloutonnement, au moment où il faisait une cadence. Pour le docteur Pyramide, il abrégea lui-même sa vie par une faute qu'il commit en écrivant. Les coups que Michele lui avait administrés lui avaient occasionné une fièvre violente. Il résolut de se guérir lui-même par un remède qu'il avait inventé, et écrivit une recette dans laquelle il se trompa de dose. A peine eut-il avalé cette médecine qu'il retomba sur son oreiller, et ne se releva jamais.

L'animadversion générale ne ménagea pas non plus Salvator Rosa, l'auteur principal des maux du vieux Pasquale. — C'est bien là, disait-on, un compagnon de Mas'Aniello, qui prête sa main à tous les mauvais coups, et dont le séjour à Rome ne peut manquer d'être pernicieux aux Romains !

La cabale qui se forma dès lors contre Salvator Rosa parvint bientôt à arrêter l'essor de son génie. Il sortait sans cesse de son atelier des tableaux admirables ; mais les prétendus connaisseurs haussaient toujours les épaules : ils trouvaient tantôt les montagnes trop bleues, tantôt les arbres trop verts, ou les figures trop longues ; blâmaient la disposition, et s'efforçaient de toutes manières de diminuer le mérite de Salvator. Les académiciens de San-Luca, qui ne pouvaient oublier la réception du chirurgien, le persécutaient tout particulièrement, et s'écartaient même de leurs attributions en critiquant les vers que faisait Salvator, et qui souvent étaient pleins de grâce [19] !

Salvator sentit vivement la conduite de ses ennemis ; le chagrin et le découragement s'emparèrent de lui, et il composa, dans cette disposition, deux tableaux qui mirent tout Rome en émoi. L'un de ces tableaux représentait l'instabilité des choses humaines, et on reconnaissait dans la principale figure, sous le costume de la plus basse des filles publiques, la maîtresse bien connue d'un cardinal. Le second tableau représentait la fortune distribuant des faveurs. Des barrettes de cardinal, des mitres, des médailles, des rubans, tombaient sur des brebis hébétées, sur des ânes et sur d'autres animaux immondes, tandis que des hommes au port fier et noble se promenaient en haillons. Salvator avait donné un libre cours à sa mauvaise humeur, et chaque animal portait les traits d'un personnage marquant dans Rome. Ce fut un débordement général de haine contre Salvator, et il compta plus d'ennemis que jamais.

Dame Catherine vint l'avertir, les larmes aux yeux, de se tenir sur ses gardes ; elle avait remarqué que des inconnus rôdaient pendant la nuit autour de la maison, et que toutes les démarches de Salvator étaient surveillées. Ce peintre vit qu'il était temps de quitter Rome. Dame Catherine et ses deux filles furent les seules personnes dont il se sépara avec douleur. Il se rendit à Florence, où le duc de Toscane l'avait souvent appelé. Là, il fut dédommagé par les distinctions les plus flatteuses des tourments qu'il avait eu à supporter dans Rome. Le duc lui fit de riches présents, et les savants, les poètes les plus célèbres du temps se pressèrent autour de lui. Il suffira de nommer parmi eux Evangelista Toricelli, Valerio Pimentelli, Batista Ricciardi, Andrea Cavalcanti, Pietro Salvati, Philippo Apolloni, Volumnio Bandelli et Francesca Rovai ; et Salvator sut si bien animer ces réunions, qu'elles avaient l'aspect le plus pittoresque. La salle où l'on servait le repas ressemblait à un bois épais, rempli d'arbustes en fleurs et de sources vives, et les plats mêmes étaient ornés de la façon la plus bizarre. Cette assemblée, qui avait lieu dans la maison de Salvator Rosa, reçut le nom d'*Academia de' Percossi* [20].

Salvator ne négligeait pas non plus son ami Antonio,

qui vivait paisiblement avec Marianna et menait la belle vie d'artiste. Ils pensaient souvent au vieux Pasquale qu'ils avaient trompé, et à ce qui s'était passé au théâtre de Nicolo Musso. Antonio demanda à Salvator comment il se faisait que Agli ou Formica eût pris si chaudement sa cause, et celui-ci fit cesser son étonnement en lui apprenant que ce comédien était son ancien ami. Cependant Marianna ne pouvait retenir ses larmes en songeant que le frère de son père emporterait sa haine contre elle au tombeau, et le souvenir du vieux Pasquale troublait son bonheur. Salvator les consolait, en leur disant que le temps adoucirait le ressentiment du vieillard, et que le hasard l'amènerait un jour auprès d'eux.

Nous verrons que Salvator était un bon prophète.

Quelques mois s'étaient écoulés, lorsqu'un jour Antonio accourut dans l'atelier de Salvator. Il était pâle et hors d'haleine. — Salvator! s'écria-t-il, mon ami, mon protecteur, je suis perdu si vous ne venez à mon secours. Pasquale Capuzzi est ici; il a obtenu un ordre d'arrestation contre moi, comme ravisseur de sa nièce. — Mais, dit Salvator, que peut faire le signor Pasquale contre toi? N'as-tu pas été uni par l'Eglise avec sa nièce? — Ah! répondit Antonio au désespoir, les bénédictions de l'Eglise elle-même ne me protégeront pas. Dieu sait quel chemin Pasquale a trouvé pour arriver au neveu du pape! C'est lui qui l'a pris sous sa protection et qui lui a fait espérer que le Saint-Père casserait mon mariage avec Marianna. — Maintenant je comprends tout, dit Salvator. C'est la haine que me porte le neveu du pape qui cause ton malheur. Apprends donc que cet orgueilleux et grossier personnage figurait parmi les animaux de mon tableau que la fortune comblait de ses dons. Par tous les saints! je ne sais comment remédier à cela.

A ces mots, Salvator, qui n'avait pas cessé de travailler, déposa sa palette, son pinceau et son appui, s'arrêta devant son chevalet, les bras croisés, et fit quelques tours dans l'atelier, tandis que le pauvre Antonio baissait les yeux en silence.

Enfin, Salvator s'arrêta devant Antonio et s'écria en riant: — Écoute, ami, je ne puis rien faire contre un si puissant adversaire : mais il est quelqu'un qui te servira ; c'est le signor Formica. — Ah ! dit Antonio, ne riez pas d'un malheureux pour lequel il n'est plus d'espoir. — Veux-tu déjà désespérer de nouveau ? dit Salvator en riant. Je te le dis, Antonio : notre ami Formica t'aidera à Florence comme il t'a aidé à Rome. Va consoler Marianna, et attends paisiblement la fin de tout ceci. J'espère que vous ferez tous les deux ce que le signor Formica, qui se trouve justement ici, vous dira de faire.

Antonio le promit de bon cœur, et s'en alla moins désespéré qu'il n'était venu ; car il avait une confiance entière dans les ressources que trouvait l'esprit de son ami Salvator.

Le signor Pasquale Capuzzi ne fut pas peu surpris en recevant une invitation solennelle de l'*Academia de' Percossi*. — On sait donc apprécier mon mérite à Florence se dit-il, et l'on honore ici le talent mieux qu'on ne le fait à Rome !

Il se para donc de son mieux, et se rendit à l'académie. On le reçut avec de grands témoignages de respect. On en appela si souvent à son jugement, on parla tant des soins qu'il avait rendus aux arts, qu'il se sentit animé d'une verve toute nouvelle, et qu'il parla sur maintes choses avec plus de sens qu'on n'aurait pu s'y attendre. D'ailleurs, jamais Pasquale ne s'était vu traité avec autant de magnificence, jamais il n'avait bu des vins plus enivrants ; et il oublia bientôt tous ses chagrins et la fâcheuse affaire qui l'amenait à Florence. Les académiciens avaient coutume de faire jouer de petites pièces dans leurs réunions, et le poète dramatique Philippo Apollini demanda que la fête fût terminée par un divertissement de ce genre.

Quelques moments après, le fond de la salle s'ouvrit, et on aperçut un petit théâtre avec quelques sièges pour les spectateurs. — Par tous les saints ! s'écria Pasquale effrayé, c'est là le théâtre de Nicolo Musso !

Sans faire attention à ses cris, Evangelista Toricelli et Andrea Cavalcanti, tous deux hommes d'un extérieur grave et respectable, le conduisirent à un siège devant le théâtre, et prirent place auprès de lui.

A peine se fut-il assis qu'on vit paraître sur le théâtre Formica dans le costume de Pasquarello.

— Maudit Formica ! s'écria Pasquale en se levant et en le menaçant du poing. Un regard sévère de Toricelli et de Cavalcanti lui commanda le silence.

Pasquarello gémit, pleura, maudit son sort déplorable, et prétendit qu'il ne savait plus comment faire pour rire encore un peu. Il termina ses lamentations en disant que, de désespoir, il se couperait certainement la gorge, s'il pouvait voir du sang sans se trouver mal, ou qu'il se jetterait dans l'Arno, si, malheureusement pour lui, il ne savait nager.

Le docteur Graziano entra en scène et demanda à Pasquarello la cause de son chagrin.

Pasquarello lui demanda à son tour s'il ignorait ce qui s'était passé dans la maison de son maître le signor Pasquale Capuzzi di Sinigaglia, et s'il ne savait pas qu'un maudit coquin avait enlevé la belle Marianna, nièce de ce gentilhomme.

— Ah ! je le vois, murmura Capuzzi, vous voulez vous justifier auprès de moi, signor Formica ; mais nous verrons bien.

Le docteur Graziano fit connaître la part qu'il prenait à cet événement, et dit qu'il fallait que le ravisseur eût été bien rusé pour échapper aux recherches de Capuzzi.

— Oh ! oh ! répondit Pasquarello, ne pensez pas, docteur, que ce scélérat de Scacciati ait échappé aux perquisitions du signor Capuzzi, soutenu par ses puissants amis. Antonio a été arrêté, son mariage avec Marianna cassé, et Marianna est revenue bon gré mal gré avec nous. — Est-elle arrêtée ? ce maudit Antonio est-il pris ? O mon brave Formica ! s'écria Capuzzi. — Vous prenez trop de part à cette comédie, signor Pasquale, dit sérieusement Cavalcanti. Laissez donc parler les acteurs, sans les interrompre de cette sorte.

Pasquale, un peu honteux, se remit en silence sur sa chaise.

Le docteur Graziano demanda ce qui s'était passé. — Il s'est passé un mariage, dit Pasquarello. Marianna s'est repentie de ce qu'elle avait fait ; le signor Pasquale a, pendant ce temps, obtenu une dispense, et il a épousé sa nièce. — Tout est donc rentré dans l'ordre, dit le docteur, et je ne vois pas là de motif pour m'affliger.

Pasquarello se mit alors à gémir de plus belle, et finit par se laisser tomber comme accablé par sa douleur.

Le docteur courut çà et là avec inquiétude; il se plaignait de n'avoir pas de sels, chercha dans toutes ses poches, et en tira enfin une châtaigne rôtie qu'il tint sous le nez de Pasquarello. Celui-ci se remit un peu, lui dit d'attribuer cet accident à la faiblesse de ses nerfs, et raconta que, aussitôt après son mariage avec Capuzzi, Marianna était tombée dans une mélancolie profonde, qu'elle avait sans cesse prononcé le nom d'Antonio et repoussé Capuzzi; mais que celui-ci n'avait cessé de la tourmenter. Alors il se mit à raconter mille traits de folie que Pasquale avait faits, disait-il, et qu'on racontait en effet dans Rome. Capuzzi s'agitait sur son siège, et murmurait de temps en temps : — Maudit Formica ! tu mens ! Quel mauvais démon te suggère donc toutes ces méchancetés ? Sans Toricelli et Cavalcanti qui le regardaient avec leurs regards sévères, il eût infailliblement éclaté.

Pasquarello termina en disant que l'infortunée Marianna avait enfin succombé à sa douleur profonde et aux tourments que le vieillard lui faisait endurer, et qu'elle avait péri à la fleur de ses ans.

En ce moment on entendit les accents terribles d'un *De profundis* chanté par des voix rauques; et des pénitents couverts de longues robes noires s'avancèrent, portant un cercueil ouvert dans lequel on voyait Marianna étendue, le visage découvert. Un autre signor Pasquale Capuzzi suivait le cortège en s'arrachant les cheveux.

A cette vue, Pasquale ne put retenir ses gémissements et s'écria : — Marianna ! ma pauvre Marianna ! ô malheureux que je suis !

Qu'on se représente ce cercueil ouvert, cette jeune fille immobile et sans vie, entourée des pénitents qui psalmodiaient l'office des morts; auprès d'eux, le docteur Graziano et Pasquarello exprimant leur douleur par des postures bouffonnes, et les deux Capuzzi criant et fondant en larmes !

Tout à coup, le théâtre s'obscurcit, le tonnerre gronda, les éclairs brillèrent, et un fantôme menaçant, qui avait les traits de Pietro, le père de Marianna, mort à Sinigaglia, apparut sur la scène. — Mon frère Pasquale! cria-t-il d'une voix lamentable, qu'as-tu fait de ma fille? Va, meurtrier de mon enfant! c'est en enfer que t'attend ta récompense!

Capuzzi tomba sans mouvement, comme frappé par la foudre, et au même moment l'autre Capuzzi se renversa sur sa chaise. Le fond de la salle se referma, et le théâtre, Marianna, Capuzzi, le spectre de Pietro, tout disparut. Le signor Pasquale était si profondément évanoui qu'on eut peine à rappeler ses sens.

Enfin il se réveilla et poussa un profond soupir. Puis il étendit les mains devant lui comme pour éloigner quelqu'un, et s'écria: — Laisse-moi, Pietro! laisse-moi! A ces mots, il fondit en larmes et prononça plusieurs fois le nom de Marianna. — Remettez-vous, signor Pasquale, dit Cavalcanti. Votre nièce n'est morte que sur le théâtre. Elle vit, elle est ici pour implorer votre pardon et vous supplier d'oublier la faute que l'amour lui a fait commettre.

Au même instant, Marianna et Antonio vinrent se jeter aux genoux du vieillard qu'on avait étendu dans un fauteuil. Marianna en larmes le suppliait de lui pardonner, et Antonio joignait ses prières à celles de sa femme.

Les yeux de Pasquale étincelèrent de rage: — Ah! maudit fourbe! s'écria-t-il. Et toi, vipère que j'ai nourrie dans mon sein, fuis loin de moi. Veux-tu encore empoisonner ma vie?

Le grave Toricelli s'approcha alors de Capuzzi, et lui représenta tous les maux que pourrait causer son obstination, tandis que Marianna s'écriait d'une voix touchante que son oncle lui donnerait la mort s'il la séparait de son Antonio.

On voyait que le vieillard soutenait avec lui-même une lutte pénible. Il soupira, il se cacha le visage de ses deux mains, et ses regards se tournaient tantôt vers Antonio, tantôt vers sa nièce: enfin la colère disparut peu à peu de ses traits; il s'écria: — Eh bien! je vous pardonne! loin de moi l'idée de troubler votre bonheur. Je cède à vos sages exhortations, seigneur Toricelli ; vous avez raison : Formica m'a montré sur le théâtre tous les maux qu'entraînerait ma rigueur. Je suis guéri, bien guéri de ma folie. Mais où est le signor Formica, mon digne médecin ? que je le remercie mille fois de la guérison qu'il a opérée.

Pasquarello s'approcha. Antonio se jeta à son cou, et s'écria : — O signor Formica ! vous à qui je dois ma raison, rejetez ce masque difforme ; que je voie votre visage, et que Formica ne soit pas plus longtemps un être mystérieux pour moi !

Pasquarello ôta son capuchon et son masque, qui semblait une figure naturelle, tant il était artistement fait, et ce Formica, ce Pasquarello se changea en... Salvator Rosa ! — Salvator ! s'écrièrent à la fois avec surprise Marianna, Antonio et Capuzzi. — Oui, reprit celui-ci, c'est Salvator Rosa, que les Romains n'ont pas voulu reconnaître pour un peintre, pour un poète, et qui a recueilli pendant un an sur le théâtre de Musso, sans être connu d'eux, leur ravissement et leur enthousiasme ! C'est Salvator Formica qui t'a tiré de l'embarras, mon cher Antonio ! — Salvator, dit le vieux Capuzzi, Salvator Rosa, bien que je vous aie tenu pour mon plus fâcheux ennemi, j'ai toujours honoré votre talent, et maintenant je vous aime comme un digne ami, et je vous prie de vous intéresser à moi. — Parlez, mon digne signor Pasquale ; dites-moi le service que je puis vous rendre, et soyez assuré d'avance que je ferai tout ce que vous exigerez de moi.

Capuzzi prit la main de Salvator et lui dit doucement : — Signor Salvator, vous pouvez tout sur Antonio. Priez-le qu'il me permette de passer le reste de mes jours avec lui et ma chère Marianna à qui je veux un jour laisser mon bien. — Et qu'il ne se fâche si je baise quelquefois la main de sa chère enfant, et si, le dimanche, avant d'aller à la messe, je la prie de m'arranger ma moustache, car personne sur terre ne s'entend mieux qu'elle à cela !

Salvator eut peine à s'empêcher de rire ; mais avant qu'il pût répondre, Antonio et Marianna prirent le vieillard dans leurs bras, et lui jurèrent qu'ils seraient heureux de l'accueillir dans leur maison. Antonio ajouta qu'il permettait que Marianna arrangeât les moustaches du signor Pasquale, non pas seulement les dimanches, mais encore tous les jours.

La joie fut générale, et un splendide festin termina cette belle journée [21].

LA VIE D'ARTISTE

Un des meilleurs tableaux du célèbre Hummel [1] représente une société dans une locanda italienne ; une treille chargée de grappes et de feuilles voluptueusement groupées, une table couverte de flacons et de fruits, auprès de laquelle sont assises, l'une en face de l'autre, deux femmes italiennes. L'une d'elles chante, l'autre joue de la guitare ; entre elles est un *abbate* qui joue le rôle de maître de chapelle. Sa *battuta* suspendue, il attend le moment où la signora achèvera par un long *trillo* la cadence qu'elle fait les yeux levés vers le ciel; la guitariste suit ses mouvements avec attention, et se prépare à frapper fortement l'accord à la dominante. L'abbé est plein d'admiration ; il jouit délicieusement, et en même temps il attend avec anxiété. Pour rien au monde, il ne voudrait manquer le moment de frapper la mesure. A peine ose-t-il respirer, il voudrait lier les ailes à chaque mouche, à chaque insecte qui le fatigue de son bourdonnement. Aussi la venue de l'hôte affairé qui apporte dans le moment fatal le vin qu'on lui a demandé ne lui semble-t-elle que plus pénible. C'est le désespoir qui se peint pour la première fois sur ses joues vermeilles. Les accidents de la lumière se jouent à travers les pampres de la treille ; elle a une libre issue dans la campagne, et laisse voir un cavalier arrêté devant la locanda, et qui se rafraîchit sans quitter la selle.

J'ai toujours admiré ce charmant tableau ; mais il m'a surtout semblé merveilleux parce qu'il représente fidèlement une scène de ma vie, avec les portraits frappants des personnes qui y figurèrent [2]. On sait que la musique a toujours fait mes délices. Dans mon enfance, je n'avais pas d'autres sentiments, et je passais mes jours et mes nuits à chercher des accords sur le vieux piano fêlé de mon oncle. La musique était peu en honneur dans le petit bourg qu'il habitait, et il ne s'y trouvait personne qui pût m'instruire dans cet art, qu'un vieil organiste opiniâtre, qui ne voyait que les notes mortes et qui me tourmentait avec ses fugues et ses toccades discordes et monotones. Je soutins courageusement ces épreuves, et mon ardeur ne put se ralentir. Souvent l'organiste me reprenait avec aigreur; mais il n'avait qu'à jouer un morceau avec sa vieille et vigoureuse manière, et j'étais réconcilié avec lui et avec la musique. Maintes fois, j'éprouvais des impressions singulières; et certains morceaux du vieux Sébastien Bach produisaient sur moi l'effet d'une histoire de revenants bien terrible et me causaient de ces frissons de terreur auxquels on s'abandonne avec tant de ravissement dans les tendres années de l'enfance. Mais le paradis s'ouvrait devant moi, lorsque, dans les soirées d'hiver, la clarinette de la ville avec ses élèves, soutenus par une couple de dilettanti caducs, venaient donner un concert où je frappais les timbales, emploi qui m'était délégué à cause de la justesse de mon oreille. Depuis, j'ai vu combien ces concerts étaient fous et ridicules. D'ordinaire, mon maître jouait deux concertos de Wolff ou d'Emmanuel Bach, un amateur de clarinette se mettait aux prises avec les compositions de Stamitz, et le receveur des impôts dépensait tant de souffle dans sa flûte qu'il éteignait régulièrement les deux lumières placées sur son pupitre, qu'on était sans cesse forcé de rallumer. Pour le chant, il ne fallait pas y songer; ce qui causait un grand déplaisir à mon oncle. Il parlait encore avec enthousiasme du temps où les quatre chantres des quatre églises se réunissaient dans la salle de concert pour exécuter l'opéra de *Charlotte à la cour* [3]. Il vantait surtout la tolérance qui présidait à ces réunions; car, outre les deux chantres des églises catholiques et protestantes qui consentaient à concerter ensemble, il s'en trouvait deux autres qui faisaient partie, l'un de la communion française et l'autre de la communion allemande. Au milieu de ses regrets, mon oncle se souvint qu'il existait dans le bourg une demoiselle de cinquante-cinq ans, qui vivait d'une faible pension qu'elle recevait comme ancienne cantatrice de la cour, et il pensa qu'elle pourrait encore embellir nos concerts. Elle reçut superbement son invitation et se fit longtemps prier. Enfin, elle céda, et consentit à exhumer ses anciens airs de bravoure. C'était une demoiselle singulière ; sa petite et maigre personne est encore vivante dans ma mémoire. Elle avait coutume d'entrer fort gravement, sa partie à la main, et d'incliner moelleusement le haut de son corps pour saluer l'assemblée. Elle portait une bizarre coiffure, au-devant de laquelle était attaché un bouquet de fleurs de pâte d'Italie, qui tremblotait et vacillait tandis qu'elle chantait. Quand elle avait terminé son morceau au bruit des applaudissements, elle remettait sa partie à mon maître, à qui il était alors permis de puiser dans la tabatière de porcelaine de l'ancienne cantatrice de la cour, faveur qu'il recevait en apparence avec toute l'humilité concevable : mais dès qu'elle s'était éloignée et que mon oncle, qui s'était déclaré son admirateur, s'était retiré dans sa chambre, le vieil organiste se mettait à parodier le chant défectueux de la cantatrice, ce qu'il faisait de la façon du monde la plus mordante et la plus burlesque.

Mon maître l'organiste méprisait souverainement le chant ; et je partageais ce mépris qui ne faisait qu'ajouter à ma rage musicale. Il m'instruisit avec le plus grand zèle dans le contre-point, et bientôt, je composai les fuges les plus difficiles. J'étais un jour en train d'exécuter une de mes compositions — c'était le jour de la fête de mon oncle — lorsqu'un domestique de l'auberge voisine entra pour nous annoncer deux dames étrangères qui venaient d'arriver. Et avant que mon oncle eût pu quitter sa robe de chambre à fleurs, les deux dames entrèrent. On sait combien l'apparition des étrangers produit d'effet sur les habitants des petites villes ; la vue de ces deux femmes était bien faite pour causer quelque émotion, et leur présence m'agita d'une façon singulière. Qu'on se figure deux Italiennes sveltes et élancées, habillées de mille couleurs, selon la dernière mode, se présentant avec hardiesse comme des virtuoses, et cependant avec grâce ; elles s'avancèrent vers mon oncle, et lui adressèrent quelques paroles harmonieuses et sonores. Mon oncle ne comprit pas un seul mot ; il se recula avec embarras et montra de la main le sopha. Elles prirent place, et se dirent l'une à l'autre quelques mots qui résonnaient comme de la musique. Enfin, elles firent comprendre à mon oncle qu'elles étaient cantatrices, qu'elles voyageaient pour donner des concerts, et qu'elles venaient s'adresser à lui pour qu'il les aidât dans leur entreprise musicale.

Tandis qu'elles se parlaient, j'avais entendu leurs prénoms, et il me semblait que je pouvais déjà mieux les comprendre. Laurette semblait la plus âgée ; elle regardait autour d'elle avec des yeux étincelants, et elle parlait à mon pauvre oncle abasourdi, avec une volubilité entraînante et en multipliant ses gestes vifs et gracieux. Elle n'était pas fort grande, mais voluptueusement arrondie, et mon œil se perdit plus d'une fois dans des charmes qui ne m'avaient encore jamais frappé. Térésina, plus grande, plus élancée, au visage long et sérieux, parlait peu et se faisait mieux comprendre. De temps en temps, elle souriait d'un air singulier ; il semblait qu'elle prît plaisir à voir mon bon oncle qui s'efforçait de s'ensevelir au fond de sa robe de chambre de soie à grand ramage. Enfin elles se levèrent : mon oncle promit d'arranger le concert pour le troisième jour, et fut invité ainsi que moi qui leur avais été présenté comme un jeune virtuose, à venir le soir prendre la *ciocolata* chez les deux sœurs.

Nous descendîmes lentement les marches de l'escalier, et nous arrivâmes chez les deux Italiennes, un peu émus, comme des gens exposés à courir une aventure. Après que mon oncle, qui s'était longuement préparé, eut dit sur l'art beaucoup de belles choses que personne ne comprit ; après qu'un chocolat bouillant m'eut deux fois brûlé la langue, douleur que j'endurai sans mot dire avec la constance de Scévola[4], Laurette annonça qu'elle voulait nous chanter quelque chose. Térésina prit la guitare, s'accorda et toucha quelques accords. Jamais je n'avais entendu cet instrument, et le son sourd et mystérieux que rendaient les cordes vibra profondément dans mes oreilles. Laurette commença sur un ton très bas qu'elle soutint jusqu'au fortissimo, et qui se termina brusquement par une octave et demie, et un jet hardi et compliqué. Je me souviens encore des paroles du début: *« Sento l'amica speme. »* Je sentais ma poitrine se nouer; jamais je n'avais soupçonné de semblables effets! Mais quand Laurette s'éleva toujours avec plus de liberté et de hardiesse sur les ailes du chant, quand les tons devinrent de plus en plus éclatants, le sentiment de la musique, si longtemps mort et vide dans mon âme, se réveilla et embrasa mon cœur. Ah! je venais d'entendre, pour la première fois, un accent musical. — Les deux sœurs se mirent à chanter ensemble les duos purs et graves de l'abbé Steffani. L'alto plein et sonore de Térésina pénétrait jusqu'au fond de mon âme. Je ne pouvais réprimer mes mouvements intérieurs, les larmes coulaient de mes yeux en abondance. En vain mon oncle me lançait-il des regards mécontents; je n'y donnais nulle attention, j'étais hors de moi. Les deux cantatrices se complaisaient à mon émotion; elles s'informèrent de mes études musicales: j'eus honte de mes leçons, et je m'écriai, avec la hardiesse que donne l'enthousiasme, que j'entendais pour la première fois la musique! — *Il bon fianciullo,* murmura Laurette avec un accent doux et touchant. De retour au logis, je fus saisi d'une sorte de rage; je ramassai toutes les toccades et toutes les fugues que j'avais rabotées, j'y joignis même quarante-cinq variations sur un canon composé par l'organiste, et je jetai le tout au feu, m'abandonnant à un rire infernal lorsque je vis ces milliers de notes courir en étincelles flamboyantes sur les cendres noires et carbonisées de mes cahiers. Alors je m'assis au piano, et j'essayai d'imiter d'abord les sons de la guitare, puis de répéter le chant des deux sœurs.

— Cesseras-tu bientôt de nous déchirer les oreilles? s'écria mon oncle qui apparut subitement à minuit dans ma chambre. En même temps, il éteignit les deux lumières, et regagna son appartement qu'il venait de quitter. Il fallut obéir. Le sommeil m'apporta le secret du chant. — Je le crus du moins, car je chantai miraculeusement:

Sento l'amica speme. Le lendemain, dès le matin, mon oncle avait déjà recruté tout ce qui savait tenir un archet ou souffler dans une flûte. Il mettait de l'orgueil à montrer combien notre musique était bien organisée; mais il joua de malheur. Laurette mit une grande scène sur le pupitre; dès le récitatif, tous les exécutants se trouvèrent en confusion; aucun d'eux n'avait une idée de l'accompagnement, Laurette criait, tempêtait; elle pleurait de colère et d'impatience. L'organiste était au piano; elle l'accabla des reproches les plus amers: il se leva, et gagna la porte en silence. La clarinette de la ville, que Laurette avait traitée d'*asino maledetto,* mit son instrument sous son bras et son chapeau sur sa tête. Il se dirigea également vers la porte, et fut suivi des musiciens, qui mirent leurs archets dans les cordes et dévissèrent leurs embouchures. Les seuls dilettanti restaient à leur place, et le receveur des impôts s'écria d'un ton lamentable: — O Dieu, quel jour funeste! — Toute ma timidité m'avait abandonné, je barrai le chemin à la clarinette, et je la suppliai, je la conjurai de rester, et je lui promis, tant ma crainte était grande, de lui faire six menuets avec un double trio pour la bal de la ville. — Je parvins à l'adoucir. Il revint à son pupitre, ses camarades l'imitèrent, et bientôt l'orchestre fut rétabli; l'organiste seul manquait. Il traversait lentement le marché; mais aucun signe, aucun cri ne le décidèrent à rétrograder. Térésina avait regardé toute cette scène en se mordant les lèvres pour ne pas rire, et Laurette, dont la colère était passée, partageait l'hilarité de sa sœur. Elle loua beaucoup mes efforts, et me demanda si je jouais du piano; avant qu'il me fût possible de répondre, elle m'avait déjà poussé à la place de l'organiste. Jamais je n'avais accompagné le chant ni dirigé un orchestre. Térésina s'assit auprès de moi, et me donna chaque fois la mesure; je recevais sans cesse de nouveaux encouragements de Laurette; l'orchestre s'échauffa, et le concert alla de mieux en mieux: dans la seconde partie, on s'entendit parfaitement, et l'effet que produisit le chant des deux sœurs paraîtrait incroyable. Elles étaient mandées à la Résidence, où de grandes solennités devaient avoir lieu pour le retour du prince;

elles consentirent à rester parmi nous jusqu'au jour de leur départ pour la capitale, et nous eûmes ainsi plusieurs concerts. L'admiration du public alla jusqu'au délire. La vieille cantatrice de la cour fut seule mécontente, et prétendit que ces cris impertinents ne méritaient pas le nom de chant. Mon organiste disparut complètement; et moi, je fus le plus heureux des hommes! — Je passais tout le jour auprès des deux dames, je les accompagnais et je transposais des partitions à leur voix, pour leur usage, pendant leur séjour à la Résidence. Laurette était mon idéal; ses caprices, ses humeurs, sa violence inouïe, ses impatiences de virtuose au piano, je supportais tout avec résignation! Elle, elle seule m'avait ouvert les vraies sources de la musique.

Je me mis à étudier l'italien et à m'essayer dans la canzonetta. Quel était mon ravissement lorsque Laurette chantait mes compositions! souvent il me semblait que les chants que j'entendais ne m'appartenaient pas, et qu'ils avaient germé dans l'âme de Laurette. Pour Térésina, j'avais peine à m'habituer à elle; elle ne chantait que rarement, paraissait faire peu de cas de tous mes efforts, et quelquefois même il me semblait que j'étais l'objet de sa dérision. Enfin l'époque de leur départ approcha. Ce fut alors que je sentis tout ce que Laurette était pour moi, et que je vis qu'il m'était impossible de me séparer d'elle. J'avais une voix de ténor assez passable, peu exercée, il est vrai, mais qui s'était formée près d'elle bien rapidement. Souvent je chantais avec Laurette de ces *duettini* italiens dont le nombre est infini. Le jour du départ nous chantâmes ensemble un morceau qui commençait ainsi: *Senza di te, ben mio, vivere non poss'io*. Je tombai aux pieds de Laurette; j'étais au désespoir! Elle me releva en me disant: « Mais, mon ami, faut-il donc que nous nous séparions? » Je l'écoutai avec un étonnement extrême. Elle me proposa de partir avec elle et Térésina pour la Résidence: car, disait-elle, je serais toujours forcé de quitter ma petite ville si je voulais m'adonner à la musique. Qu'on se figure un malheureux qui se précipite dans un abîme sans fond, sans espoir de conserver la vie, et qui, au moment de recevoir le coup qui doit terminer ses jours, se trouve tout à coup dans un riant bocage, où des voix chéries le saluent des plus doux noms : telle était l'impression que je venais d'éprouver. Partir avec elle pour la Résidence ! ce fut là mon unique pensée. Je fis si bien que je parvins à persuader à mon oncle que ce voyage m'était indispensable. Il se rendit à mes instances, et il promit même de m'accompagner. Mon mécompte fut extrême. Je ne pouvais lui découvrir mon dessein de voyager avec les deux cantatrices ; un catarrhe qui survint à mon oncle me sauva. Je partis seul jusqu'à la première poste, où je m'arrêtai pour attendre ma déesse. Une bourse bien garnie me permettait de tout préparer convenablement. Je voulais accompagner les deux cantatrices à cheval, comme un paladin ; j'avais acheté une monture assez belle, et je courus à leur rencontre. Bientôt je vis s'avancer lentement leur petite voiture à deux places. Les deux sœurs en occupaient le fond, et sur le siège était assise leur soubrette, la courte et grosse Gianna, brune Napolitaine. En outre, la voiture était chargée d'une multitude de caisses, de cartons et de paniers, dont les deux dames ne se séparaient jamais ; deux petits épagneuls jappaient sur les genoux de Gianna, et me saluèrent de leurs aboiements. Tout se passa fort heureusement jusqu'à la dernière station de poste, où mon coursier eut la velléité de retourner au village où je l'avais pris. J'employai en vain tous les moyens pour mettre un terme à ses bonds et à ses courbettes. Térésina, penchée hors de la voiture, riait aux éclats, tandis que Laurette se cachait le visage de ses deux mains, en s'écriant que ma vie était en péril. Son désespoir redoubla mon courage, j'enfonçai mes éperons dans les flancs du coursier ; mais, au même instant, je fus lancé à quelques pas sur la poussière. Le cheval demeura alors immobile, et me contempla, le cou tendu, d'un air passablement sardonique. Je ne pouvais me relever, le cocher vint à mon aide ; Laurette s'était élancée de la voiture ; elle criait, elle pleurait à la fois, et Térésina ne cessait de rire jusqu'aux larmes. Je m'étais foulé le pied, et il m'était impossible de remonter à cheval. Comment continuer le voyage ? On attacha ma monture derrière le carrosse, dans lequel je me plaçai à grand-peine. La voiture était étroite, déjà encombrée par les deux femmes et par le bagage, et l'on entendait à la fois les lamentations de Laurette, les éclats de rire de Térésina, le bavardage de la Napolitaine, les aboiements des chiens et les cris que m'arrachait la douleur. Térésina s'écria qu'elle ne pouvait endurer plus longtemps cette situation; d'un bond elle s'élança hors de la voiture, détacha mon cheval, s'assit de côté sur la selle et se mit à galoper devant nous. Je dois avouer qu'elle maniait son palefroi avec une habileté extrême; la noblesse de sa tournure et la grâce de son maintien se déployaient avec plus d'avantage; elle se fit donner sa guitare; et, passant les rênes autour de son bras, elle chanta les premières strophes de la *Profecia del Pireneo,* cette altière romance espagnole de don Juan Baptiste de Arriaza [5] :

Y oye que el gran rugido
Es ya trueno en los campos de Castilla
En las Asturias belico Alarido,
Voz de Vengaza en la imperial Sevilla
Junto a Valencio es rayo.
Y terremoto horrissons en Monsayo.

Mira en hares guerreras,
La Espana toda hieriendo hosta sus fines,
Batir tambores, tremolar banderas,
Estallar bronces, resonar clarines,
Y aun las antiguas lanzas,
Salir del polva à renovar venganzas.

Sa robe de soie, d'une couleur éclatante, flottait en plis ondoyants, et les plumes blanches qui surmontaient son chapeau s'agitaient çà et là comme balancées par les accords de sa voix. Je ne pouvais me lasser de la contempler, bien que Laurette la traitât de folle et d'écervelée; elle vola ainsi sur la route en nous précédant, et ne rentra dans la voiture qu'auprès des portes de la ville.

On me vit alors [6] dans tous les concerts, à tous les opéras; je nageais dans la musique; j'étais le répétiteur assidu de tous les duos, de toutes les ariettes, et de tous les morceaux qu'il leur plaisait d'exécuter. Une prompte et étonnante révolution s'était opérée en moi. J'avais dépouillé toute ma timidité de provincial, et je dirigeais la partition au piano, comme un maestro, chaque fois que ma dona chantait une scène. Mon esprit tout entier, mes pensées n'étaient plus que de douces mélodies. J'écrivais sans relâche des canzonnettes et des airs que Laurette chantait dans sa chambre. — Mais, pourquoi refusait-elle de chanter en public des morceaux de ma composition? Quelquefois, Térésina apparaissait à ma mémoire sur un cheval fougueux, avec une lyre, comme la muse elle-même [7]; et j'écrivais alors involontairement des chants graves et austères. Il est vrai que Laurette jouait avec les tons comme une fée qui se balance en chantant sur la pointe des fleurs. Rien ne lui était impossible; elle surmontait toutes les difficultés. Térésina ne faisait jamais une roulade; la simple note, mais un ton pur, longtemps soutenu, qui pénétrait dans l'âme comme un rayon de vive lumière. Je ne sais comment j'avais pu la méconnaître aussi longtemps.

Le jour du concert, au bénéfice des deux sœurs, arriva; Laurette chanta avec moi une grande scène d'Anfossi [8]. J'étais, comme d'ordinaire, au piano. Le dernier final arriva. Laurette déploya toutes les ressources de l'art; le rossignol n'eût pas trouvé des accents plus flexibles, des notes mieux soutenues, des roulades plus sonores. Cette fois même, cette perfection me sembla durer trop longtemps; je sentais un léger frisson. Au même instant, Laurette prit haleine pour passer au *a tempo* par une brillante fioriture. Le diable m'égara; des deux mains je frappai un accord, l'orchestre suivit; ce fut fait de la fioriture qui devait tout enlever. Laurette me jetant des regards de fureur, saisit la partition, me la lança si violemment à la tête, que les feuilles volèrent au hasard dans la salle, et s'échappa à travers l'orchestre, en renversant les musiciens et les instruments. Dès que le *tutti* fut achevé, je courus la rejoindre; je la trouvai en larmes; elle pleurait et trépignait à la fois.

— Loin de moi, misérable! me cria-t-elle; tu es le démon qui m'a ravi ma réputation et mon honneur! éloigne-toi, monstre, ne reparais jamais devant mes yeux!

A ces mots, elle s'élança sur moi, et je m'échappai en toute hâte. Pendant la seconde partie du concert, Térésina et le maître de chapelle parvinrent enfin à adoucir cette belle en furie; et elle exigea seulement que je quittasse le piano. Dans le dernier duo que chantaient les deux sœurs, Laurette exécuta enfin son trille d'harmonie que j'avais fait manquer; elle fut immensément applaudie, et recouvra sa bonne humeur. Cependant je ne pouvais oublier le mauvais traitement que j'avais reçu de Laurette en présence de tant de personnes étrangères, et je résolus de regagner dès le lendemain ma ville natale. J'étais occupé à préparer mon bagage, lorsque Térésina entra dans ma chambre. En me voyant ainsi occupé, elle s'écria avec étonnement : — Eh quoi ! veux-tu donc nous quitter ! Je lui déclarai que l'offense que j'avais reçue de Laurette ne me permettait plus de rester avec elle.

— Ainsi, dit Térésina, une folie dont Laurette se repent déjà, t'éloigne de nous ? Où pourras-tu mieux vivre dans ton art qu'avec nous deux ? Il ne dépend que de toi d'empêcher Laurette de te traiter ainsi à l'avenir. Tu es trop doux, trop faible avec elle, et surtout, tu mets trop haut son talent. Elle a une voix assez agréable et beaucoup de charme, cela est vrai ; mais ces singulières et interminables fioritures, ces bonds aventureux, ces trilles évaporés, tout ce papillottage qu'elle emploie et qu'on admire, ne ressemble-t-il pas aux sauts périlleux d'un danseur de cordes ? Est-ce ainsi qu'on touche notre cœur et qu'on pénètre dans notre âme ? Pour moi, tous ces agréments dont elle a fait tant de cas, je ne puis les souffrir ; ils m'obsèdent et ils m'oppressent. Et puis, ce gravissement subit dans la région des trois traits, n'est-ce pas un abus de la voix humaine, qui n'est touchante que lorsqu'elle reste vraie ? Pour moi, je ne prise que les tons moyens et la basse. Un son pénétrant, un *portamento di voce* me ravit par-dessus toutes choses : point de broderie inutile, une exposition ferme qui part de l'âme, c'est là le chant véritable, et c'est ainsi que je chante ! Si tu n'aimes plus Laurette, songe à Térésina qui t'aime tant parce que tu seras un maestro et un compositeur, d'après ta propre manière et selon l'impulsion de ton génie. Ne te fâche pas ; tous les airs maniérés et tes canzonnettes ne valent pas ce morceau.

Térésina me chanta alors, de sa voix pleine et sonore, une cantate sacrée que j'avais composée quelques jours auparavant. Jamais je n'avais soupçonné que cette composition contînt autant d'effets. Les sons de sa voix agitaient tout mon être, des larmes de ravissement s'échappaient de mes yeux ; je pris la main de Térésina, je la pressai mille fois contre mes lèvres, et je jurai de ne jamais me séparer d'elle. Laurette vit d'un œil jaloux ma liaison avec Térésina, mais elle se contint ; elle avait besoin de moi, car, en dépit de tout son talent, elle n'était pas en état d'étudier seule ; elle lisait mal, et elle n'était pas fort assurée de la mesure. Térésina, au contraire, lisait tout à livre ouvert, et son tact musical tenait des prodiges. Jamais Laurette ne montrait plus d'opiniâtreté et de violence que lorsque je l'accompagnais. Jamais, pour elle, je ne frappais un accord à propos ; elle regardait l'accompagnement comme un mal nécessaire ; jamais on ne devait entendre le piano, il devait toujours céder à la voix, et changer de mesure chaque fois qu'une autre fantaisie lui courait dans la tête. Je m'opposai avec fermeté à ses caprices, je combattis ses emportements ; je lui démontrai qu'il n'y avait pas d'accompagnement sans énergie, et que la mesure était le guide indispensable du chant. Térésina me secondait fidèlement. Je ne composais plus que des morceaux d'église, et je donnais tous les *soli* à la voix de basse.

Nous parcourûmes tout le midi de l'Allemagne [9]. Dans une petite ville, nous trouvâmes un ténor italien, qui venait de Milan et se rendait à Berlin. Les deux dames furent ravies de trouver un compatriote ; il ne se sépara plus d'elles, s'attacha particulièrement à Térésina : et, à mon grand chagrin, je me vis réduit à un rôle secondaire. Un jour, je me disposais à entrer dans la chambre commune, une partition sous mon bras, lorsque j'entendis un colloque animé entre les deux cantatrices et le ténor. Mon nom fut prononcé ; je tressaillis et j'écoutai. Je comprenais déjà si bien l'italien, que pas un mot ne m'échappa. Laurette contait la catastrophe du concert où je lui avais dérobé un succès par un accord frappé mal à propos. — *Asino tedesco!* s'écria le ténor. J'eus peine à me contraindre, tant j'éprouvais l'envie d'entrer subitement et de jeter le chanteur italien par la fenêtre ! Je me retins. Laurette continua : elle raconta qu'elle avait voulu me chasser, mais que mes prières l'avaient touchée, et qu'elle avait consenti, par compassion, à me laisser étudier le chant auprès d'elle. A mon grand étonnement, Térésina confirma les paroles de Laurette. — C'est un bon garçon, dit-elle. Maintenant, il est amoureux de moi, et il écrit tout pour l'alto. Il a quelque talent, mais il faut qu'il se débarrasse de ce je ne sais quoi de raide et d'empesé qui est particulier aux Allemands. J'espère faire de lui un compositeur qui écrira le contr'alto, car les morceaux nous manquent ; ensuite je le planterai là. Il est horriblement ennuyeux avec ses tendresses et ses soupirs, et il ne me tourmente pas moins avec ses compositions qui sont souvent misérables. — Pour moi, dit Laurette, Dieu merci, je suis débarrassée de lui. Tu sais, Térésina, comme il m'a obsédée avec ses duos et ses ariettes !

Laurette commença alors un duo de ma composition, qu'elle avait fort vanté. Térésina prit la seconde voix, et elles se mirent à parodier mon chant et mes gestes de la façon la plus cruelle. Le ténor riait si brusquement que la salle retentissait des éclats de sa voix. Une sueur froide inonda tout mon corps ; je regagnai sans bruit ma chambre, dont la fenêtre donnait sur une petite rue voisine où se trouvait la maison de poste. Une voiture publique était déjà préparée, et les voyageurs devaient partir dans une heure. Je fis aussitôt mon bagage, je payai l'hôte et je montai en voiture. En passant dans la grande rue, je vis les deux cantatrices à la fenêtre avec le ténor, je m'enfonçai dans le fond de la voiture, et je pensai avec joie à l'effet que produirait la lettre que j'avais laissée pour elles à l'auberge. Jamais je n'aurais soupçonné Térésina d'une telle fausseté ! cette charmante figure ne s'est jamais éloignée de ma pensée ; il me semble encore la voir, chantant des romances espagnoles ; gracieusement assise sur le fougueux cheval gris pommelé, qui caracolait aux accords de la guitare. Je me souviens encore de la singulière impression que produisit sur moi cette scène, j'en oubliai le mal que je ressentais ; Térésina captivait tous mes sens; je la voyais devant moi comme une créature supérieure. De tels moments pénètrent profondément dans la vie, et laissent une impression que le temps, loin d'affaiblir, ne fait que colorer plus vivement. Si jamais, j'ai composé une romance énergique et fière, assurément l'image de Térésina et de son palefroi s'est présentée en ce moment à ma pensée [10].

. . . .

. . . .

Il y a deux ans, lorsque j'étais sur le point de quitter Rome, je fis une petite tournée à cheval dans la campagne romaine. Je vis une jolie fille devant la porte d'une locanda, et j'eus la fantaisie de me faire donner un verre de vin par cette charmante enfant. J'arrêtai mon cheval devant la porte, sous l'épaisse tonnelle où se prolongeaient de longs jets de lumières. J'entendis de loin les sons de la guitare et un chant animé. J'écoutais attentivement, car les deux voix de femme produisaient sur moi une impression singulière, et réveillaient des souvenirs confus que je ne pouvais démêler. Je descendis de cheval, et je m'avançai lentement, m'enfonçant à chaque son dans la tonnelle d'où partaient ces accents. La seconde voix cessa de se faire entendre. La première chanta seule une canzonnetta. Plus je m'approchais, moins les accents de cette voix me semblaient inconnus. La cantatrice était engagée dans un final brillant et compliqué. C'était un labyrinthe de gammes ascendantes et descendantes, une pluie semée de notes disparates; enfin, elle soutint longuement un ton. Mais tout à coup une voix de femme éclata en reproches, en jurements et en paroles glapissantes. Un homme répondit, un autre se mit à rire. Une seconde voix de femme se mêla à la dispute, qui devenait de plus en plus folle, et s'animait de toute la *rabbia* italienne! Enfin, je me trouve tout près de l'extrémité de la tonnelle; un homme accourt et me jette presque à la renverse: il me regarde, et je reconnais le bon abbé Ludovico, un de mes amis de Rome. — Qu'avez-vous donc? au nom du ciel! lui dis-je. — Ah! signor maestro! signor maestro! s'écrie-t-il, sauvez-moi; défendez-moi contre cette furie, ce crocodile, ce tigre, cette hyène, cette diablesse de fille ! je lui marquais la mesure d'une canzonnette d'Anfossi ; il est vrai qu'en frappant trop tôt l'accord, je lui ai coupé son trille ; mais aussi, pourquoi me suis-je avisé de regarder les yeux de cette divinité infernale ! Que le diable emporte tous les finals !

Je pénétrai fort ému, avec l'abbé, sous la vigne, et je reconnus, au premier coup d'œil, les deux sœurs, Laurette et Térésina. Laurette criait et tempêtait encore ; Térésina avait le teint moins animé : l'hôte, ses bras nus arrondis sur sa poitrine, les regardait en riant, tandis que la jeune servante garnissait la table de nouveaux flacons. Dès que les cantatrices m'aperçurent, elles vinrent se jeter dans mes bras. — Ah ! signor Téodoro, s'écrièrent-elles à la fois ; et elles me comblèrent de caresses. Toutes les querelles cessèrent. — Voyez, dit Laurette à l'abbé, c'est un compositeur gracieux comme un Italien, énergique comme un Allemand. Les deux sœurs s'interrompirent tour à tour avec vivacité, se mirent à conter les heureux jours que nous avions passés ensemble, vantèrent mes profondes connaissances musicales, et convinrent qu'elles n'avaient jamais rien chanté avec autant de plaisir que les morceaux de ma composition. Enfin, Térésina m'annonça qu'elle était engagée par un imprésario comme première cantatrice tragique, pour le prochain carnaval ; mais qu'elle ne jouerait que sous la condition que la composition d'un opéra séria me serait confiée ; car, disait-elle, la musique grave était mon fait et mon élément véritable. Laurette, au contraire, prétendait qu'il serait fâcheux que j'abandonnasse le genre qui me convenait particulièrement, et que je ne me vouasse pas exclusivement à l'opéra-buffa ; elle était engagée, comme Prima Donna pour cette sorte d'opéra, et elle jura qu'elle ne chanterait rien qui ne fût écrit de ma main. De notre séparation et de ma lettre, il n'en fût pas question. Tout ce que je me permis, ce fut de rapporter à l'abbé comment, plusieurs années auparavant, un final d'Anfossi m'avait valu un traitement semblable à celui qu'il venait d'éprouver. Je traitai ma rencontre avec les deux sœurs dans le ton tragi-comique, et tout en plaisantant sur nos rapports passés, je leur fis sentir de quel poids d'expérience et de raison les années m'avaient chargé. — Il est très heureux, leur dis-je, que j'aie fait manquer autrefois le fameux final, car les choses étaient arrangées de manière à durer pendant l'éternité, et je crois que, sans cette circonstance, je serais encore assis au piano de Laurette. — Mais aussi, signor! répliqua l'abbé, quel maestro a le droit de dicter des lois à la Prima Donna? et d'ailleurs, votre faute commise dans un concert publique était bien plus grande que la mienne, en petit comité, sous cette vigne. Après tout, je n'étais maître de chapelle qu'en idée, et sans ces deux jolis yeux qui m'avaient étourdi, je n'aurais jamais commis une telle ânerie.

Ces paroles de l'abbé produisirent un effet merveilleux, car les yeux de Laurette, qui brillaient encore de colère, s'adoucirent tout à coup et prirent une expression de tendresse.

Nous demeurâmes tout le soir ensemble. Il n'y avait pas moins de quatorze ans que je m'étais séparé des deux sœurs, et quatorze ans changent beaucoup de choses. Laurette avait passablement vieilli; cependant elle n'était pas encore tout à fait dépourvue de charmes. Térésina s'était mieux conservée, et elle n'avait rien perdu de sa jolie taille. Elles étaient encore toutes deux vêtues de couleurs bigarrées, et leur toilette, exactement la même que jadis, avait aussi quatorze ans de moins qu'elles. A ma prière, Térésina chanta quelques-uns de ces airs graves qui m'avaient si fortement saisi autrefois; mais il me sembla qu'ils avaient autrement retenti dans mon âme; et le chant de Laurette, bien que sa voix n'eût pas sensiblement perdu de son étendue et de sa force, était entièrement différent de celui dont j'avais conservé le souvenir. Le sentiment de comparaison entre une impression conservée et une réalité moins attrayante, me disposait peu en faveur des deux sœurs, dont l'extase apprêtée, l'admiration exagérée et la tendresse peu sincère m'étaient déjà connues. Le jovial abbé qui jouait, auprès des deux cantatrices, le doux rôle d'amoroso, en choyant toutefois la bouteille, me rendit ma bonne humeur, et la joie présida à notre réunion. Les deux sœurs m'engagèrent avec instance à revenir au plus tôt pour leur faire quelques parties à leurs voix ; mais je quittai Rome sans leur faire visite.

Et cependant c'étaient elles qui avaient réveillé en moi le sentiment de la musique [11] et une foule d'impressions et d'idées musicales ! mais c'est là justement ce qui m'empêcha de les revoir... Chaque compositeur conserve sans doute une impression profonde que le temps ne peut affaiblir. Le génie de l'harmonie lui parla une première fois, et ce fut l'accent magique qui lui révéla la puissance de son âme. Qu'une cantatrice fasse entendre à l'artiste des mélodies qui échauffent son cœur, l'avenir commence aussitôt pour lui. Mais c'est notre lot, à nous pauvres et faibles mortels, garrottés sur la terre, de vouloir renfermer dans le cercle étroit de notre misérable réalité, ce qui est céleste et infini. Que cette cantatrice devienne notre maîtresse ou même notre femme ! le charme est détruit, et cette voix mélodieuse qui nous ouvrait les portes du ciel, sert à exprimer des plaintes vulgaires, à gronder pour un verre cassé, ou pour une tache sur un habit neuf ! Heureux le compositeur qui ne revoit jamais dans cette vie terrestre, celle qui a allumé en lui le feu sacré de l'art, par une puissance mystérieuse qui s'ignore elle-même ! Qu'il gémisse d'être éloigné d'elle, qu'il languisse, qu'il se désespère ; la figure de l'enchanteresse qu'il a perdue lui apparaîtra toujours comme un ton admirable et céleste ; elle vivra éternellement pour lui, couronnée de jeunesse et de beauté ; elle l'entourera d'un nuage de mélodies qui se renouvelleront sans cesse ; elle sera l'idéal parfait dont l'image se réfléchira dans tous les objets extérieurs, et qui les colorera d'un reflet délicieux [12] !

LE VIOLON DE CRÉMONE

I

Le conseiller Crespel [1] est l'homme le plus merveilleux qui se soit offert à mes yeux, dans le cours de ma vie.

Lorsque j'arrivai à H… où je devais séjourner quelque temps, toute la ville parlait de lui, car alors il était dans tout le feu de son originalité. Crespel s'était rendu célèbre comme juriste éclairé, et comme profond diplomate. Un souverain qui n'était pas peu puissant en Allemagne, s'était adressé à lui pour composer un mémoire, adressé à la cour impériale, relativement à un territoire sur lequel il se croyait des prétentions bien fondées. Ce mémoire produisit les plus heureux résultats, et comme Crespel s'était plaint une fois, en présence du prince, de ne pouvoir trouver une habitation commode, celui-ci, pour le récompenser, s'engagea à subvenir aux frais d'une maison, que Crespel ferait bâtir à son gré. Le prince lui laissa même le choix du terrain ; mais Crespel n'accepta pas cette dernière offre ; et il demanda que la maison fût élevée dans un jardin qu'il possédait aux portes de la ville, et dont la situation était des plus pittoresques. Il fit l'achat de tous les matériaux nécessaires, et les fit transporter au lieu désigné. Dès lors, on le vit tout le jour, vêtu d'un costume confectionné d'après ses principes particuliers, broyer la chaux, amasser les pierres, toiser, creuser, et se livrer à tous les travaux manouvriers. Il ne s'était adressé à aucun architecte, il n'avait pas tracé le moindre plan. Enfin cependant, un beau jour il alla trouver un honnête maître maçon de H…, et le pria de se rendre dès le lendemain matin, au lever du jour, dans son jardin, avec un grand nombre d'ouvriers pour bâtir sa maison. Le maître maçon s'informa tout naturellement des devis, mais il fut bien surpris lorsque Crespel lui répondit qu'il n'avait pas besoin de tout cela, et que l'édifice s'achèverait bien sans ces barbouillages.

Le jour suivant, le maître maçon venu avec ses gens trouva Crespel auprès d'une fosse tracée en carré régulier. — C'est ici, dit le conseiller, qu'il faudra placer les fondations de ma maison; puis, je vous prierai d'élever les quatre murailles, jusqu'à ce que je vous dise : — C'est assez. — Sans fenêtres, sans portes, sans murs de traverse ? demanda le maçon presque épouvanté de la singularité de Crespel. — Comme je vous le dis, mon brave homme, répondit tranquillement Crespel; le reste s'arrangera tout seul.

La promesse d'un riche paiement décida seule le maître maçon à entreprendre cette folle construction; mais jamais édifice ne s'éleva plus joyeusement, car ce fut au milieu des éclats de rire continuels des travailleurs, qui ne quittaient jamais le terrain où ils avaient à boire et à manger en abondance. Ainsi les quatre murailles montèrent dans les airs, avec une rapidité incroyable; enfin, un jour Crespel s'écria : Halte ! aussitôt les pioches et les marteaux cessèrent de retentir, les travailleurs descendirent de leurs échafauds, et Crespel se vit entouré d'ouvriers qui lui demandaient ce qu'il fallait faire.

— Place ! s'écria Crespel en les écartant de la main, et courant à l'extrémité de son jardin, il se dirigea lentement vers son carré de pierres, secoua la tête d'un air mécontent en approchant d'un des murs, courut à l'autre extrémité du jardin, revint encore et secoua de nouveau sa tête. Il fit plusieurs fois ce manège, jusqu'à ce qu'enfin il allât donner droit du nez contre un pan de mur. Alors il s'écria : — Arrivez, mes amis ! faites-moi ici une porte.

En même temps, il en donna la hauteur et la largeur. On la perça aussitôt, selon les indications. Dès qu'elle fut pratiquée, il entra dans la maison et se mit à rire d'un air satisfait, lorsque le maître maçon lui fit remarquer qu'elle avait juste la hauteur d'une maison à deux étages. Crespel se promenait de long en large dans l'enceinte des quatre murs, suivi des maçons, portant pelles et pioches, et dès qu'il s'écriait : — Ici une fenêtre de six pieds de haut et de quatre de large ! là une lucarne de deux pieds ! on les exécutait aussitôt.

Ce fut justement pendant cette opération que j'arrivai à H... C'était un plaisir que de voir des milliers de gens assemblés autour du jardin, qui poussaient de grands cris de joie, quand on voyait de nouveau tomber quelque pierre, et qu'une fenêtre apparaissait subitement, là où on n'eût pas soupçonné qu'il dût s'en trouver une. Le reste de la construction de l'édifice et les autres travaux furent accomplis de cette manière et avec la même soudaineté. La singularité grotesque de toute l'entreprise, la surprise qu'on éprouva en voyant qu'après tout, la maison prenait un assez bon aspect, et surtout la libéralité de Crespel, entretinrent la bonne humeur de tous les ouvriers qui commencèrent à exécuter les projets du conseiller. Toutes les difficultés se trouvèrent ainsi vaincues, et en peu de temps, il s'éleva une grande maison qui avait extérieurement l'aspect le plus bizarre, car toutes les parties y semblaient jetées au hasard ; mais dont l'intérieur offrait mille agréments, et dont l'arrangement était d'une commodité extrême. Tous ceux qui la visitèrent furent d'accord en cela, et moi-même je ne pus en disconvenir lorsqu'une connaissance plus intime avec Crespel m'eut ouvert sa maison.

II

Je n'avais pas encore pu voir l'original conseiller, sa maison l'occupait tellement qu'il ne s'était pas montré chez le professeur M..., où il avait coutume de dîner une fois chaque semaine. Il lui avait même dit qu'il ne franchirait pas la porte de son jardin avant l'inauguration de sa nouvelle demeure. Tous les amis et toutes les connaissances de Crespel s'attendaient à un grand repas à cette occasion ; mais Crespel n'invita que les maîtres, les compagnons et les apprentis qui avaient coopéré à la construction du bâtiment. Il les traita de la façon la plus splendide. Des maçons entamaient de fins pâtés de venaison, de pauvres menuisiers se régalaient de faisans dorés, et les truffes, les poissons monstrueux, les fruits les plus rares étaient entassés en abondance devant les malheureux. Le soir, vinrent leurs femmes et leurs filles, et il y eut un grand bal. Crespel valsa plusieurs fois avec des femmes de maîtres, puis alla se placer au milieu de l'orchestre, prit un violon, et dirigea les contredanses jusqu'au matin [2].

Quelques jours après cette farce, qui donna au conseiller Crespel le renom d'un ami du peuple, je le trouvai chez son ami, le professeur M... Sa conduite fut des plus singulières. Ses mouvements étaient si brusques et si gênés que je m'attendais à chaque instant à le voir se blesser, ou à briser quelque meuble ; mais ce malheur n'arriva pas, et on ne le redoutait pas sans doute, car la maîtresse de la maison ne montra nulle inquiétude en le voyant tourner à grands pas autour d'une table chargée de tasses de porcelaine, manœuvrer près d'un grand miroir et prendre dans ses mains un vase de fleurs admirablement peint, pour en admirer les couleurs. En général, Crespel examina dans le plus grand détail, avant le repas, tout ce qui se trouvait dans la chambre du professeur ; il alla même jusqu'à monter sur un fauteuil et détacher un tableau pour le lorgner plus à l'aise. A table il parla beaucoup et avec une chaleur extrême, passant quelquefois d'une chose à une autre sans transition, souvent s'étendant sur un sujet jusqu'à l'épuiser, y revenant sans cesse, le retournant de mille manières, s'abandonnant à vingt digressions d'une longueur infinie, et qui toutes ramenaient le sujet éternel. Sa parole était tantôt rauque et criarde, tantôt basse et modulée ; mais jamais elle ne convenait à ce dont il parlait. Il fut question de musique, et on vanta fort un nouveau compositeur. Crespel se mit à rire, et dit d'un ton doux et presque chantant : — Je voudrais que Satan emportât ce maudit aligneur de notes, à dix mille millions de toises au fond des enfers ! Puis, il ajouta d'une voix terrible : — Elle ! c'est un ange du ciel, c'est un tout divin formé des accords les plus purs ! la lumière et l'astre du chant! — A ces mots, ses yeux se remplirent de larmes. — Il fallut qu'on se souvînt qu'une heure auparavant, il avait été question d'une cantatrice célèbre. On servit un rôti de lièvre. Je remarquai que Crespel séparait soigneusement sur son assiette, les os de la chair, et qu'il s'informa longuement de la patte, que la fille du professeur, enfant de cinq ans, lui apporta en riant.

Pendant le repas, le conseiller avait regardé plusieurs fois les enfants d'un air amical. Ils se levèrent à la fin du repas s'approchèrent de lui, non sans quelque crainte toutefois et sans se tenir à trois pas. On apporta le dessert. Le conseiller tira de sa poche une jolie cassette dans laquelle se trouvait un petit tour d'acier. Prenant alors un os du lièvre qu'il avait mis à part, il se mit à le tourner, et confectionna avec une vitesse et une rapidité incroyables, de petites boîtes, des boules, des quilles, des corbeilles et mille autres bagatelles que les enfants reçurent en poussant des cris de joie.

Au moment de se lever de table, la nièce du professeur dit à Crespel : — Que devient notre bonne Antonie, cher conseiller?

Crespel fit une grimace affreuse, et son visage prit une expression diabolique. — Notre chère Antonie? répéta-t-il d'une voix aussi douce que désagréable.

Le professeur s'avança vivement. Je lus dans le regard sévère qu'il lança à sa nièce, qu'elle avait touché une corde qui résonnait d'une manière dissonante dans l'âme de Crespel. — Comment va le violon? demanda le professeur d'un ton gaillard, en prenant les mains du conseiller.

Le visage de Crespel s'éclaircit, et il répondit d'une voix tonnante : — Admirablement, professeur; vous savez ce beau violon d'Amati, dont je vous ai parlé, et qu'un heureux hasard a fait tomber dans mes mains. J'ai commencé à le mettre en pièces aujourd'hui. J'espère qu'Antonie aura soigneusement achevé de le briser. — Antonie est une bonne fille, dit le professeur. — Oui vraiment, elle l'est! s'écria le conseiller en se retournant subitement pour prendre sa canne et son chapeau et en gagnant la porte. Je vis dans la glace que de grosses larmes roulaient dans ses yeux.

Dès que Crespel fut parti, je pressai le professeur de me dire quels rapports le conseiller avait avec les violons et surtout avec Antonie. — Ah! dit le professeur, le conseiller est un homme tout à fait merveilleux, et il fait des violons d'une manière aussi folle qu'il fait tout le reste. — Il fait des violons? demandai-je tout étonné. — Oui, reprit le professeur; Crespel confectionne, au dire des connaisseurs, les meilleurs violons que l'on connaisse depuis bien des années. Autrefois, quand il avait fait un bon instrument, il permettait à ses amis de s'en servir, mais depuis quelque temps il n'en est plus ainsi. Dès que Crespel a achevé un violon, il en joue lui-même une heure ou deux, avec une puissance admirable et une expression entraînante, puis il l'accroche auprès des autres, sans jamais y toucher et sans souffrir qu'on y touche. Quand un violon d'un ancien maître se trouve en vente, Crespel l'achète à quelque prix qu'on veuille le vendre. Mais il agit à peu près de même qu'avec les violons qu'il fait; il en joue une seule fois, puis il le démonte pour en examiner la structure intérieure, et s'il n'y découvre pas ce qu'il cherche, il en jette les débris d'un air mécontent, dans une grande caisse qui est déjà remplie de débris de violons. — Mais Antonie? demandai-je avec vivacité. — Quant à cela, dit le professeur, c'est une chose qui me ferait abhorrer le conseiller, si la bonté de son caractère, qui va jusqu'à la faiblesse, ne me donnait la certitude qu'il y a là quelque circonstance ignorée. Lorsqu'il y a quelques années, le conseiller vint s'établir ici, il vivait en solitaire, avec une vieille servante, dans une maison obscure d'une rue éloignée. Bientôt, il éveilla, par mille singularités, la curiosité de ses voisins, et dès qu'il remarqua que l'attention se portait sur lui, il chercha et trouva des connaissances. Partout, comme dans ma maison, on s'accoutuma à le voir, et bientôt il devint indispensable. Son abord brusque et sévère n'empêcha pas les enfants de le chérir, et son air imposant le préservait en même temps de leurs importunités. Vous avez vu aujourd'hui, vous-même, par quelles séductions variées il sait gagner leur cœur. Après avoir séjourné ici quelque temps, il partit tout à coup sans que personne connût le lieu où il s'était retiré. Quelques mois après, il revint.

Dans la soirée qui suivit le retour de Crespel, on vit ses fenêtres éclairées d'une façon extraordinaire. Cette circonstance éveilla l'attention des voisins, et on ne tarda pas à entendre une voix ravissante, une voix de femme, accompagnée par un piano. Puis on entendit le son d'un violon qui luttait d'énergie, de force et de souplesse avec la voix. On reconnut aussitôt que c'était le conseiller qui jouait de cet instrument. Moi-même je me mêlai à la foule immense que ce merveilleux concert avait rassemblée autour de la maison du conseiller, et je dois convenir, qu'auprès de cette voix pénétrante, le chant de la plus célèbre cantatrice m'eût semblé fade et sans expression; jamais je n'avais conçu l'idée de ces sons si longtemps soutenus, de ces trillements du rossignol, de ces gammes, s'élevant, tantôt jusqu'au son de l'orgue, et tantôt descendant jusqu'au murmure le plus léger. Il ne se trouvait personne qui ne fût sous le charme de cet enchantement, et lorsque la cantatrice gardait le silence, on entendait chacun reprendre haleine, tant le silence était profond. Il était près de minuit, lorsqu'on entendit le conseiller parler violemment; une voix d'homme lui répondait et semblait lui faire des reproches, et la voix entrecoupée d'une jeune fille exprimait des accents plaintifs. Le conseiller parlait toujours avec plus de colère, jusqu'à ce qu'enfin sa voix reprît le ton chantant que vous lui connaissez. Un cri perçant de la jeune fille l'interrompit; puis il régna un profond silence. Quelques moments après, un jeune homme se précipita en gémissant hors de la maison, et se jeta dans une chaise de poste qui l'attendait et qui partit rapidement. Le jour suivant, le conseiller parut et se montra fort serein. Personne n'eut le courage de l'interroger sur les événements de la nuit. La vieille servante dit seulement, que le conseiller avait amené avec lui une charmante fille qu'il nommait Antonie, et qui chantait merveilleusement; qu'un jeune homme l'avait également accompagné. Il semblait aimer tendrement Antonie, et il était sans doute son fiancé ; mais le conseiller l'avait forcé de partir subitement. — Les rapports du conseiller avec Antonie ont été jusqu'à ce jour un mystère, mais il est certain qu'il tyrannise la pauvre fille de la manière la plus odieuse. Il la garde comme le docteur Bartholo gardait sa pupille ; et à peine permet-il qu'elle regarde par la fenêtre. Si quelquefois, cédant à de pressantes instances, il la mène avec lui, sans cesse il la poursuit de ses regards, et il ne souffre pas qu'on fasse entendre un seul accent musical près d'elle, encore moins qu'Antonie chante. Il ne lui permet pas non plus de chanter dans sa maison ; aussi, le chant qu'elle a fait entendre dans cette nuit mémorable est demeuré comme une tradition, et ceux même qui ne s'y trouvèrent pas, disent souvent, lorsqu'une cantatrice nouvelle vient débuter : — Ce chant-là n'est rien. Antonie seule sait chanter !

III

On sait combien les choses fantastiques [3] me frappent et me touchent. Je jugeai indispensable de faire la connaissance d'Antonie. J'avais déjà appris quelques-unes des conjonctures du public sur cette jeune fille, mais je ne soupçonnais pas qu'elle vécût dans la ville, et qu'elle se trouvât sous la domination du bizarre Crespel. Dans la nuit suivante, je rêvai tout naturellement du chant merveilleux d'Antonie, et comme elle me suppliait fort tendrement, dans un adagio, composé par moi-même, de la sauver, je fus bientôt résolu à devenir un second Astolfe [4], et à pénétrer dans la maison de Crespel, comme dans le château enchanté d'Alcine.

Les choses se passèrent plus paisiblement que je ne l'avais pensé ; car, à peine eus-je vu deux ou trois fois le conseiller, et lui eus-je parlé avec quelque chaleur de la structure des bons violons, qu'il m'engagea lui-même à visiter sa maison. Je me rendis à son invitation, et il étala devant moi son trésor de violons. Une douzaine de ces instruments était appendue dans son cabinet. J'en remarquai un portant les traces d'une haute antiquité, et fort richement sculpté. Il était suspendu au-dessus des autres, et une couronne de fleurs, dont il était surmonté, semblait le désigner comme le roi des instruments.

— Ce violon, me dit Crespel, est un morceau merveilleux d'un artiste inconnu, qui vivait sans doute du temps de Tartini. Je suis convaincu qu'il y a dans sa construction intérieure quelque chose de particulier, et qu'un secret, que je poursuis depuis longtemps, se dévoilera à mes yeux, lorsque je démonterai cet instrument. Riez de ma faiblesse si vous voulez; mais cet objet inanimé à qui je donne, quand je le veux, la vie et la parole, me parle souvent d'une façon merveilleuse, et lorsque j'en jouai pour la première fois, il me sembla que je n'étais que le magnétiseur qui excite le somnambule, et l'aide à révéler ses sensations cachées. Vous pensez bien que cette folie ne m'a jamais occupé sérieusement, mais il est à remarquer que je n'ai jamais pu me décider à détruire cette sotte machine. Je suis content aujourd'hui de ne pas l'avoir fait; car, depuis qu'Antonie est ici, je joue quelquefois de ce violon devant elle. Antonie l'écoute, avec plaisir, avec trop de plaisir!

Le conseiller prononça ces dernières paroles avec un attendrissement visible; cela m'enhardit. — O mon cher conseiller! lui dis-je, ne voudriez-vous pas en jouer devant moi? Crespel prit son air mécontent, et me dit de sa voix chantante et modulée : — Non, mon cher étudiant! et la chose en resta là. Il me fit encore voir mille raretés puériles; enfin, il ouvrit une petite cassette, en tira un papier plié qu'il me mit dans la main, en me disant solennellement : — Vous êtes un ami de l'art; prenez ce présent comme un souvenir qui doit vous être éternellement cher. A ces mots, il me poussa doucement par les deux épaules vers la porte et m'embrassa sur le seuil. A proprement parler, c'est ainsi qu'il me chassa d'une façon toute symbolique. En ouvrant le papier, j'y trouvai un petit fragment de quinte, d'une ligne de longueur; sur le papier se trouvaient ces mots : — Morceau de la quinte dont se servait pour son violon le célèbre Stamitz, dans le dernier concert qu'il donna avant sa mort. — La promptitude avec laquelle j'avais été congédié, lorsque j'avais parlé d'Antonie, me fit penser que je ne la reverrais jamais ; mais il n'en fut pas ainsi, car lorsque je revins pour la seconde fois chez le conseiller, je trouvai Antonie dans sa chambre ; elle l'aidait à ajuster les morceaux d'un violon. L'extérieur d'Antonie ne fit pas sur moi une impression profonde ; mais on ne pouvait détourner son regard de ces yeux bleus et de ces lèvres de rose arrondies si délicatement. Elle était fort pâle ; mais, dès que la conversation s'animait ou qu'elle prenait une tournure gaie, un vif incarnat se répandait sur ses joues qui s'animaient d'un doux sourire. Je causai avec Antonie d'un ton détaché, et je ne remarquai nullement dans Crespel ces regards d'Argus dont m'avait parlé le professeur. Il demeura fort calme, occupé de son travail, et il sembla même plusieurs fois donner son approbation à notre entretien. Depuis, je visitai souvent le conseiller, et l'intimité qui régna bientôt entre nous trois, donna à notre petite réunion un charme infini. Le conseiller me réjouissait fort par ses singularités extraordinaires ; mais c'était surtout Antonie qui m'attirait par ses charmes irrésistibles, et qui me faisait supporter maintes choses auxquelles, impatient comme je l'étais alors, je me fusse bientôt soustrait. Il se mêlait à l'originalité du conseiller, une manie qui me contrariait sans cesse, et qui souvent me semsemblait du plus mauvais goût ; car chaque fois que la conversation se portait sur la musique, et particulièrement sur le chant, il avait soin de la détourner ; et de sa voix aigre et modulée il la ramenait sur quelque sujet fade ou vulgaire.

Je voyais alors un profond chagrin qui se peignait dans les regards d'Antonie [5] ; que le conseiller n'avait eu d'autre dessein que d'éviter une invitation de chanter ; je n'y renonçai pas. Les obstacles que m'opposait le conseiller augmentaient l'envie que j'avais de les surmonter, et j'éprouvais le plus violent désir d'entendre le chant d'Antonie, dont mes songes étaient remplis. Un soir, je trouvai Crespel dans la plus belle humeur ; il avait brisé un violon de Crémone, et il avait trouvé que les tables d'harmonie étaient placées une demi-ligne plus près l'une de l'autre que d'ordinaire. Quelle précieuse découverte pour la pratique ! Je parvins à l'enflammer en lui parlant de la vraie manière de diriger son instrument. Les grands et véritables maîtres du chant que cita Crespel, m'amenèrent à faire la critique de la méthode de chant, qui consiste à se former d'après les effets d'instrument. — Quoi de plus absurde ! m'écriai-je en m'élançant de ma chaise vers le piano que j'ouvris spontanément, quoi de plus absurde que cette méthode qui semble verser les sons un à un sur la terre ! Je chantai alors quelques morceaux nouveaux qui confirmaient mon dire, et je les accompagnai d'accords plaqués. Crespel riait aux éclats et s'écriait : — Oh ! oh ! il me semble que j'entends nos Allemands italianisés chantant du Puccita ou du Portogallo !

— Le moment est arrivé, pensai-je, et m'adressant à Antonie : — Je suis sûr, lui dis-je, que ce n'est pas là votre méthode ; et en même temps j'entamai un morceau admirable et passionné du vieux Léonardo Léo. Les joues d'Antonie s'animèrent d'un coloris brûlant, un éclat céleste vint ranimer ses yeux, elle accourut au piano et ouvrit les lèvres. Mais au même moment Crespel s'avança, me prit par les épaules, et me dit de sa voix aigre et douce : — J'avoue, mon digne et respectable étudiant, que je manquerais à toutes les convenances et à tous les usages, si j'exprimais hautement le désir que Satan vous prît avec ses griffes, et qu'il vous emportât au fin fond des enfers ; cette nuit est au reste fort sombre, et quand même je ne vous jetterais pas par la fenêtre, vous auriez peine à arriver sain et sauf en bas de l'escalier. Prenez donc cette lumière et regagnez la porte, en vous souvenant que vous avez en moi un ami véritable, bien qu'il puisse arriver que vous ne le trouviez plus jamais au logis.

A ces mots, il m'embrassa, et me serrant étroitement de façon à m'empêcher de jeter un seul regard sur Antonie, il me conduisit jusqu'à la porte.

IV

J'étais déjà placé depuis deux ans à Berlin, lorsque j'entrepris un voyage dans le midi de l'Allemagne. Un soir, je vis se dessiner au crépuscule les tours de H... A mesure que j'approchais, un sentiment de malaise indéfinissable s'emparait de moi ; j'étouffais, et je fus forcé de descendre de voiture pour respirer plus librement. Mais bientôt cet abattement augmenta jusqu'à la douleur physique. Il me semblait que j'entendais les accords d'un chœur céleste qui parcourait les airs. Les tours devinrent plus distinctes, je reconnus des voix d'hommes qui entonnaient un chant sacré. — Que se passe-t-il ? m'écriai-je avec effroi. — Ne le voyez-vous pas ? répondit le postillon qui cheminait sur son cheval. Ne le voyez-vous pas ? ils enterrent quelqu'un au cimetière !

En effet, nous nous trouvions près d'un cimetière, et je vis un cercle d'hommes vêtus de noir, entourant une fosse qu'on se disposait à combler. Je m'étais avancé si près de la colline, où se trouvaient les sépultures, que je ne pouvais plus voir dans le cimetière. Le chœur cessa, et je remarquai, du côté de la porte de la ville, d'autres hommes vêtus de noir, qui revenaient de l'enterrement. Le professeur, avec sa nièce, passa près de moi sans me reconnaître. La nièce tenait son mouchoir devant ses yeux et pleurait amèrement. Il me fut impossible d'entrer dans la ville : j'envoyai mon domestique avec la voiture à l'auberge où je devais loger, et je me mis à parcourir ces lieux que je connaissais bien, espérant ainsi faire cesser le malaise que j'éprouvais, et qui n'avait peut-être sa source que dans des causes physiques. En entrant dans une allée qui conduisait à la ville, je fus témoin d'un singulier spectacle. Je vis s'avancer, conduit par deux hommes en deuil, le conseiller Crespel qui faisait mille contorsions pour leur échapper. Il avait, comme d'ordinaire, son habit gris si singulièrement coupé, et de son petit chapeau à trois cornes qu'il portait martialement sur l'oreille, pendait un lambeau de crêpe, qui flottait à l'aventure. Il avait attaché autour de ses reins un noir ceinturon d'épée ; mais, au lieu de rapière, il y avait passé un long archet de violon. Un froid glacial s'empara de mes sens. Je le suivis lentement. Les hommes du deuil conduisirent le conseiller jusqu'à sa maison : là, il les embrassa en riant aux éclats. Lorsqu'ils se furent éloignés, les regards du conseiller se tournèrent vers moi. Il me regarda longtemps d'un œil fixe, puis il s'écria d'une voix sourde : — Soyez le bienvenu, messire étudiant : vous comprenez aussi...

A ces mots, il me prit par le bras, et, m'entraînant dans sa maison, il me fit monter dans la chambre où se trouvaient ses violons. Ils étaient tous couverts de voiles noirs ; mais le beau violon de Crémone, sculpté, manquait ; à sa place, on avait suspendu une couronne de cyprès. Je compris ce qui était arrivé [6]. — Antonie ! ah ! Antonie, m'écriai-je dans un affreux désespoir. Le conseiller resta devant moi, immobile, les bras croisés sur sa poitrine. Je montrai du doigt la couronne de cyprès.

— Lorsqu'elle mourut, dit le conseiller d'une voix affaiblie et solennelle, lorsqu'elle mourut, l'archet de ce violon se brisa avec fracas, et la table d'harmonie tomba en éclat. Cet instrument fidèle ne pouvait exister qu'avec elle ; il est dans sa tombe, enseveli avec elle !

Profondément ému, je tombai sur un siège ; mais le conseiller se mit à chanter d'une voix rauque une chanson joyeuse. C'était un spectacle affreux que de le voir sauter et tourner sur un pied, tandis que le crêpe de son chapeau battait, en flottant, les violons attachés à la muraille. Je ne pus retenir un cri d'effroi, lorsque le crêpe vint frapper mon visage, au moment où le conseiller passa devant moi, en tournant rapidement. Il me semblait qu'il allait m'envelopper avec lui dans les voiles funèbres qui obscurcissaient son intelligence. Tout à coup il s'arrêta devant moi, et me dit de sa voix modulée : — Mon fils ! pourquoi crier ainsi ? as-tu vu l'ange de la mort ? il précède toujours la cérémonie.

Il s'avança au milieu de la chambre, arracha l'archet de son ceinturon, le leva des deux mains au-dessus de sa tête, et le brisa si violemment qu'il vola en mille débris. Crespel s'écria en riant hautement : — Maintenant la baguette est brisée sur moi * ! Oh, je suis libre ! — Libre ! Vivat ! je suis libre ! je ne ferai plus de violons ! — Plus de violons ! *Viva la Libertà !* — Et il se remit à chanter

* C'est ainsi qu'on annonce un arrêt de mort en Allemagne. *(Trad.)*

d'une façon terrible sa joyeuse chanson, et à sauter dans la chambre. Plein d'horreur, je me disposais à m'échapper, mais le conseiller me retint d'une main vigoureuse, tout en me disant d'un ton calme : — Restez, messire étudiant. Ne prenez pas pour de la folie ces accès d'une douleur qui me tue [7] ; tout cela n'est arrivé que parce que je me suis fait dernièrement une robe de chambre dans laquelle je voulais avoir l'air du destin ou de Dieu ! — Il continua à parler sans suite et sans raison, et finit pas tomber accablé d'épuisement et de fatigue. La vieille servante accourut à mes cris, et je respirai lorsque je me trouvai enfin en liberté.

Je ne doutai pas un instant que Crespel n'eût perdu l'esprit. Le professeur prétendit le contraire. — Il y a des hommes, dit-il, auxquels la nature ou des circonstances particulières ont retiré le voile sous lequel nous commettons nos folies sans être remarqués. Ils ressemblent à ces insectes qu'on a dépouillés de leur peau, et qui nous apparaissent avec le jeu de leurs muscles à découvert. Tout ce qui est pensée en nous est action dans Crespel. Mais ce sont des éclairs. La mort d'Antonie a forcé tous ses ressorts; demain déjà, j'en suis sûr, il reprendra sa route ordinaire.

En effet, le conseiller se montra le lendemain dans son état habituel; seulement il déclara qu'il ne ferait plus de violons, et qu'il ne jouerait jamais de cet instrument. Depuis j'ai appris qu'il avait tenu sa parole.

V

Les paroles du professeur avaient augmenté les soupçons que m'avait fait concevoir la mort d'Antonie; et j'étais alors convaincu que le conseiller avait de grandes fautes à expier. Je ne voulais pas quitter H..., sans lui avoir reproché le crime dont je le croyais coupable; je voulais l'ébranler jusqu'au fond de son âme et lui arracher l'aveu de cette horrible action. Plus j'y songeais, plus je voyais clairement que ce Crespel était un scélérat, et j'en étais venu à établir en moi-même cette pensée comme une vérité incontestable. C'est dans cette disposition que je me rendis un jour chez le conseiller. Je le trouvai occupé à exécuter au tour plusieurs petits objets. Il me reçut d'un air riant et calme, — Comment, m'écriai-je avec violence en l'abordant, comment pouvez-vous trouver un moment de tranquillité dans votre âme, en songeant à l'horrible action que tous les tourments de l'enfer ne pourront assez punir !

Le conseiller me regarda d'un air étonné et posa son outil de côté. — Comment l'entendez-vous, mon ami ? me dit-il. Asseyez-vous donc, je vous prie, sur cette chaise ! — Mais moi, m'échauffant de plus en plus, je rompis toutes les barrières, et je l'accusai hautement de la mort d'Antonie, le menaçant de toutes les vengeances du ciel. En ma qualité d'homme de loi, j'allai même si loin, que je m'écriai que je mettrais tout en œuvre pour découvrir les traces de son attentat, et le livrer aux juges temporels. Je fus singulièrement embarrassé, lorsque après avoir terminé mon pompeux et virulent discours, je vis le conseiller me regarder paisiblement, comme s'il eût attendu que je continuasse encore de parler. J'essayai de le faire, mais les paroles ne venaient plus, le fil de mes pensées était rompu, et mes phrases étaient si incohérentes que je ne tardai pas à garder le silence.

Crespel jouissait de mon embarras, un sourire ironique et méchant voltigeait sur ses lèvres. Bientôt il reprit son air grave et me dit d'un ton solennel : — Jeune homme ! tu me regardes comme un extravagant, comme un insensé ; je te pardonne, car nous sommes enfermés dans la même maison de fous, et tu ne t'irrites de ce que je crois être Dieu le père que parce que tu te crois Dieu le fils. Mais comment as-tu osé vouloir pénétrer dans une vie qui doit te rester étrangère, et essayer d'en démêler les fils les plus secrets ? Elle n'est plus et le secret a cessé !

Crespel se leva et fit plusieurs fois le tour de la chambre. Je repris courage et je le suppliai de m'expliquer cette énigme. Il me regarda longtemps, prit ma main et me conduisit près de la fenêtre, dont il ouvrit les deux côtés. Il appuya ses deux bras sur le balcon, et le corps penché au-dehors, les yeux fixés sur le jardin, il me raconta l'histoire de sa vie. Lorsqu'il l'eut terminé, je me retirai touché et confus.

Voici les circonstances qui concernent Antonie[8]. Vingt ans auparavant, la passion que le conseiller avait pour les meilleurs violons des vieux maîtres, l'attira en Italie. Il n'en construisait pas encore, et il ne songeait pas non plus à les démonter. A Venise, il entendit la célèbre cantatrice Angela N……i, qui brillait alors dans les premiers rôles, sur le théâtre di San-Benedetto. L'enthousiasme qu'il éprouva ne s'adressait pas seulement au talent de la signora Angela, mais encore à sa beauté céleste. Le conseiller chercha à faire la connaissance d'Angela, et en dépit de ses formes un peu rustiques, il parvint par sa supériorité en musique et par son jeu hardi et expressif sur le violon, à gagner le cœur de la belle Italienne. Une liaison intime les amena en peu de semaines à un mariage qui resta caché, parce qu'Angela ne voulait pas perdre le nom sous lequel elle avait acquis tant de célébrité, pour prendre le nom peu harmonieux de Crespel. Le conseiller me dépeignit avec l'ironie la plus folle la manière dont la signora Angela l'avait tourmenté dès qu'elle avait été sa femme. Toutes les humeurs, tous les caprices de toutes les premières cantatrices réunies, avaient été, au dire de Crespel, réunis dans le petit corps d'Angela. S'il lui arrivait de vouloir exprimer une volonté, Angela lui envoyait une armée entière d'Abbates, de Maestros, d'Académicos, qui le désignaient comme l'amant le plus incivil, le plus insupportable qui eût jamais résisté à une aimable signora. Une fois, après un de ces orages, Crespel s'était enfui à la maison de plaisance d'Angela, et il oubliait, en improvisant sur son violon de Crémone, tous les chagrins de la journée ; mais bientôt, la signora, qui l'avait suivi de près, entra dans la salle. Elle se trouvait dans cet instant en humeur de tendresse, et, embrassant le conseiller, elle lui fit de doux reproches, et reposa sa tête sur son épaule. Mais Crespel, plongé dans le tourbillon de ses accords, continua de jouer du violon avec son enthousiasme ordinaire, et il arriva que son archet atteignit légèrement la signora. — *Bestia tedesca!* s'écria-t-elle en se relevant avec fureur ;

en même temps elle arracha le violon des mains du conseiller, et le mit en pièces en le frappant contre une table de marbre. Le conseiller resta pétrifié; mais, se réveillant comme d'un rêve, il souleva avec force la signora, la jeta par la fenêtre de sa propre maison, et, sans s'inquiéter de ce qui arriverait, il gagna Venise, d'où il partit aussitôt pour l'Allemagne. Ce ne fut que plus tard qu'il comprit bien ce qu'il avait fait. Bien qu'il sût que l'élévation de la fenêtre n'avait pas plus de cinq pieds, il se sentait cruellement tourmenté, et d'autant plus vivement, que la signora lui avait donné à entendre qu'elle avait espoir de devenir mère. Il osait à peine prendre des informations, et il ne fut pas peu surpris, lorsque environ huit mois après son retour, il reçut de sa chère moitié la lettre la plus tendre. Elle n'y faisait pas le moindrement mention de ce qui s'était passé à la maison de plaisance, et lui annonçait qu'elle était accouchée d'une charmante fille; le *Marito amato,* le *Padre felicissimo* était incessamment prié de revenir aussitôt à Venise. Crespel ne se rendit pas à l'invitation, mais il écrivit à ses amis d'Italie pour s'informer de ce qui s'était passé pendant son absence; il apprit que la signora était tombée sur l'herbe molle, avec la légèreté d'un oiseau, et que sa chute n'avait eu pour elle que des suites morales. Dès ce moment elle s'était montrée entièrement changée; plus de traces d'humeur, de caprices; le maestro, qui avait composé les opéras pour le carnaval de cette année-là, avait été le plus heureux des hommes; car la signora avait consenti à chanter tous ses airs, sans les innombrables changements qu'elle avait coutume d'exiger. Le conseiller ne fut pas peu touché de cette transformation; il demanda des chevaux et se jeta dans sa voiture. Tout à coup il fit arrêter: — Mais, se dit-il, est-il bien certain que ma présence ne rende pas à Angela toute son humeur fantasque, et aurai-je donc toujours la ressource de la jeter par la fenêtre ? Il descendit de sa voiture, et écrivit à sa femme une lettre bien tendre, où il parla de la joie qu'il éprouvait d'apprendre que sa fille avait comme lui un petit signe derrière l'oreille; il lui jura qu'il l'aimait toujours, et il resta en Allemagne. Les protestations d'amour, les regrets de l'absence, les désirs, les espérances volèrent longtemps de Venise à H... et de H... à Venise. Angela vint enfin en Allemagne et eut un succès prodigieux, comme on le sait, sur le grand théâtre de F... Elle n'était plus jeune, mais un attrait magique séduisait en elle, et sa voix n'avait rien perdu de son éclat. Antonie avait grandie, et sa mère avait déjà écrit d'Italie au conseiller que sa fille annonçait un talent du premier rang. Les amis que Crespel avait à F... lui apprirent en effet que deux cantatrices ravissantes étaient arrivées, et ils l'engagèrent avec instances à venir les entendre. Ils ne soupçonnaient pas quels liens étroits l'unissaient à ces deux étrangères. Crespel brûlait d'envie de voir sa fille; mais, quand il songeait à sa femme, le courage lui manquait, et il resta chez lui au milieu de ses violons brisés.

Un jeune compositeur, bien connu, devint amoureux d'Antonie, et Antonie répondit à son amour. Angela n'eut rien à opposer à cette union, et le conseiller y consentit d'autant plus facilement que les compositions du jeune homme avaient trouvé grâce devant son tribunal sévère. Crespel s'attendait chaque jour à recevoir la nouvelle du mariage, mais il ne lui vint qu'une lettre cachetée de noir, et écrite par une main étrangère. Le docteur R... annonçait au conseiller que Angela avait été saisie du froid en sortant du théâtre, et qu'elle était morte dans la nuit qui devait précéder le mariage de sa fille. Angela avait déclaré au docteur qu'elle était la femme de Crespel, et le conseiller était invité à venir au plus tôt chercher sa fille restée seule dans le monde. Crespel partit aussitôt pour F... On ne peut désigner la manière déchirante dont le conseiller me peignit le moment où il avait vu pour la première fois son Antonie. Il y avait dans la bizarrerie même de ses termes une puissance d'expression dont je ne saurais donner une idée. Le jeune fiancé se trouvait auprès d'elle; et Antonie, saisissant avec justesse l'esprit bizarre de son père, se mit à chanter un motif sacré du vieux padre Martini, que sa mère chantait sans cesse au conseiller, au temps de leurs amours. Crespel répandit un torrent de larmes; jamais Angela, elle-même, n'avait dit ce morceau avec tant d'expression. Le son de voix d'Antonie était merveilleux; il ressemblait tantôt au souffle harmonieux d'une harpe éolienne, et souvent aux légères modulations du rossignol. Ses tons semblaient ne pas trouver assez d'espace dans sa poitrine. Antonie, brûlant d'amour et de joie, chanta ses plus beaux airs; son fiancé l'accompagnait dans l'ivresse la plus grande. Crespel fut d'abord plongé dans le ravissement; ensuite il devint pensif, silencieux, rentré en lui-même. Enfin il se leva, pressa Antonie sur son sein, et lui dit à voix basse et étouffée; — Ne chante plus, si tu m'aimes... cela me déchire le cœur... ne chante plus... de grâce... — Non, dit le lendemain le conseiller au docteur, non, je ne me suis pas trompé: hier tandis qu'en chantant sa rougeur se concentrait en deux taches sur ses joues pâles, j'ai reconnu que ce n'était pas une ressemblance de famille, mais bien ce que je craignais.

Le docteur, dont le visage s'était embruni aux premiers mots du conseiller, lui répondit: — Soit que les efforts qu'exige le chant, soit qu'une cause naturelle ait amené ce résultat, la poitrine d'Antonie offre un défaut d'organisation qui donne à son chant cette force merveilleuse, et ces tons uniques qui dépassent presque la sphère de la voix humaine. Mais elle paiera de sa mort cette faculté céleste; et, si elle continue de chanter, dans six mois elle aura cessé de vivre.

Crespel se sentit déchiré de mille traits. Il lui semblait voir un bel arbre offrir pour la première fois ses fruits, et se flétrir aussitôt, coupé dans sa racine. Sa résolution fut bientôt prise. Il dit tout à Antonie. Il lui demanda si elle préférait suivre son fiancé, et mourir en peu de temps au milieu du tourbillon du grand monde, ou suivre son père, et vivre avec lui de longs jours, dans une retraite tranquille. Antonie se jeta en gémissant dans les bras de son père qui comprit toute sa douleur et sa résolution. Il conféra avec le jeune fiancé qui lui jura que jamais le moindre chant ne s'échapperait des lèvres d'Antonie; mais le conseiller savait trop bien que le compositeur ne résisterait pas à la tentation de faire exécuter ses morceaux; d'ailleurs, il n'eût pas renoncé à entendre cette voix ravissante, car la race musicale est égoïste et cruelle, surtout dès qu'il s'agit de ses jouissances. Bientôt le compositeur disparut avec Antonie. Le fiancé apprit leur départ avec désespoir. Il suivit leurs traces, et arriva en même temps qu'eux à H... — Le voir encore une fois et puis mourir! disait Antonie d'une voix suppliante. — Mourir! s'écriait le conseiller avec fureur. Il vit sa fille, celle pour qui il vivait uniquement au monde, s'arracher de ses bras et voler dans ceux de son fiancé; il voulut alors que tout ce qu'il redoutait arrivât. Il força le jeune homme à se placer au piano; Antonie chanta et Crespel joua du violon jusqu'à ce que les deux taches rouges se montrassent sur les joues d'Antonie. Il leur ordonna alors de s'arrêter. Lorsque le jeune compositeur prit congé d'Antonie, elle poussa un grand cri et tomba sans mouvement. — Je crus, ainsi me le dit Crespel, je crus qu'elle était morte comme je l'avais prédit; et, comme je m'étais préparé à l'événement le plus funeste, je restai calme et d'accord avec moi-même. Je pris par les épaules le compositeur que cet événement avait abattu, et je lui dis (ici le conseiller prit sa voix modulée) : « Puisqu'il vous a plu, mon cher maître, d'assassiner votre fiancée, vous pouvez vous retirer tranquillement, à moins qu'il ne vous plaise de rester jusqu'à ce que je vous plonge ce couteau de chasse dans le cœur, ce que je ne réponds pas de faire si vous ne partez promptement. » — Il faut qu'en ce moment mon regard ait été passablement sanguinaire, car il partit en toute hâte, en poussant de grands cris. — Lorsque le conseiller voulut relever Antonie, elle ouvrit les yeux, mais ils se refermèrent presque aussitôt. A ses cris, la vieille servante accourut; un médecin qu'on fit venir, ne tarda pas à rappeler Antonie à la vie. Elle se rétablit plus promptement que le conseiller ne l'eût espéré, et elle ne cessa de lui témoigner la tendresse la plus vive. Elle partageait complaisamment toutes ses occupations, ses plus folles idées, ses goûts les plus bizarres. Elle l'aidait aussi à briser ses vieux violons et à en faire de nouveaux. — Je ne veux plus chanter, mais vivre pour toi, disait-elle souvent à son père, lorsque quelqu'un la priait de se faire entendre. Le conseiller cherchait toujours à éviter de semblables propositions; aussi ne la menait-il qu'avec déplaisir au milieu du monde, et évitait-il toujours les maisons où on faisait de la musique : il savait combien il était douloureux pour Antonie de renoncer à l'art qu'elle avait porté à une si haute perfection. Lorsqu'il eut acheté le magnifique violon qu'il ensevelit avec elle, il se disposait à le mettre en pièces ; mais Antonie regarda l'instrument avec intérêt, et dit d'un air de tristesse : Celui-là aussi ? — Le conseiller ne pouvait lui-même définir quelle puissance l'empêchait de détruire ce violon et le forçait d'en jouer. A peine en eut-il fait sortir les premiers sons, qu'Antonie s'écria avec joie : — Ah ! je me retrouve... Je chante de nouveau ! — En effet les sons argentins de l'instrument semblaient sortir d'une poitrine humaine. Crespel fut ému jusqu'au fond de l'âme ; il joua avec plus d'expression que jamais ; et, lorsqu'il détachait des sons tendres et hardis, Antonie battait des mains et s'écriait avec ravissement : Ah ! que j'ai bien fait cela ! — Depuis ce moment, une sérénité extrême se répandit sur sa vie. Souvent elle disait au conseiller : — Je voudrais bien chanter quelque chose, mon père ! — Crespel détachait le violon de la muraille, et jouait tous les airs d'Antonie ! On la voyait alors s'épanouir de bonheur. — Peu de temps avant mon retour, le conseiller crut entendre, pendant la nuit, jouer sur son piano dans la chambre voisine, et bientôt il reconnut distinctement la manière de préluder du jeune compositeur. Il voulut se lever, mais il lui sembla que des liens de plomb le retenaient immobile. Bientôt il entendit la voix d'Antonie ; elle chanta d'abord doucement en accords aériens qui s'élevèrent jusqu'au *fortissimo* le plus retentissant ; puis les sons devinrent plus graves, et elle commença un chant sacré à la manière des anciens maîtres, que le jeune compositeur avait autrefois fait pour elle. Crespel me dit que l'état où il se trouvait était incroyable, car l'effroi le plus horrible s'unissait en lui au ravissement le plus délicieux. Tout à coup il se sentit ébloui par une vive clarté ; et il aperçut Antonie et son fiancé qui se tenaient embrassés et se regardaient tendrement. Le chant continua ainsi que les accords du piano, et Antonie ne chantait pas, et le jeune homme ne touchait pas le clavier.

Le conseiller tomba dans un évanouissement profond. En se réveillant, il lui resta le souvenir de son rêve. Il courut à la chambre d'Antonie. Elle était étendue sur le sopha, les yeux fermés et le sourire sur les lèvres. Il semblait qu'elle dormît et qu'elle fût bercée par des rêves de bonheur. — Mais elle était morte.

MARINO FALIERI

I

Il y a bien longtemps, et si je ne me trompe, c'était au mois d'août de l'année 1354; le brave amiral génois, Paganino Doria, battit les Vénitiens, et surprit leur ville de Parinzo. Ses galères bien armées couraient des bordées dans le golfe de Venise, semblables à des bêtes de proie affamées qui vont et viennent pour mieux happer leur victime. Le peuple et la seigneurie de Venise étaient saisis d'un effroi mortel. Tous les hommes en état de marcher prirent l'épée ou la rame. Les troupes se rassemblèrent dans le port Saint-Nicolo. Les navires, les arbres, les pierres, tout fut employé pour encombrer la rade et empêcher l'approche de l'ennemi; et tandis que le bruit des armes retentissait au milieu du tumulte, que les masses qu'on lançait à la mer réveillaient tous les échos du voisinage, on voyait sur le Rialto les agents de la seigneurie, le front chargé de sueur, le visage défait, offrir d'une voix tremblante des obligations à gros intérêts en échange de l'argent; car la république était dans un état de détresse extrême.

La providence voulut, dans ses mystérieux décrets, que le chef de l'Etat fût enlevé à son peuple dans ce moment d'affliction générale. Le doge Andrea Dandolo, que les Vénitiens nommaient leur cher petit comte, *il caro contino,* mourut accablé du poids de ses soucis et de ses travaux. Il était généralement chéri, car il ne passait jamais sur la place de Saint-Marc, sans distribuer aux uns des consolations et des conseils, et aux autres des secours et de l'argent; et lorsque les cloches de la grande église annoncèrent sa mort par leurs sons lugubres et prolongés, ce fut une désolation universelle. Les Vénitiens avaient perdu leur appui, leur espérance; ils n'avaient plus qu'à courber la tête sous le joug des Génois : c'est ainsi qu'on se lamentait, et cependant la perte de Dandolo ne changeait en rien la situation extérieure de la république. En effet, le bon petit comte vivait volontiers dans la paix et le repos; il aimait mieux suivre la marche mystérieuse des constellations que les détours de la politique étrangère, et il s'entendait mieux à conduire la procession du saint jour de Pâques qu'à mener une armée. Il s'agit alors de nommer un doge qui réunit les talents militaires d'un général à la sagesse d'un magistrat. Les sénateurs s'assemblèrent donc, mais on ne vit que des visages abattus, aux regards fixes, aux yeux mornes et à demi fermés. Où trouver un homme qui prît le gouvernail d'une main ferme ? Le vieux sénateur Marino Bodoeri prit enfin la parole.

« L'homme que vous cherchez, dit-il, vous ne le trouverez pas parmi nous; mais tournez vos regards vers Avignon, sur Marino Falieri que nous y avons envoyé pour féliciter le pape Innocent sur son exaltation à la chaire de saint Pierre; lui seul peut nous arracher de la ruine qui nous menace. Il faut le nommer doge. Vous m'objecterez que ce Marino Falieri est déjà âgé de quatre-vingts ans, que ses cheveux et sa barbe se sont argentés, que la couleur rubiconde de son nez et de ses joues atteste plutôt l'excellence du vin de Chypre qu'il a festoyé, que la vigueur de son intelligence; mais ne vous arrêtez pas à ces apparences. Souvenez-vous de la brillante valeur que ce Marino Falieri a déployée, comme providéditeur de la flotte sur la mer Noire; rappelez-vous l'éminence de ses services qui lui ont valu, des procurateurs de Saint-Marc, le don de la riche comté de Valdemarino. »

Bodoeri peignit si vivement le mérite de Falieri, que toutes les voix se réunirent sur ce choix. Plus d'un sénateur parla, il est vrai, de la colère bouillante de Marino Falieri, de son esprit dominateur, de son opiniâtreté; mais on leur répondit que tous ces défauts étaient ceux de la jeunesse, et que dès longtemps ils étaient effacés dans un vieillard octogénaire. D'ailleurs les acclamations du peuple étouffèrent toutes les paroles de blâme : ne sait-on pas que, dans les crises violentes, un choix bizarre est toujours regardé par la multitude comme une inspiration du ciel ?

Le défunt petit comte, avec toute sa bonté, et toute sa douceur, fut bientôt oublié, et chacun se disait : — Par saint Marc, ce Marino aurait dû depuis longtemps être notre doge ; l'orgueilleux Doria ne serait pas aujourd'hui dans nos lagunes. Des soldats mutilés étendaient leurs moignons en s'écriant : — C'est Falieri qui a battu Morb-Hassan, dont le pavillon dominait la mer Noire ! Et partout où le peuple s'assemblait, on se racontait les vieilles actions d'éclat de Falieri, et on poussait de grands cris de joie, comme si déjà Doria eût été vaincu. Il arriva en outre, Dieu seul sait comment, que Nicolo Pisani, qui avait fait voile pour la Sardaigne, revint sans rencontrer la flotte de Doria, et que son retour fit éloigner les vaisseaux de Gênes dont on attribuait le départ à l'influence du terrible nom de Falieri. Ce fut alors parmi le peuple une jubilation fanatique ; on résolut de recevoir le nouveau doge avec des honneurs inouïs. La seigneurie avait envoyé à Vérone douze nobles avec une suite nombreuse ; ils étaient chargés de l'attendre, et de lui annoncer son élection. Quinze barques de l'Etat, richement ornées, sous le commandement de Taddeo Giustiniani, fils du podestat de Chioggia, allèrent prendre le doge à Chiozzo, et l'emmenèrent en triomphe à Saint-Clément, où l'attendait le Bucentaure.

Au moment où Marino Falieri allait monter sur le Bucentaure, c'était le soir du 3 octobre, à l'heure du coucher de soleil, un pauvre misérable était étendu sur le pavé de marbre, devant le péristyle de la Dogana. Quelques haillons de grosse toile rayée dont la couleur n'était plus reconnaissable, et qui semblaient avoir appartenu à un vêtement de marin, tels que les portaient le bas-peuple et les rameurs, pendaient en lambeaux autour de son corps amaigri, et laissaient voir une peau si blanche et si délicate, que peu de nobles en auraient pu montrer une semblable sous leurs chemises bordées de points de

Venise. Sa maigreur ne montrait aussi que mieux la juste proportion de ses membres, et en contemplant ses cheveux d'un châtain clair, qui retombaient en désordre sur un front gracieux, ses yeux bleus que la misère avait creusés, son nez aquilin et sa bouche qui s'abaissait à chaque extrémité des lèvres, on pouvait facilement se convaincre qu'un destin ennemi avait précipité d'un rang élevé ce jeune étranger dans les dernières classes de la populace.

Il était donc étendu au pied des colonnes de la Dogana; la tête appuyée sur son bras droit, il jetait sur la mer des regards ternes et sans expression. A voir son immobilité, on eût dit un cadavre apporté par la vague, s'il n'eût exhalé de temps en temps un profond gémissement. Il lui était sans doute arraché par la douleur que lui causait son bras gauche enveloppé de lambeaux sanglants, et qui pendait sur le pavé.

Tous les travaux avaient cessé, le bruit des ouvriers et des marchands ne se faisaient pas entendre, tout Venise voguait au-devant de Falieri dans des milliers de barques et de gondoles, et le malheureux étranger restait abandonné sans secours. Mais, au moment où sa tête affaiblie retombait sur le marbre, et où ses paupières allaient se clore, une voix cassée lui cria plusieurs fois : — Antonio ! mon cher Antonio ! L'étranger releva péniblement la moitié de son corps, et soulevant sa tête vers les colonnes de la Dogana, derrière lesquelles la voix semblait partir, il répondit avec effort : — Qui donc m'appelle ? quelle âme charitable vient jeter mon cadavre à la mer, car je vais mourir ?

Une petite vieille [1] s'approcha lentement du jeune homme blessé et le regarda quelque temps : — Pauvre enfant, dit-elle, tu veux mourir ici, lorsqu'un jour d'or se lève pour toi ! Vois là-bas à l'horizon ces longues bandes de feu, elles t'annoncent des monceaux de sequins ; mais il faut manger, mon cher Antonio, manger et boire, car c'est la faim qui t'a jeté sur ce pavé ! ton bras est guéri, il est déjà guéri. — Laisse-moi mourir en paix, dit l'étranger qui reconnut une mendiante avec laquelle il avait quelquefois partagé sa dernière pièce de monnaie, laisse-moi ; oui, c'est la faim plutôt que ma blessure qui m'a fait perdre mes forces : depuis trois jours, je n'ai pas gagné un quattrino. Je voulais gagner le cloître là-bas et tâcher d'obtenir quelques cuillerées de soupe, mais tous mes camarades sont partis. Il ne s'en est pas trouvé un seul qui m'ait pris par pitié dans sa barque ; je suis tombé ici, et sans doute que je ne me relèverai jamais. — Eh ! eh ! dit la vieille, pourquoi se désespérer tout de suite ? tu as soif, tu as faim ? J'ai le remède à cela. Voici de beaux poissons séchés que j'ai achetés aujourd'hui sur le Zecca, voici de la limonade et un joli pain blanc. Bois et mange, mon fils ; nous verrons ensuite ton bras.

En effet, la vieille mendiante avait tiré toutes ces choses du sac qui pendait sur son dos, comme une capuce ; elle les lui présenta. A peine Antonio eut-il mouillé de la fraîche boisson ses lèvres brûlantes, que la faim se réveilla en lui avec une force nouvelle. Il dévora les provisions qu'on lui offrait. Pendant ce temps, la vieille avait découvert le bras blessé ; elle trouva la blessure grave, mais en bon état de guérison ; et elle la couvrit d'un onguent qu'elle amollit en le réchauffant de son haleine. — Mais qui donc t'a si rudement frappé, mon pauvre garçon ? dit-elle. Antonio entièrement remis, et en qui le feu de la vie s'était ranimé, était déjà debout, le poing fermé et les yeux étincelants. — Ah ! s'écria-t-il, ce coquin de Nicolo voulait me tuer parce qu'on m'avait jeté un misérable quattrino dont il avait envie. Tu sais, vieille, que je gagnais rudement ma vie en portant les ballots des barques et des navires dans le magasin allemand, dans le Fontego… — Dans le Fontego, dans le Fontego ! répéta la vieille. — Tais-toi, si tu veux que je parle, reprit Antonio ; et il continua : J'avais assez gagné pour m'acheter un habit neuf et entrer parmi les gondoliers. Comme j'étais toujours de bonne humeur, et que je ne manquais pas de jolies chansons, je gagnais un peu plus que mes camarades. Cela les rendit jaloux, et ils me poursuivirent sans cesse en m'appelant hérétique et chien d'Allemand. Enfin, il y a quatre jours, comme j'aidais, auprès de Saint-Sébastien, à tirer une barque sur la grève, ils m'attaquèrent à coups de pierres et de bâtons. Je défendis vigoureusement ma peau; mais ce rusé de Nicolo vint par-derrière, me frappa de sa rame, qui toucha ma tête et me blessa si fort au bras que j'en tombai comme mort. Heureusement que tu es venue me secourir et me donner à manger. Vois comme je me sers bien de mon bras; je vais ramer aussi vigoureusement que jamais.

Antonio imita avec prestesse les gestes d'un rameur, et reprit sa veste en lambeaux qui était restée à terre; puis il s'éloigna, sans écouter la vieille qui lui criait: — Rame bien, mon fils, rame encore une fois, ce sera la dernière!

Antonio ne fit nulle attention aux paroles de la vieille, car le plus magnifique des spectacles s'était déroulé devant lui. Le Bucentaure doré, avec le lion adriatique sur ses pavillons flottants, s'avançait à bruyants coups de rames, comme un cygne majestueux. Entouré par des milliers de barques et de gondoles, il semblait lever fièrement sa tête royale sur cette multitude d'embarcations qui sillonnaient humblement les flots autour de lui. Le soleil du soir jetait des rayons éclatants sur la mer et au-delà de Venise, qui semblait plongée dans les flammes. Tandis qu'Antonio, oubliant ses chagrins, contemplait avec ravissement cette scène brillante, un sourd murmure, qui s'élevait dans les airs, ne tarda pas à retentir au loin en prenant un accent plus terrible. La tempête arriva sur un rideau de nuages sombres, et les vagues s'élevèrent avec fureur. En un clin d'œil, les barques et les gondoles se trouvèrent dispersées. Le Bucentaure, que sa construction rendait incapable de résister à l'ouragan, se balança au gré de la violence des flots, et un cri de terreur retentit jusqu'au rivage.

Antonio aperçut en ce moment un petit canot amarré à la rive. Il s'y élança aussitôt, le détacha, et, saisissant la rame, il se dirigea hardiment vers le Bucentaure. — Sauvez, sauvez le doge! lui criait-on de toutes parts; car, durant un orage, une légère embarcation est plus sûre dans ces canaux que les navires d'une grande dimension; aussi se présenta-t-il un grand nombre de barques qui accoururent de toutes parts pour sauver les jours de Marino Falieri. C'était à Antonio que le ciel avait réservé cette faveur, et sa barque fut la seule qui parvint à s'approcher du Bucentaure. Le vieux Marino Falieri, accoutumé à de pareils dangers, s'élança sans hésiter du haut de sa magnifique galère dans le petit canot du pauvre Antonio, qui le porta en peu de minutes à la place de Saint-Marc. La cérémonie s'acheva dans l'église, où le doge se rendit, les vêtements et la barbe encore inondés par l'eau salée. Le peuple, ainsi que la seigneurie, frappés de terreur par les funestes événements, au nombre desquels on compta comme d'un sinistre présage la méprise qui fit passer le doge entre les deux colonnes où l'on exécutait les criminels ; le peuple garda un morne silence ; et ce jour, commencé avec allégresse, se termina dans une tristesse profonde.

Personne ne semblait songer au sauveur du doge, et Antonio n'y songeait pas lui-même, tant il était accablé de fatigue et de douleur ; il ne fut que plus étonné lorsqu'un des gardes du duc vint le trouver sur les degrés où il s'était étendu, et l'introduisit à travers tout le palais dans la chambre du doge. Le vieux Falieri s'avança au-devant de lui avec bienveillance, et, lui montrant deux sacs d'argent qui se trouvaient sur une table, il lui dit : — Mon fils, prends ces trois mille sequins ; s'ils ne te suffisent pas, je t'en donnerai davantage : mais accorde-moi la grâce de ne jamais reparaître à mes yeux.

A ces mots, des éclairs jaillirent des yeux du vieillard, et son visage se colora d'une rougeur nouvelle. Antonio, fort étonné, ne laissa pas, avant que de s'éloigner, de prendre les deux sacs qu'il croyait avoir bien légitimement gagnés.

II

Le lendemain, dès le matin, tandis que le vieux Falieri, dans tout l'éclat de sa grandeur nouvelle, contemplait du haut du balcon de son palais le peuple qui s'exerçait tumultueusement au maniement des armes, Bodoeri, son ami d'enfance, entra dans la chambre du doge, plongé dans ses rêveries. — Ah ! Falieri, s'écria le vieux compagnon d'armes du duc de Venise, quelles sont donc les pensées qui germent dans ton cerveau, depuis que le bonnet recourbé le couvre? Falieri, se réveillant comme d'un rêve, s'avança d'un air amical au-devant de son ami. Il se souvint que c'était à Bodoeri qu'il devait la dignité de doge, et ces paroles résonnèrent à ses oreilles comme un reproche. Il s'efforça de surmonter son orgueil en lui adressant quelques paroles de remerciement, et il se mit aussitôt à parler des mesures de défense qu'il était forcé de prendre et qui absorbaient toutes ses pensées. — Quant aux choses que l'Etat attend de toi, dit Bodoeri en souriant, il nous sera loisible dans quelques heures d'en parler longuement, au milieu du conseil qui va s'assembler. Je ne me suis pas rendu de grand matin auprès de toi pour chercher les moyens de battre l'audacieux Doria, ou de rappeler à la raison Louis de Hongrie qui jette de nouveau un œil de convoitise sur nos ports de la Dalmatie. Non, Marino; je n'ai pensé qu'à toi-même, et, ce que tu n'aurais pas deviné sans doute, je suis venu pour te parler de ton mariage. — Comment, dit le doge en lui tournant le dos et en jetant un regard impatient sur la mer, comment as-tu pu songer à pareilles choses? Le jour de l'Ascension est encore éloigné. Alors, je l'espère, les ennemis de Venise seront vaincus, le lion adriatique triomphera de nouveau sur la mer qui l'a vu naître, et ma chaste fiancée trouvera en moi un époux digne d'elle. — Ah! s'écria Bodoeri avec impatience, tu me parles de la cérémonie de l'ascension, où le doge se marie avec la mer Adriatique, en jetant, du haut du Bucentaure, un anneau dans ses vagues; toi, vieux marin, tu ne connais pas d'autre fiancée que cet humide élément dont hier encore tu as éprouvé l'inconstance! Non, Marino: je songeais à un hymen plus doux, je pensais que tu serais marié avec une fille de la terre, et la plus belle qui se puisse trouver. — Tu rêves, répondit Falieri, sans se détourner de la fenêtre, tu rêves, Bodoeri. Moi, me marier! le vieillard de quatre-vingts ans, chargé de travaux et de fatigues, est à peine capable d'aimer! — Arrête, Falieri! ne te calomnie pas toi-même. Tu es chargé d'années, sans doute; mais n'as-tu, pas dans ta vieillesse toute la vigueur d'un jeune homme? portes-tu une épée moins lourde que celle de nos adolescents, ou gravis-tu les marches du palais ducal d'un pas moins léger que le plus jeune de tes pages ? — Non, par le ciel ! s'écria Falieri en quittant brusquement la fenêtre. Non, par le ciel ! je ne ressens aucune des atteintes de la vieillesse. — Eh bien ! donc, bois encore à longs traits toutes les jouissances que t'offre la terre. Élève celle que je t'ai choisie au rang de dogaresse, et les femmes seront forcées de la reconnaître pour la première en vertu et en beauté, comme les hommes te reconnaissent pour le plus vaillant et le plus sage. — Alors Bodoeri lui fit le portrait de la beauté qu'il lui destinait, et le colora de touches si vives que le vieux Falieri l'interrompit, plein d'impatience, pour lui demander où se trouvait ce modèle de perfection.

— Cette femme, dit Bodoeri, c'est ma nièce chérie. — Quoi ! s'écria Falieri, ta nièce qui se maria avec Bertuccio Nénolo de Trévise ? — Tu penses à ma nièce Francisca ? ce n'est pas elle, c'est sa fille. Tu sais que Nénolo périt dans un combat naval. Francisca s'ensevelit alors dans un couvent de Rome, et me laissa sa fille Annunziata que je fis élever dans la retraite à Trévise. — Y songes-tu ? dit Falieri avec humeur. Tu veux que j'épouse la fille de ta nièce ! Combien d'années se sont écoulées depuis le mariage de Nénolo ? Annunziata doit compter à peine seize ans. Lorsque j'étais podestat à Trévise, Nénolo ne songeait pas encore à se marier, et il y a de cela... — Vingt-cinq ans, dit Bodoeri en riant. Annunziata est une fille de dix-neuf ans, belle comme l'aurore, simple, modeste et d'une innocence extrême, car elle n'a jamais parlé à un homme ; elle t'aimera comme son père, et elle te donnera son cœur sans partage. — Je veux la voir ! dit le doge, dont les yeux s'animèrent d'un feu nouveau. Je veux la voir !

Son désir fut accompli le même jour ; car, à l'issue du conseil, l'habile Bodoeri conduisit secrètement sa nièce Annunziata dans les appartements du doge. Le vieux Falieri resta comme éperdu à la vue des charmes de la jeune Vénitienne, et il eut à peine la force d'exprimer ses désirs, Annunziata s'agenouilla avec pudeur devant le vieillard couronné, et lui dit à voix basse, en baisant sa main avec respect : — Oh ! mon seigneur, puisque vous daignez m'admettre à vos côtés sur votre siège royal, je serai toute ma vie votre fidèle servante, et mon bonheur sera de contribuer au vôtre.

Le vieux Falieri était hors de lui de bonheur et de joie et il se sentit tellement ému lorsque Annunziata saisit sa main pour l'embrasser, qu'il en tomba presque sans force sur son fauteuil. Bodoeri ne perdit pas un moment. L'union du doge avec Annunziata fut résolue ; mais comme le vieux Falieri craignait les sarcasmes des nobles Vénitiens, on convint que le mariage aurait lieu dans le plus grand mystère, et que quelques jours après la dogaresse serait présentée publiquement à la seigneurie, comme si elle se fût mariée à Trévise, où Falieri avait séjourné en se rendant en ambassade à Avignon.

III

Jetons [1 bis] maintenant nos regards sur un jeune homme d'une mine fière et gracieuse, vêtu avec goût, qui se promène sur le Rialto, une bourse pleine de sequins dans sa main, et qui s'entretient tour à tour avec des Juifs, des Turcs, des Grecs et des Arméniens ; il détourne son front soucieux, revient rapidement sur ses pas, s'arrête tout à coup, revient encore, et se jette enfin dans une gondole qui le conduit à la place Saint-Marc, où il se met à errer les yeux baissés, sans remarquer, sans soupçonner plus d'un doux murmure qui s'échappe, à son passage, entre les somptueuses draperies de plus d'un balcon des palais voisins. Qui reconnaîtrait dans ce jeune homme, cet Antonio qui, peu de jours auparavant, était couché, couvert de haillons, sur les degrés de marbre de la dogana ?

— Bonjour, mon fils, bonjour ! lui cria la vieille mendiante qui était assise devant l'église de Saint-Marc. — Antonio, qui ne l'avait pas aperçue, s'arrêta et prit dans sa bourse une poignée de sequins qu'il se disposa à lui jeter. — Laisse-là ton or, lui cria la mendiante ; ne suis-je pas assez riche ? Mais si tu me veux quelque bien, fais-moi faire une capuce neuve, car celle que je porte n'est plus en état de résister au vent et à la pluie ! Mais surtout, mon fils, garde-toi d'aller au Fontego, — au Fontego !

Antonio regarda attentivement ce visage jaune, sillonné de rides, et lui cria avec humeur : — Tu peux m'épargner toutes ces folies, vieille sorcière ! — Mais au moment où il prononça ces mots, la mendiante tomba sans mouvement du haut des marches sur lesquelles elle était assise. Antonio courut à elle, la reçut dans ses bras et la releva avec précaution. — Ah ! mon fils, dit-elle d'une voix plaintive, quel horrible mot tu as prononcé ! ah ! tue-moi plutôt que de le répéter : tu ne sais pas combien tu as déchiré le cœur de celle qui t'aime comme son enfant !

A ces mots, la vieille mendiante s'enveloppa la tête de l'étoffe de laine brune qui pendait sur ses épaules, et se mit à soupirer et à gémir comme si elle eût été atteinte de mille douleurs. Antonio se sentit involontairement ému, il prit le bras de la vieille et la conduisit sous le portail de l'église où il la fit asseoir sur un banc de marbre. — C'est à toi, dit-il, que je dois mon bonheur, car sans toi, je serais encore dans la misère, je n'aurais pas sauvé le vieux doge et je n'aurais pas reçu cette belle bourse de sequins. Parle, que puis-je donc faire à mon tour pour ton bonheur ?

La vieille mendiante le regarda avec tendresse. — Mon enfant, dit-elle, ne te souvient-il plus du temps où tu te trouvais tout le jour sur cette place, attendant une aubaine, et travaillant pour gagner un misérable salaire ?

Antonio soupira profondément ; il prit place auprès de la vieille et lui dit : — Ah ! ma mère, je sais trop bien que je suis né de parents qui vivaient dans l'aisance ; mais j'ignore entièrement qui ils étaient et comment je les ai quittés. Je me souviens d'un homme de belle taille, qui me prenait souvent dans ses bras et qui me comblait de caresses, ainsi que d'une charmante femme qui me plaçait chaque jour dans une couche bien douce et bien molle. Tous deux me parlaient dans un langage étranger dont j'avais retenu quelques paroles. Lorsque j'étais rameur, mes camarades me disaient toujours qu'à mes yeux, qu'à mes cheveux et à ma tournure, il était facile de s'apercevoir que j'étais d'origine allemande. Je le crois aussi. Le souvenir le plus vif qui me soit resté de ce temps passé, c'est celui d'une nuit de terreur dans laquelle je fus réveillé d'un sommeil profond. On allait et on venait dans la maison; on ouvrait, on fermait des portes; je fus saisi d'inquiétude et je me mis à pleurer. La femme qui avait soin de moi accourut aussitôt, m'arracha du lit, me ferma la bouche avec sa main, m'enveloppa dans un drap et s'échappa avec moi. Dès ce moment, il existe une lacune dans mes souvenirs. Je me retrouve dans une somptueuse maison, située au milieu d'une contrée agréable. Je vois l'image d'un homme que j'appelais mon père, et dont le portrait était noble et fier. Il parlait italien, ainsi que tous les gens de la maison. Il y avait plusieurs semaines que je n'avais vu mon père, lorsqu'un grand nombre d'hommes de mauvaise mine entra dans la maison et y mit tout en désordre. Ils m'aperçurent et me demandèrent ce que je faisais dans cette demeure. — Je suis Antonio, le fils de la maison, leur répondis-je. Ils se mirent à rire aux éclats, me dépouillèrent de mes beaux vêtements, et me chassèrent en me menaçant de me battre si je reparaissais dans ce lieu. Je m'enfuis en gémissant. A cent pas de là, je rencontrai un vieil homme que je reconnus pour un des serviteurs de mon père adoptif. — Viens, Antonio, pauvre garçon, dit-il en me prenant la main. La maison nous est fermée pour toujours; il faut que nous tâchions tous deux de trouver notre pain. A ces mots, le vieillard m'emmena. Il n'était pas aussi pauvre que semblaient le témoigner ses haillons. A peine fûmes-nous arrivés à Venise que je le vis tirer des sequins de son misérable pourpoint, pour faire le métier de brocanteur sur le Rialto. Il fallait toujours que je l'accompagnasse, et il ne faisait jamais un marché sans demander une bagatelle pour son figliolo. Je me trouvais fort bien avec cet homme, qu'on nommait le père Blaunas; mais cela ne dura pas longtemps. Tu te souviens sans doute, ma mère, du terrible tremblement de terre qui ébranla les tours et les palais de Venise, et qui fit sonner les cloches de Saint-Marc comme si elles eussent été ébranlées par des mains de géant; sept ans se sont à peine écoulés depuis cette catastrophe. Je m'échappai heureusement, avec le vieillard, de la maison que nous habitions et qui s'écroula derrière nous. Toutes les affaires avaient cessé; le silence le plus profond régnait sur le Rialto, et, pour combler nos maux, un souffle contagieux vint menacer la ville! On apprit que la peste avait été apportée du Levant en Sicile, et qu'elle exerçait ses ravages dans la Toscane. Cependant Venise n'en était pas encore atteinte. Un jour, le vieux Blaunas commerçait sur le Rialto avec un Arménien: ils étaient d'accord sur leur marché et se serraient cordialement les mains. Mon protecteur avait cédé à bas prix quelques marchandises à l'Arménien, et il demandait, comme de coutume, une bagatelle *per il figliolo*. L'Arménien, homme d'une haute stature, avec une barbe épaisse, je crois encore le voir, me regarda d'un air amical, m'embrassa et me mit dans la main une couple de sequins que je m'empressai de glisser dans ma poche. Nous regagnâmes en gondole la place Saint-Marc. En chemin, mon protecteur me demanda les deux ducats, et moi je prétendis que je devais les garder, puisqu'il avait plu à l'Arménien de m'en faire présent. Le vieillard prit de l'humeur; mais, tandis qu'il me grondait, je remarquai que son visage se couvrait d'une teinte jaune et terreuse, et que ses discours devenaient de plus en plus incohérents. Arrivé sur la place, il s'agita comme un homme ivre, et bientôt il tomba mort devant le palais ducal. Je me jetai sur son corps en poussant de grands cris. Aussitôt le peuple accourut, et on entendit murmurer de toutes parts le terrible nom de peste. A ce mot, la foule se dispersa, et chacun se hâta de prendre la fuite. Pour moi, je me sentis frappé d'un étourdissement subit, et ma vue devint faible et confuse. En revenant à moi, je me trouvai dans une vaste salle, étendu sur un mince matelas, enveloppé d'un drap de laine; autour de moi trente ou quarante figures pâles et étiques étaient étendues sur des couches semblables. J'appris plus tard que des moines compatissants, qui sortaient de San-Marco, m'avaient recueilli dans leur gondole et m'avaient transporté au Giudecca, dans le cloître de San-Giorgo Maggiore où les bénédictins avaient établi un hôpital. La force de la maladie m'avait ravi la mémoire de tout ce qui s'était passé. Les moines ne purent me dire autre chose, sinon qu'on m'avait trouvé près du père Blaunas qui venait d'expirer. Peu à peu je recueillis mes pensées, et je me rappelai ma vie antérieure; mais ce que j'ai raconté, ma mère, c'est là tout ce que j'en sais : je suis seul dans le monde, et quel que soit mon sort, je ne puis espérer d'y trouver le bonheur! — Tonino, mon cher Tonino, dit la vieille; contente-toi de ce que le destin veut bien t'accorder présentement. — Hélas! dit Antonio, il est encore quelque chose qui tourmente ma vie, qui me poursuit sans relâche, et qui me perdra tôt ou tard. Un désir inexprimable, un besoin dévorant pour une chose que je ne puis nommer, que je ne puis définir, s'est emparé de mon être depuis que j'ai quitté cet hôpital. Quand, au milieu de ma carrière, je revenais après les fatigues du jour, me reposer sur le lit le plus dur, le sommeil m'y attendait toujours, et les songes venaient rafraîchir mes paupières, par les douces images de bonheur qu'ils m'accordaient jusqu'à mon réveil. Maintenant je suis étendu sur de moelleux coussins, et nul travail ne consume plus mes forces; mais je sens que mon existence me pèse, et je ne trouve plus ce sommeil qui charmait autrefois tous mes maux. En vain, je cherche à savoir pourquoi la vie me paraissait si belle autrefois, et pourquoi elle me paraît aujourd'hui aussi sombre. Le désespoir me gagne en songeant que j'ignore même le bonheur auquel j'aspire avec tant d'ardeur! — Tonino, mon cher Tonino, dit la vieille, qui semblait vivement compatir aux peines d'Antonio, tu te désespères parce que tu as connu des moments heureux dont le souvenir même s'est effacé en toi? Pauvre enfant! Viens, conduis-moi à la mer.

Antonio prit la vieille presque involontairement, et la conduisit à travers la place Saint-Marc. Tandis qu'ils marchaient, la vieille mendiante lui dit à voix basse : — Antonio, vois-tu cette tache de sang, sur le pavé? Oui, du sang! De ce sang naîtront de belles roses rouges pour te former une couronne! pour toi et pour ta bien-aimée! O seigneur du ciel, quel nuage de lumière que celui qui s'avance vers toi en souriant! Tonino, ses bras blancs comme la neige s'ouvrent pour te recevoir. Antonio! enfant fortuné! conduis-toi avec courage, et tu pourras cueillir des myrtes au crépuscule, des myrtes pour la jeune veuve qui sera ta fiancée. Mais ils ne fleurissent qu'à minuit; entends-tu bien les murmures des vents du soir, les gémissements de la mer qui s'agite? Prends ta rame, hardi gondolier, prends ta rame!

Antonio se sentit frappé d'effroi en entendant ces singuliers discours. Ils étaient arrivés auprès de la colonne qui porte le lion adriatique. Antonio s'arrêta et dit à la vieille mendiante d'un ton rude et mécontent: — Arrête-toi, vieille sorcière [2], et tiens-moi des discours moins obscurs. Tu m'as prédit le bonheur qui devait m'advenir en sauvant le doge, il est vrai; mais aujourd'hui, que me parles-tu de jeunes veuves, de myrtes, de roses et de fiancées? Veux-tu me tromper ou m'exciter à faire quelque folie? Tu auras une capuce neuve, le pain, les sequins, tout ce qu'il te plaira, mais laisse-moi m'éloigner en paix.

A ces mots, Antonio voulut la quitter, mais la mendiante le retint par son manteau: — Tonino, dit-elle, ne me regarde pas ainsi, ou je cours à l'extrémité de la place me précipiter dans la mer! Reste près de moi, mon fils, mon cœur est oppressé; il faut que je l'épanche dans le tien. Mets-toi là, mon fils, et écoute-moi quelques instants.

Antonio s'assit avec humeur au pied de la colonne, et se mit à examiner son livre de compte dont les feuilles blanches témoignaient du zèle avec lequel il suivait le commerce qu'il avait entrepris de faire sur le Rialto. — Tonino, dit la vieille, n'as-tu donc jamais pensé que tu pouvais m'avoir vue jadis? — Je t'ai déjà dit, répondit Antonio sans lever les yeux, que je me suis senti entraîné vers toi; mais n'attribue pas ce penchant à ta vieille figure; car, quand je vois tes yeux noirs étincelants, ton nez pointu, tes lèvres pâles, et tes cheveux gris épars, je frissonne et je songe que tu emploies peut-être quelques moyens ténébreux pour m'attirer. — O seigneur du ciel! s'écria la mendiante au désespoir. Quel démon t'a inspiré de semblables pensées ? Accuser de sortilège celle qui a sauvé ton enfance des dangers qui la menaçaient ; car, cette femme dont le souvenir est restée dans ton âme, Tonino, cette femme n'était autre que moi. — Crois-tu donc m'abuser, vieille insensée ? les souvenirs de mon enfance sont encore vivants dans ma mémoire ; cette femme charmante, je crois encore la voir devant mes yeux, avec son visage frais et coloré, ses yeux doux et étincelants, les cheveux bruns et sa main blanche et potelée. Elle avait à peine trente ans ; et toi, ne comptes-tu pas déjà près d'un siècle ? — O Dieu du ciel ! s'écria la vieille, mon Tonino a oublié sa fidèle Marguerite ! — Marguerite ? murmura Antonio, Marguerite ! ce nom résonne à mon oreille, comme un air longtemps oublié. Mais non, il n'est pas possible ! — Il n'est que trop possible, Tonino ! Cet homme qui te comblait de caresses, c'était ton père, et la langue que nous parlions ensemble était la langue allemande. Ton père avait été un riche marchand d'Augsbourg. Sa jeune et jolie femme mourut en te donnant le jour. Il se retira alors à Venise, pour fuir le lieu où il avait perdu celle qu'il chérissait, et il m'emmena avec lui. J'étais ta nourrice. Dans cette nuit fatale, où ton père succomba sous un destin funeste, je parvins à te sauver : un noble Vénitien t'accueillit. Mon père, ancien chirurgien, m'avait fait connaître les propriétés des plantes curatives ; mais à cette science je joignais un don particulier, celui de lire dans l'avenir, comme dans un miroir éloigné et confus, et je prédis souvent involontairement les événements futurs. Lorsque je me trouvai seule dans Venise, je songeai à me servir de mon art pour gagner ma vie. Je guérissais en peu de temps les maux les plus invétérés ; et bientôt ma réputation se répandit dans toute la ville. La jalousie des charlatans qui vendent leurs pilules sur le Rialto et sur la Zecca, se réveilla. Ils m'accusèrent d'avoir fait un pacte avec Satan, et le peuple les écouta. Bientôt je fus arrêtée, et traduite devant le tribunal ecclésiastique. Tonino, quelles affreuses tortures il me fallut endurer ! Je les soutins courageusement. Mes cheveux blanchirent, mon corps se contourna, mes mains et mes pieds devinrent semblables à ceux d'une momie. L'estrapade, cette horrible invention de l'enfer, m'arracha enfin un aveu dont le souvenir me fait encore trembler aujourd'hui. Je fus condamnée à être brûlée vive, mais le grand tremblement de terre qui renversa les palais de Venise, m'ouvrit les portes de ma prison. Je sortis de ma retraite, à travers les décombres, comme un spectre qui s'échappe de son tombeau. Ah! Tonino, tu me crois dans l'âge de la décrépitude; mais il n'en est rien. Ce corps amaigri, ce visage sillonné, ces cheveux argentés, ces pieds chancelants, ce n'est pas l'âge, c'est le martyre que j'ai enduré qui m'a réduite en peu de jours à cet état. Et ce frisson, ce rire involontaire qui fait dresser mes cheveux sur ma tête, c'est le résultat des dernières tortures que j'ai endurées, qui me cause encore sans cesse des convulsions.

— Femme, dit Antonio, il me semble que je dois ajouter foi à tes paroles. Mais, qui donc était mon père, quel était son nom, et quel sort éprouva-t-il dans cette nuit funeste? Quel est celui qui me recueillit, et que m'arriva-t-il dans ma vie qui m'est resté inconnu? Quand tu m'auras dévoilé tous ces mystères, alors je pourrai te croire. — Tonino, dit la vieille en soupirant, je dois te taire toutes ces choses; mais bientôt, bientôt tu les connaîtras. Demeure loin du Fontego; du Fontego, tu m'entends! — Maudite femme! s'écria Antonio. Tu parleras, ou... A ces mots, il fit un signe menaçant. Mais la vieille mendiante retint son bras, en lui disant: — Arrête, malheureux enfant! Tu oublies que j'ai eu soin de ton enfance, que j'ai sauvé ta vie! Antonio se frappa le front avec violence, et s'éloigna rapidement.

IV

C'était un merveilleux spectacle que de voir le vieux doge Marino Falieri avec sa jeune et brillante épouse. Il était encore droit et robuste, mais avec une barbe grise, mille plis sur son visage bruni, les yeux rougis et le front soucieux; elle, la grâce même, ses traits exprimaient une douceur céleste ; une aimable dignité était répandue sur son front ombragé par les nombreux anneaux d'une belle chevelure brune ; sa tête s'inclinait doucement sur son sein, sa taille fine et légère, une admirable créature féminine, qui semblait descendue du ciel, sa patrie. On connaît ces figures d'anges que les anciens peintres savaient si bien représenter et saisir ; telle était Annunziata. Pouvait-il advenir autrement que chacun de ceux qui la voyaient tombassent dans l'extase et dans le ravissement, et que tous les jeunes patriciens de la signoria fussent frappés au cœur par la belle dogaresse ? Annunziata se vit bientôt entourée d'adorateurs dont elle recevait publiquement et aimablement les discours flatteurs et entraînants. Son âme pure n'avait compris les rapports qui l'unissaient à son noble époux, que dans le sens d'une vénération et d'une soumission parfaite ; et elle se plaisait à se regarder comme la plus humble de ses servantes. Pour lui, il était tendre et bienveillant auprès d'elle ; il la pressait sur son sein glacé, il la nommait sa chérie, il lui faisait présent de mille raretés ; ses moindres désirs étaient des ordres pour lui ; et Annunziata, touchée de tant de soins, ne pouvait avoir même la pensée de trahir ce vieillard, qui la comblait de tant de biens. Aussi toutes les adorations restaient sans fruit. Mais aucun praticien ne brûlait d'un amour aussi violent pour la belle dogaresse, que Michaële Sténo. Bien que fort jeune, il remplissait la place importante de membre du conseil des quarante ; et sa beauté, autant que son rang, lui donnait l'assurance d'une victoire prochaine. Il ne redoutait point le vieux Falieri ; et, en effet, le vieux guerrier semblait, depuis son mariage, avoir perdu toute sa bouillante colère et son impétuosité. On le voyait sans cesse assis auprès de sa belle Annunziata, paré des plus riches vêtements, artistement brodés et découpés ; de ses yeux surmontés de touffes grises s'échappaient des larmes pleines de tendresse, et il la contemplait avec ardeur, demandant dans son ravissement si quelque autre que lui pouvait se vanter de posséder une semblable épouse. Au lieu du ton rauque et violent qu'il prenait jadis, ses lèvres s'agitaient à peine pour parler, et ses expressions étaient toujours des plus

contemple la dogaresse ; et au jour du giovedi grasso, elle recevra solennellement le bouquet qu'un hardi navigateur lui apportera du haut des airs.

En parlant ainsi le doge songeait à une coutume des plus antiques. Le jour du giovedi grasso, un homme du peuple, placé dans une machine semblable à un petit navire, monte le long d'une corde qui plonge dans la mer et qui est attachée à l'extrémité du clocher de la tour de Saint-Marc, et de là descend avec la rapidité d'une flèche jusque sur la place où sont assis le doge et la dogaresse à qui il présente un bouquet de fleurs. Le lendemain, le doge fit ce qu'il avait annoncé. Annunziata se revêtit de ses habits les plus magnifiques, et s'achemina vers la place Saint-Marc avec le doge, environné des patriciens de la Seigneurie, de ses pages et de ses gardes. On se pressa, on se foula à en périr, pour voir la belle dogaresse, et ceux qui parvenaient à l'apercevoir se répandaient en témoignages d'admiration et de plaisir. Mais la légèreté vénitienne fit qu'au milieu de ces folles expressions de ravissement, on entendit des vers satiriques et des brocards sur le vieux Falieri et sa jeune épouse. Pour Falieri, il marchait immobile et sans témoigner aucune inquiétude, bien qu'il vît de toutes parts des regards brûlants de désir dirigés sur sa belle dogaresse. Arrivés au portique du palais, d'où les gardes chassaient avec peine la foule de peuple, on ne trouva plus que quelques groupes de citoyens distingués auxquels on n'avait pu défendre l'entrée de la cour intérieure du palais. Au moment où la dogaresse parut dans cette cour, un jeune homme qui s'était appuyé contre un pilier s'écria : — O Dieu du ciel ! et il tomba sans mouvement sur le pavé de marbre. On s'empressa autour de lui, et on l'environna de telle sorte, que la dogaresse ne put le voir ; mais elle pâlit, chancela, et les soins qu'on lui prodigua la préservèrent à peine d'un évanouissement. Le vieux Falieri se mit à maudire l'inconnu avec violence, et pressant dans ses bras son Annunziata, dont la tête se penchait languissamment, il l'entraîna dans ses appartements.

V

Pendant ce temps, le peuple s'était rassemblé autour du jeune homme que l'on croyait mort, et il se passa une scène singulière. Au moment où on se disposait à l'emporter, une vieille femme couverte de haillons se fit jour à travers la foule, et s'écria : — Laissez-le, laissez-le ; il n'est pas mort ! Elle s'agenouilla alors auprès de lui, posa sa tête sur son sein, et lui frotta doucement le front, en le nommant des noms les plus doux. En contemplant l'affreuse figure ridée de la vieille, qui se penchait sur le charmant visage du jeune homme, dont les traits étaient pâles et immobiles ; en voyant les sales et hideux haillons de la mendiante, qui flottaient sur les riches habits du bel adolescent ; ces mains osseuses et décharnées, qui se promenaient sur ce front blanc et uni, il semblait que ce fût dans les bras de la mort même que reposait cet enfant. Un effroi involontaire s'empara des assistants ; un grand nombre d'entre eux s'éloigna en silence, et il n'en resta que quelques-uns qui le portèrent à une gondole que leur indiqua la vieille mendiante. La barque s'éloigna rapidement et les conduisit tous deux vers une modeste demeure.

Lorsque Antonio se réveilla de son évanouissement, il aperçut auprès de son lit la vieille qui lui faisait respirer quelques gouttes d'une liqueur spiritueuse. — Tu es donc auprès de moi, Marguerite ? lui dit-il. Ah ! tant mieux. Qui donc, si ce n'est toi, m'eût donné tant de soins ? Oh ! pardonne-moi d'avoir douté un instant de la vérité de tes paroles. Oui, tu es bien Marguerite, qui m'a nourri, qui a eu soin de mon enfance. Ne t'ai-je pas dit qu'un charme obscur dominait tout mon être ? Mais un rayon de lumière a paru à mes yeux et m'a plongé dans un ravissement indicible. Maintenant je sais tout. — Tout ! Bertuccio Nénolo ne fut-il pas mon père adoptif ? Ne m'éleva-t-il pas dans sa maison de plaisance auprès de Trévise ? — Hélas ! oui, répondit la vieille, ce fut Bertuccio Nénolo, le grand homme de mer que les vagues engloutirent au moment où il se couvrait de gloire. — Ne m'interromps pas, dit Antonio; écoute patiemment. J'étais heureux auprès de Bertuccio, je portais de beaux vêtements; la table était toujours préparée pour moi lorsque j'avais faim; et, quand j'avais fait mes trois prières, je pouvais gaiement folâtrer dans le bois et dans la prairie; tout près de la maison se trouvait un bois de pins frais et sombre, rempli de parfums et de mélodies. Un soir que j'étais las de bondir et de sauter, j'allai m'asseoir sous un grand arbre au moment où le soleil se couchait; et je me mis à contempler le ciel bleu. Peut-être fût-ce l'effet de la vapeur des herbes aromatiques sur lesquelles j'étais étendu, mais je fermai les yeux sans le vouloir, et je tombai dans un affaissement semblable au sommeil d'où un léger bruit vint tout à coup me tirer. Je me relevai; un ange, un enfant céleste était auprès, me regardait en souriant, et me dit d'une voix douce: « Eh quoi! tu dormais paisiblement, et la mort, la méchante mort était auprès de toi! » Tout près de moi, en effet, était étendue une vipère dont la tête était fracassée; l'enfant avait tué le reptile en le frappant d'une branche de noyer, au moment où il se disposait à dérouler ses anneaux et à s'élancer sur moi. Je savais qu'autrefois les anges descendaient du haut du ciel pour sauver les hommes d'un danger pressant. Je tombai à genoux, et élevant vers lui mes mains jointes: — Ah! m'écriai-je, tu es un ange de la lumière, que le Seigneur m'a envoyé pour me sauver de la mort. Mais la céleste créature étendit vers moi ses bras, et me dit en rougissant: « Je ne suis pas un ange, je ne suis qu'une petite fille, qu'un enfant comme toi! » Je me levai plein de ravissement, nous enlaçâmes nos bras, nos lèvres se rencontrèrent, et nous nous serrâmes étroitement en pleurant de joie et dans un doux silence. Tout à coup une voix claire s'écria dans le bois: — Annunziata, Annunziata! « Il faut que je parte, ma mère m'appelle », murmura la jeune fille, et une douleur poignante s'empara de mon âme. — Ah! je t'aime tant, lui dis-je en versant des larmes qui tombèrent sur ses joues brûlantes. « Je te chéris aussi, cher enfant! » s'écria la jeune fille en déposant un dernier baiser sur mes lèvres. — Annunziata! cria-t-on de nouveau, et elle disparut dans les arbres.

Vois, Marguerite, ce fut l'instant où l'amour jeta dans mon cœur la première étincelle d'un feu qui le consume encore ! Peu de jours après je fus chassé de la maison. Le père Blaunas, à qui je parlais toujours de cet enfant céleste qui m'était apparu, et dont je croyais toujours entendre la douce voix dans le frémissement des arbres, dans le murmure des sources, dans le murmure mystérieux de la mer quand elle est calme ; le père Blaunas me dit que cette jeune enfant ne pouvait être que la fille de Nénolo qui était venue le voir avec sa mère Francesca, et qui était repartie le lendemain. O ma mère ! O Marguerite ! que le ciel vienne à mon aide ! cette Annunziata, c'est la dogaresse !

A ces mots, Antonio s'enveloppa la tête en pleurant, et se mit à gémir en serrant de ses dents les coussins de sa couche. — Mon cher Tonino ! dit la vieille, remets-toi, résiste avec courage à cette douleur insensée. Doit-on désespérer ainsi dans les peines d'amour, et pour qui donc s'épanouissent les fleurs d'or de l'espérance, si ce n'est pour les amants ! Le soir, on ignore ce qu'apportera le matin, et ce qu'on pense en rêve arrive souvent dans la réalité. Vois, Antonio, tu ne m'écoutes pas ; mais moi, je te prédis que l'amour te recevra sur la mer dans sa riante gondole. Patience, mon fils Tonino, patience !

VI

Le giovedo grasso était arrivé. Des fêtes plus éclatantes que jamais devaient le célébrer. Un immense échafaud fut élevé sur la petite place San-Marco, pour un feu d'artifice d'un effet tout singulier, qu'un Grec avait inventé. Le soir le vieux Falieri vint se placer sur la galerie avec sa jeune femme dans tout l'éclat de sa beauté. Mais, au moment de s'asseoir sur le trône qui lui avait été préparé, il aperçut Michaël Sténo qui avait également pris place dans la galerie, et si près de la dogaresse, qu'il devait nécessairement être remarqué par elle. Brûlant de colère et animé de jalousie, Falieri lui cria d'une voix haute de s'éloigner; Sténo répondit par un geste menaçant, mais les gardes s'approchèrent aussitôt, et le forcèrent de quitter la galerie.

Cependant Antonio, que la vue d'Annunziata avait mis hors de lui-même, se fit jour à travers la foule, et se rendit, le cœur déchiré, sur le rivage de la mer où régnait une nuit sombre. Il songeait s'il ne vaudrait pas mieux pour lui de se jeter dans les flots glacés et d'y éteindre l'ardeur qui le dévorait, plutôt que de se laisser consumer par une douleur sans fin. Déjà il se trouvait involontairement sur la dernière marche du quai, et il se disposait à exécuter son projet fatal, lorsqu'une voix qui partait d'une petite barque lui cria : — Eh ! bonsoir, messire Antonio ! Au reflet des illuminations de la place, Antonio reconnut le joyeux Piétro, son ancien camarade, qui était assis dans la gondole, la tête couverte d'un bonnet surmonté de plumes et de clinquant, avec une casaque bariolée de rubans et un magnifique bouquet dans la main. — Bonsoir, Piétro, répondit Antonio, à quel seigneur vas-tu donc rendre visite dans ce brillant costume ? — Eh ! messire Antonio, s'écria Piétro, je vais gagner mes trois sequins ; je dois faire l'ascension à la tour de San-Marco, et en descendre pour porter le bouquet à la belle dogaresse. — Mais n'est-pas là un saut bien périlleux, ami Piétro ? dit Antonio. — Sans doute, répliqua celui-ci, on peut se briser le cou, surtout aujourd'hui, car il faudra passer par un feu d'artifice. Le Grec dit, il est vrai, qu'il est arrangé de manière à ne pas m'enlever un cheveu de la tête, mais...

Piétro secoua la tête.

Antonio s'élança dans la barque, et il vit alors que Piétro était tout près de la machine d'où montait la corde qui plongeait dans la mer. D'autres cordes, qui s'élevaient au milieu de la machine, se perdaient dans les nues obscures. — Écoute, Piétro, dit Antonio, après quelques moments de réflexion, écoute, camarade Piétro : si tu veux gagner aujourd'hui dix sequins sans mettre ta vie en danger, cela ne te conviendra-t-il pas davantage ? — Eh ! sans doute, répondit Piétro en riant. — Eh bien ! reprit Antonio, voici dix sequins. Change d'habits avec moi et laisse-moi prendre ta place. Je monterai au lieu de toi. Cela te convient-il, maintenant?

Piétro secoua la tête et dit, en pesant l'or dans ses mains: — Vous êtes bien bon, messire Antonio, de me nommer encore votre camarade, et d'être aussi généreux: L'argent est sans doute fort agréable, mais remettre un bouquet dans les mains de la dogaresse, entendre sa douce voix, voilà véritablement pourquoi l'on risque sa vie. Allons, puisque c'est vous, j'y consens.

Ils changèrent précipitamment d'habits, et à peine avaient-ils fait cet échange, que Piétro s'écria: — Vite, dans la machine, le signal est donné. En ce moment la mer fut éclairée par le reflet brillant de mille gerbes de feu, et le rivage retentit du bruit de cent tonnerres. Antonio s'éleva avec la rapidité de l'éclair au milieu des clartés pétillantes d'un feu d'artifice, et s'abattit en un clin d'œil sur la galerie, devant la dogaresse. Elle s'était levée et avait fait un pas en avant; il sentit sa douce haleine se jouer sur ses joues; il lui présenta le bouquet, et dans ses transports il ne put retenir ses désirs brûlants et imprima des baisers ardents sur la main de la belle Annunziata, en prononçant mille fois son nom, comme s'il eût été dans le délire. Mais tout à coup la machine l'emporta avec la force du destin dont elle semblait l'organe, et, l'entraînant loin de sa bien-aimée, le rejeta vers la mer, où il tomba épuisé dans les bras de Piétro, qui l'attendait dans sa barque.

VII

Sur le balcon, tout était dans la confusion et dans le désordre. On avait trouvé un billet attaché sur le siège du doge. Il contenait ces mots, écrits en patois vénitien:

Il dose Falier della bella muier.
I altri la gode é lui la mantien.

Le vieux Falieri tomba dans une violente colère, et jura que le plus rude châtiment atteindrait le coupable. Tout à coup ses regards rencontrèrent ceux de Michaël Sténo, dont les flambeaux de la galerie éclairaient le visage ironique. Le doge ordonna aussitôt à ses gens de l'arrêter, comme auteur de cette injure; mais des cris s'élevèrent de toutes parts, et tous les nobles vénitiens qui se trouvaient présents, s'écrièrent que Falieri offensait à la fois la seigneurie et le peuple, en attaquant les privilèges de la noblesse et en troublant, par des ordres injustes, l'allégresse publique. Falieri ne s'était cependant pas trompé; car Michaël Sténo avoua courageusement l'action qu'il avait faite, en rejetant la faute sur le doge qui l'avait offensé le premier. La seigneurie était depuis longtemps mécontente d'un chef qui, au lieu de s'adonner, comme on l'attendait, aux soins de l'Etat, vivait dans la mollesse et dans les tracasseries d'un amour débile; et les nobles se trouvèrent plus portés à excuser Sténo qu'à venger le doge de l'injure qu'il avait reçue. L'affaire fut portée du conseil des dix à la quarantie dont Michaël était membre. Sténo avait déjà assez souffert, un bannissement d'un mois parut une peine suffisante pour expier son délit. Nous verrons quels résultats produisit l'amertume que ce jugement répandit dans le cœur du vieux doge.

Pour Antonio, il ne pouvait se remettre de l'impression qu'il avait éprouvée; et il désespérait de revoir jamais celle qu'il adorait en silence. Un jour la vieille revint d'un air joyeux, et, sans répondre à ses questions, se mit à faire cuire un baume dans lequel elle fit entrer mille ingrédients; puis elle s'éloigna en souriant. Elle ne revint que le soir. S'asseyant alors d'un air oppressé, dans un fauteuil, elle dit enfin, après un long silence: — Tonino, mon fils, devine un peu d'où je viens.

Antonio la regarda avec étonnement. — Tu ne devines pas? reprit la vieille. Eh bien! je viens de chez elle, de chez la belle Annunziata! — Ne m'ôte pas le reste de ma raison! s'écria Antonio; n'achève pas de me perdre! — Hélas! mon pauvre Tonino, ne sais-tu pas que je songe à toi sans cesse? Aujourd'hui, tandis que je passais sous les voûtes du palais, j'entendis le peuple parler du malheur qui était arrivé à la belle dogaresse. J'interrogeai ceux qui se trouvaient près de moi, on me répondit qu'un scorpion lui avait piqué le doigt dans le jardin, et que le docteur Basseggio, qui avait été mandé auprès d'elle, parlait de lui couper la main. Au même moment, un grand bruit se fit entendre sur les marches du palais, et un homme, poussé par les gardes, roula jusqu'au bas en se lamentant et en poussant de grands cris. Le peuple s'assembla autour de lui en riant hautement, et reconduisit avec des huées le docteur qu'il avait reconnu. C'est ainsi que le conseil de Basseggio avait été récompensé. Je courus aussitôt au logis; là je composai mon baume, et je revins promptement au palais. Le vieux Falieri sortait en cet instant de ses appartements. — Que veut cette vieille femme? me dit-il. Je lui répondis que je venais proposer un moyen pour guérir la belle dogaresse. Aussitôt il me regarda fixement, passa sa main sur sa longue barbe grise, et, me poussant par les deux épaules, il me fit entrer si précipitamment dans ses appartements, que j'eus peine à me tenir sur mes jambes. Ah! Tonino, la pauvre enfant était assise sur ses coussins, pâle, abattue, gémissante, et s'écriant d'une voix éteinte: — Oh! mon Dieu, le venin parcourt-il donc toutes mes veines? Je lui pris la main et je la débarrassai de toutes les ligatures du docteur, et j'appliquai mon baume. — Je me sens déjà soulagée, dit la plaintive colombe. — Cent sequins te sont réservés si tu sauves la dogaresse! s'écria le vieux Marino, et il quitta la chambre. Je restai trois heures à tenir sa petite main dans la mienne, à la frotter et à l'enduire de baume; alors la dogaresse se réveilla de l'assoupissement dans lequel elle était tombée; et cessa de se plaindre de sa douleur. Elle me regarda d'un air riant et prononça quelques mots de reconnaissance. — Noble dame, lui dis-je, le ciel vous rend ce que vous avez donné. N'avez-vous pas sauvé jadis un jeune enfant en tuant un scorpion qui était prêt à le percer de son dard? — Tonino, il eût fallu voir de quelle rougeur subite se couvrirent ses joues pâles, et de quel feu brillèrent ses yeux éteints. — Ah! bonne vieille, dit-elle, je ne l'ai pas oublié. Je n'étais alors qu'un enfant. C'était à la maison de plaisance de mon père, c'était un bel enfant: il me semble que je le vois encore. — Alors je lui parlai de toi, je lui dis que tu étais à Venise, que tu portais encore dans ton âme le souvenir de cet heureux moment; que, pour la contempler, pour voir un seul instant l'ange qui l'avait sauvé, tu avais risqué ta vie, et que c'était toi qui lui avais présenté le bouquet du giovedo grasso. — Ah! dit-elle, je l'ai senti, je l'ai deviné, lorsqu'il déposa sur ma main un baiser brûlant, il me sembla qu'un souvenir de bonheur se réveillait en moi. Amène-le-moi, que je le vois, ce bel enfant!

A ces mots de la vieille, Antonio se jeta à deux genoux, et s'écria: — Rigueur du ciel, laisse-moi la vie jusqu'à ce que je l'aie pressée une fois sur mon sein, et puis je pourrai mourir!

VIII

Plusieurs jours s'étaient écoulés. La dogaresse avait été guérie par le secours de la vieille[3]; mais il était impossible de conduire Antonio auprès d'elle. En vain sa vieille nourrice cherchait à le consoler; il était tourmenté de mille peines, et il ne pouvait modérer son impatience. Dans son inquiétude, il parcourait en gondole tous les canaux, il errait sur toutes les places, et ses pas le rapprochaient toujours involontairement du palais ducal. Un jour il aperçut, près du pont qui joint le palais du doge aux prisons, son ancien camarade Piétro appuyé sur sa rame bariolée; sa gondole amarrée aux colonnes du palais se balançait sur l'onde: cette embarcation était fort petite, mais surmontée d'une tente élégante, richement sculptée, ornée à la poupe du pavillon vénitien, et presque semblable, par ses dorures, au splendide Bucentaure. — Soyez le bienvenu, signor Antonio! s'écria Piétro. Vos sequins m'ont amené le bonheur. Antonio lui demanda d'un air distrait quel bonheur il lui avait procuré. — Ce n'est pas une petite fortune que la mienne! s'écria Piétro. Je ne suis rien moins que le gondolier du doge, que j'ai l'honneur de conduire chaque soir avec la dogaresse à la Guidecca, où il a une jolie maison. — Camarade, s'écria Antonio, veux-tu gagner encore dix sequins et même davantage? Laissez-moi prendre ta place.

Piétro chercha en vain à résister; il se vit forcé de céder aux instances d'Antonio et de le prendre pour son aide. Antonio s'éloigna et revint presque aussitôt en veste de rameur; au même instant le doge parut. — Quel est cet étranger? dit-il d'un air irrité à Piétro. Il se disposait à le chasser, mais le gondolier fit si bien qu'il persuada au vieux doge qu'il ne pouvait ramer sans son aide, et Antonio prit enfin place sur un des bancs de la gondole ducale. Le vieux Falieri, assis auprès de sa belle épouse, lui pressait tendrement les mains qu'il embrassait avec ardeur, et passait son bras autour de sa taille élancée. Arrivé au large, d'où la place Saint-Marc et la magnifique Venise se déployaient devant eux avec ses palais et ses tours altières, Falieri releva fièrement la tête et s'écria: — Eh bien! Annunziata, n'est-il donc pas beau de se promener sur la mer avec le seigneur, avec l'époux de la mer. Mais, ma belle, ne porte point de jalousie à l'épouse qui nous berce si humblement sur son dos. Écoute ce doux murmure des vagues; n'est-ce point là des paroles d'amour qu'elle adresse au fiancé qui la domine? tu portes mon anneau à ton doigt, Annunziata; mais cette autre épouse a aussi reçu un anneau de moi qu'elle conserve précieusement au fond de son lit humide.

— Ah! mon seigneur, répondit Annunziata, je frémis en songeant que vous vous êtes uni à ce froid et humide élément qui peut à chaque moment ouvrir son sein pour vous recevoir!

Le vieux Falieri se mit à sourire. — Tranquillise-toi, mon enfant, dit-il; on est mieux dans tes bras si doux que dans ceux de la vieille Amphitrite. Mais, n'est-il pas vrai, on est heureux de naviguer sur la mer avec l'époux de la mer?

Au moment où le doge prononçait ces paroles, une musique éloignée se fit entendre, et une douce et belle voix d'homme s'éleva au-dessus du bruit des vagues, et chanta ces paroles:

Ah! senza amare
Andare sul mare
Col sposo del mare
Non puo consolare [4].

D'autres voix s'unirent à celle-ci, et les paroles furent alternativement répétées jusqu'à ce que le chant expirât au milieu du mugissement des vents. Le vieux Falieri sembla n'accorder aucune attention à ce concert, et il s'occupa d'expliquer à la dogaresse le but de la cérémonie qui avait lieu le jour de l'Ascension, où le doge s'unissait à la mer Adriatique en lui jetant un anneau du haut du Bucentaure.

Il parla des victoires de la république ; il dit comment l'Istrie et la Dalmatie avaient été conquises sous le gouvernement de Pierre Urséolus II, et comment cette cérémonie avait pris son origine dans cette conquête. Mais si le doge ne s'occupa nullement du chant des musiciens, il n'en fut pas ainsi de la dogaresse ; toute cette histoire fut perdue pour elle. Elle était tout attentive aux doux sons qui semblaient planer sur la mer, et lorsqu'ils cessèrent de se faire entendre, elle jeta autour d'elle de longs regards étonnés, comme quelqu'un qui se réveille d'un profond sommeil, et qui cherche à voir les images qui lui ont apparu en songe. — Senza amare. — Senza amare. — Non puo consolare ! murmurait-elle doucement, et des larmes brillaient dans ses yeux célestes, et des soupirs profonds faisaient soulever son sein. Le doge, toujours racontant, sortit de la barque tenant le bras de la dogaresse, et gagna sa maison de San-Giorgio maggiore sans s'apercevoir qu'Annunziata était saisie d'un trouble extrême, et qu'elle était comme étrangère à tout ce qui se passait autour d'elle. Un jeune homme en veste de rameur sonna d'une trompe formée d'une coquille, et à ce signe une autre gondole s'approcha. Pendant ce temps, une femme et un homme qui portait un parasol s'étaient avancés, et ils accompagnèrent le doge et la dogaresse jusqu'au palais. La seconde gondole toucha la rive, et Marino Bodoeri en sortit accompagné d'un grand nombre de personnes, parmi lesquelles se trouvaient des marchands, des artistes, ainsi que des gens de la dernière classe du peuple, et tous suivirent le doge.

IX

Antonio put à peine attendre le jour suivant, car il espérait recevoir un heureux message de sa chère Annunziata. Enfin la vieille arriva en boitant, s'assit avec lenteur dans un fauteuil, et croisant ses bras amaigris, elle s'écria : — Tonino, qu'est-il donc arrivé à notre pauvre colombe ? En entrant aujourd'hui dans son appartement, je l'ai trouvée étendue sur ses coussins, les yeux à demi fermés, ne dormant pas, n'étant pas éveillée, ne se trouvant ni en santé, ni malade ; je m'approchai d'elle : Noble Dogaresse, lui dis-je, que vous est-il donc arrivé de fâcheux ? Votre blessure, à peine cicatrisée, vous cause-t-elle encore quelque douleur ? — Mais elle me regarda avec des yeux, — avec des yeux comme je ne lui en ai pas encore vu, Tonino ; à peine eussé-je jeté un regard sur leur éclat humide, qu'ils se cachèrent sous ses paupières de soie, comme la lune derrière un nuage sombre. Et alors elle se mit à soupirer du fond de sa poitrine, et cachant son visage pâle sous ces riches coussins, elle murmura bien doucement, mais avec un accent si douloureux, que je faillis en pleurer : *Amare, amare. Ah! senza amare !* — Je m'accroupis à ses pieds, et je me mis à lui parler de toi. Elle se cachait toujours le visage, et ses soupirs devenaient de plus en plus fréquents. Je ne lui cachai pas que tu t'étais travesti pour conduire sa gondole, et que je ne pourrais résister à tes désirs qui t'entraînent auprès d'elle. Quel torrent de larmes s'échappa de ses yeux ! Elle s'écria avec violence : Au nom du Christ, au nom de tous les saints ! Je ne puis le voir ; je t'en supplie, dis-lui qu'il n'approche jamais de moi. Il faut qu'il quitte Venise ; qu'il parte, qu'il parte au plus tôt ! — Il faut donc qu'il meure, ce pauvre Antonio ! m'écriai-je à mon tour. En ce moment, le vieux Falieri entra dans la chambre, et me fit signe de m'éloigner. — Elle me repousse, elle me repousse loin d'elle ! s'écria Antonio dans un profond désespoir. — Pauvre innocent ! dit la vieille en riant. Ne vois-tu pas que la belle Annunziata t'aime de toutes les forces de son âme, qu'elle éprouve tous les tourments d'amour qui aient jamais déchiré un cœur de femme ? Enfant, viens demain, à la nuit sombre, te glisser dans le palais ducal. Dans la seconde galerie, à la droite du grand escalier, tu me trouveras, et là, nous verrons ce qui se passera.

Le lendemain, lorsque Antonio, brûlant de désirs, franchit les hautes marches du palais ducal, il se sentit tremblant et éploré, comme s'il eût été sur le point de commettre un grand crime. Force lui fut de s'appuyer contre une colonne, à l'entrée de la galerie qui lui avait été indiquée. Tout à coup, il se vit environné d'un éclat de flambeaux, et avant qu'il pût s'éloigner, il se trouva devant le vieux Bodoeri, qui s'avançait précédé par quelques pages portant des torches.

Bodoeri le regarda attentivement; puis, il lui dit; — Ah ! c'est toi, Antonio. Je sais pourquoi l'on t'a placé ici. Viens, suis-moi.

Antonio, convaincu que ses desseins avaient été trahis, obéit en frémissant. Mais quel fut l'étonnement d'Antonio, lorsqu'en entrant dans un appartement reculé, Bodoeri l'embrassa, et lui parla du poste important qu'on allait lui confier, et dont Antonio devait s'emparer cette nuit même ! Son étonnement se changea en inquiétude et en effroi, en apprenant que depuis longtemps une conspiration contre la seigneurie mûrissait dans l'ombre ; que le doge lui-même était à la tête de la conspiration, et que cette nuit même il avait été résolu dans la maison de Falieri, sur la Giudecca, que le vieux Marino serait proclamé souverain absolu de Venise. Antonio contempla le vieux Bodoeri dans un silence profond. Celui-ci prenant son silence pour de l'hésitation, s'écria avec colère : — Misérable traître, puisque tu as pénétré dans ce palais, tu n'en sortiras pas : il te faut mourir ou prendre les armes. Mais auparavant, voici celui à qui tu vas rendre compte de tes actions.

Une figure vénérable s'avança du fond de la salle. Dès qu'Antonio vit le visage de cet homme, qu'il n'apercevait qu'à la lueur incertaine des flambeaux, il tomba à genoux et proféra ces paroles : O seigneur du ciel, mon père Bertuccio Nénolo, mon digne protecteur ! — Nénolo releva le jeune homme, le serra dans ses bras, et lui répondit d'une voix douce : — Oui, je suis Bertuccio Nénolo que tu as cru enseveli au fond de la mer, et qui s'est échappé il y a peu de temps, de la captivité où le retenait Morbassan ; Bertuccio Nénolo qui t'avait recueilli et qui ne pouvait prévoir qu'en son absence les serviteurs de Bodoeri te chasseraient de sa maison. Pauvre enfant aveugle ! tu hésites à prendre les armes contre une caste despotique dont la cruauté t'a ravi ton père ! Va dans la cour du Fontego, le sang dont tu verras encore les traces sur le pavé, c'est le sien ! Lorsque la seigneurie loua aux marchands allemands les magasins du Fontego, il leur fut défendu d'emporter les clefs de leurs comptoirs, dans les voyages qu'ils faisaient, et ils durent les déposer chez le Fontegaro. Ton père osa se soustraire à cet ordre, et durant son absence on trouva dans ses marchandises une caisse de faux ducats de Venise. En vain protesta-t-il de son innocence ; en vain, assura-t-il que ses ennemis, que le Fontegaro lui-même avait peut-être introduit cette caisse dans ses magasins pour le perdre, il fut condamné à mort et exécuté dans la cour du Fontego ! J'étais l'ami de ton père, je te recueillis, et, pour te soustraire aux poursuites de la seigneurie, qui t'eût banni, je cachai ton nom. Maintenant, Antonio Dalbinger, il est temps de prendre les armes et de venger les mânes de ton père.

On sait que l'injure que Bertuccio Nénolo avait reçue de l'amiral Dandolo, qui l'avait frappé au visage, le décida à se liguer avec son gendre contre le patriciat. Nénolo et Bodoeri résolurent de mettre le pouvoir dans les mains de Falieri, afin de le partager. Les conjurés concertèrent de répandre la nouvelle que la flotte génoise était entrée dans les lagunes. Dans la nuit, on devait sonner la grande cloche de Saint-Marc et appeler tous les citoyens à la défense de la république. A ce signe, les conjurés, dont le nombre était très grand, devaient s'emparer de la ville, égorger les principaux nobles et proclamer le nouveau souverain. Mais le ciel ne voulut pas que ce massacre eût lieu, et que l'orgueil irrité de Falieri renversât l'antique Constitution de Venise. Les réunions de la Giudecca, dans la maison du doge, n'avaient pas échappé à la surveillance du conseil des dix; mais il lui fut impossible d'apprendre quelque chose de certain. Cependant un des conjurés, un pelletier de Pise nommé Bentian, se sentit touché de remords; il voulut sauver du moins son patron, Nicolas Léoni, qui siégeait au conseil des dix. Vers le soir, il se rendit chez lui et le conjura de ne pas quitter sa maison dans la nuit, quelque chose qui arrivât. Léoni, agité de soupçons, retint de force le pelletier, et le força de lui découvrir tout le projet. Il appela alors Giovanni, Gradenigo et Marino Cornaro, et ils convoquèrent le conseil à Saint-Salvator, où on prit toutes les mesures pour étouffer la conjuration dès le premier moment de son exécution.

Antonio avait été chargé de se rendre à la cour de Saint-Marc, avec une troupe de conjurés, et de faire sonner la grosse cloche. En arrivant, il trouva l'édifice entouré de soldats de l'arsenal, qui se précipitèrent sur les arrivants. Les conjurés se dispersèrent en toute hâte, et Antonio lui-même prit la fuite. En marchant, il entendit derrière lui les pas d'un homme qui parvint enfin à le retenir. Antonio se disposait à le frapper de son poignard; mais à la lueur des flambeaux que portaient ses soldats, il reconnut Piétro.

— Sauve-toi ! s'écria celui-ci : viens dans ma gondole, Antonio; vous êtes tous trahis. Bodoeri, Nénolo, sont tombés au pouvoir de la seigneurie, les portes du palais sont fermées, et le doge est gardé dans son appartement.

Antonio se laissa entraîner dans la gondole sans prononcer un seul mot, tant il ressentait de douleur. On entendit des cris confus, un cliquetis d'armes, quelques clameurs isolées, puis tout rentra dans un effrayant silence. Le lendemain, le peuple, épouvanté, vit un spectacle fait pour glacer le sang dans les veines. Les corps des conjurés furent jetés, le poignard dans leurs plaies, sur la place du palais où se célébraient les solennités, du haut de la galerie où le doge avait assisté à la fête de l'Ascension, et [où] Antonio était descendu aux pieds de la belle Annunziata. Parmi les cadavres se trouvaient ceux de Mariano Bodoeri et de Bertuccio Nénolo. Deux jours après, le vieux Falieri, condamné par le conseil des dix, fut exécuté au haut de l'escalier des géants.

Antonio s'était échappé sans obstacle, car personne ne le connaissait pour un des conjurés. En voyant trancher la tête du vieux Falieri, il poussa un cri d'horreur et s'élança dans le palais. Personne ne l'arrêta, tant la confusion était grande. A quelques pas de l'appartement du doge, il aperçut la vieille qui s'avança vers lui en pleurant et qui l'entraîna dans la chambre d'Annunziata. Antonio se jeta à ses pieds, couvrit ses mains de baisers, et versa d'abondantes larmes. Annunziata, qui était restée immobile et comme privée de vie, ouvrit lentement les yeux. Elle vit Antonio ; tout à coup elle fit un mouvement convulsif, le serra contre son cœur, et s'écria en pleurant : « Antonio ! Antonio !... que je t'aime ; il est encore un bonheur sur la terre. Antonio, viens, fuyons loin de ces lieux pleins d'horreur. » — Et ils oubliaient, dans leurs baisers brûlants, et dans leurs serments répétés, les terribles événements de la nuit. La vieille les rappela enfin à eux et proposa de gagner Chiozza. Piétro les attendait déjà avec sa barque sous le pont du palais. A la nuit, Annunziata, voilée, sortit avec Antonio, et accompagnée de Marguerite portant une petite cassette qui renfermait les joyaux de la dogaresse. Ils arrivèrent au pont sans être remarqués et montèrent dans la barque. Antonio prit les rames ; la lune brillait sur les vagues, et bientôt on gagna la pleine mer. Mais les vents commencèrent à mugir, de sombres nuages voilèrent les étoiles, et une affreuse tempête s'annonça sur l'horizon.

— O seigneur du ciel, viens à notre aide ! s'écria la vieille.

Antonio ne pouvant plus soutenir les rames, passa son bras autour d'Annunziata qui, se réveillant tout à coup de sa profonde rêverie, le serra contre son sein. — O mon Antonio ! s'écria-t-elle ; et il n'y eut plus pour eux ni vent, ni tempête : mais alors la mer, cette veuve jalouse du doge décapité, éleva ses vagues de chaque côté de la barque, comme deux bras gigantesques, et engloutit les deux amants dans ses abîmes sans fond [5].

LE BONHEUR AU JEU

I

Dans l'automne de l'année 182... [1] les eaux de Pyrmont étaient plus visitées que jamais. De jour en jour l'affluence des riches étrangers augmentait, et excitait l'ardeur des spéculateurs de toute espèce qui abondent dans ces sortes de lieux. Les entrepreneurs de la banque du pharaon ne restèrent pas en arrière, et étalèrent sur leur tapis vert des masses d'or, afin d'attirer les dupes que l'éclat du métal séduit infailliblement, comme l'attrait dont se sert le chasseur pour prendre une proie crédule.

On n'ignore pas que dans la saison des bains, pendant ces réunions de plaisir, où chacun s'est arraché à ses habitudes, l'on s'abandonne à l'oisiveté, et que le jeu devient une passion presque irrésistible. Il n'est pas rare de voir des gens qui n'ont jamais touché les cartes, attachés sans relâche à la table verte et se perdre dans les combinaisons hasardeuses du jeu. Le bon ton qui veut que l'on risque chaque soir quelques pièces d'or, ne contribue pas peu non plus à entretenir cette passion fatale.

Un jeune baron allemand, que nous nommerons Siegfried, faisait seul exception à cette règle générale. Quand tout le monde courait au jeu, et qu'il perdait ainsi tout moyen d'entretenir une conversation agréable, il se retirait dans sa chambre avec un livre, ou il allait se promener dans la campagne, et admirer la nature, qui est si belle dans ce pays enchanté.

Siegfried était jeune, indépendant, riche, d'un aspect

noble, d'un visage agréable, et il ne pouvait manquer d'être aimé, et d'avoir quelques succès auprès des femmes. Une étoile heureuse semblait planer sur lui et le guider dans tout ce qu'il entreprenait. On parlait de vingt affaires de cœur, toutes fort aventureuses, qui s'étaient dénouées pour lui de la manière la plus agréable et la plus inattendue; on racontait surtout l'histoire d'une montre, qui témoignait de sa prospérité continuelle. Siegfried, fort jeune et encore en voyage, s'était trouvé dans un tel dénuement d'argent, que, pour continuer sa route, il avait été forcé de vendre sa montre richement garnie de brillants. Il était tout disposé à donner ce précieux bijou pour une somme fort minime, lorsqu'il arriva dans l'hôtel où il se trouvait un jeune prince qui cherchait à acheter un objet de ce genre, et qui paya la montre de Siegfried au-delà de sa valeur. Un an s'était écoulé, et Siegfried, devenu majeur, était en possession de sa fortune, lorsqu'il apprit, par les papiers publiés, qu'une montre était mise en loterie. Il prit un lot qui lui coûta une bagatelle, — et gagna la montre qu'il avait vendue. Peu de temps après il l'échangea contre un anneau de diamants. Plus tard il servit le prince de S… en qualité de chambellan: celui-ci voulant le récompenser de son zèle, lui fit présent de la même montre et d'une chaîne précieuse.

Cette aventure, fit d'autant plus remarquer l'opiniâtreté de Siegfried, qu'il se refusait à toucher une carte, lui à qui la fortune souriait sans cesse; et l'on fut bientôt d'accord sur le jugement qu'on porta du baron, qui ternissait, disait-on, par une avarice extrême toutes ses brillantes qualités, et qui redoutait jusqu'à la moindre perte. On ne réfléchit nullement que la conduite du baron éloignait de lui tout soupçon d'avarice; et, comme il arrive d'ordinaire, l'opinion défavorable prévalut promptement, et s'attacha irrévocablement à sa personne.

Le baron apprit bientôt ce qu'on disait de lui, et, généreux et libéral comme il l'était, il résolut, quelque répugnance que lui inspirât le jeu, de se défaire, au moyen de quelques centaines de louis d'or, des soupçons fâcheux qui s'élevaient contre lui. — Il se rendit à la salle de jeu avec le ferme dessein de perdre la somme considérable qu'il avait apportée. Mais le même bonheur qui s'attachait partout à ses pas lui fut encore fidèle. Chaque carte sur laquelle tombait son choix se couvrait d'or. Les calculs des joueurs les plus exercés échouaient contre le jeu du baron. Il avait beau quitter les cartes, en reprendre d'autres, toujours le gain était de son côté. Le baron donna le rare et curieux spectacle d'un joueur qui se désespère parce que la chance le favorise, et on lisait clairement sur les visages qui l'entouraient qu'on le regardait comme un insensé, de défier si longtemps la fortune et de s'irriter contre ses faveurs.

Le gain immense du baron l'obligeait en quelque sorte à continuer de jouer, et il s'attendait à reperdre enfin tout ce qu'il avait gagné ; mais il n'en fut pas ainsi, et son étoile l'emporta. Son bonheur allait toujours croissant, et, sans qu'il le remarquât lui-même, le baron trouvait de plus en plus quelque jouissance dans ce jeu du pharaon, qui dans sa simplicité offre les combinaisons les plus chanceuses.

Il ne se montra plus mécontent de sa fortune ; le jeu absorba toute son attention, et le retint toutes les nuits. Il n'était pas entraîné par le gain, mais par le jeu même, enchaîné par ce charme particulier dont ses amis lui avaient souvent parlé, et qu'il n'avait jamais pu comprendre.

Dans une de ces nuits-là, en levant les yeux au moment où le banquier achevait une taille, il aperçut un homme âgé qui s'était placé vis-à-vis de lui, et dont les regards tristes et sévères ne le quittaient pas un instant ; et, chaque fois que le baron cessait de jouer, son regard rencontrait l'œil sombre de l'étranger, qui lui causait une sensation dont il ne pouvait se défendre. Lorsque le jeu fut terminé, l'étranger quitta la salle. Dans la nuit suivante, il se retrouva en face du baron, et dirigea de nouveau sur lui, d'une façon invariable, ses regards de fantôme. Le baron se contint encore ; mais lorsque à la troisième nuit l'étranger reparut encore devant lui, Siegfried éclata : — Monsieur, s'écria-t-il, je dois vous prier de choisir une autre place : vous gênez mon jeu.

L'étranger s'inclina en souriant d'un air douloureux ;

puis il quitta la table et la salle sans prononcer une parole.

Mais, la nuit suivante, l'étranger se trouvait encore devant le baron, et le pénétrait de ses regards sombres.

Siegfried se leva dans une fureur dont il n'était pas maître. — Monsieur, dit-il, si vous vous faites un plaisir de me regarder de la sorte, veuillez choisir un autre temps et un autre lieu ; mais, pour le moment...

Un signe de la main, un doigt dirigé vers la porte; en dirent plus que les rudes paroles que le baron s'était abstenu de prononceé.

Et, comme dans la nuit précédente, s'inclinant, et avec le même sourire, l'étranger s'éloigna lentement.

Agité par le jeu, par le vin qu'il avait bu, par le souvenir de sa scène avec l'étranger, Siegfried ne put dormir. Le jour paraissait déjà, et la figure de cet homme n'avait pas encore cessé de se retracer à ses yeux. Il voyait ce visage expressif, profondément dessiné et chargé de soucis, ces yeux creux et pleins de tristesse, qui le regardaient sans cesse, et ce vêtement misérable, sous lequel se trahissait l'air noble d'un homme de bonne naissance. — Et la douloureuse résignation avec laquelle il s'était éloigné de la salle ! — Non, s'écria Siegfried, j'ai eu tort, j'ai eu grand tort ! Est-il donc dans ma nature de tempêter comme un écolier mal appris, d'offenser des gens qui ne m'ont donné nul sujet de plainte ? — Le baron en vint à se convaincre que cet homme l'avait contemplé dans le sentiment le plus poignant du contraste qui existait entre eux ; lui peut-être courbé sous la misère, et le baron risquant follement sur une carte des monceaux d'or. Il résolut de le chercher le lendemain, et de réparer la faute qu'il avait commise envers lui.

Le hasard voulut que la première personne que le baron rencontra en se promenant sur les allées de la place, fût justement l'étranger.

Le baron s'approcha de lui, le pria avec instance d'excuser sa conduite de la veille, et finit par lui demander formellement pardon. L'étranger répondit qu'il n'avait rien à pardonner, qu'il fallait passer beaucoup de choses aux joueurs perdus dans l'ardeur du jeu ; et qu'au reste il s'était lui-même attiré les paroles un peu vives qui avaient été prononcées, en se tenant obstinément à une place où il devait gêner le baron.

Le baron alla plus loin; il dit que, souvent dans la vie, il était des circonstances embarrassantes où l'homme le mieux né se trouvait dans une situation critique; et il lui donna à comprendre qu'il était disposé à employer une partie de l'argent qu'il avait gagné à soulager la misère de l'étranger. — Monsieur, répondit celui-ci, vous me prenez pour un homme nécessiteux; je ne le suis pas absolument; et, bien que plus pauvre que riche, ce que j'ai suffit à ma modeste manière de vivre. Au reste, vous conviendrez que si, croyant m'avoir offensé, vous vouliez réparer votre offense par un peu d'argent, il me serait impossible d'accepter cette sorte de réparation… — Je crois vous comprendre, dit le baron, et je suis prêt à vous donner toutes les satisfactions que vous demanderez. — O ciel! s'écria l'étranger. Qu'un combat entre nous deux serait inégal! Je suis persuadé que, comme moi, vous ne regardez pas un duel comme un jeu d'enfant, et que vous ne pensez pas que deux gouttes de sang ou une égratignure suffisent pour réparer l'honneur outragé. Il est des cas où il devient impossible que deux hommes existent ensemble sur cette terre, dût l'un vivre au Caucase et l'autre au Tibre; car il n'est pas de réparation tant que la pensée se porte vers l'objet haï. Alors le duel décide qui des deux fera place à l'autre sur la terre; il est légitime et nécessaire. — Entre nous deux, comme je viens de vous le dire, le combat serait inégal, car ma vie est loin de valoir la vôtre. Si vous succombez, je détruis un monde entier d'espérances; et moi, si je péris, vous aurez terminé une vie pleine d'angoisses, une existence déjà détruite, qui n'est plus qu'un long souvenir cruel et déchirant. — Mais le principal est que je ne me tiens pas pour offensé. Vous m'avez dit de sortir, et je suis sorti.

L'étranger prononça ces derniers mots d'un ton qui trahissait un ressentiment intérieur. Ce fut un motif pour le baron de s'excuser de nouveau, en disant qu'il ignorait comment il s'était fait que le regard de l'étranger eût pénétré assez profondément dans son âme pour le mettre hors d'état de supporter sa vue. — Puisse mon regard pénétrer assez profondément en vous pour vous éclairer sur le danger que vous courez. Vous vous avancez au bord du gouffre avec toute la joie et l'étourderie de la jeunesse ; un seul coup peut vous y précipiter sans retour. En un mot, vous êtes sur le point de devenir un joueur passionné.

Le baron prétendit que l'étranger se trompait complètement. Il lui raconta les circonstances qui l'avaient amené à jouer, et il lui dit que lorsqu'il serait parvenu à se défaire de deux ou trois cents louis qu'il voulait perdre, il cesserait entièrement de ponter. Mais jusqu'alors il avait eu un bonheur désespérant.

— Hélas ! s'écria l'étranger, ce bonheur est l'appât le plus terrible que vous offrent les puissances infernales. Ce bonheur avec lequel vous jouez, baron, la manière dont vous avez débuté, toute votre conduite au jeu, qui ne montre que trop combien peu à peu vous y prenez d'intérêt, tout, tout me rappelle l'affreuse destinée d'un malheureux qui, semblable à vous en beaucoup de choses, commença ainsi que vous. Voilà pourquoi je ne pouvais détacher de vous mes regards ; voilà tout ce que mes yeux devaient exprimer ! Voyez les démons qui étendent déjà leurs griffes pour vous entraîner au fond des mers des enfers ! aurais-je voulu vous crier. Je désirais faire votre connaissance ; j'ai du moins réussi. Apprenez l'histoire de ce malheureux ; peut-être parviendrai-je à vous convaincre que le danger dont je voudrais vous défendre n'est pas un rêve de mon imagination. L'étranger s'assit sur un banc, fit signe au baron de prendre place, et commença en ces termes.

II

« Les mêmes qualités brillantes qui vous distinguent, M. le baron, dit l'étranger, valurent au chevalier de Ménars l'estime et l'admiration des hommes, et le rendirent le favori des femmes. Seulement en ce qui concerne la fortune, le sort ne l'avait pas autant favorisé que vous. Il était presque pauvre, et ce ne fut que par la vie la plus réglée qu'il parvint à paraître dans le monde, avec l'apparence qui convenait au descendant d'une noble famille. Comme la perte la plus légère pouvait troubler sa manière de vivre, il s'abstenait entièrement de jouer; et en cela il ne faisait aucun sacrifice, car il n'avait jamais éprouvé de penchant pour cette passion. Au reste, tout ce qu'il entreprenait réussissait d'une façon toute particulière, et le bonheur du chevalier de Ménars avait passé en proverbe.

« Une nuit, contre sa coutume, il se laissa entraîner dans une maison de jeu. Les amis qu'il accompagnait se livrèrent sans réserve à toutes les chances du hasard.

« Sans prendre part à ce qui se passait, perdu dans de tout autres pensées, le chevalier se promenait de long en large dans la salle, jetant les yeux tantôt sur les joueurs, tantôt sur une table de jeu où l'or affluait de toutes parts vers les masses du banquier. Tout à coup, un vieux colonel aperçut le chevalier et s'écria à haute voix : — Par tous les diables, le chevalier de Ménars est ici avec son bonheur, et nous ne pouvons rien gagner, puisqu'il ne se déclare ni pour le banquier ni pour les joueurs; mais cela ne durera pas plus longtemps, il faut qu'il ponte tout à l'heure avec moi !

« Le chevalier eut beau alléguer sa maladresse, son manque total d'expérience, le colonel persista opiniâtrement, et Ménars se vit forcé de prendre place à la table de jeu.

« Il arriva au chevalier justement ce qui vous est arrivé, M. le baron. Chaque carte lui apportait une faveur de la fortune, et bientôt il eut gagné une somme considérable pour le colonel, qui ne pouvait se lasser de se réjouir d'avoir mis à profit l'heureuse étoile du chevalier de Ménars.

« Le bonheur du chevalier, qui causait la surprise de tous les assistants, ne fit pas la moindre impression sur lui-même; il le sentait moins que son aversion pour le jeu; et le lendemain, lorsqu'il ressentit les suites de la fatigue de cette nuit, passée sans sommeil, dans une tension d'esprit extrême, il se promit de ne jamais visiter une maison de jeu, à quelque condition que ce fût.

« Il se sentit encore affermir dans cette résolution par la

conduite du vieux colonel, qui jouait de la façon la plus malheureuse dès qu'il prenait les cartes lui-même, et dont l'humeur se porta sur le chevalier. Il le pressa de la manière la plus vive de ponter de nouveau pour lui, ou du moins de se tenir auprès de lui tandis qu'il tenait les cartes, afin d'éloigner le démon fâcheux que sa présence faisait disparaître : on sait qu'il ne règne nulle part plus que parmi les joueurs de ces espèces de superstitions ; et le chevalier ne put se débarrasser de cet importun qu'en lui déclarant qu'il aimerait mieux se battre avec lui que de jouer de nouveau.

« Il ne pouvait manquer d'arriver que cette histoire courût de bouche en bouche, et qu'on y ajoutât vingt circonstances merveilleuses ; mais comme, en dépit de son bonheur, le chevalier persistait à ne pas toucher une carte, on ne put se refuser à rendre hommage à la fermeté de son caractère, et à lui accorder toute l'estime que méritait cette belle conduite.

« Un an s'était écoulé, lorsque le chevalier se trouva tout à coup dans l'embarras le plus cruel par l'interruption inattendue de la petite annuité qui servait à le faire vivre. Il se vit forcé de découvrir sa situation à un de ses plus fidèles amis, qui vint aussitôt à son aide, mais qui le traita en même temps d'homme bizarre et d'original sans pareil.

« — Le destin, lui dit-il, nous indique toujours par quelque signe la route où nous trouverons notre salut ; c'est notre indolence seule qui nous empêche d'observer ces signes et de les comprendre. La puissance suprême qui nous régit a clairement fait entendre sa voix à ton oreille ; elle t'a dit : — Veux-tu acquérir de l'or et des biens ? va et joue ; autrement, reste pauvre, besogneux et dépendant.

« Ce fut en ce moment que la pensée du bonheur qui l'avait si grandement favorisé au pharaon se représenta vivement à son esprit ; durant tout le jour, la nuit dans ses rêves, il ne vit plus que des cartes, il n'entendit plus que la voix monotone du banquier qui répétait : *gagne, perd :* à ses oreilles retentissait sans relâche le tintement des pièces d'or.

« — Il est vrai pourtant, se disait-il à lui-même, il est vrai qu'une seule nuit comme celle-là me tirerait de la misère, m'arracherait à l'affreuse inquiétude d'être toujours à charge à mes amis ; c'est le devoir qui m'ordonne d'écouter la voix du destin !

« L'ami qui lui avait conseillé de jouer s'offrit à l'accompagner à la maison de jeu, et lui donna vingt louis d'or pour essayer de tenter la fortune.

« Si jadis, en pontant pour le vieux colonel, le chevalier avait joué avec éclat, cette fois ce fût une suite de chances inouïes. Les pièces d'or qu'il avait gagnées s'élevaient en monceaux autour de lui. Dans le premier moment il crut rêver, il se frotta les yeux, saisit la table et la rapprocha de lui. Mais lorsqu'il vit bien clairement ce qui était arrivé, lorsqu'il nagea dans l'or, lorsqu'il compta et recompta son gain avec délices, une volupté dévorante s'empara pour la première fois de son être, et ce fut fait de la pureté d'âme qu'il avait conservée si longtemps !

« Il eut à peine la patience d'attendre la nuit pour revenir à la table de jeu. Son bonheur fut le même ; et en peu de semaines, durant lesquelles il joua toutes les nuits, il eut gagné une somme immense.

« Il est deux sortes de joueurs. Aux uns, le jeu même, comme jeu, procure un plaisir secret et indicible, et ils en jouissent sans songer au gain. Les singuliers enchaînements du hasard se développent dans le jeu le plus bizarre ; la cohorte des puissances invisibles semble planer au-dessus de vous ; il semble qu'on entende le battement de leurs ailes, et l'on brûle de pénétrer dans cette région inconnue pour contempler les rouages de cette machine dont on sent l'influence, et parcourir ces ateliers célestes où s'élaborent les chances de la destinée des hommes. J'ai connu un homme qui jouait jour et nuit seul dans sa chambre, et qui pontait contre lui-même ; celui-là, à mon avis, était un joueur véritable. — D'autres n'ont que le gain devant les yeux ; ils regardent le jeu comme un moyen de s'enrichir promptement. Le chevalier se rangea dans cette classe ; et il confirma en cela l'opinion que la passion plus profonde du jeu tient à la nature individuelle, et qu'elle naît avec celui qui la possède.

« Le cercle dans lequel se tiennent les joueurs lui parut bientôt trop restreint. Il établit une banque avec les sommes considérables qu'il avait gagnées ; et la fortune lui fut si fidèle, qu'en peu de temps il se trouva à la tête de la plus riche banque de Paris. La vie sombre et emportée du joueur anéantie bientôt tous les avantages physiques et intellectuels qui avaient acquis au chevalier tant d'amour et d'estime. Il cessa d'être un ami fidèle, un cavalier spirituel et agréable, un adorateur empressé des dames. Son ardeur pour les sciences et pour les arts ne tarda pas à s'éteindre, et sur ses traits pâles et morts, dans ses yeux fixes et creusés, on lut distinctement l'expression de la passion funeste qui le dévorait. Ce n'était pas l'ardeur du jeu, c'était l'odieuse soif de l'or que Satan avait allumée dans son âme : et pour le peindre, en un mot, il devint le banquier le plus accompli qui eût jamais existé.

III

« Une nuit, le chevalier, sans éprouver une perte considérable, vit son bonheur fléchir un instant. Ce fut alors qu'un petit homme vieux et sec, vêtu d'une façon misérable et d'un aspect presque repoussant, s'approcha de la table de jeu, prit une carte d'une main tremblante, et la couvrit d'une pièce d'or. Plusieurs des joueurs regardaient le vieillard avec un étonnement profond, et le traitaient avec un mépris marqué, sans qu'il parût s'en émouvoir, sans qu'il prononçât une parole pour s'en plaindre.

« Le vieillard perdit. Il perdit une mise après l'autre ; mais plus sa perte s'augmentait, plus les autres joueurs paraissaient s'en réjouir. Lorsque le vieillard, doublant toujours ses mises, eut enfin perdu cinquante louis sur une carte, l'un d'eux s'écria en riant aux éclats : — Bonne chance, signor Vertua ! ne perdez pas courage ; continuez de ponter, vous prenez le chemin de la fortune, et vous ne tarderez pas à faire sauter la banque !

« Le vieillard jeta un regard de basilic sur le railleur, et disparut promptement ; mais une demi-heure après il revint les poches remplies d'or. Cependant aux dernières tailles le vieillard fut forcé de s'arrêter, car il avait déjà perdu tout l'or qu'il avait apporté.

« Le dédain et le mépris qu'on témoignait au vieillard avaient fort indisposé le chevalier, que sa vie désordonnée n'avait pas entièrement rendu étranger aux bienséances. Ce lui fut un motif de faire une remontrance à ceux des joueurs qui se trouvaient encore dans la salle après le départ du vieillard.

« — Vous ne connaissez pas le vieux Francesco Vertua, chevalier, s'écria l'un d'eux : sans cela, loin de blâmer notre conduite, vous l'approuveriez hautement. Apprenez donc que ce Vertua, Napolitain de naissance, s'est montré, depuis quinze ans qu'il est à Paris, le ladre le plus horrible qu'on y ait jamais vu. Tout sentiment humain lui est inconnu : il verrait son propre père expirer à ses pieds qu'il ne donnerait pas un louis d'or pour le sauver. Les malédictions d'une multitude de familles, qu'il a ruinées par ses spéculations infernales, le poursuivent. Il est haï de tous ceux qui le connaissent, et chacun le voue à la vengeance du ciel. Jamais on ne l'a vu jouer, et vous pouvez comprendre l'étonnement que nous avons éprouvé en le voyant entrer dans cette maison. N'eût-il pas été bien malheureux qu'un tel homme gagnât notre mise ? La richesse de votre banque l'a attiré vers vous, chevalier, et il a perdu lui-même ses plumes. Mais jamais le vieil avare ne reviendra ; nous sommes débarrassés de lui pour toujours.

« Cette prédiction ne se réalisa pas, car la nuit suivante Vertua se retrouvait déjà à la banque du chevalier, où il perdit beaucoup plus que la veille. Mais il resta calme, souriant quelquefois d'un air d'ironie amère, comme s'il eût prévu que tout devait bientôt changer. Mais la perte du vieillard grossit de nuit en nuit comme une avalanche, jusqu'à ce qu'enfin on en vînt à compter qu'il avait laissé à la banque trente mille louis d'or. Une fois, le jeu était commencé depuis longtemps ; il entra pâle et défait, et se plaça loin de la table, les yeux fixés sur les cartes que tirait le chevalier. Enfin, lorsque le chevalier eut mêlé les cartes, et au moment où il se disposait à commencer une nouvelle taille, le vieillard s'écria d'une voix qui fit tressaillir tous ceux qui l'entouraient : — Arrêtez ! Repoussant alors la foule des joueurs, il se fit jour jusqu'au chevalier, et lui dit à l'oreille, d'une voix sourde : — Chevalier, voulez-vous tenir ma maison dans la rue Saint-Honoré, avec tout ce qu'elle contient, mes meubles, mon argenterie et mes bijoux, contre quatre-vingt mille francs ? — Bon ! répondit froidement le chevalier ; et sans se retourner vers le vieillard, il commença la taille. — La dame, dit Vertua ; et au premier coup la dame avait perdu ! — Le vieillard tomba presque à la renverse et se retint contre la muraille, où il resta immobile comme une statue. Personne ne s'occupa de lui.

« Le jeu était achevé, les joueurs se dispersaient ; le chevalier, aidé de son croupier, entassait l'or du jeu dans sa cassette ; alors le vieux Vertua s'avança de son coin, comme un spectre, et dit d'une voix sombre : — Chevalier, encore un mot, un seul mot ! — Eh bien ! qu'y a-t-il ? répliqua le chevalier en fermant sa cassette, et en regardant le vieillard d'un air de mépris. — J'ai perdu toute ma fortune à votre banque, répondit Vertua ; il ne me reste rien, rien... Je ne sais où je poserai demain ma tête, comment j'apaiserai ma faim ; chevalier, je cherche auprès de vous mon refuge. Prêtez-moi la dixième partie de la somme que vous venez de me gagner, afin que je recommence mon commerce et que je me retire de cette misère. — A quoi songez-vous, signor Vertua ? dit le chevalier ; ne savez-vous pas qu'un banquier ne doit jamais rendre l'argent de son gain ? Cela choque toutes les règles, dont je ne m'écarte jamais. — Vous avez raison, chevalier, reprit Vertua. Mes prétentions étaient absurdes, exagérées. La dixième partie ! non, prêtez-moi seulement la vingtième. — Je vous dis, répondit le chevalier avec humeur, que je ne prêterai rien de mon gain ! — Il est vrai, dit Vertua dont le visage pâlissait toujours davantage et dont les regards devenaient de plus en plus sombres, il est vrai que vous ne devez rien prêter. Je ne l'aurais pas fait non plus ! Mais on donne une aumône à un mendiant : donnez-moi cent louis d'or sur les richesses que le hasard vous a envoyées aujourd'hui. — Non, en vérité, s'écria le chevalier en colère. Vous vous entendez bien à tourmenter les gens, signor Vertua ! Je vous le dis, vous n'aurez de moi ni cent, ni cinquante, ni vingt, — ni même un seul louis d'or. Il faudrait que j'eusse perdu l'esprit pour vous donner les moyens de continuer votre abominable métier. Le destin vous a jeté dans la poussière comme un ver malfaisant, et il serait criminel de vous relever. Allez, et subissez le sort que vous avez mérité.

« Vertua se cacha le visage de ses deux mains, et se mit à gémir profondément. Le chevalier ordonna à ses gens de porter sa cassette dans sa voiture, et s'écria d'une voix forte : — Quand me remettrez-vous votre maison et vos effets, signor Vertua ?

« Vertua se releva subitement et répondit d'une voix assurée : — Tout de suite. En ce moment, chevalier. Venez avec moi. — Bien ! répliqua le chevalier ; je vais vous conduire dans ma voiture à votre maison, que vous quitterez demain.

« Durant tout le chemin, Vertua et le chevalier ne prononcèrent pas un seul mot. Arrivés devant la maison, dans la rue Saint-Honoré, Vertua tira la sonnette. Une petite vieille ouvrit et s'écria en apercevant Vertua : — Seigneur du ciel ! est-ce vous enfin, monsieur ! Angela est à demi morte d'inquiétude à cause de vous. — Silence ! répond Vertua. Fasse le ciel qu'Angela n'ait pas entendu le bruit de cette malheureuse sonnette ! Il faut qu'elle ignore que je suis venu.

« A ces mots, il prit le flambeau des mains de la vieille, qui était restée immobile de surprise, et éclaira le chevalier. — Je suis préparé à tout, dit Vertua. Vous me haïssez, chevalier, vous me méprisez, vous prenez plaisir à causer ma ruine : mais vous ne me connaissez pas. Apprenez que j'étais autrefois un joueur comme vous, que le sort capricieux me fut aussi longtemps favorable ; qu'en parcourant l'Europe, partout où je m'arrêtai, le bonheur s'attacha à moi, et que l'or afflua dans ma banque comme il afflue dans la vôtre. J'avais une femme belle et fidèle que je négligeai, et qui vécut malheureuse au milieu de l'opulence. Un jour, à Gênes, où je tenais alors ma banque, il arriva qu'un jeune Romain vint risquer à mon jeu tout son riche héritage. Comme je l'ait fait aujourd'hui, il me supplia de lui prêter au moins quelque argent pour retourner à Rome. Je le refusai en riant avec mépris, et lui, dans sa fureur, il me plongea son stylet dans le sein. Ce fut difficilement que les médecins parvinrent à sauver mes jours, et ma convalescence fut longue et douloureuse. Ma femme m'entoura de soins; elle me consola, elle me soutint contre mes maux, et je sentis renaître en moi avec la santé un sentiment que je croyais éteint à jamais, ou plutôt j'éprouvai une passion qui m'était inconnue, car tous les sentiments humains sont éteints pour le joueur. J'ignorais encore ce que c'est que l'amour et le fidèle dévouement d'une femme: je sentis vivement combien j'étais coupable envers la mienne, et je me repentis de l'avoir sacrifiée à un penchant funeste. Je vis apparaître comme des esprits vengeurs tous ceux dont j'avais causé la ruine, dont j'avais anéanti avec sang-froid l'existence entière; j'entendais leurs voix sourdes qui s'échappaient du tombeau et me reprochaient tous les crimes que j'avais causés. Ma femme seule avait le pouvoir de bannir par sa présence cette terreur, ces angoisses sans nom! Je fis le serment de ne plus toucher une seule carte. Je m'éloignai, et m'arrachant des liens qui me retenaient, repoussant les instances de mes croupiers, je m'établis dans une petite maison de plaisance auprès de Rome. Hélas! je ne jouis qu'une année d'un bonheur et d'une satisfaction dont je n'avais jamais soupçonné l'existence. Ma femme mit au monde une fille, et mourut quelques heures après. Je tombai dans un profond désespoir, j'accusai le ciel, je me maudis moi-même, et, comme un criminel qui craint la solitude, je quittai ma maison, et je vins me réfugier à Paris. Angela, la douce image de sa mère, grandissait sous mes yeux; toute mon affection s'était concentrée en elle. Ce fut pour elle seule que je tentai d'accroître ma fortune. Il est vrai, je prêtai de l'argent à gros intérêts; mais c'est une calomnie que de m'accuser d'avoir trompé les malheureux qui venaient à moi. Et qui sont mes accusateurs? des misérables qui me tourmentent sans relâche pour que je leur prête de l'argent, des prodigues qui dissipent leur bien et qui entrent en fureur lorsque j'exige le paiement des sommes qu'ils me doivent, dont je ne me regardais que comme le régisseur, car toute ma fortune était pour ma fille. Il n'y a pas longtemps que je sauvai un jeune homme de l'infamie en lui avançant une somme considérable sur son héritage. Croiriez-vous, chevalier, qu'il nia sa dette devant les tribunaux, et qu'il refusa de l'acquitter ? Je pourrais vous citer vingt traits de ce genre qui ont concouru à me rendre impitoyable, et à me convaincre que la légèreté entraîne toujours avec elle la corruption. Il y a plus : je pourrais vous dire que j'ai séché bien des larmes, que plus d'une prière s'est élevée au ciel pour moi et pour mon Angela ; mais vous refuseriez de me croire, et vous m'accuseriez de me vanter ; car vous êtes un joueur ! — J'avais cru que les puissances infernales étaient apaisées ; mais il leur était donné de m'aveugler plus que jamais. J'entendis parler de votre bonheur, chevalier ; chaque jour je rencontrais un joueur dont vous aviez fait un mendiant ; la pensée me vint que j'étais destiné à mesurer mon bonheur, qui ne m'a jamais abandonné, contre le vôtre ; que j'étais appelé à mettre fin à vos déprédations, et cette idée ne me laissa pas de relâche. C'est ainsi que je me présentai à votre banque, et que je ne la quittai pas avant que toute la fortune de mon Angela fût tombée dans vos mains ! C'en est fait ! — Me permettrez-vous d'emporter les vêtements de ma fille ?

— La garde-robe de votre fille ne me regarde pas, dit le chevalier. Vous pouvez aussi emporter vos lits et les ustensiles de votre ménage. Qu'ai-je besoin de toutes ces misères ? Mais prenez garde de soustraire quelque objet de valeur : j'y veillerai.

« Le vieux Vertua regarda fixement le chevalier durant quelques secondes, puis un torrent de larmes s'échappa de ses yeux ; il tomba aux genoux du chevalier, et lui cria avec l'accent du désespoir : — Ayez encore un sentiment humain ! Soyez compatissant envers nous ! Ce n'est pas moi, c'est ma fille, mon Angela, un ange innocent, dont vous causez la ruine ! Oh ! de grâce, ayez pitié d'elle, prêtez-lui, à elle seule, la vingtième partie de cette fortune que vous m'avez arrachée ! — J'en suis sûr, vous vous laisserez toucher ! — O Angela ! ma fille !

« Et, dans ses gémissements entrecoupés, le vieillard répétait sans cesse, d'une voix étouffée par les sanglots, le nom chéri de son enfant.

« — Cette scène de comédie commence à me fatiguer, dit le chevalier avec indifférence et d'un ton d'humeur ; mais au même instant, la porte s'ouvrit, et une jeune fille en blanc déshabillé de nuit, les cheveux épars, la mort peinte sur les traits, se précipita vers le vieux Vertua, le releva, le pressa dans ses bras et s'écria : — O mon père, mon père ! j'ai tout entendu, je sais tout. Avez-vous donc tout perdu ? n'avez-vous plus votre Angela ? ne travaillera-t-elle pas pour vous, mon père ? O mon père ! ne vous abaissez pas plus longtemps devant cet homme orgueilleux. Ce n'est pas nous qui sommes pauvres et misérables ; c'est lui qui vit dans sa richesse abandonné comme dans une solitude : il n'est pas de cœur au monde qui batte près du sien, dans lequel il puisse verser ses peines quand la vie le désespère ! — Venez, mon père ! quittez cette maison avec moi ; partons, afin que cet homme ne se délecte pas plus longtemps de votre douleur !

« Vertua tomba presque sans mouvement sur un siège. Angela s'agenouilla devant lui, prit ses mains, les baisa, les couvrit de caresses, énuméra avec une volubilité enfantine tous les talents, toutes les connaissances qu'elle avait, et qui pouvaient suffisamment nourrir son père ; elle le conjurait en versant des larmes de ne pas s'abandonner à la douleur : car elle se trouverait plus heureuse de coudre, de broder, de chanter pour son père, que lorsque tous ces talents ne servaient qu'à son plaisir.

« Quel pêcheur endurci eût pu demeurer indifférent à la vue d'Angela dans tout l'éclat de sa beauté, consolant son vieux père, et lui prodiguant tous les trésors de son cœur, tous les témoignages de l'affection et de la piété filiale !

« Le chevalier éprouva un tourment et un remord violent. Angela lui semblait un ange devant lequel disparaissaient toutes les illusions de la folie, tous les égarements du vice; il se sentit embrasé d'une flamme nouvelle qui changea tout son être. Le chevalier n'avait jamais aimé. Le moment où il vit Angela fut pour lui une source de tourments sans espoir; car tel qu'il devait paraître aux yeux de cette jeune fille, il ne pouvait espérer de la toucher. Il voulut parler, mais les paroles lui manquèrent : sa voix s'éteignit, et il eut peine à prononcer ces mots : — Signor Vertua... écoutez-moi... je ne vous ai rien gagné, rien. — Voici ma cassette ; elle est à vous. Je vous dois encore autre chose... je suis votre débiteur... prenez, prenez. — O ma fille ! s'écria Vertua.

« Mais Angela se releva, s'avança vers le chevalier, le mesura d'un fier regard, et lui dit avec fermeté : — Chevalier, apprenez qu'il est quelque chose de plus élevé que la fortune et l'argent ; les sentiments qui vous sont étrangers et qui nous donnent des consolations célestes. Ce sont ceux qui nous apprennent à repousser vos dons avec mépris ! — Gardez le trésor auquel est attachée la malédiction qui vous poursuivra, joueur impitoyable !

« — Oui, s'écria le chevalier, oui, je veux être maudit, je veux descendre au fond des enfers, si cette main touche encore une carte ! Et si vous me repoussez loin de vous, Angela, vous, vous seule aurez causé ma perte... Oh ! vous ne me comprenez pas,... vous me prenez pour un insensé... mais vous comprendrez tout, vous saurez tout, quand je viendrai me brûler la cervelle à vos pieds... Angela, c'est de la mort ou de la vie qu'il s'agit pour moi. Adieu !

« A ces mots, le chevalier disparut. Vertua le pénétrait jusqu'au fond de l'âme ; il savait tout ce qui s'était passé en lui, et il chercha à persuader à Angela qu'il pourrait arriver des circonstances qui le forçassent à accepter le présent du chevalier. Angela frémissait de comprendre son père. Elle ne pensait pas qu'elle pût jamais voir le chevalier autrement qu'avec mépris. Mais ce qu'il était impossible de songer, ce qui semblait invraisemblable, arriva par la volonté du sort, qui a placé tous les contrastes au fond du cœur humain.

IV

« Au grand étonnement de tout Paris, continua l'étranger, la banque du chevalier de Ménars disparut de la maison de jeu; on ne le vit plus lui-même, et de là mille bruits mensongers qui se répandirent. Le chevalier évitait toutes les sociétés; son amour se témoignait par la mélancolie la plus profonde; il faisait sans cesse des promenades solitaires; et il arriva qu'un jour, dans une des sombres allées de Malmaison, il rencontra tout à coup le vieux Vertua et sa fille.

« Angela, qui avait cru ne pouvoir jamais envisager le chevalier qu'avec horreur et mépris, se sentit singulièrement émue en le voyant devant elle, pâle, défait, tremblant et osant à peine lever les yeux vers elle. Elle savait que, depuis la nuit où elle l'avait vu, le chevalier avait entièrement changé sa façon de vivre. Elle, elle seule avait opéré ce changement! elle avait sauvé le chevalier de sa ruine; et la vanité d'une femme pouvait être flattée de tant d'influence. Aussi, après que le chevalier et son père eurent échangé quelques compliments, elle ne put s'empêcher de lui témoigner qu'elle le trouvait dans un état de santé alarmant.

« Les paroles d'Angela firent un effet tout-puissant. Le chevalier releva sa tête; il retrouva la grâce et l'amabilité qui jadis lui gagnaient les cœurs. Enfin, après quelques instants de conversation, Vertua lui demanda quand il viendrait prendre possession de la maison qu'il avait gagnée.

« — Oui, s'écria le chevalier, oui, seigneur Vertua, j'irai demain! mais permettez que nous rédigions mûrement nos conventions, cela dût-il durer quelques mois.
— Soit, répondit Vertua en souriant.

« Le chevalier vint en effet; et il revint souvent. Angela le voyait toujours avec plus de plaisir; il la nommait son ange sauveur. Enfin il sut si bien gagner son cœur qu'elle promit de lui donner sa main, à la grande stisfaction du vieux Vertua, qui voyait ainsi sa perte réparée.

« Angela, l'heureuse fiancée du chevalier de Ménars,

était un jour assise près de sa fenêtre, et elle se perdait dans des pensées d'amour et de bonheur, comme en ont d'ordinaire les fiancées. Un régiment de chasseurs, qui se rendait en Espagne, passa sous ses fenêtres au bruit des trompettes. Angela regardait avec intérêt ces hommes destinés à la mort dans cette guerre cruelle, lorsqu'un jeune homme tira violemment la bride de son cheval, et leva les yeux vers Angela. Aussitôt elle tomba sans mouvement sur son siège.

« Ce jeune homme n'était autre que le fils d'un voisin nommé Duvernet, qui avait été élevé avec Angela, qui la voyait chaque jour, et qui avait cessé de paraître dans la maison depuis les visites assidues du chevalier.

« Angela n'avait pas seulement lu dans les regards pleins de reproches du jeune homme combien il l'aimait tendrement ; elle avait reconnu qu'elle l'aimait de toutes les forces de son âme, et qu'elle avait été seulement aveuglée par les qualités brillantes du chevalier. Ce fut alors seulement qu'elle comprit les soupirs étouffés de son jeune ami, ses adorations discrètes et silencieuses ; elle comprit ce cœur simple et naïf ; elle sut ce qui agitait si violemment son sein, lorsque le jeune Duvernet paraissait devant elle, lorsqu'elle entendait le son de sa voix.

« — Il est trop tard ! il est perdu pour moi ! se dit Angela. Elle eut le courage de combattre la douleur qui l'accablait ; et ce courage même lui rendit le calme. Cependant il ne put échapper au regard pénétrant du chevalier qu'il s'était passé quelque chose de funeste dans l'âme d'Angela ; il eut toutefois la délicatesse de ne pas chercher à deviner un secret qu'elle lui cachait ; et ce lui fut une raison de hâter son mariage, qui fut célébré avec la pompe et le goût qu'il mettait en toutes choses.

« Le chevalier eut pour Angela toute la tendresse imaginable ; il allait au-devant de ses plus légers désirs ; il lui témoignait une vénération profonde ; et le souvenir de Duvernet dut bientôt s'effacer de son âme. Le premier nuage qui obscurcit leur vie tranquille fut la maladie et la mort du vieux Vertua.

« Depuis la nuit où il avait perdu toute sa fortune à la banque du chevalier, il n'avait pas repris les cartes ; mais dans les derniers instants de sa vie, le jeu sembla remplir entièrement son âme. Tandis que le prêtre qui était venu pour lui apporter les consolations de l'Eglise l'entretenait de choses célestes, lui, les yeux fermés, il murmurait entre ses dents : — *perd, gagne ;* et il faisait, avec ses mains tremblantes et déjà glacées, le mouvement de tailler et de mêler les cartes. En vain Angela, en vain le chevalier, penchés sur son lit, lui prodiguaient les noms les plus doux ; il paraissait ne plus les connaître. Il rendit l'âme en poussant un soupir de joie, et en s'écriant : *gagne !*

« Dans sa douleur profonde, Angela ne put se défendre d'un secret mouvement de terreur, en songeant à la manière dont son père avait quitté la vie. L'image de cette nuit affreuse, où le chevalier s'était montré pour la première fois à ses yeux avec la rudesse du joueur le plus passionné et le plus endurci, se représenta vivement à sa pensée, et elle trembla que le chevalier, rejetant son masque d'ange, ne s'offrît à elle sous son aspect infernal.

« Le pressentiment d'Angela ne devait que trop tôt se réaliser.

« Quelque terreur qu'eût ressentie le chevalier à la vue du vieux Francesco Vertua, repoussant, au moment d'expirer, les secours spirituels, pour ne songer qu'à sa passion coupable, le jeu ne reprit pas moins son empire sur lui ; et dans ses rêves de toutes les nuits, il se voyait assis à une banque, amassant de nouvelles richesses.

« Tandis qu'Angela, de plus en plus frappée du souvenir de l'ancienne façon de vivre du chevalier, avait peine à retrouver avec lui ces épanchements qui faisaient sa joie, des soupçons s'élevaient dans l'âme de son époux, qui attribuait cette réserve au secret qui avait affligé autrefois Angela et qu'elle ne lui avait pas dévoilé. Cette défiance enfanta de l'humeur qui éclata en paroles offensantes, et qui réveilla dans Angela le souvenir du jeune Duvernet, et avec lui le sentiment affligeant d'un amour détruit à jamais au moment où il promettait un long bonheur à deux jeunes âmes. Cette disposition des époux devint toujours plus fâcheuse ; si bien qu'enfin le chevalier trouva la vie simple qu'il menait pleine d'ennuis et sans goût, et que ses désirs se reportèrent vers le monde.

« Il fut confirmé dans cette idée par un homme qui avait été son croupier, et qui ne négligea rien pour tourner en ridicule cette vie domestique. Il ne pouvait comprendre qu'il abandonnât pour une femme tout un monde qui, à lui seul, valait le reste de vie. Bientôt la riche banque du chevalier de Ménars reparut plus brillante que jamais.

« Le bonheur ne l'avait pas abandonné : victimes sur victimes tombaient sous ses coups, et l'or abondait de toutes parts sur sa table. Mais le bonheur d'Angela, qui n'avait été qu'un rêve de courte durée, fut cruellement détruit. Le chevalier la traita avec indifférence, avec mépris même ! Souvent il passait des semaines, des mois sans la voir ; un vieux régisseur dirigeait la maison ; les laquais changeaient sans cesse, selon le caprice du chevalier ; et Angela, devenue étrangère dans son intérieur, ne trouvait nulle part une consolation. Souvent, dans ses nuits sans sommeil, elle écoutait le bruit de la voiture du chevalier qui rentrait dans la maison ; elle entendait transporter sa lourde cassette ; elle entendait les brusques monosyllabes qu'il adressait à ses gens ; puis la porte de son appartement se refermait à grand bruit, et alors un torrent de larmes s'échappait des yeux de la pauvre Angela ; elle prononçait quelquefois, dans son désespoir, le nom de Duvernet, et elle suppliait le ciel de mettre un terme à sa déplorable existence.

« Il arriva un jour qu'un jeune homme de bonne famille, qui avait tout perdu au jeu, se tira un coup de pistolet dans la chambre même où le chevalier tenait sa banque. Son sang et les éclats de sa cervelle jaillirent sur les joueurs, qui se dispersèrent avec épouvante. Le chevalier seul resta indifférent, et demanda froidement s'il était d'usage de se séparer avant l'heure pour un fou qui n'avait pas de conduite au jeu.

« Cet événement produisit une grande sensation. Les joueurs les plus endurcis furent indignés de la conduite du chevalier ; tout le monde s'éleva contre lui. La police fit cesser sa banque. On l'accusa de déloyauté au jeu ; et son bonheur constant ne contribua pas peu à accréditer cette croyance. Il ne put réussir à se justifier, et l'amende qu'on lui infligea lui ravit une partie de ses richesses. Il se vit honni, méprisé ; alors il revint se jeter dans les bras de sa femme, qu'il avait tant maltraitée, et qui, voyant son repentir, le reçut avec tendresse; car l'exemple de son père, qui avait renoncé à la vie de joueur, lui donnait encore une lueur d'espérance.

« Le chevalier quitta Paris, et se rendit avec sa femme à Gênes, lieu de naissance d'Angela.

« Là il vécut, durant quelque temps, fort retiré ; mais bientôt sa passion fatale se ranima, et une force toute puissante le chassa sans cesse de sa maison. Sa mauvaise renommée l'avait suivi de Paris à Gênes ; il ne pouvait songer à établir une banque, et cependant un entraînement irrésistible le poussait au jeu.

« Dans ce temps, un colonel français, retiré du service à cause de ses blessures, tenait la plus riche banque de Gênes. Le cœur plein de haine et d'envie, le chevalier s'y rendit, nourrissant en secret l'espoir de lutter contre lui. Le colonel le reçut avec gaieté, et s'écria que le jeu allait enfin avoir quelque valeur, puisque le chevalier de Ménars arrivait avec son étoile.

« En effet, dès les premières tailles, les cartes vinrent au chevalier comme de coutume ; mais lorsque, se fiant à son bonheur habituel, il s'écria enfin : — *va, banque !* il perdit d'un seul coup une somme immense.

« Le colonel, qui se montrait d'ordinaire froid dans le gain comme dans la perte, ramassa l'or du chevalier avec tous les signes de la joie la plus vive. Dès ce moment la fortune abandonna totalement son favori.

« Chaque nuit il joua, chaque nuit, il perdit, jusqu'à ce que sa fortune fût entièrement épuisée, et qu'il ne possédât plus que deux mille ducats en papier.

« Le chevalier courut tout le jour pour réaliser ce papier, et revint le soir fort tard à la maison. A l'entrée de la nuit, il mit ses dernières pièces d'or dans sa poche, et il se disposait à sortir, lorsque Angela, qui se doutait de ce qui se passait, lui barra le chemin, se jeta à ses genoux qu'elle arrosa de larmes, et conjura, au nom du ciel, de renoncer à son dessein, et de ne pas la plonger dans le désespoir et dans la misère.

« Le chevalier la releva, la pressa douloureusement contre son sein, et lui dit d'une voix sourde : — Angela, ma chère Angela ! je ne puis céder à ta prière. — Mais demain, tous tes soucis seront effacés ; car je te jure, par tout ce qui est sacré, qu'aujourd'hui je joue pour la dernière fois ! Sois tranquille, ma chère enfant ; dors, rêve d'heureux jours, une vie meilleure ; cela me portera bonheur !

« Le chevalier embrassa sa femme et s'éloigna en toute hâte.

« Deux tailles, et le chevalier eut tout perdu, — tout ce qu'il possédait !

« Il resta immobile auprès du colonel et fixa ses regards sur la table de jeu, dans un anéantissement complet. — Vous ne pontez plus, chevalier? dit le colonel en mêlant les cartes pour une nouvelle taille. — J'ai tout perdu, répondit le chevalier en s'efforçant de paraître calme. — N'avez-vous donc plus rien ? demanda le colonel en continuant de mêler ses cartes. — Je suis un mendiant ! s'écria le chevalier d'une voix tremblante de rage, en regardant toujours la table de jeu, et ne remarquant pas que les joueurs prenaient toujours plus d'avantage sur le banquier.

« Le colonel continua de jouer avec calme. — Mais vous avez une jolie femme ? dit le colonel, à voix basse, sans regarder le chevalier, et en mêlant les cartes pour une seconde taille. — Que voulez-vous dire par là ? s'écria le chevalier avec colère. Le colonel tira ses cartes sans répondre. — Dix mille ducats ou Angela, dit le colonel, en se retournant à demi, tandis qu'il donnait à couper. — Vous êtes fou, s'écria le chevalier, qui revenait un peu à lui-même, et qui s'apercevait que le colonel perdait de plus en plus. — Vingt mille ducats contre Angela, dit le colonel à voix basse, en retenant la carte qu'il s'apprêtait à retourner.

« Le chevalier se tut ; le colonel reprit son jeu, et presque toutes les cartes furent favorables aux joueurs. — Cela va ! dit le chevalier bas à l'oreille du colonel, lorsque la nouvelle taille commença, et qu'il eut placé la dame sur la table.

« Au coup suivant, la dame perdit. Le chevalier se recula en grinçant des dents, et s'appuyant contre la fenêtre ; la mort et le désespoir étaient dans ses traits.

« Le jeu venait de finir ; le colonel s'avança devant le chevalier et lui dit d'un ton moqueur : — Eh bien ? — Que voulez-vous ! s'écria le chevalier. Vous m'avez réduit à la besace ; mais il faut que vous ayez perdu l'esprit, de croire que vous pouviez gagner ma femme. Sommes-nous donc dans les colonies ? ma femme est-elle une esclave pour être livrée à l'homme qui se plaît à la jouer et à la marchander ? Mais il est vrai, j'ai perdu vingt mille ducats, et j'ai perdu le droit de retenir ma femme, si elle veut vous suivre. Venez avec moi, et désespérez, si ma femme vous repousse, et qu'elle refuse de devenir votre maîtresse ! — Désespérez vous-même, répondit le colonel, si Angela vous repousse, vous qui avez causé son malheur, si elle vous rejette avec horreur pour se jeter avec délices dans mes bras. Désespérez vous-même en apprenant qu'un serment d'amour nous unira, que le bonheur couronnera nos longs désirs. Vous me nommez insensé ! Oh ! oh ! je ne voulais gagner que le droit de prétendre à votre femme ; j'étais déjà certain de son cœur ! Apprenez, chevalier, que votre femme m'aime, qu'elle m'aime inexprimablement ; je le sais. Apprenez que je suis ce Duvernet élevé avec Angela, attaché à elle par l'amour le plus ardent ; ce Duvernet que vous avez chassé par vos intrigues ! Hélas ! ce ne fut qu'au moment de la mort de son père qu'Angela connut ce que je valais. Je sais tout. Il était trop tard ! Un démon ennemi me suggéra l'idée que le jeu pouvait me fournir l'occasion de vous perdre ; je m'adonnai entièrement au jeu. Je vous suivis jusqu'à Gênes, et j'ai réussi ! Allons, allons trouver votre femme !

« Le chevalier resta anéanti, frappé de mille coups de foudre. Ce secret si longtemps gardé se dévoilait enfin ; il vit toute la mesure des maux dont il avait accablé la malheureuse Angela. — Angela décidera, dit-il d'une voix sourde ; et il suivit le colonel qui marchait à grands pas vers sa demeure.

« En arrivant, le colonel saisit la sonnette ; mais le

chevalier le repoussa. — Ma femme dort, dit-il, voulez-vous troubler son doux sommeil ? — Hum ! murmura le colonel, Angela a-t-elle jamais goûté un doux sommeil depuis que vous l'avez précipitée dans une vie aussi déplorable ?

« A ces mots, il voulut pénétrer dans la chambre ; mais le chevalier se jeta à ses pieds, et s'écria, au désespoir : — Soyez compatissant ; maintenant que vous avez fait de moi un mendiant, laissez-moi ma femme ! — C'est ainsi que le vieux Vertua était à genoux devant vous, sans pouvoir vous attendrir, cœur de pierre ! Que la vengeance du ciel vous atteigne enfin !

« En parlant ainsi, le colonel se dirigea de nouveau vers l'appartement d'Angela. Le chevalier s'élança vers la porte, l'ouvrit, se précipita sur le lit où reposait sa femme, tira les rideaux et s'écria : Angela, Angela ! — Il se baissa vers elle, prit sa main, balbutia des mots entrecoupés, puis s'écria de nouveau d'une voix terrible : — Voyez ! vous avez gagné le cadavre de ma femme !

« Le colonel s'approcha, plein d'horreur. — Nul signe de vie. — Angela était morte, — morte.

« Le colonel se frappa violemment le front, laissa échapper un gémissement et disparut. — Jamais on n'a entendu parler de lui. »

Dès que l'étranger eut achevé son récit, il quitta le banc, sans que le baron, profondément ému, pût lui adresser une parole.

Peu de jours après, on trouva l'étranger mort dans sa chambre. Il avait été frappé d'un coup d'apoplexie. On découvrit, par ses papiers, que cet homme, qui se faisait nommer Baudasson, n'était autre que le malheureux chevalier de Ménars.

Le baron vit dans cette aventure un avertissement du ciel, qui lui avait envoyé le chevalier de Ménars pour le sauver au moment où il se précipitait dans l'abîme ; et il se promit de résister à toutes les séductions du bonheur au jeu.

Jusqu'à ce jour, il a fidèlement tenu parole.

NOTICES ET NOTES

Les commentaires qui suivent sont destinés à faciliter : 1° l'interprétation de l'œuvre d'Hoffmann ; 2° l'interprétation des textes de Loève-Veimars en tant que textes traduits. Nous évitons de substituer à cette édition une *étude* qui aurait des prétentions à une quelconque exhaustivité. Les explications que nous fournissons sont *exemplaires*, c'est-à-dire qu'elles devraient indiquer des lignes de force et non des détails. Pour les mêmes raisons, nous réservons plus de commentaires aux premiers textes de ce recueil qu'aux derniers : il nous paraît inutile d'indiquer à chaque page des procédés qui reviennent sans cesse. Quant à la traduction, nous ne la commentons pas ici de manière détaillée, mais de manière synthétique, en insistant sur la stratégie générale suivie par Loève-Veimars. Nous nous abstenons, au reste, de juger ou de corriger cette traduction. Une étude plus poussée figurera à la fin de la présente édition.

Les deux textes qui ouvrent les *Œuvres complètes* sont extraits des *Nachtstücke*, qui seront bien représentés dans l'ensemble de l'édition, mais jamais comme un ensemble. *Das Majorat* figure dans la deuxième partie (1817), *Das Sanctus* dans la première partie (1816). Le titre « Contes nocturnes » est déduit de « Nachtstücke », mais cette livraison ne contient pas plus de textes empruntés au recueil des « Nachtstücke » que les autres livraisons. Il se confirme ainsi que « contes fantastiques », « contes nocturnes », « contes et fantaisies », sont interchangeables dans l'esprit de Loève-Veimars.

Pour Hoffmann, les « Stücke » étaient en fait des « Gemälde », des tableaux ; les « Fantasiestücke in Callots Manier » et les « Nachtstücke » soulignent, dans leur titre même, les liens entre la littérature et les beaux-arts.

LE MAJORAT *(Das Majorat : Nachtstücke,* II).

Quelle que soit la place du récit dans la production littéraire d'Hoffmann, *Le Majorat* a beaucoup de qualités susceptibles de captiver les lecteurs de 1830. Il s'agit d'une sorte de « roman noir » qui se déroule, cette fois, dans un décor allemand ; le château hanté pourrait apparaître comme un motif usé s'il n'y avait les multiples variantes sur les schémas traditionnels. *Le Majorat* est également un récit historique qui suscite la comparaison avec l'art de Walter Scott, d'autant plus que, dans sa notice, le romancier écossais s'attache au personnage du justicier et à l'esprit féodal du conte. En réalité, les différents registres de l'art d'Hoffmann s'expriment dans *Le Majorat ;* on y note la combinaison et l'imbrication de plusieurs histoires (l'histoire amoureuse amène l'histoire d'une famille), le conflit entre l'art et la vie quotidienne, l'allure grotesque des personnages et notamment du héros de l'histoire amoureuse. Aux yeux des lecteurs de l'époque romantique, *Le Majorat* est en outre et surtout un conte fantastique, puisque la fatalité ne cesse de poursuivre les membres d'une famille. Or, c'est cela qui gêne Walter Scott : « Le conte que nous venons de citer montre l'imagination déréglée d'Hoffmann [...] » ; et c'est cela qui amène Loève-Veimars à prendre la défense de l'écrivain allemand. Le traducteur veille néanmoins, nous le verrons, à rendre un peu moins « déréglée » l'imagination hoffmanienne.

Parmi les interventions qui permettent à Loève-Veimars de réorganiser le récit, signalons ici la division en chapitres (numérotés) — le texte allemand est très compact ; il comprend des paragraphes longs de plusieurs pages — qui est le signe extérieur d'une restructuration de la narration visant à mieux séparer les dialogues et l'histoire (ou l'histoire et la narration). Les paragraphes ont été multipliés systématiquement, de manière à mieux marquer les moments cruciaux et de manière à rendre le texte « lisible ». Ceci vaut principalement pour les éditions de 1830 et 1832 ; en 1843, la mise en pages a été revue (mais non à partir du texte allemand), de manière à la rendre moins morcelée ; quoi qu'il en soit, elle marque toujours, bien plus nettement que l'original allemand, les structures temporelles de l'histoire. Loève-Veimars abrège aussi le texte, mais de façon subtile, et suivant une interprétation déterminée du récit. Ainsi la première partie a été bien moins condensée que la seconde, où l'histoire du majorat éclaire l'histoire du jeune amoureux.

1. Le début de ce « conte fantastique » renvoie explicitement au cliché du décor merveilleux, pour mieux le détruire. Le croassement des corbeaux et le sifflement des mouettes annoncent l'orage, et non les splendeurs des contes de fées. Il est d'ailleurs possible de situer R...bourg (R...sitten) dans l'Allemagne moderne : il s'agirait de Rossitten, au nord de Königsberg, mais Hoffmann adapte quelques données historiques et géographiques aux besoins de la narration.

2. Loève-Veimars prête des aspects « gothiques », qu'on rattache aisément au « roman noir », à un château « vieux et isolé » (« alt und einsam liegend »).

3. Hoffmann peuple l'univers du *Majorat* de personnages mi-autobiographiques, mi-imaginaires : Christoph Ernst Voetteri, grand-oncle de l'écrivain, lui aurait servi de modèle ici. L'intrigue amoureuse qui dominera certains épisodes du conte est également d'inspiration autobiographique. Les points de suspension destinés à cacher la réalité historique et biographique marquent le passage à la fiction.

4. On se souvient des premières lignes du conte : le château se révèle de plus en plus mystérieux. Contrairement à ce qui se passe dans la plupart des « Märchen » ou des « romans noirs », les personnages sont bizarres par leur langage autant que par le rôle qu'ils jouent ; ils se révéleront grotesques. Loève-Veimars leur prête pourtant un style moins extravagant ; il limite également l'extravagance dans leurs gestes, vêtements, etc.

5. Les vieilles dames foisonnent dans les récits d'Hoffmann ; elles servent généralement d'intermédiaires entre les forces nocturnes et l'Élu (en l'occurrence, le « Je ») ; leurs apparences extérieures sont donc symboliques. Loève-Veimars en fait des êtres bizarres plutôt que des sorcières ; il évite d'utiliser la formule « le vieux », « la vieille » (« der Alte, die Alte »), chère à Hoffmann, à laquelle il substitue des formules plus individuelles (le vieillard, mon oncle, la vieille dame, etc.) et donc moins fantastiques.

6. *Le Visionnaire (Der Geisterseher)* intervient aussi dans *Die Elixiere des Teufels*. *Le Majorat* est truffé d'allusions et de réminiscences littéraires (Kleist, Schiller, Shakespeare, Jean-Paul Richter, Schnabel, etc.). Les personnages connaissent leurs classiques. On voit que les multiples situations et thèmes typiques du « Märchen » donnent au *Majorat* un relief tout particulier.

7. La figure angélique de Séraphine (souvent Seraphinchen, chez Hoffmann) contraste avec les vieilles dames : la lumière s'oppose en effet à la nuit. Le narrateur et Séraphine, deux Élus, seront réunis par le culte de la musique et lutteront ensemble contre l'univers quotidien.

8. Dans la traduction, l'expression des sentiments amoureux respecte les formules quotidiennes (« das wollte und konnte ich » devient une tournure négative). Dans l'original, il s'agit d'une « romantische, ja wohl ritterliche Liebe » (un amour romantique et même chevaleresque). Elle amènera par conséquent la rupture de l'illusion, le désenchantement : l'oncle tirera son neveu de l'univers des rêves.

9. On note de nouveau le conflit entre l'art et les occupations quotidiennes. Comme le narrateur s'exprime à la première personne, le rapprochement avec la vie de l'écrivain devient inévitable, d'autant plus que la « Vie d'Hoffmann » insérée dans les *Œuvres complètes* ne fait que le favoriser.

10. Loève-Veimars supprime en général les interventions du lecteur, fussent-elles discrètes comme ici (« Man kann denken, wie mir... »).

11. Les dissonances sont symboliques : l'univers du « Märchen » a perdu ou va perdre son harmonie.

12. Loève-Veimars nous laisse à peine deviner les mystères littéraires et métaphysiques de ce personnage ; il coupe les ponts avec l'Au-delà (« Aus mancher Andeutung musst' ich bald erfahren, dass der Baronin wirklich etwas Verstörendes im Sinne liege, wie ich es gleich, als ich sie zum ersten Male sah, in ihrem Blick zu lesen glaubte, und die feindliche Wirkung des Hausgespenstes ging mir ganz klar auf. Irgend etwas Entsetzliches war oder sollte geschehen. ») (« Plusieurs signes me révélèrent bientôt que les esprits de la baronne étaient en effet perturbés d'une manière ou de l'autre, comme j'avais cru le lire dans ses regards dès la première rencontre, et l'influence hostile du spectre qui hantait la

maison devint évidente à mes yeux. Il y avait ou il devait arriver quelque chose d'effroyable.»)

13. Le bowl de punch deviendra, on le sait, un des attributs d'Hoffmann; ce passage se prête également à l'exploitation autobiographique et à l'élaboration de la légende d'Hoffmann.

14. Le traducteur évite une fois de plus de prendre à la lettre les allusions aux puissances surnaturelles. Adelaïde représente une des «sorcières» chargées d'entrer en contact avec l'Élu.

15. La version «légère et facile» de Loève-Veimars n'est pas toujours élégante. Comme toutes les traductions, elle hésite souvent entre le «texte traduit» et le «texte» (H. Meschonnic). C'est que Loève-Veimars s'efforce en effet, quoi qu'on ait écrit à ce propos, de *traduire vraiment* les récits d'Hoffmann. Il importe évidemment de déterminer suivant quels principes il suit ou refuse de suivre son modèle allemand.

16. A plusieurs reprises, ce rôle de protecteur est souligné, mais jamais expliqué; il s'agit d'une mission réservée à un initié. Loève-Veimars supprime toujours les renvois, un peu ambigus il est vrai, à cette mission. Comme Théodore et Séraphine, il devient un personnage plus quotidien et rationnel.

17. La forêt représente, dans les textes des romantiques allemands, le lieu privilégié du contact avec l'Au-delà, le lieu de l'effusion des sentiments. On se rappelle le célèbre leitmotiv de *Der blonde Eckbert* (Tieck): «Waldeinsamkeit die mich erfreut [...]».

18. Passage crucial: enchevêtrement des deux histoires, grâce à la construction «en abîme». Loève-Veimars respecte ici les liens entre histoire et narration, alors qu'il évite souvent de mentionner explicitement ce qui relève de la narration (ou du «cadre»).

19. Motif de la faute: les malheurs qui s'abattent sur la famille et sur le Majorat remonteront tous à cette faute. Les fautes, dans les «Märchen», sont souvent d'autant plus tragiques qu'elles sont involontaires et qu'elles ruinent ou tuent des victimes innocentes.

20. Le texte juridique apparaît ici comme un document secret, qui révèle les mystères de l'Au-delà; on connaît les spéculations des romantiques allemands sur les hiéroglyphes. — Dans *Le Majorat,* Théodore n'accède que difficilement au royaume de l'Écriture. — Voir aussi *Der goldne Topf.*

21. Loève-Veimars maintient rarement l'idée d'une «puissance ténébreuse» («böse Macht»).

LE SANCTUS (*Das Sanctus: Nachtstücke,* I).

S'il est vrai que Loève-Veimars et son éditeur cherchent à obtenir les faveurs du public, la présence du *Sanctus* dans la première livraison des *Œuvres complètes* est assez surprenante. On peut difficilement le situer dans un genre bien déterminé, si ce n'est dans les conversations artistiques qui se transforment en récits fantastiques, et dont Ludwig Tieck d'abord, Hoffmann ensuite sont les maîtres. Mais les critiques français ne se sont pas toujours montrés tendres devant ce qu'ils appellent parfois un «mélange bâtard d'esprit et de caquet». A l'intérieur du *Sanctus,* Hoffmann développe en effet une «histoire», ou mieux: une conversation entre quelques personnes extravagantes débouche sur une narration ; celle-ci sera souvent interrompue par l'assistance, suivant un procédé bien connu, le récit-cadre. Loève-Veimars — et bon nombre de ses successeurs — ne retiendra des *Serapionsbrüder* que les contes, et il supprimera le récit-cadre. Il remaniera également l'organisation textuelle et narrative du *Sanctus,* sans aller toutefois jusqu'à supprimer les conversations qui détruisent l'illusion.

Les liens entre les deux niveaux du récit sont nets et essentiels : dans deux situations tout à fait différentes, une cantatrice exceptionnellement douée perd la voix à l'église, au moment du *Sanctus*. Le surnaturel est d'autant plus équivoque qu'il se révèle maléfique, malgré le décor religieux ; *Le Sanctus,* comme tant de contes fantastiques, met en scène les conflits inquiétants entre le Bien et le Mal. Comme dans *Le Majorat,* les forces mystérieuses entretiennent des rapports étranges avec l'artiste, en l'occurrence la cantatrice. Les conversations opposent d'ailleurs différentes attitudes artistiques, bien pittoresques, poussées dans le sens de la caricature. Les conversations et, par là, le récit sont ainsi assez animés.

Loève-Veimars modifie une fois de plus l'organisation narrative du texte. Il condense légèrement les conversations (avant et pendant la narration) : l'histoire médiévale l'emporte sur le cadre. Dans la première édition, le morcellement des paragraphes se manifeste autant que dans *Le Majorat ;* dans l'édition de 1843, en revanche, il est maintenu dans la seconde partie, mais non dans la première : le rythme de la narration est donc traité suivant la nature du texte, où Loève-Veimars et son éditeur voient deux mouvements très différents. Dans la seconde partie, Hoffmann recourt d'ailleurs à une mise en pages qui rappelle les indications scéniques d'une pièce de théâtre : les personnages prennent directement la parole, sans intervention d'un quelconque narrateur. Ici encore, Loève-Veimars suit les procédés connus de la narration, en réintroduisant le narrateur.

1. Une anecdote relative à une certaine Bettina est à l'origine du *Sanctus*. Il s'agit, on le voit, d'un « Märchen » moderne, qui a même un fond de vérité historique et qui se situe dans un milieu bourgeois.

2. Allusion au docteur Sangrado (livre II) de *Gil Blas*.

3. Aux yeux des romantiques allemands, les grands compositeurs ne sont pas les compositeurs romantiques — qui se révéleront plus tard, d'ailleurs — mais les « classiques », au sens large du mot. Hoffmann est un des rares à avoir étudié Beethoven, par exemple ; les compositeurs italiens (Métastase, et surtout Pergolèse) sont très actuels, tout comme les peintres de la Renaissance italienne (Raphaël surtout). Haendel et Mozart comptent évidemment parmi les grandes réputations du moment.

4. Une appréciation esthétique se substitue ici à une remarque à laquelle Hoffmann donne un sens équivoque et essentiel : « Wunderbar ! » Il s'agit en effet d'une histoire dont les principes échappent à la raison ; dans les « Märchen », le mot « wunderbar » garde son sens premier. C'est un aspect de ce que Todorov et les théoriciens du fantastique appellent la « modalisation » : l'ambiguïté du réel est soulignée dans le conte même.

5. On a pu établir que Hoffmann invente l'histoire de toutes pièces, mais il tient à lui donner une apparence d'authenticité en l'empruntant prétendument à un « vieux livre », suivant une formule bien connue : les écrivains français (et Manzoni) parlent volontiers d'un manuscrit trouvé, alors que l'Allemagne romantique évoque « ein altes Buch ».

6. Allusion à un ouvrage de Florian, *Gonzalve de Cordoue ou Grenade reconquise*. Hoffmann l'a lu dans une version allemande, qui l'inspire ici.

7. C'est ici, et plus loin, que Loève-Veimars introduit des incises (« dit le maître de chapelle »), pour remplacer la présentation des dialogues empruntée au théâtre : DER KAPELLMEISTER. « *Flauti piccoli* — Oktavflötchen. »

8. Le texte allemand est plus explicite et rétablit les liens entre l'histoire et le récit-cadre, tout en faisant de nouveau allusion et au surnaturel et aux manies des artistes « ... sprach sie : Ein Hexenmeister sind Sie gerade nicht, aber zuweilen etwas widerhaarichter Natur, wie alle Enthusiasten, sezte der Kapellmeister hinzu » — « dit-elle : Vous n'êtes pas ce qu'on pourrait appeler un sorcier, vous inspirez une certaine répulsion, comme tous les enthousiastes, ajouta le maître de chapelle ».

Les tomes II et III des *Œuvres complètes* contiennent uniquement des textes extraits du recueil des *Serapionsbrüder*. Dans ce recueil, ils sont entourés de commentaires critiques fournis par une série de personnages fictifs, qu'on a cru pouvoir identifier comme des amis d'Hoffmann. La formule rappelle le *Décaméron,* mais surtout le *Phantasus* de Ludwig Tieck. En effet, c'est en tout premier lieu ce recueil d'un contemporain qui a inspiré Hoffmann. Nous analyserons plus loin l'organisation des *Serapionsbrüder*. Elle mérite de retenir notre attention pour une raison toute particulière : Loève-Veimars a traduit une série de contes isolés, et non le recueil, car il n'a rien maintenu du célèbre récit-cadre. La plupart de ses successeurs imiteront son exemple.

SALVATOR ROSA (*Signor Formica : Serapionsbrüder,* IV).

Cette nouvelle fut écrite en 1819. Hoffmann lui donne explicitement la qualification de « eine Novelle », contrairement à ses habitudes. Les traductions françaises ignorent ce sous-titre et rangent *Signor Formica* parmi les « contes fantastiques ». En réalité, Hoffmann a écrit une nouvelle historique qui se situe dans la tradition des évocations germaniques de l'Italie, parmi lesquelles certaines œuvres de Goethe occupent une place capitale. On sait que Heine imitera l'exemple de ses plus illustres compatriotes en consacrant à l'Italie plusieurs volumes. Mais le culte de l'Italie de la Renaissance, en particulier des peintres de la Renaissance italienne, remonte aux célèbres *Herzensergiessungen eines kunstliebenden Klosterbruders* (Wackenroder et Tieck) et à *Franz Sternbalds Wanderungen* (Tieck). Ce dernier roman introduit le thème de la peinture et des beaux-arts dans le roman de formation. Les écrivains romantiques imaginent l'histoire à leur manière. Cependant, les recherches historiques et critiques sont menées de pair avec les efforts artistiques. Hoffmann aussi s'est documenté avec beaucoup de soin et de curiosité sur l'époque de Salvator Rosa : il en résulte bien entendu une histoire romancée qui porte les marques de l'art hoffmannien. Le récit n'a rien d'un « conte fantastique » véritable, mais la magie, les superstitions, les personnages extravagants et les coups de théâtre ne font nullement défaut. C'est là, au reste, une « narration » plutôt qu'une dissertation sur les beaux-arts. Loève-Veimars aura beaucoup moins de raisons, dès lors, de revoir les charnières du récit. Mais les conversations des « Serapionsbrüder » n'entourent plus le récit. D'autre part, le titre a été modifié : « Signor Formica » est en quelque sorte le double de Salvator Rosa, mais il n'intervient que vers le milieu de la nouvelle, et son identité n'est dévoilée qu'à la fin. Aussi, le lecteur se demande-t-il au long de l'œuvre, d'où vient le titre ; comme dans un roman policier, l'identification d'un personnage-clef apparaît comme un coup de théâtre. Loève-Veimars a préféré désigner d'emblée Salvator Rosa comme le héros de l'histoire : c'est opter en même temps pour une lecture moins « nocturne ».

Le traducteur modifie en outre le découpage du récit en sections. Contrairement à la plupart des textes contenus dans les *Œuvres complètes, Signor Formica* est divisé en six sections non numérotées, mais précédées d'un « résumé » : un narrateur objectif, même un peu distant, tel un historien, annonce les péripéties. Cette présentation intervient également dans *Der goldne Topf,* par exemple ; c'est un des aspects de la « mise en abîme » qui marque de tant de façons diverses *Die Serapionsbrüder*. Loève-Veimars, quant à lui, maintient la division en sections, dont il fait des chapitres numérotés et portant un titre : les commentaires ironiques sont remplacés par le nom d'un personnage, qui se trouve ainsi mis en vedette.

Nous empruntons les éclaircissements sur les personnages à l'édition allemande (Winkler Verlag), en les limitant à l'essentiel.

1. Seul ce premier chapitre ne porte pas de titre. Dans la version allemande, nous lisons : « Der berühmte Maler Salvator Rosa kommt nach Rom und wird von einer gefährlichen Krankheit befallen. Was ihm in dieser Krankheit begegnet. » (« Le célèbre peintre Salvator Rosa vient à Rome et est victime d'une maladie dangereuse. Ce qui lui arrive au cours de cette maladie. ») Salvator Rosa est un personnage historique (1615-1673), mais Hoffmann lui prête les traits d'un artiste romantique.

2. Mas'Aniello (1623-1646) et Aniello Falcone (1600-1665), comme tant d'autres personnages sur lesquels Hoffmann a pris soin de se documenter, entrent ici dans l'histoire *romancée* des romantiques allemands.

3. Les *Observations sur quelques grands peintres*... (1807) de Jean-Joseph Taillasson (1746-1809) sont une des sources utilisées par Hoffmann.

4. La nature symbolique de ces tableaux italiens a toutes les caractéristiques de la nature dans les « Märchen » de l'Allemagne romantique.

Il en est de même des théories qu'exposent les peintres et artistes qui peuplent *Salvator Rosa*.

5. On ne peut s'empêcher de songer à Proust, en lisant ce passage, que la critique d'Hoffmann a sans doute trop négligé. Hoffmann est un artiste lucide. Toutefois, cette même nouvelle réunira l'homme et l'artiste dans une exaltation bien romantique : la vie, l'amour, l'art font un grand tout ; l'Italie artistique évoquée ici détient certains secrets de l'Age d'or.

6. Loève-Veimars a souvent tendance à rendre moins grotesques les personnages, surtout lorsqu'ils tiennent le rôle du héros (c'est le cas de Théodore dans *Le Majorat* et du conseiller Krespel). Dans *Salvator Rosa,* le bizarre et le grotesque subsistent assez systématiquement.

7. Les fièvres et les délires, voilà un autre privilège des personnages d'Hoffmann, qu'ils partagent d'ailleurs avec ceux de Tieck et de la plupart des contemporains.

8. Depuis les premières années du romantisme, Rafaele Sanzio est une des idoles de l'Allemagne artistique : qu'il ait ici des « traits divins » n'a donc rien de surprenant.

9. Personnage historique.

10. L'amour de l'art engendre le culte de l'amitié, comme dans *Franz Sternbalds Wanderungen;* les amis ont souvent les larmes aux yeux, leurs sentiments sont si intenses qu'ils deviennent ridicules, à nos yeux — et aux yeux de beaucoup de traducteurs français. Mais dans *Salvator Rosa,* Loève-Veimars n'évite guère les scènes larmoyantes.

11. Annibale Caracci (1560-1609) et Guido Reni (1575-1642). C'est une des astuces des romanciers de donner un rôle capital à des personnages secondaires — selon les sources historiques — et de faire intervenir en passant, dans leur panorama pseudo-historique, les grands artistes et hommes politiques, tels Guido Reni ou Raphaël.

12. Ainsi les liens entre l'amour et l'art sont plus étroits que ne le veut le narrateur (note 5). Rappelons que la plupart des récits d'Hoffmann cherchent à élucider la signification de l'amour dans la vie de l'artiste.

13. Hoffmann invente ce personnage.

14. Salvator aime — autant qu'Hoffmann lui-même — caricaturer ses contemporains. Comme le théâtre dans l'histoire (ou dans le théâtre), c'est un aspect de la construction en abîme : la signification des intrigues et des personnages est explicitée à un niveau plus profond.

15. Le vieillard amoureux de sa nièce ; la jeune fille séquestrée : ces situations sont chères à Hoffmann (voir notamment *Das Majorat* et *Rat Krespel*).

16. Loève-Veimars donne à ce chapitre le titre qu'Hoffmann a réservé à l'ensemble de la nouvelle. Le dénouement est marqué par l'interaction entre la vie (l'histoire) et le théâtre (l'imaginaire) ; le théâtre sera une parodie de la vie, qui se révèle burlesque à elle seule ; d'où la valeur symbolique des masques et du carnaval, ou du double. On sait qu'Hoffmann exploite volontiers ces thèmes et procédés, mais à la suite des romantiques et de Jean-Paul.

17. Personnage bouffon du théâtre italien, tout comme le « dottore » ;

mais Hoffmann les charge de talents parodiques qui caractérisent son art à lui, et celui de ses contemporains.

18. La cacophonie illustre les conflits entre l'art véritable et l'art faux, puis entre l'univers des initiés et celui du philistin.

19. Salvator est un artiste complet, à l'instar des romantiques allemands.

20. Hoffmann s'inspire d'une série de sources historiques : il ne cesse donc de combiner l'histoire et la fiction.

21. Loève-Veimars supprime le dernier paragraphe, dans lequel le narrateur s'adresse au lecteur : « Indem ich von dir, vielgeliebter Leser, scheide, wünsche ich recht von Herzen, dass die Freudigkeit, welche nun den Salvator und alle seine Freunde begeisterte, in deinem eignen Gemüt, während du die Geschichte von dem wunderbaren Signor Formica lasest, recht hell aufgegangen sein möge. » (« En vous disant au revoir, cher lecteur, je souhaite de tout cœur que la joie, qui animait Salvator et tous ses amis, ait pu s'épanouir aussi dans votre âme au cours de la lecture de l'histoire du merveilleux Signor Formica. ») Comme le théâtre agit sur la vie (de Salvator), le récit de cette vie pourrait agir sur la vie du lecteur. Comme d'habitude, Loève-Veimars évite la rupture de la fiction, ou le passage explicite de la fiction au cadre de la narration.

LA VIE D'ARTISTE (*Die Fermate : Serapionsbrüder*, I).

Ce récit date de 1815 ; il fut publié à part, dans un almanach (Taschen-buch), deux ans avant que ne parût *Rat Krespel*. Or, ces deux textes seront insérés dans *Die Serapionsbrüder :* on voit que ce recueil, comme le *Phantasus* de Tieck, donne un relief nouveau à des œuvres qui ont déjà eu un statut indépendant. L'auteur s'inspire ici de ses propres souvenirs et expériences artistiques et amoureuses. Le problème de l'indépendance de l'artiste, menacée par l'amour, intervient dans plusieurs autres récits.

Loève-Veimars opte pour un titre qui fait passer au premier plan la question de l'artiste. En général, s'il touche au titre d'un conte, il a recours au nom d'un personnage ou à un objet magique (« Le Violon de Crémone »). En s'attachant à la « vie d'artiste », il ne se montre pas trop mal inspiré, car elle constitue une des obsessions majeures de l'œuvre d'Hoffmann et de l'œuvre des romantiques allemands en général. Les lecteurs des *Œuvres complètes* reconnaîtront là une des nouveautés de l'art hoffmannien, à tel point que les « vies d'artiste » connaîtront une certaine vogue (Renduel publie *Dichterleben* de Tieck en 1832). Mais Loève-Veimars ne manque pas d'adopter une attitude paradoxale, car il abrège sensiblement le début du texte — un autre récit-cadre — où les liens secrets entre l'histoire d'une part, un tableau et la musique d'autre part, se trouvent éclairés. En réalité, plusieurs pages de ce texte assez succinct ont été écartées, toujours pour les mêmes raisons, semble-t-il. Chez Hoffmann, l'intrigue amoureuse et musicale entre un jeune artiste et deux jeunes beautés est présentée par un double narrateur, Théodore et Édouard, dans une conversation ; l'un interrompt de temps en temps le récit de l'autre. La version française présente un récit à la première personne, dont le narrateur n'est jamais identifié : le « je » apparaît comme l'auteur en personne, et *La Vie d'artiste* répond aux caractéristiques d'un récit autobiographique. Malgré le traitement qu'il réserve au titre, Loève-Veimars s'attache à l'écriture d'une histoire plutôt qu'à l'histoire d'une écriture ou à la question de l'art.

1. Hummel est un contemporain d'Hoffmann. La description du tableau laisse des traces bien précises dans le *Taugenichts* d'Eichendorff (1826).

2. C'est ici que Loève-Veimars écarte une bonne partie de la conversation entre Théodore et Édouard, qui se transforme ici en une narration.

3. *Lottchen am Hofe* (Johann Adam Hiller).

4. « Scaevola » signifie « gaucher » ; ce surnom fut prêté à un personnage légendaire qui aurait vécu au VIe siècle avant J.-C.

5. Les « stolze spanische Romanzen » deviennent chez Loève-Veimars une « altière romance espagnole » bien particulière, dont le texte est d'ailleurs reproduit. Il est rare que le traducteur « complète » ainsi les contes et assez curieux, d'ailleurs, que les Français *recherchent* le mélange de la poésie et de la prose qui caractérise la prose de l'Allemagne romantique. Depuis Mme de Staël, ils n'ont cessé de se montrer gênés par cette confusion des genres.

6. La narration de l'original change brusquement de temps en adoptant le présent (« Sieh mich jetzt… »), et l'on se demande si Théodore s'adresse au lecteur ou à Édouard. Dans la traduction, le seul maintien des temps du passé suffit pour éviter la rupture de l'illusion.

7. « … wie die Kunst selbst in kühner Romantik » (« comme la Muse romantique même dans toute sa hardiesse ») : « comme la muse elle-même ». Le caractère allégorique des personnages et de l'ouvrage entier ne s'efface pas, mais les liens — essentiels — entre les personnages et l'art *romantique* se perdent.

8. Anfossi et Steffani sont des compositeurs italiens du XVIIIe siècle.

9. Les artistes sont pris par la célèbre « Wanderlust » des romantiques ; leurs pérégrinations les mèneront évidemment sur les routes de l'Italie.

10. Le récit est interrompu ici par une brève intervention de Théodore et Édouard ; la conversation porte, d'une part, sur les charmes de l'Italie, d'autre part, sur le rapport entre l'histoire et le tableau. Les points de suspension marquent la suppresion de ce passage, qui se situe au niveau de la narration.

11. Ces commentaires sont dus, chez Hoffmann, non au premier narrateur, Théodore, mais à Édouard, qui le relaie. Puis, Théodore reprend la parole. Loève-Veimars attribue tout au même narrateur, qui parle à la première personne.

12. Édouard intervient de nouveau, pour donner une sorte de morale de l'histoire. Loève-Veimars efface toute trace de ce retour au cadre. Les termes « Sonderbar aber ziemlich plausibel » (« Curieux mais assez vraisemblable ») constituent une variante des multiples « wunderbar », etc., que les « Serapionsbrüder » appliquent aux différents « Mär-

chen ». C'est un moment capital du fantastique, que la traduction française conserve bien rarement.

LE VIOLON DE CRÉMONE (*Rat Krespel : Serapionsbrüder,* I).

Rat Krespel est un des « contes » hoffmanniens auxquels la France littéraire s'est attachée avec le moins de réserves. Intitulé tantôt « Le Violon de Crémone », tantôt « Le Conseiller Crespel », il a trouvé sa place dans presque tous les recueils de traductions, y compris ceux du XXe siècle. Le conseiller, cet homme « merveilleux » (« einer der allerwunderlichsten Menschen »), n'a pas fini de fasciner les lecteurs. Le fait est assez surprenant, puisque ce « Märchen » très moderne et, dès lors, très hoffmannien n'a pas de titre officiel, d'où les flottements à travers les multiples versions françaises. *Rat Krespel* a été composé comme un ouvrage indépendant en 1816. Plus tard, il a été inséré dans les *Serapionsbrüder,* ce qui explique l'absence de titre. Dans les conversations des frères Sérapion, il s'agit même d'une expérimentation. Théodore, qui remplit le rôle du narrateur, ignore même si *Rat Krespel* répond aux critères esthétiques fixés par ses compagnons. Dans la tradition allemande, un seul titre a fini par s'imposer.

Du point de vue des lecteurs français, *Le Violon de Crémone* a toutes les qualités requises pour obtenir du succès. Il s'agit d'un authentique « conte », où la part des conversations — si chères aux Allemands... — est réduite et où l'action est suffisamment animée et surprenante pour paraître hautement originale. Et, ce qui ne gâte rien dans cette histoire très allemande, les personnages sont si bizarres qu'ils deviennent mystérieux et d'autant plus inquiétants, donc... fantastiques. A y regarder de plus près, les liens entre la musique et la personnalité — l'âme — d'une jeune fille aux allures angéliques n'ont rien qui puisse déplaire aux amateurs de sensations raffinées. Comme *Le Majorat, Le Violon de Crémone* est un conte où l'intrusion du fantastique dans la vie quotidienne, pour être le fruit d'une imagination déréglée, n'en est pas moins une innovation curieuse, voire fascinante.

Sans se rendre coupable d'interventions trop flagrantes, Loève-Veimars a d'ailleurs compris à merveille comment il devait arranger les données du récit. Théodore, un des frères Sérapion, raconte toute l'histoire à la première personne. Comme pour les autres contes tirés des *Serapionsbrüder,* le traducteur retient l'histoire et ne garde de la narration que le strict nécessaire. *Le Violon* est donc raconté à la première personne par un « je » extrêmement discret, bien plus discret que dans *La Vie d'artiste,* où le narrateur apparaît comme une personnalité derrière laquelle se profile l'ombre d'Hoffmann en personne. L'action est mise en évidence aussi par le découpage en chapitres et en paragraphes. Et l'édition de 1843 nous offre même un récit sensiblement différent par la seule mise en pages. La première et la seconde édition nous fournissent un *Violon de Crémone* qu'on doit lire comme un roman policier, où chaque paragraphe peut amener des péripéties bouleversantes. Le conseiller Krespel est une des grandes créations d'Hoffmann, ce maître du grotesque. Victime, à vrai dire sympathique, de l'ironie de son auteur, il se conforme, dans la version française, tant bien que mal, aux exigences d'une certaine couche de lecteurs ou du moins aux exigences de Loève-Veimars. Ses gestes, sa mimique, ses vêtements sont extravagants, mais non ridicules ; son langage surtout subit une transformation radicale, en se dépouillant de la plupart de ses tics. Krespel, héros « ironique » chez Hoffmann (au sens allemand du mot), devient un héros sympathique chez Loève-Veimars. Comme dans *Le Majorat,* notre traducteur évite de mettre en scène des protagonistes ridicules : ils doivent être pris au sérieux, sinon le fantastique se dissipe.

1. Krespel aussi est un personnage historique ; inutile de noter qu'Hoffmann ne cherche pas en premier lieu à écrire une nouvelle historique. Il tient néanmoins à faire appel à un minimum de connaissances techniques (pour les types de violons par exemple), de manière à rendre les situations vraisemblables.

2. Comme l'annonce la première phrase du texte, Krespel est « merveilleux » (et « allerwunderlichst » chez Hoffmann) ; la version française lui donne un comportement social un peu bizarre, mais sympathique, alors que le texte allemand nous le dépeint comme un être dont le comportement s'explique mal.

3. « solche fantastische Dinge... » : il est rare qu'Hoffmann utilise le terme. Il garde du reste un sens indéfini, contrairement à « les choses fantastiques ».

4. Allusion au *Roland furieux* de l'Arioste.

5. Cf. *Le Majorat :* Antonie est une sœur de Séraphine. L'artiste est un être initié et donc tragique.

6. La communication secrète entre l'âme de l'artiste et l'âme du violon met à l'épreuve le « goût » des lecteurs qui entendent respecter le réel ; mais les liens de sympathie entre le personnage-victime et le fantastique amènent le lecteur à renoncer à ses exigences en matière de vraisemblance. Les éléments relevant du surnaturel sont d'ailleurs réduits.

7. Dans cet épisode, Hoffmann amène le lecteur à déplacer les frontières entre le bon sens et la folie. L'artiste fou ou mi-fou, la France romantique n'a pas manqué de le découvrir chez Hoffmann et notamment dans *Le Violon de Crémone*.

8. Comme dans *Le Majorat, Le Sanctus,* etc., la clef du récit est fournie par un récit dans le récit.

MARINO FALIERI (*Doge und Dogaresse : Serapionsbrüder*, II).

Cette « histoire italienne » (« italienische Geschichte ») remonte plus loin dans l'histoire que *Signor Formica*. C'est également une nouvelle historique, bien que l'auteur ne l'identifie nullement comme telle. Il puise dans une source qu'il indique lui-même (Le Bret, *Staatsgeschichte der Republik Venedig,* 1773), tout en s'inspirant d'un tableau (cf. *La Vie d'artiste*) de K. W. Kolbe intitulé « Doge und Dogaresse ». Comme *Signor Formica, Doge und Dogaresse* est en premier lieu une œuvre fictive qui simule l'histoire proprement dite et qui, en outre, porte de nombreuses traces des expériences personnelles de l'auteur. Bien plus que *Signor Formica,* c'est un conte fantastique, car c'est le destin qui oriente la vie d'Antonio, et les secrets du destin lui sont révélés par une « sorcière », ou du moins par une vieille femme qui a tous les attributs de la sorcière. Le conte débouche sur une fin malheureuse, puisque le héros et sa bien-aimée seront engloutis par la mer dès qu'ils seront parvenus à se rejoindre ; cette tragédie individuelle est celle de l'État même de Venise. L'histoire de Venise et l'histoire d'Antonio, qui est aussi celle de Marino Falieri, sont indissociables.

Loève-Veimars divise le conte en chapitres et en paragraphes. Ceux-ci, rappelons-le, sont bien moins nombreux dans l'édition de 1843 que dans les premières éditions. Le cadre de la narration subit des modifications fondamentales. Le passage des conversations entre les frères Sérapion à l'histoire de « Doge und Dogaresse » a lieu par le biais d'un manuscrit trouvé, qu'Ottmar lira devant ses amis. Ce manuscrit évoque d'abord le tableau de Kolb, ensuite les discussions entre ceux qui contemplent le tableau, discussions qui engendrent à leur tour un récit. Il y a donc un *double* récit-cadre. Aucun des deux n'a été conservé par le traducteur, qui nous livre les aventures de « Marino Falieri » comme le ferait un historien. Le manuscrit trouvé cite déjà le bref poème qui annonce la chute de Marino Falieri : la prémonition se manifeste ainsi à deux niveaux. Dans la version française, elle n'est plus formulée qu'à l'intérieur de l'histoire, ce qui la rend moins fantastique. Parmi les différents personnages, la « sorcière » est le seul à être présenté sous un autre jour que dans l'original. Son langage change encore plus que celui du conseiller Krespel ; son style ne trahit plus guère son appartenance à l'univers des puissances secrètes.

1. « ein kleines steinaltes Mütterchen » (« une très vieille petite mère »), chez Hoffmann. Plus loin il la désignera souvent comme « die Alte » (« la Vieille »). Dans *Das Majorat* aussi, il parle de « der Alte » (à propos du grand-oncle de Théodore). Loève-Veimars recourt en général à des formules qui paraissent moins péjoratives (« la vieille mendiante », « le vieillard »), notamment pour éviter les formules stéréotypées et les répétitions. Il prête ainsi des traits plus humains — et donc moins fantastiques — aux vieillards et aux vieilles dames qui peuplent les textes d'Hoffmann.

1 *bis*. Ce changement de temps, très brusque, est exceptionnel dans les traductions de Loève-Veimars. Il attire l'attention sur la narration plutôt que sur l'histoire.

2. « Vieille sorcière » choque moins dans la bouche d'Antonio que sous la plume du narrateur. Mais le lecteur du texte allemand a depuis longtemps reconnu les traits de la sorcière.

3. L'ami de Salvator Rosa guérit également les malades, mais sa profession enlève à ce pouvoir toute odeur de magie.

4. Ce texte figure au début du « manuscrit trouvé » ; il est repris ici, comme un leitmotiv (cf. *Der blonde Eckbert* de Tieck) qui souligne la fatalité.

5. Avant de rendre la parole aux frères Sérapion, Hoffmann fait commenter l'histoire de *Doge und Dogaresse* par les personnages appartenant au « manuscrit trouvé » (retour au premier niveau du récit-ca-

dre), qui s'efforcent de cerner sa signification profonde. On voit que la construction en abîme éclaire les contes de manière symbolique.

LE BONHEUR AU JEU (*Spielerglück : Serapionsbrüder,* III).

En 1819, Hoffmann a envoyé *Spielerglück* à un almanach ; il l'a inséré ensuite dans les *Serapionsbrüder*. Ce titre rassemble et éclaire plusieurs récits qui s'enchevêtrent et qui illustrent le caractère trompeur du « Bonheur au jeu ». Le Destin poursuit les joueurs ; le Hasard est absent même du jeu, qui devrait être son royaume. *Spielerglück* est donc un récit fantastique moderne, qui se déroule dans un univers quotidien, en plein XIXe siècle (même après 1820, chez Loève-Veimars) et dans un milieu où devraient régner l'insouciance et la détente.

1. Le texte allemand indique « im Sommer 18... ». La traduction de *Spielerglück* a été entreprise selon les principes que nous n'avons cessé de commenter à propos des autres contes. Le problème du récit-cadre ne se pose pas réellement ici. Mais la mise en pages, les dialogues, la description des personnages ont été discrètement adaptés.

TABLE DES MATIÈRES

TITRES RÉCEMMENT PARUS

AMADO (JORGE)
Mar morto (388)

ARIOSTE
Roland furieux. Textes choisis et présentés par Italo CALVINO (380)

BALZAC
Béatrix. Préface de Julien Gracq (327) - Le Chef-d'œuvre inconnu. Gambara. Massimilla Doni (365) - Annette et le criminel (391)

BECKFORD
Vathek (375)

BRONTË (EMILY)
Hurlevent-des-Monts *(Wuthering Heights)* (411)

CARROLL (LEWIS)
Tout Alice (312)

CAZOTTE
Le Diable amoureux (361)

CARRINGTON
Le Cornet acoustique (397)

***
Code civil (Le). Textes antérieurs et version actuelle. Éd. J. Veil (318)

COLETTE
La Fin de Chéri (390)

CROS
Le Coffret de Santal - Le Collier de griffes (329)

DAUDET
Contes du Lundi (308)

DESCARTES
Méditations métaphysiques (328)

DIDEROT
Le Neveu de Rameau (143)

DICKENS
David Copperfield 1 (310) - 2 (311)

DOSTOIEVSKI
Récits de la maison des morts (337) - L'Idiot 1 (398) - 2 (399)

DUMAS fils
La Dame aux camélias. Roman, théâtre, opéra. *La Traviata* (381)

***
Farces du Moyen Age (412)

FLAUBERT
L'Éducation sentimentale. Première version - Passion et Vertu (339)

GAUTIER
Voyage en Espagne (367) - Récits fantastiques (383)

GOLDONI
La Manie de la villégiature, Baroufe à Chiogga et autres pièces (322)

HAMSUN
Victoria (422)

HAWTHORNE
La Lettre écarlate (382)

HOBBES
Le Citoyen (De Cive) (385)

HOFFMANN
Contes fantastiques 1 (330) - 2 (358) - 3 (378)

HÖLDERLIN
Hymnes-Élégies (352)

HUGO
Les Travailleurs de la mer (341) - L'Homme qui rit 1 (359) - 2 (384)

HUME
Enquête sur l'entendement humain (343)

KADARÉ
Le Pont aux trois arches (425)

KAFKA
Le Procès (400) - Le Château (428)

LA BOÉTIE
Discours de la servitude volontaire (394)

***
Lettres portugaises. Lettres d'une Péruvienne et autres romans d'amour par lettres (379)

***
Lettres édifiantes et curieuses de Chine (315)

LOCKE
Traité du gouvernement civil (408)

MACHIAVEL
Le Prince (317)

MARGUERITE DE NAVARRE
L'Heptaméron (355)

MANN
Mario et le magicien (403)

MAUPASSANT
Le Horla et autres contes d'angoisse (409)

MAURIAC
Un adolescent d'autrefois (387)

MELVILLE
Moby Dick (236)

MÉRIMÉE
Carmen. Les âmes du purgatoire (263) - La Vénus d'Ille et autres nouvelles (368) - Tamango. Mateo Falcone et autres nouvelles (392)

MIRBEAU
Le Journal d'une femme de chambre (307)

MISTRAL
Mireille (texte provençal et trad. de Mistral) (304)

MORAND
Hécate et ses chiens (410)

MORAVIA
Nouvelles romaines (389) - Agostino (396)

NODIER
Smarra, Trilby et autres contes (363)

PETRONE
Satyricon (357)

PROUST
La Prisonnière (376)

RADIGUET
Le Bal du comte d'Orgel (406)

REVERDY
Flaques de verre (405)

RONSARD
Les Amours (335)

SCARRON
Le Roman comique (360)

SCIASCIA
Les Poignardeurs. La Disparition de Majorana (427)

SHELLEY (MARY)
Frankenstein (320)

SIENKIEWICZ
Quo Vadis (362)

STENDHAL
Lucien Leuwen 1 (350) - 2 (351)

STERNE
Vie et Opinions de Tristram Shandy (371) - Voyage sentimental (372)

TOCQUEVILLE
De la Démocratie en Amérique 1 (353) - 2 (354)

VAUVENARGUES
Introduction à la connaissance de l'esprit humain et autres œuvres (336)

VIGNY
Stello (407)

VILLIERS DE L'ISLE-ADAM
Contes cruels (340) - Claire Lenoir et autres récits insolites (401)

GF GRAND-FORMAT

CHATEAUBRIAND
Mémoires d'Outre-Tombe. Préface de Julien Gracq (4 vol.)

FORT
Ballades françaises

GUTH
Histoire de la littérature française (2 vol.)

LAS CASES
Le Mémorial de Sainte-Hélène (2 vol.)

Vous trouverez chez votre libraire le catalogue complet de notre collection.

GF — TEXTE INTÉGRAL — GF

10670-1984. — Impr.-Reliure Mame, Tours.
N° d'édition 10287. — 4e trimestre 1979. — Printed in France.